STÜRMISCHE VERZAUBERUNG

BISHER ERSCHIENEN

Dancing Coons
Stürmische Verzauberung

Urban-Fantasy-Serie «Sternenmagie»
Sternenstaubkind
Abschied
Verbannung
Wandelstern
Kollisionskurs
Isolation

Fantasyserie «Die Treppen der Ewigkeit»
Faya Namenlos (Prequel)
Wolf des Südens
Raghi der Schatten

Fantasyserie «Der Weg des Heilers»
Der verletzte Himmel
In den Tiefen der Ewigkeit
Bis das Eis bricht (Tantans Geschichte)
Die Nacht des Vergessens (Tantans Geschichte)

STÜRMISCHE VERZAUBERUNG

DANCING COONS

ISA DAY

PONGÜ

Bibliografische Information der Deutschen Nationalbibliothek:
Die Deutsche Nationalbibliothek verzeichnet diese Publikation in der Deutschen Nationalbibliografie; detaillierte bibliografische Daten sind im Internet über http://dnb.dnb.de abrufbar.

1. Auflage 2021

Umschlaggestaltung: Isa Day
Bildquellen Depositphotos: cta88, juliannafunk, lifeonwhite, rabbit75_dep
Bildquellen weitere: Cruzine Design, MixPixBox

Herstellung und Verlag: BoD - Books on Demand, Norderstedt

ISBN 978-3-7543-1709-9

1

Das Kreischen eines wütenden Raubtiers ließ Ash zusammenzucken. Er verzog das Steuer des Porsches. Prompt scherte das Heck auf dem laubbedeckten Highway aus.

Ash hieb auf das Steuerrad und stieß selbst einen Schrei aus, gefolgt von einem Schwall von Schimpfwörtern, der seinen Drillmaster beim Militär beeindruckt hätte. Dabei fluchte der Kerl wie niemand sonst.

Müde rieb er sich das Gesicht. Er war vor Tagesanbruch in Arlington gestartet und die über vierhundert Meilen nach Lake Coon durchgefahren. Nicht unbedingt weise, nachdem er die Nacht durchgefeiert hatte.

Durch ihre auseinanderlaufenden Karrieren waren Treffen mit seinen besten Freunden jedoch rar, weshalb es jede Minute zu genießen galt.

Ein weiterer Schrei erfüllte das Innere des Sportwagens.

«Hör endlich auf, Sapphire!», sagte er müde zu dem Transportkäfig auf dem Beifahrersitz. «Ich weiß, die Situation gefällt dir nicht. Mir gefällt sie auch nicht, aber ich kann nichts daran ändern.»

«Das vielleicht nicht, aber du hättest sie vermeiden können», erinnerte er sich an Jesses Worte, die sie vor nicht einmal zwölf Stunden zu ihm gesagt hatte. «Dir fiel schon Besseres ein, als deinen Vorgesetzten vor versammelter Mannschaft als Versager zu beschimpfen.»

Womit sie absolut recht hatte.

Ash fokussierte seine müden Augen auf die Straße. Seit Lake Coon führte der Highway durch dichte Wälder und war zu einer kurvigen Landstraße ohne Randstreifen mutiert. Links und rechts des Asphalts ragten die Bäume wie Mauern in den Himmel, ja überspannten den Highway teilweise sogar mit ihren Ästen.

Ihre Kronen erstrahlten im farbenprächtigen Feuerwerk des Indian Summers. Blutrot dominierte, ergänzt von leuchtendem Gelb und Orange.

Eigentlich ein atemberaubender Anblick, doch hatten die Blätter zu fallen begonnen und bedeckten den Asphalt und seine Gefahren.

Ash fuhr den Porsche durch ein Schlagloch, das sich unter dem bunten Laub verbarg. Der Taucher stauchte seine Wirbelsäule — erneut. Auf der Fahrt in dieser verdammten Karre musste er um mehrere Zentimeter kleiner geworden sein.

Ein dumpfes Grollen drang aus dem Transportkäfig und strahlend blaue Augen blitzten ihn durch die Belüftungsschlitze wütend an.

«Ja, du mich auch», sagte Ash und fühlte sich sogleich schuldig. Das Tier konnte nichts dafür.

Sein Mobiltelefon in der Halterung über der Mittelkonsole summte. Ash tippte auf den Bildschirm.

«Hey, bist du schon da?», hörte er Bens Stimme. Der Kerl klang hellwach und gut gelaunt, dabei konnte er keinen Augenblick länger geschlafen haben als Ash — also gar nicht.

«Nein. Im Großraum New York war Stau und dann nochmals vor Saratoga Springs. Hat mich über eine Stunde gekostet.»

«Oh, Mann, das tut mir leid. Wir hätten dich in der Nacht losfahren lassen sollen. Aber es war wie in alten Zeiten.»

Ash schmunzelte. «Ja, das war es.»

Der Porsche ratterte durch ein weiteres Schlagloch, auch dieses verborgen unter den Geschenken des Herbstes.

Das Krachen drang offenbar bis zu Ben, den der fragte: «Du sag mal, was machst du mit meinem Baby?»

Nach all den Stunden in der aufgemotzten Sardinendose platzte Ash der Kragen. «Du hast mir deine Scheißkarre aufgedrängt. Hier oben herrscht tiefster Herbst und du weißt selbst, in welchem Zustand die Highways in den weniger wohlhabenden Gemeinden sind. Was also soll die Frage?»

Am anderen Ende der Verbindung blieb es still.

«Wie blöd! Ich habe ganz vergessen, wie früh der Winter in den Adirondacks beginnt. Das tut mir leid», sagte Ben schließlich geknickt. «Bist du schon auf der Strecke nach Dancing Coons?»

«Ja.»

«Kommst du durch?»

Ash, der mit moderater Geschwindigkeit um eine Kurve fuhr, fühlte, wie der Wagen auf dem nassen Laub rutschte. «Gerade so. Dein Zuhälterschlitten hat keine Winterreifen, oder?»

«Doch, natürlich», bestätigte Ben und Ash wollte schon aufatmen, da fuhr sein bester Freund fort, «nur stehen sie bei mir in der Garage.»

Na, großartig! Wie nur hatten sie seinerzeit ihre militärischen Einsätze überlebt?

«Falls das für dich zählt: Dank deines Trucks konnten wir den Trailer an den vorgesehenen Standplatz ziehen. Das Mobilheim ist zwar Schrott und der Platz ein Morast, aber wenigstens muss Dark nicht mehr in seinem Auto leben. Wir haben ihm aus Paletten einen Zugangsweg gelegt. Den Wasser- und Abwasseranschluss bekamen wir auch hin.»

Das waren die kleinsten Probleme.

«Und Dark nahm die Hilfe an?» Ash hatte selbst seinen Teil zum Kaufpreis des Trailers beigetragen — im Wissen, dass sein Freund wahrscheinlich bockte.

«Klar. Nachdem Jesse ihre Desert Eagle zog und drohte, ihm ein Ohrläppchen abzuschießen, wenn er nicht sofort spurt.»

«Und er gehorchte?»

«Nun, es war Jesse. Was hättest du getan?»

Den Schwanz eingezogen und salutiert, denn Jesse widersetzte man sich nicht.

Ben lachte, als er nicht antwortete. «Dachte ich es mir. Ich kann in ein oder zwei Wochen einige Tage freinehmen und dir deinen Truck bringen. Soll ich deine Kisten dann gleich aufladen oder soll ich sie für dich aufbewahren?»

Das war die gute Frage. Der Job in Dancing Coons war Ashs Rettung, nachdem die Feuerwehr in Arlington ihn gefeuert hatte.

Doch die Adirondacks lagen am Ende der Welt. Gefühlt hinter dem Regenbogen. Seit Lake Coon war Ash kein anderes Fahrzeug mehr begegnet.

Irgendwo vor ihm brach der Highway weg. Davon war er überzeugt. Wenn er nicht rechtzeitig bremste, würde er über den Rand der Weltenscheibe ins Nichts stürzen.

Wollte er hier auf Dauer leben? Eher nicht.

Durch die Stämme der Bäume entdeckte er plötzlich ein orange blinkendes Warnlicht und verlangsamte seine Geschwindigkeit.

«Ich muss aufhängen, Ben. Vor mir ist etwas los.»

«Pass auf dich auf. Und denk an die Bären. Bis bald.»

«Ja, bis bald.»

Zum Glück hatte er abgebremst, denn hinter der nächsten Kurve stand eine kleine Kolonne von Autos, dies tal- wie bergwärts. Und dazwischen, mitten auf der Straße, …

… lag eine Kuh.

Nicht etwa eine tote oder verletzte. Nein. Sie wirkte zufrieden. Mal abgesehen davon, dass sie fett für zwei war.

Die Fahrer waren ausgestiegen und unterhielten sich.

Ash, der den Porsche hinter dem letzten Pick-up seiner Kolonne gestoppt hatte, stieg aus. Die Kälte traf ihn wie eine Druckwelle.

Um Himmels willen! Es war gerade mal Mitte Oktober. Wie kalt wurde es hier im Winter?

Seine militärischen und anderen Einsätze hatten Ash in solche Gegenden geführt. Er wusste mit dem Klima und der Natur umzugehen. Aber dauerhaft hier wohnen?

Er langte nach hinten auf den Notsitz des Porsches und zog seine Jacke heraus.

Sapphire nutzte den Moment, um einen weiteren erbosten Schrei loszuwerden.

«Haben Sie einen Tiger im Auto?», fragte eine hochgewachsene Frau, die sich neben dem Pick-up mit einem wesentlich kleineren und älteren Mann unterhielt. Sie war um die dreißig und trug eine Polizeiuniform mit den Abzeichen eines Undersheriffs.

«Das frage ich mich inzwischen auch, Chief», erwiderte Ash, schloss die Fahrertür und streifte seine Jacke über. «Eingepackt habe ich eine Katze, aber vielleicht ist sie durch all die Schlaglöcher mutiert.»

Sein Scherz ging in die Hose.

Ihre Mundwinkel wanderten nach unten und Ash hätte sich ohrfeigen können.

Welcher Idiot beleidigte die zweithöchste Polizistin des Bezirks in seinem ersten Satz, indem er sich über den Zustand der Straßen beklagte?

«Nun, Junge, wenn du ein anständiges Auto statt des Spielzeugs dort fahren würdest, hättest du die Probleme nicht.» Der ältere Mann neben der Polizistin spuckte zur Seite, weg von seiner Gesprächspartnerin und vom Pick-up.

Die Botschaft war klar. Er war alles andere als beeindruckt von Ash.

«Zu spät für einen Sommergast und zu früh für einen Wintersportler. Ein Künstler?», fragte die Frau und musterte ihn von Kopf bis Fuß.

Ein warnendes Kribbeln überlief Ash. Mit ihr war nicht zu spaßen. Sie besaß Jesse-Kaliber, obschon die beiden äußerlich nichts gemein hatten.

«Nein, ich komme zum Arbeiten her. Mein Name ist Asher Blake. Ich soll den Chief der Feuerwehr unterstützen.» Er bot ihr die Hand an.

«Das glaube ich jetzt aber nicht!», explodierte der Mann. «Ich habe dich während unseres Telefongesprächs gefragt, ob du ein anständiges Auto besitzt, und du hast das bejaht. Und Ben hat sich für dich eingesetzt, wie fähig und gut du angeblich bist. Ich schwöre, wenn ich meinen Neffen das nächste Mal sehe, drehe ich ihm den Hals um.»

In Ashs Magen breitete sich ein sinkendes Gefühl aus. Das da war Bens Onkel? Sein neuer Chef?

Erst jetzt bemerkte er, dass vor dem zivilen Pick-up der Polizistin ein knallrotes Feuerwehrfahrzeug parkte — ein Truck mit übergroßen Reifen. Und wäre das nicht Hinweis genug, stand als Kennung des Fahrzeugs *Chief 1* seitlich auf der Motorhaube.

Jemand ergriff seine Hand und presste sie fest genug, um die Knochen zu verschieben. «Elizabeth Warner. Undersheriff, aber *das* scheinen Sie ja schon bemerkt zu haben. Alle nennen mich Chief Betty. Willkommen in Dancing Coons.» Nun grinste sie.

Seine Verlegenheit schien sie zu amüsieren.

«Sehr erfreut», quetschte er hervor, obwohl er am liebsten im Boden versunken wäre. Seit den Schimpftiraden seines Drillmasters hatte er sich nicht mehr so zerknirscht gefühlt.

Chief Betty stieß dem Mann neben ihr den Ellbogen in die Seite. «Nun komm schon, Harold. Gib dem Jungen eine Chance.»

Ein finsterer Blick traf Ash. «Harold Warner. Fire Chief von Coon County und leider dein neuer Boss. Was fällt dir ein, mit diesem dämlichen Auto hier aufzutauchen! Wie ich dir erklärt habe, verfügt unsere Behörde über kein Einsatzfahrzeug für dich. Wenn es schnell gehen muss, fährt jemand das Löschfahrzeug. Wir anderen kommen mit unseren Privatwagen direkt zum Einsatzort. Das da ist einfach verantwortungslos!»

Langsam reichte es Ash. Er war müde und die lange Fahrt in Gesellschaft seines griesgrämigen Katers hatte an den Nerven gezerrt, ganz zu schweigen von dem Porsche, zu dem er eine ähnliche Meinung hatte wie Harold.

«Ben hat sich meinen Truck ausgeliehen und wird ihn mir in den nächsten Wochen bringen. Das da ist sein Spielzeug.»

Harold schnaubte verächtlich. «Na klar. Wer's glaubt. Als ob mein Neffe so etwas Nutzloses kaufen würde.»

Überrascht bemerkte Ash, wie Chief Betty heimlich eine begütigende Handbewegung in seine Richtung machte und leicht den Kopf schüttelte.

«Weshalb gehst du nicht zu Joshua und fragst ihn, wie weit Mandy ist?», sagte sie zum Fire Chief.

«Das ist eine gute Idee. Die Kuh ist bessere Gesellschaft, als sich hier findet», grollte er und ging zu dem Mann, der neben der Kuh kniete und ihre Backen kraulte, als wäre sie ein Hund.

«Danke, Harold. Ich bin froh, dass ich so hoch auf deiner Freundesliste stehe», rief Chief Betty ihm mit einem Grinsen nach.

«Dich hatte ich nicht gemeint», kam griesgrämig zurück.

Als sie allein waren, schaute Ash sie fragend an.

Sie schnaubte. «Ich weiß, dass das da Bens Wagen ist. Wenn er hier ist, parkt er ihn bei mir im Schuppen, damit Harold das Spielzeug nicht sieht, und leiht sich meinen alten Truck. Sie können ihn sich auch leihen, solange Sie das Benzin und alles, was Sie kaputt machen, zahlen.»

Bei dem Angebot hellte sich Ashs Laune auf. Wenigstens wurde ihm erspart, sich einen teuren Mietwagen zu besorgen. «Vielen Dank. Das ist sehr großzügig.»

«Warten Sie mit dem Dank ab. Der Truck ist wirklich alt. Er wird sie nie im Stich lassen, aber er hat keine Servolenkung. Ihn zu fahren erzeugt zuerst Muskelkater, dann Muckis.» Chief Betty warf einen anerkennenden Blick auf seinen Bizeps. «Wobei Sie möglicherweise, mal abgesehen von Ben, der Einzige sein dürften, der diesbezüglich keine Probleme hat.»

Das Kompliment konnte er zurückgeben. Während sie sprachen, war sie näher zu ihm getreten, damit Harold ihr Gespräch nicht hörte. Chief Betty wirkte, als ob sie die Kuh mal eben schultern und von der Straße tragen könnte. Ash fand sie beeindruckend. Sie war so groß und schlank wie er, durchtrainiert wie eine Amazone und darüber hinaus sehr attraktiv.

Aber den Vorschlag mit der Kuh ließ er besser. Damit machte er sich bei ihr kaum beliebt.

«Wenn Sie Ihren alten Truck regelmäßig ausleihen, muss der Fire Chief das doch wissen. Weshalb macht er dann so ein Drama um den Porsche?»

Sie presste kurz die Lippen zusammen. «Weil er seine schlechte Laune loswerden muss. Ich bin froh, dass Sie hier sind. Bens Anruf vor einigen Tagen kam wie gerufen.»

Ashs Nacken prickelte. «Wieso?»

«Unsere Tiere spielen verrückt. Wahrscheinlich gibt es bald ein Erdbeben oder einen besonders frühen Schneesturm. Das kommt alle paar Jahre vor und wäre eigentlich kein Problem, aber der Chief ist nicht mehr der Jüngste und hat sich vor einigen Monaten das Knie verdreht. Mit nur vier Feuerwehrleuten, den Chief mit eingeschlossen, die ganz Coon County abdecken, ist die Feuerwache seit Längerem unterbesetzt. Nun laufen sie jenseits des Limits.»

Ash hatte etwas Ernstes wie einen Feuerteufel erwartet. Verrückt spielende Tiere klang nicht so bedrohlich.

«Wie lange dauert das für gewöhnlich?»

«Unmöglich vorherzusagen. Zwischen wenigen Tagen und einigen Wochen. Es kommt drauf an, was der Auslöser ist. Bei bevorstehenden Erdbeben reagieren die Tiere meist kurzfristig, ein oder zwei Tage davor. Ein Wetterwechsel kann sich hingegen über Wochen aufbauen.»

Ash zeigte auf die Kuh. «Dann ist das ein Teil davon?»

Chief Betty lachte. «Ach herrje! Nein. Mandy bringt ihre Kinder immer auf dem Highway zur Welt — jedes Jahr. Und immer im Herbst, als ob das Frühjahr dafür nicht besser geeignet wäre. Ich vermute, sie liebt die Aufmerksamkeit.»

«Und Sie unternehmen nichts deswegen?», wunderte sich Ash. Immerhin hielt das Tier den ganzen Verkehr auf.

Ein weiteres Lachen. «Wieso auch? Mandy erledigt das immer sehr schnell.»

Die Kuh stieß ein dumpfes Muhen aus.

«Hören Sie, jetzt geht es los. Hey, Josh, was wünscht du dir dieses Mal?», rief sie dem Mann, der neben der Kuh kniete, zu.

«Ein cremefarbenes Mädchen, um die Linie fortzusetzen. Mandy kommt langsam in die Jahre», erwiderte Josh und kraulte der Kuh liebevoll die Stirn.

«Wollen Sie einen Kaffee?», wandte sich Chief Betty an Ash. «Es ist zwar typischer Polizeikaffee, aber er ist heiß und stark.»

Schlimmer als Militärkaffee konnte er kaum sein. «Gerne.»

Chief Betty langte durchs offene Fenster in ihren Pick-up und zog eine Thermosflasche und zwei Becher heraus. Die Schnauze ihres Fahrzeugs diente ihr als Unterlage, um einzuschenken.

«Hier», sie reichte Ash einen der dampfenden Becher.

«Danke.»

«Hat Ihnen Harold etwas zugesagt, wo Sie schlafen können?»

Ash überlegte. «Er sagte etwas von einem Hinterzimmer auf der Wache.»

Chief Betty zog nachdenklich die Brauen zusammen. «Das würde grundsätzlich funktionieren, aber mit der Katze ist es nicht ideal. Oder gehört sie zu jenen Tieren, die alles toll finden und die ganze Welt umarmen könnten?»

Ash verschluckte sich an seinem Kaffee und hustete. «Oh nein, ganz sicher nicht.»

«Wären Sie bereit, etwas zu zahlen, oder muss die Unterkunft bis zur ersten Lohnzahlung kostenlos sein?»

Für was hielt sie ihn? Einen Landstreicher?

«Ich kann zahlen. Mal abgesehen von Fantasiepreisen. Dazu bin ich nicht bereit.» Durch die Müdigkeit funktionierte sein Höflichkeitsfilter nicht. Seine Antwort war frostig genug, um Chief Betty in einen Eiszapfen zu verwandeln.

Sie ignorierte seinen Tonfall. «Das ist gut. Lassen Sie mich etwas abklären.» Sie zog ihr Mobiltelefon hervor, schnaubte und steckte es wieder weg. «Kein Empfang.»

Sie hängte sich durch die Seitenscheibe in ihr Fahrzeug, wodurch ihre Polizeijacke hochrutschte und Ash ihre wohlgeformte Rückseite bewundern konnte.

Ash gab sich Mühe wegzuschauen. Zwar war Chief Betty nicht sein Typ, aber nur ein toter Mann konnte ihre Reize ignorieren — obwohl alles in einer etwas zu überwältigenden Verpackung kam. Als er gleich darauf einen vernichtenden Blick von Harold einfing, war er froh, seinen niederen Instinkten widerstanden zu haben.

Ash hörte das Knistern des Funkgeräts, als Chief Betty die Frequenz wechselte. «Josie, hier Betty. Bist du zufällig in Hörweite?»

«Ja, hier Josie», meldete sich nach kurzem Warten eine Frau. Sie klang gehetzt und ihre Stimme ging fast unter in einem Gekreische, das an das Wehklagen von Furien erinnerte.

«Könntest du Harolds neuen Feuerwehrmann als Mieter aufnehmen? Du hast vielleicht gehört, dass er ein guter Freund von Ben ist.» Chief Betty sprach lauter, um sich über den Lärm bei ihrer Gesprächspartnerin Gehör zu verschaffen. «Er trifft nachher gleich ein, sobald Mandy ihr Kalb geboren hat.»

Nach einer etwas längeren Pause meldete sich Josie wieder. Das Hintergrundgeheul war nun deutlich leiser. «Grundsätzlich gern. Aber ich habe heute keine Möglichkeit, das Gartenhaus für einen Gast vorzubereiten. Glaubst du, er käme zurecht?»

Chief Betty schaute über die Schulter zu Ash zurück. Neben aller Sportlichkeit musste sie auch ziemlich beweglich sein, um das so hinzubekommen. «Wenn er zu Bens Freunden gehört, war er beim Militär. Ein Soldat kann sein eigenes Bett beziehen und seine Handtücher selbst aufhängen.»

Auf diese Bemerkung hin blieb es still am anderen Ende der Verbindung. «Ist er einer dieser arroganten Draufgänger?», fragte Josie irgendwann leise.

Das trug Ash eine weitere Musterung von Chief Betty ein. «Sind Sie einer dieser arroganten Draufgänger?», fragte sie Ash mit einem kecken Grinsen und presste dabei den Knopf des Funkgeräts, sodass ihre Gesprächspartnerin sie hörte.

Er wusste genau, welche Verhaltensmuster sie damit meinte. «Nein. Ich weiß, was ich kann. Damit hat es sich.»

«Ich denke, er ist okay, Josie. Irgendwie erinnert er mich stark an Ben, obwohl sie keine äußerliche Ähnlichkeit miteinander haben. Legst du mir den Schlüssel bereit?»

«Ja, mache ich. Und bitte entschuldige dich für mich bei ihm für beides — meine Frage und dass ich ihm das Gartenhaus nicht zeige.» Ein extra lauter Schrei drang aus dem Lautsprecher. «Ja, ich komme ja schon. Ich muss, Betty. Bis bald und danke.»

«Du glaubst wirklich, dass er sich bei einer Katzenlady wohler fühlt als auf der Wache?», rief Harold spöttisch, nachdem Chief Betty ihr Gerät zurück auf die Polizeifrequenz gewechselt und sich aus ihrem Pick-up geschoben hatte.

Chief Betty verdrehte die Augen. «Hören Sie nicht auf ihn», sagte sie zu Ash. «Sie werden sehen, bei Josie lässt es sich ganz wunderbar leben.»

Bald war das Kleine geboren, ein helles Mädchen.

«Brave Mandy», lobte Josh und kraulte die Kuh hinter den Hörnern. «Du bist die Beste.»

«Josh, ich glaube, da kommt noch eins», sagte Harold, der mit einer Handvoll Lumpen das Neugeborene trocken rieb.

«Was denn? Zwillinge?», freute sich Josh. «Kein Wunder war sie dieses Mal so dick.»

Das zweite Kalb war ebenfalls ein weibliches Tier. Sein Fell schimmerte dunkler als das seiner Schwester.

Ash staunte, wie effizient die Männer die Tierbabys versorgten und die Straße räumten. Josh brachte Mandy dazu aufzustehen und führte sie zu einem Feldweg, der gleich hinter dem Stau vom Highway abzweigte. Harold fuhr den beiden mit Joshs Pick-up im Schritttempo hinterher — die Kälbchen in Decken gehüllt auf der Ladefläche.

«Die Show ist vorbei», rief Chief Betty den wartenden Autofahrern auf der Gegenfahrbahn zu, die in einer Gruppe zusammenstanden und sich unterhielten. «Schaut, dass ihr möglichst wenig Blut an die Reifen bekommt. Ich will nicht heute Nacht einen angefahrenen Bären erschießen müssen.»

Bald war die nach Lake Coon führende Spur frei. Harold, Chief Betty und Ash versperrten nach wie vor die Straße nach Dancing Coons — was kein Problem zu sein schien, denn hinter Ash hatte kein weiteres Fahrzeug angehalten.

«Harold wird gleich zurück sein. Ich reinige inzwischen den Highway.» Chief Betty langte auf die Ladefläche ihres Pick-ups und zog einen Kanister mit Sprühstab aus einer Halterung. «Am besten schauen Sie mir zu. Dann wissen Sie, was beim Road-kill-Dienst zu tun ist, wenn Sie bald dran sind.»

Ash zog die Brauen zusammen. «Road-kill-Dienst?»

Chief Betty stellte den Kanister auf den Asphalt, pumpte und besprühte die Blutlache, die als Einziges noch auf die Geburt der Kälbchen hindeutete. Ein Übelkeit erregender Gestank breitete sich aus.

«Was, zum Teufel, ist das!», rief Ash angewidert und hielt sich den Ärmel seiner Jacke vor die Nase. Nicht, dass das etwas geholfen hätte.

Chief Betty sprühte unbeeindruckt. «Das normale Reinigungsmittel der Polizei und Feuerwehr für Blut — vermischt mit etwas Skunk-Extrakt.»

«Und das ist nötig, weil …?»

«Schauen Sie sich um, Ash. Die Adirondacks sind ein gigantisches Naturschutzgebiet, so groß wie mehrere Nationalparks zusammengenommen. Alle großen Raubtiere unseres Landes leben in den Wäldern und die Straßen sind eng und unübersichtlich. Wenn wir das Blut einfach so lassen, fährt irgendeine arme Seele heute Nacht einen Wolf oder Bären an. Die wenigsten davon sind gleich tot und dann müssen die Ranger das verletzte Tier suchen und töten, was Verschwendung ist. Deshalb auch der Road-kill-Dienst.»

Ash fragte nicht weiter. Er würde früh genug erfahren, was diese Pflicht umfasste. Wenn die stinkende Brühe, die als rosarotes Rinnsal talwärts lief, Teil davon war, dann Halleluja!

Harold kam zu Fuß zurück. «Alles gut. Mandy und ihre Kleinen sind im Stall.» Er zielte mit dem Zeigefinger auf Ash. «Wir zwei sehen uns morgen um acht auf der Feuerwache von Dancing Coons. Acht Uhr und keine Sekunde später.»

Er setzte sich in sein Feuerwehrfahrzeug und brauste davon.

Chief Betty grinste. «Folgen Sie mir, Ash.»

Nach wenigen Minuten kam das Ortsschild von Dancing Coons in Sicht. Ash schaute beiläufig hin, stutzte und starrte.

Die meinten es ernst mit dem Namen, denn unter dem *Willkommen in Dancing Coons* und der Einwohnerzahl tanzte eine Reihe Waschbären über die gesamte Breite des Schilds. Und das nicht genug. Vor dem *Dancing* stand die Zahl 27.

Der Ort hieß allen Ernstes 27 Dancing Coons?

Ash hatte noch nie etwas derart Bescheuertes gehört.

Während er durch die Straßen fuhr, erwies sich Dancing Coons als größer als gedacht. Vor der Abreise in Arlington war Ashs Fantasie mit ihm durchgegangen und hatte ihm fünf Blockhäuser und ein öffentliches Plumpsklo vorgegaukelt — was Blödsinn war. Die Gegend mochte nicht reich sein, doch die Leute gaben sich Mühe.

Er entdeckte ältere Holzhäuser in einer zuckersüßen Variante des Gothic-Revival-Stils, die mitsamt ihren Gärten liebevoll gepflegt wurden. Selbst die einfacheren Gebäude, unter denen es einige Blockhütten gab, zeigten sich in gutem Zustand.

Mit Verspätung fiel Ash ein, dass Coon County als Tourismusdestination für den Staat New York diente. Wer sein Eigentum nicht unterhielt, wurde wahrscheinlich auf dem Scheiterhaufen verbrannt oder gesteinigt.

Chief Betty fuhr in jenen Ausläufer der Ortschaft, der direkt an die bewaldeten Berge grenzte, und hielt in der Zufahrt eines rustikalen Bungalows. Die gleiche bogenförmige Zufahrt führte zu einem reich verzierten Gothic-Revival-Haus. Beide Gebäude waren sonnengelb gestrichen mit weißen Verzierungen. Es war ein bezaubernder Ort, der auf das Titelblatt eines Magazins für Hochzeitsreisen gepasst hätte. Und einer, den er sich keinesfalls leisten wollte.

«Chief Betty, den Hinweis zu den Fantasiemieten meinte ich ernst», sagte er, als sie neben ihn trat.

«Ich weiß. Josie hat zwei Preislisten. Eine für die Ortsansässigen und eine für die Touristen. Sprechen Sie einfach möglichst bald mit ihr, wie der Bungalow gebucht ist, damit Sie sich rechtzeitig eine feste Bleibe suchen können. Nach dem Ort hier ist alles ein Rückschritt.»

Chief Betty ging zur Veranda, hob den Türvorleger und zog einen Schlüssel darunter hervor.

Zum Glück bestand sie nicht darauf, dass Dancing Coons ein supersicherer Ort war und niemand die Haustür abschloss. Das hätte Ash nicht auch noch ertragen. Seine Ankunft war seltsam genug verlaufen.

Chief Betty stieß die Tür zum Bungalow auf, blieb aber davor stehen.

«Erst zum Truck, dann zu Ihrer neuen Behausung. Ich wohne in dem hellblauen Cottage dort.» Sie zeigte zu einem charmanten Hexenhäuschen, das sich schräg über die Straße auf einem Grundstück mit knorrigen alten Bäumen verbarg. «Den Truck finden Sie im Schuppen dahinter. Bevor ich hier wegfahre, schließe ich das Vorhängeschloss des Tors für Sie auf und stecke den Schlüssel ins Zündschloss. Tauschen Sie die Fahrzeuge aus, wann es für Sie passt. Und bitte das Vorhängeschloss des Schuppens danach wieder einrasten lassen. Ich habe keine Lust auf unerwünschte vierbeinige Gäste.»

Ash nickte, zu müde, um etwas zu erwidern.

«Dann zu Ihrem neuen Zuhause. Bei uns in der Gegend ziehen Sie das Schuhwerk aus, wenn Sie ein Wohngebäude betreten. Handtücher finden Sie im Badezimmerschrank. Unter dem Bett hat es Schubladen mit Bettwäsche. Im Vorratsschrank in der Küche lagern Suppen, Konservendosen und Tee. Ich lasse Sie jetzt allein. Sie sehen aus, als könnten Sie Ruhe gebrauchen.»

2

Der Alarm seines Smartphones riss Ash aus dem Schlaf. Er setzte sich auf und rieb sich stöhnend die Augen.

Halb sieben. Genügend Zeit, um wach zu werden, zu duschen und, insofern sie schon auf war, einige Worte mit seiner Vermieterin zu wechseln. Trotz Chief Bettys Versicherungen vermutete er, dass die Unterbringung für ihn zu teuer war — was er bedauerte, denn der Bungalow gefiel ihm.

Mal abgesehen vom Bad, das die hintere linke Ecke einnahm, bestand der Innenbereich aus einem einzigen lichtdurchfluteten Raum. Ein Regal trennte das Bett vom Wohnraum ab. Es gab eine kleine Küchennische, einen Essbereich, ein Bücherregal und beim Fenster zur Veranda einen bequemen Lesesessel.

Die gesamte Einrichtung war geschmackvoll und so geschickt eingesetzt, dass kein Zentimeter vom begrenzten Platz verschwendet wurde. Honigfarbenes Holz dominierte, ergänzt durch weiß lackierte Zierelemente und blaugrüne Vorhänge und Kissen, die Ash an das Mittelmeer erinnerten.

Zum Glück kein Hüttenzauber. Kuckucksuhren, Geweihe von toten Tieren und abgebrochene Holzskis waren Ash zutiefst zuwider.

Wo steckte sein Kater?

Er entdeckte Sapphire in einer Ecke der Matratze, wo er mit untergeschlagenen Vorderbeinen kauerte, Ash sein Hinterteil präsentierend. Den Kopf ließ er hängen.

«Hey, Kumpel», sagte Ash leise.

Der Ragdoll-Persermischling reagierte nicht.

Ash seufzte. Er hätte Sapphire gerne in die Arme genommen und geknuddelt. Verseucht, wie die Beziehung zwischen ihnen war, bekam er dafür kein Schnurren wie früher, sondern höchstens einen Prankenhieb.

Insgeheim hatte Ash gehofft, dass der Umzug etwas verändern würde. Fast alle gestrigen Handlungen, bevor er komatös ins Bett gefallen war, hatten dem Wohlbefinden der Katze gegolten.

So hatte er gleich nach der Ankunft ihr Klo hereingeholt, ihre Näpfe gefüllt und ihr Lieblingsbettchen aufgestellt. Die fünf anderen, die sie darüber hinaus besaß, lagerten im Moment in Bens Garage, zusammen mit Ashs Besitztümern.

Auch an diesem Morgen fütterte Ash zuerst Sapphire und reinigte das Katzenklo, bevor er sich unter die Dusche stellte und danach aus Getreideflocken und Kondensmilch ein Müsli anrührte. Josies bodenständige Art der Gastfreundschaft gefiel ihm.

Sapphires Futter blieb unberührt. Wenn die vergangenen Wochen einen Hinweis gaben, würde er es irgendwann essen, wenn Ash längst das Haus verlassen hatte, und dabei eine Sauerei machen, die für eine derart reinliche Katze uncharakteristisch war.

Viertel vor acht. Zeit loszufahren.

Das war das andere, was Ash gestern, abgesehen vom Austausch seiner vier Räder, erledigt hatte — über die WLAN-Verbindung die Karte von Dancing Coons aufzurufen und den Weg und die benötigte Zeit zur Feuerwache zu berechnen.

«Ich wünsche dir einen schönen Tag, Sapphire», sagte Ash, öffnete die Eingangstür und schlug sie sogleich wieder zu.

Das konnte nicht sein.

Ein Blick durch das Panoramafenster neben der Tür widerlegte seine Annahme.

Auf der Veranda saß ein Skunk und starrte ihn an.

Herausforderungen waren dazu da, um überwunden zu werden. Das hatte Ashs militärischer Ausbilder immer betont. Und es lohnte sich, die Lage schnell zu analysieren, sonst bezahlte man die Trödelei mit dem Leben.

Das war hier kaum das Problem, aber wenn das Stinktier sich bedroht fühlte und ihn anspritzte, war Ashs Tag gelaufen. Da der Gestank kaum mehr wegging, womöglich sein ganzer Monat.

Skunks gehörten doch zu den Allesfressern? Ha, das war die Lösung.

Ash ging zu Sapphires Napf mit dem Trockenfutter und fischte einige Kroketten heraus. Er öffnete die Tür so weit wie nötig und warf dem Skunk eine davon zu. Sie landete genau vor den krallenbewehrten Pfötchen.

Das Tier schnüffelte an der Krokette und aß sie, ähnlich wie eine Katze, sehr manierlich. Als sein erwartungsvoller Blick zu Ash zurückkehrte, warf er das restliche Trockenfutter abseits des Wegs in die Wiese. Sobald das Tier danach suchte, plante Ash an ihm vorbeizurennen.

Der Skunk blieb sitzen.

Ash erkannte seine Niederlage an. Er ging zum Festnetztelefon und wählte die Kurzwahl des Haupthauses.

«Ja?», meldete sich die gleiche Stimme wie am Tag zuvor. Josie Comeaux klang trotz der frühen Stunde bereits wieder total gestresst. Kein Wunder bei dem Höllengeheul, das wie schon bei ihrem Gespräch mit Chief Betty den Hintergrund bildete.

«Guten Morgen, Miss Comeaux. Hier spricht Asher Blake, Ihr neuer Mieter. Es tut mir leid, Sie zu stören, aber ich muss zur Arbeit und auf der Veranda sitzt ein Stinktier und lässt mich nicht vorbei. Haben Sie eine Idee, was ich tun kann? Futter funktioniert schon einmal nicht.»

«Oh Himmel! So seltsam, wie sich alle Tiere im Moment benehmen, ist das ein ernstes Problem», rief sie aus. «Bleiben Sie unbedingt drin. Ich komme sogleich.»

Wenige Momente später hörte Ash eine Tür knallen und eine Gestalt in einem rosaroten Schlafanzug und gleichfarbigen Pantoffeln rannte vom Haupthaus herbei. Sie hielt einen Gartenschlauch, der sich wie eine Schlange auf der Wiese hinter ihr wand.

Der Anblick wirkte komisch und entsprach Ashs Vorstellung von einer Katzenlady. Nur war sie weit jünger, als er erwartet hatte. Konnte das Miss Comeaux — Josie — sein?

Ash fluchte, als der Skunk sich umdrehte und auf sie zu rannte. Nun drohte ihr die Gefahr, von dem kleinen Raubtier vollgespritzt zu werden.

Er war pathetisch. Als Mann sollte er seine Probleme selbst lösen. Er öffnete die Haustür, um in die Situation einzugreifen.

Die Frau, die abrupt stehen geblieben war, schaute dem Stinktier entgegen.

«Libby?», fragte sie plötzlich.

Der Skunk beschleunigte seinen seltsam rollenden Watschelgang, der das Tier wie einen winzigen Dampfzug wirken ließ.

Sie ließ den Gartenschlauch fallen, ging in die Hocke und hob das Stinktier hoch. Es wand sich begeistert in ihren Armen und stieß dabei die seltsamsten Geräusche aus, eine Kakofonie aus Gackern, Quieken und Schnarren.

«Was machst du denn hier, kleines Mädchen? Du wohnst doch bei Harold.»

Sie entdeckte Ash auf der Veranda und kam zu ihm. «Sie hatten Glück, Mister Blake. Das ist Libby. Sie ist zahm und gehört eigentlich Ben.» Sie kraulte dem Stinktier das Köpfchen. «Libby erkennen Sie an ihrem rosaroten Halsband.» Sie glitt mit dem Zeigefinger darunter und hob es vom Fell ab.

Wie hatte Ash das übersehen können? Das Halsband war ebenso pink wie der Pyjama der Frau und darüber hinaus mit Strass besetzt. Nun, da sie es ihm gezeigt hatte, leuchtete es wie ein Richtstrahl.

«Meine Mutter und Libby waren beste Freundinnen. Ich vermute, sie schaute deshalb hier vorbei. Allerdings kam sie seit Wochen nicht mehr.» Ihre Worte waren leiser geworden und ihr Gesicht traurig. Sie schien mit Erinnerungen zu kämpfen.

Ash schluckte leer und konnte sie nur anstarren. Wenn das seine Vermieterin war, hatte er ein Problem.

Die junge Frau entsprach seiner Definition von bildhübsch. Ihr herzförmiges Gesicht wirkte klug und wurde von honigblondem Haar umrahmt, das sie zu einem unordentlichen Knoten hochgebunden hatte. Ihre Figur, die sich unter dem weichen Stoff des Schlafanzugs abzeichnete, zeigte sich zugleich sportlich und weiblich. Und weil sie noch immer den sich vor Freude windenden Skunk auf dem Arm hielt, war ihr Halsausschnitt verrutscht und erlaubte einen verführerischen Einblick auf zarte Haut.

Ash zwang sich dazu, ihr wieder ins Gesicht zu schauen.

«Ich möchte mich noch entschuldigen wegen gestern Abend», sagte Miss Comeaux. «Das war keine gute Gastfreundschaft von mir. Ich hätte Sie willkommen heißen sollen. Allerdings bin ich mit allem, was im Moment läuft, überfordert. Ich hoffe, Sie können es mir nachsehen.»

Also *war* sie seine Vermieterin.

Mit der Überforderung waren sie schon zu zweit. «Kein Problem. Chief Betty hat das bestens gemacht.» Was aus seiner Sicht stimmte. Er schätzte es einfach und direkt und hasste Leute, die ihm in den Hintern krochen.

«Oh, Sie haben eine Katze», rief sie plötzlich aus. Sie kauerte sich hin, wobei sie Libby auf einen Arm umlagerte, und streckte ihre freie Hand aus. «Hallo, kleiner Mann. Du bist aber eine Schönheit.»

Ash traute seinen Augen nicht, als Sapphire mit hochgerecktem Schwanz zu Josies Hand trippelte und mit genießerisch zusammengekniffenen Lidern den Kopf daran rieb.

Der Kater hatte der leicht offen stehenden Haustür, Ashs Versehen in dem ganzen Durcheinander, nicht widerstehen können.

«Er ist eigentlich kein Freigänger», erklärte Ash, im Hinterkopf das Wissen, dass er dringend zur Arbeit musste, wenn er an seinem ersten Tag nicht zu spät kommen wollte.

Als Sapphire eine Runde um Josie Comeaux drehte und sich an ihren Schienbeinen und ihrem hübschen Hintern — Katzen kannten da keine Zurückhaltung — rieb, gab er sich geschlagen. Nach der wochenlangen Depression benahm sich der Kater endlich wieder normal. Vielleicht nur für einen kleinen Moment, aber es war ein Anfang.

Die Katze und der Skunk musterten sich neugierig. Libby, die auf Josies Arm völlig zufrieden wirkte, zeigte keine Furcht. Selbst dann nicht, als Sapphire an Josies Knie hochstand und vorsichtig in Libbys Richtung schnupperte.

«Das ist Libby. Sie liebt Katzen», erklärte Josie und kraulte ihm den Nacken. «Wenn du möchtest, könnt ihr Freunde sein.»

«Sein Name ist Sapphire, wegen der strahlend blauen Augen. Sein Vater war eine fast weiße Ragdoll und seine Mutter ein weißer Perser. Deshalb ist die Seal-Point-Zeichnung so aufgehellt», erklärte Ash. Er vermutete, dass er wie der letzte Idiot am Plappern war, aber Josies Hände auf Sapphires Fell hatten einen Kurzschluss in seinem Kopf verursacht.

Wieso passierte ihm das? Er war Anfang dreißig und benahm sich wie ein hormongesteuerter Teenager, der beim Anblick von Unterwäschewerbung einen roten Kopf bekam.

«Ein äußerst eleganter kleiner Herr», sagte Josie lächelnd. «Wollen Sie ihn gleich einfangen, während er abgelenkt ist, damit Sie ihn sicher wieder ins Haus bekommen? Katzen haben ihren eigenen Kopf.»

Da hatte sie recht. Ash packte den kleinen Körper vorsichtig. Sogleich begann Sapphire wie am Spieß zu schreien, dieses unheimliche Jaulen, das sowohl Furcht wie Ärger bedeuten konnte.

Josie beobachtete ihn mit zusammengezogenen Brauen, während er den sich heftig windenden Kater ins Haus zurück verfrachtete und die Tür abschloss.

«Wir waren einmal beste Freunde, aber Sapphire hat einige Veränderungen in seinem und meinem Leben nicht verkraftet. Seither hasst er mich», fühlte Ash sich genötigt zu erklären, als er zu Josie zurückkehrte, und hielt sich den Arm.

Der Kater hatte ihm einige tiefe Kratzwunden zugefügt.

«Das muss versorgt werden», sagte Josie nach einem ernsten Blick auf das Blut, das zwischen seinen Fingern hervordrang.

«Ich bin sicher, auf der Feuerwache haben sie Verbandszeug», wischte Ash ihre Bedenken beiseite. «Ich muss jetzt wirklich zur Arbeit. Kann ich heute Abend bei Ihnen klingeln und wir besprechen die Miete und alles Weitere?»

«Ja, solange Licht brennt, können Sie jederzeit vorbeikommen.»

3

«Ja, da schau her, wer doch noch den Weg zur Arbeit gefunden hat.» Harold, der vor einer an die Wand geschraubten Karte von Coon County stand, verzog das Gesicht. «In Arlington scheinen die Uhren anders zu gehen. Oder herrscht dort generell der Schlendrian in Sachen Pünktlichkeit?»

«Hallo, guten Morgen. Ich bin Blaze», sagte der schlaksige junge Mann, der neben Harold stand. Er kam mit ausgestreckter Hand auf Ash zu, seinen Vorgesetzten komplett ignorierend. «Ich freue mich total, dich kennenzulernen. Bist du tatsächlich ein Freund von Ben? Ben ist total cool. Er war beim Militär, Special Forces oder so. Alles natürlich total geheim. Woher kennst du ihn?»

«Mein Name ist Ash», stellte Ash sich vor und fragte sich, ob er feige sein oder es gleich hinter sich bringen sollte. Er entschied sich für Letzteres. «Ich habe mit Ben gedient.»

Ein Seitenblick zu Harold zeigte, wie der Mann die Augen verdrehte und sich die Hand vor die Stirn schlug.

«Was denn? Du bist auch ein Held? Und das hier in unserer kleinen Stadt im Nirgendwo. So cool! Aber weshalb bist du dann Feuerwehrmann geworden? Das ist doch ein totaler Rückschritt, so wie wenn Batman plötzlich den Lastwagen der Müllabfuhr fährt.»

Nun wurde der Fire Chief knallrot im Gesicht. «Also hör mal, Blaze!»

Jemand musste dringend die Prioritäten dieses Hohlkopfs sortieren. Und leider sah es so aus, als würde die Aufgabe Ash zufallen. «Ich bin kein Held. Und ich bin Feuerwehrmann geworden, weil ich den Leuten helfen wollte, statt sie zu töten.»

Diesmal fiel Harolds Blick etwas weniger abschätzig aus.

«Du wolltest Feuerwehrmann werden?», staunte Blaze.

«Ja. Nach dem Militär war ich für einige Zeit bei einer Bundesbehörde, fühlte mich dort aber nicht wohl. Da begann ich nachzudenken, was mir wirklich wichtig ist. Es musste ein Job sein, der körperliche Aktivität beinhaltet und bei dem ich mein Hirn einschalten muss. Das ergab dann Feuerwehrmann.»

«Echt?» Blaze schaute ihn mit offenem Mund an. Leider verarbeitete sein Verstand Ashs Worte trotzdem. «Welche Bundesbehörde?»

«CIA.»

«Boah! Das ist ja noch cooler.»

Der Fire Chief sank mit einem Stoßseufzer auf seinen Bürostuhl.

Blaze kriegte sich für geschlagene fünf Minuten nicht mehr ein und laberte über James Bond und Jason Bourne. Irgendwann schwenkte er auf Iron Man um, obwohl Ash nicht nachvollziehen konnte, was ein Fantasyheld in der Aufzählung zu suchen hatte.

«Jetzt ist gut, Blaze!», setzte sich der Fire Chief irgendwann durch. «Du hast heute Road-kill-Dienst. Also hau ab und sprüh dir die Reinigungslösung nicht schon wieder ins Gesicht.»

«Oh, blöd. Das hatte ich ganz vergessen. Dabei wünscht sich Mama einen Hasenbraten.»

Endlich war er weg. Auf der Feuerwache kehrte Ruhe ein.

«Verbandszeug ist dort im Schrank», sagte Harold nach einem Blick auf Ashs blutenden Arm mit einem matten Winken.

Ash holte es. Er setzte sich auf den Besucherstuhl neben Harolds Schreibtisch und versorgte seinen Arm.

«Haben Sie Libby vor meine Haustür gesetzt, damit ich an meinem ersten Tag zu spät komme?», fragte Ash und musterte Harolds Miene aus den Augenwinkeln. Die derben Scherze, derer sich manche eingeschworenen Gemeinschaften gegenüber Neulingen bedienten, waren ihm nicht unbekannt.

«Ich … was?» Der Fire Chief wirkte ehrlich verblüfft. «Deshalb war sie heute Morgen nicht da. Du hast ihr nichts getan, oder?» Die Verblüffung wich Besorgnis.

«Nein. Als ich nicht an ihr vorbeikam, rief ich Miss Comeaux. Sie rettete mich vor dem Untier. Meine Ehre als Feuerwehrmann war jedoch dahin. Eigentlich sollte ich die anderen retten.»

Hatte da ein Lächeln um Harolds Mundwinkel gezuckt? «Nun ja, Libby ist ja auch total furchterregend. Allein dieses scheußliche Halsband kann einem Mann Blindheit verursachen.»

Nun konnte Ash das Grinsen nicht mehr unterdrücken. «Dann habe ich es deshalb nicht gesehen. Ich dachte allen Ernstes, der Skunk sei wild.»

Harold gluckste und wirkte gleich weit weniger griesgrämig. «Lass mich rasch Josie anrufen. Sonst drehen sich meine Gedanken den ganzen Tag um das dumme Vieh.»

Ash nickte nur und ersetzte stumm «das dumme Vieh» durch «meinen süßen Liebling». Selbst das kurze Telefongespräch bewies sternenklar, dass die kleine Skunk-Dame sich einen festen Platz in Harolds Herz erobert hatte.

«Josie behält sie heute bei sich. Dann gibt es wieder Leckereien wie Bananen und Eier und ich muss betteln, damit sie ihr normales Futter frisst.» Der Fire Chief seufzte und klang wie der geplagteste Mann auf Erden. Darin war er offenbar ein Meister.

«Ich bin Harold», sagte er und hielt Ash die Hand hin. «Willkommen bei der Feuerwehr von Coon County.»

Ash schlug ein. «Vielen Dank. Und wenn wir uns schon am Vertragen sind: Der Porsche gehört wirklich Ben. Ich hoffe, er hält Wort und bringt mir bald meinen Truck. Ich kann mit dem Spielzeug genauso wenig anfangen wie du, Chief.»

Harold grollte. «Ich weiß, dass das dumme Ding Ben gehört. Aber es macht mich wütend, dass du dein Wort gebrochen und mit diesem nutzlosen Stück Schrott hier aufgetaucht bist. Was kann so wichtig sein, dass du dich über deine Zusicherung hinwegsetzt?»

Die Geheimnisse von Freunden zu wahren war nicht verhandelbar, aber hier ging es um Ashs Zukunft und Harold würde Dark nie kennenlernen. «Ein guter Freund von mir hat ohne Schuld alles verloren. Ben hat sich meinen Truck ausgeliehen, um zumindest ein bisschen was in der Sache wieder in Ordnung zu bringen.»

Harold nickte nachdenklich. «Ich hoffe nicht, um jemanden umzufahren.»

«Nein, es ging um die Zugkraft und Bodenhaftung.»

«Na, das klingt ja, als hättest du tatsächlich ein brauchbares Fahrzeug. Kaffee? Die gute Behördenqualität, mit der man auch Farbe abbeizen kann.»

«Ja, bitte.»

Der Kaffee war wirklich übel und so bitter, dass er jegliche Müdigkeit aus Ash vertrieb.

«Ich habe mir gedacht, dass wir heute Morgen das Wichtigste über Coon County besprechen und danach zum Mittagessen ins Grilled Moose gehen. Dort essen einige Leute, die du möglichst rasch kennenlernen solltest. Am Nachmittag fahren wir den Bezirk ab. Bei uns gibt es keine Schonzeit für Neulinge. Auch mit der Unterstützung der Freiwilligen Feuerwehr sind wir so wenige, dass du sofort Verantwortung übernehmen musst, wenn etwas passiert.»

Ash war nicht überrascht. In kleinen Bezirken lief das immer so ab.

«Die Satellitenbilder hast du dir eingeprägt?»

«Ja.» Ash hatte sich über Kontakte das Material seiner früheren Arbeitgeber besorgt. Die Auflösung öffentlich zugänglicher Satellitenaufnahmen war zu klein, als dass sie sich für eine tiefer gehende Rekognoszierung eigneten.

«Fragen?»

«Die Grundlagen scheinen klar.»

«Und der Teufel steckt wie stets in den Details», bestätigte Harold. «Nur haben diese Details nicht selten zwei Beine und eine große Klappe, durch die eine Unmenge Unsinn herauskommt. Durch die

Künstlerkolonie in Dancing Coons wird das Leben zeitweilig — na ja — etwas zu abwechslungsreich. Dann stell mir mal deine Detailfragen.»

«Die Feuerwache ist hier in Dancing Coons, weil die Stadt zentral in Coon County liegt und deshalb auch die Lodges rund um das Skigebiet zeitnah erreichen kann?»

Harold nickte. «Genau. Wir haben einen Ableger in Lake Coon, wo zwei meiner Leute und ein Einsatzfahrzeug dauerhaft stationiert sind. Wenn dieses allein nicht klar kommt, sind wir von hier schneller in Lake Coon, als wenn sie uns helfen müssen.»

«Wie lange ist die Fahrzeit zwischen den beiden Orten mit Blaulicht und unter besten Bedingungen?»

Das ließ sich theoretisch ausrechnen. Der Höhenunterschied betrug auf die Strecke von sechs Meilen etwas mehr einhundertzwanzig Meter. Die kurvige Straße mit ihrem löchrigen Asphalt fügte der Gleichung jedoch unkalkulierbare Risiken hinzu.

«Es gibt einen Rekord mit unserem alten Löschfahrzeug unter besten Wetterbedingungen und auf trockener Straße von fünf Minuten — dies talwärts von hier nach Lake Coon. Dazu musst du aber wissen, dass ein Ranger am Steuer saß, der zu unseren besten Offroadfahrern zählt, wodurch ihn Schlaglöcher nicht kümmern. Und dass unser altes Löschfahrzeug wie auf Geleisen fährt. Es schert nie aus, aber um die Kurven musst du dich mit deinem ganzen Gewicht in die Steuerung werfen. Der Ranger kann das, weil er unser Meister im Armdrücken ist. Wir Normalsterblichen benötigen unter besten Bedingungen nach Lake Coon hinab sieben Minuten und von Lake Coon hier rauf acht.»

Was angesichts des Straßenzustands immer noch beachtlich war.

«Wann ist der erste Schnee zu erwarten und welche Regeln gelten für den Winter?»

«So wie die Tiere gerade spinnen, ziemlich sicher noch im Oktober. Bei der ersten Flocke Schneeketten auf alle Einsatzfahrzeuge. Wo eine ist, kommen in dieser Gegend immer Hunderttausende nach.»

Ash seufzte. Schnee gehörte nicht zu seinen Präferenzen. «Wer ist First Responder auf der Interstate nach Kanada?»

Inzwischen wirkte Harold beeindruckt. «Unsere Kollegen im Nachbarbezirk. Wenn etwas Großes ist, leisten wir aber Hilfe.»

Und so verging der Morgen.

Das Mittagessen war ähnlich intensiv, denn Harold schien darauf erpicht, Ash die halbe Bevölkerung von Dancing Coons vorzustellen. Irgendwann begann Ash sich die Namen auf einer Serviette zu notieren, um sie sich später zu merken. Seine Briefings zu Special-Forces-Einsätzen waren weniger datenintensiv gewesen.

Als er nach Feierabend endlich wieder vor seinem Bungalow parkte, rieb er sich die Augen und stöhnte. Wer behauptete, eine Großstadt sei anstrengend, hatte keinen Ort wie Dancing Coons erlebt.

Und er musste noch zu Josie Comeaux, um seine Miete zu besprechen.

Als sie ihm die Tür öffnete, wandelte sich ihr neutral-offener Gesichtsausdruck zu Mitgefühl.

«Oh weh, hat Harold die vollständige Geschichte, alle Geheimnisse und sämtliche Details unseres Bezirks über Sie ausgeleert? Kommen Sie rein.»

Ash folgte ihr in einen durch Glasscheiben abgetrennten Vorraum, der als Windfang und Garderobe diente. «Wir waren zum Mittagessen im Grilled Moose.»

«Wo Sie zu der Zeit alle Wichtigtuer auf einem Haufen finden. Ich kann es mir bildlich vorstellen. Möchten Sie vielleicht mit mir zu Abend essen? Es gibt allerdings nur Erbsensuppe mit Würstchen und dazu Brot.» Josie schloss die Haustür.

«Sehr gerne. Das klingt fantastisch», sagte Ash dankbar. Er zog seine Stiefel aus und stellte sie in das Regal, das Josie ihm zeigte.

«Dann gibt es eigentlich nur noch ein Hindernis. *Meet the gang.*» Sie machte eine Geste zu den raumhohen Glasscheiben hin, die den Eingang vom Innenbereich des Hauses abtrennten.

Ash fand sich im Fokus von gefühlt tausend starrenden Augen. Er schluckte leer. Kein Wunder hatte Harold Josie als Katzenlady bezeichnet.

«Meine Mutter züchtete Maine-Coon-Katzen. In fast jeder katzenliebenden Familie in Coon County lebt eins ihrer Babys. Nun bin ich für die Tiere verantwortlich. Kommen Sie rein und bitte achten Sie darauf, nicht auf die Schwänze zu treten. Die sind bei dieser Rasse ungewöhnlich lang.»

Der Weg in die Küche fühlte sich an, wie durch ein Meer aus Fell zu waten.

Ash gewann den Eindruck eines weitläufigen Wohnzimmers, von dem nur der Eingangsbereich und die großzügige, traditionell eingerichtete Essküche durch zimmerhohe Glaswände abgetrennt waren. Durch seinen Fokus auf die Tiere konnte er keine Details in sich aufnehmen. Wie beim Gartenhaus ergänzten sich goldenes Holz, weiße Möbel und Schmuckfarben, darunter Türkis, Violett und Pink, zu einem gemütlichen Raum, der seine Seele wie eine Umarmung umfing.

Kaum saß Ash am Küchentisch, tauchten auf den Stühlen rund herum periskopähnlich Köpfchen auf, die ihn neugierig musterten.

Josie stellte Mineralwasser und Limonade auf den Tisch, legte für Ash und sich Besteck hin und schöpfte die Suppe, die auf dem Herd vor sich hin köchelte. Sie roch herrlich.

Ashs Magen knurrte.

«Ignorieren sie die kleinen Biester einfach. Coonies sind unglaublich neugierig. Wenn ich etwas werkle, sitzen alle um mich herum und schauen zu. Ich stelle mir immer vor, wie sie sich heimlich miteinander unterhalten und meine Handgriffe kritisieren. *Schau mal, der Dosenöffner nimmt schon wieder den falschen Schraubenzieher. So wird das nie etwas.*» Josie lachte.

Ihre Heiterkeit wirkte ansteckend. Ash entspannte sich.

Sie setzte sich zu ihm an den Tisch. «Lassen Sie es sich schmecken.»

«Vielen Dank», sagte Ash, ein warmes Gefühl in seiner Brust, und tauchte den Löffel in die Suppe. Sie war ausgezeichnet.

Während sie still aßen, fühlte er Beschämung in sich aufsteigen. Er hatte wenig von seinem Umzug nach Dancing Coons erwartet. Um ehrlich zu sein, hatte er sich den Ort in den schlimmsten hinterwäldlerischen Klischees vorgestellt.

Josies unkomplizierte Gastfreundschaft, die er in etwas anderer

Form auch im Grilled Moose erlebt hatte, ließ ihn seine abschätzigen Gedanken bereuen. Letztendlich war nur einer schuld, dass er hier in der Provinz festsaß — er selbst.

Die Katze auf dem Stuhl neben ihm sprang auf den Boden, offenbar der Meinung, dass er ihre Aufmerksamkeit nicht länger verdiente. Dafür tauchte ein bekanntes Köpfchen, geschmückt von einem pinkfarbenen Glitzerhalsband, auf.

«Hallo, Libby», sagte Ash und kraute das Stinktier versuchsweise hinter den Öhrchen. Sie schnaufte und schloss ihre Knopfaugen.

Josie lächelte. «Ich fürchte, Sie können sich auf weitere Besuche von Libby einstellen. Sie hat Ihnen gerade ihr Herz geschenkt. Allerdings ist es dort drin etwas gedrängt und Sie müssen sich ihre Zuneigung mit Harold, Ben und mir teilen.»

Ihre Aussage gab Ash die Chance für eine Frage, die ihn seit heute Morgen beschäftigte.

«Nicht auch mit Ihrer Mutter?»

Eine berührende Mischung aus Liebe und Traurigkeit erfüllte Josies Miene. «Leider nicht. Ma ist vor bald vier Wochen gestorben.»

Also doch. Ash hatte so etwas befürchtet. «Das tut mir sehr leid für Sie. Mein aufrichtiges Beileid.»

Josie wischte sich verstohlen die Tränen von den Wangen. «Es braucht Ihnen nicht leidzutun. Ma war sehr glücklich mit ihrem Leben und hat nichts bereut. Ihr letztes Wort war *Danke*. Ich erinnere mich immer daran, wenn sie mir fehlt. Also fast die ganze Zeit.»

4

Wie stets, wenn sie über ihre Mutter sprach, musste Josie die Tränen zurückdrängen. Der Abschied war viel zu früh gekommen. So blendend, wie sie sich verstanden hatten, wäre es dafür aber auch in zehn Jahren zu früh gewesen.

Für Ash nahm sie sich zusammen. Der Mann wirkte todmüde. Ein Tag mit Harold konnte das bewirken. Der Fire Chief hatte sich das Knie verdreht. Sein Hirn und sein Mundwerk funktionierten trotzdem auf Hochtouren.

«Wollen wir die Miete besprechen? Nicht, dass Sie aus Höflichkeit sitzen bleiben und irgendwann vor lauter Müdigkeit vom Stuhl kippen. Weil Ma in den vergangenen zwölf Monaten im Gartenhaus wohnte und ich dieses Haus meinen Bedürfnissen anpasste, hatten wir keine Mieter mehr. Und seit ihrem Tod schaffte ich es irgendwie nicht, Mietverträge für die Wintersaison abzuschließen, also könnten Sie beliebig lange bleiben.»

Ash betrachtete sie nachdenklich. Der Blick seiner grünen Augen wirkte zugleich offen und verschlossen, so als gäbe es einen Teil von ihm, den er vor der ganzen Welt verbarg.

Welchen Genen er wohl sein Aussehen verdankte?

Als sie ihn am Morgen und das in ihren mädchenhaftesten Schlafanzug gekleidet — bei diesem Gedanken wand sie sich innerlich vor Verlegenheit — zum ersten Mal erblickte, hatte sie kaum glauben können, dass das ihr neuer Mieter war.

Er hatte ein intelligentes, kantiges Gesicht. Seine Haut war golden und sein welliges Haar, das er etwas zu lang trug, glänzte braun mit rötlichen Lichtern drin. Dass alles Natur war bezweifelte Josie nicht. Kein Solarium und kein Frisör bekamen das so perfekt hin.

Wie die meisten Männer der Gegend, die für ihre Arbeit keinen Anzug trugen, kleidete er sich in Jeans, ein Hemd aus stabilem Stoff, solide Arbeitsstiefel und eine Softshelljacke, in seinem Fall mit Camouflagemuster. All das hüllte einen hochgewachsenen, wohlgeformten Körper ein, bei dem sich alles am richtigen Platz befand.

Ein Hauch von Unabhängigkeit und Wildheit umgab ihn. Irgendwie erinnerte er sie an einen Trapper, der seinen Lebensunterhalt in einsamer Freiheit in den südlichen Wäldern bestritt.

Josie fand ihn zum Anbeißen. Zu schade, war er verheiratet.

Sie besprachen die Miete und einigten sich auf unbefristete Dauer.

Zum ersten Mal, seit sie Ash kennengelernt hatte, fühlte Josie Unbehagen. Gehörte Ash zu jenen Menschen, die sich verpflichteten und dann ihre Meinung änderten?

«Mir ist klar, dass Sie wieder wegziehen, wenn der Job bei Harold nicht klappt. Aber was ist, wenn Mrs Blake nach Dancing Coons zieht? Für zwei Personen ist das Gartenhaus auf Dauer eng, vor allem in der kalten Jahreszeit.»

Er schreckte aus seinen Gedanken hoch. «Welche Mrs Blake?»

Josie zeigte auf den Ehering an seiner Hand.

«Das ist kein Ehering», sagte er. «Also, doch ja, es ist ein Ehering, aber nicht meiner. Ich bin Single.» Er drehte das schlichte goldene Band um seinen Finger. «Der Ring dient als Erinnerung an einen Freund.»

Also war er homosexuell? Das hatte Josie nicht erwartet. «Falls Sie einen neuen Partner suchen, ist Dancing Coons kein schlechter Ort. Durch unsere Künstler ist die Stadt gegenüber gleichgeschlechtlichen Partnerschaften recht aufgeschlossen.»

Seine Wangen färbten sich dunkel. «Ich hatte auch nicht gemeint, dass ich schwul bin. — Es ist kompliziert.»

«Mir müssen Sie nichts erklären», versuchte Josie ihn zu besänftigen. Nach einem ganzen Tag in Harolds Gesellschaft brauchte er Ferien oder einen Psychiater, aber sicher keine weitere Aufregung.

«Ich muss nicht, aber ich möchte», erwiderte Ash unerwartet heftig. «Meine Freunde und ich, wir haben viel zu lange geschwiegen.» Mit diesem rätselhaften Kommentar zog Ash den Ring vom Finger und steckte ihn in die Brusttasche seines Hemds. «Ich war beim Militär, in einer Spezialeinheit, die riskante Operationen durchführte. Über die Jahre hinweg waren wir äußerst erfolgreich. Bis einer von uns bei einem Einsatz umkam. Seine Ehefrau hat uns Überlebenden nie vergeben und insbesondere nicht mir. Ich wäre in der Position gewesen, ihren Mann zu retten, aber es gelang mir nicht. Nach der Beerdigung steckte sie mir seinen Ehering an den Finger, damit ich mich immer daran erinnere, was ich zerstört habe.»

Die spröden Worte ließen erahnen, dass diese Frau noch sehr viel mehr gesagt hatte, und nichts davon freundlich.

Josie wusste vor Schock und Empörung nicht, was sie erwidern sollte. «Aber das nützt doch nichts — egal, was passiert ist. So etwas verhindert jeglichen Heilungsprozess. Wie gehen Sie damit um?»

«Mal besser, mal schlechter. Es ist nicht einfach. Ich hatte eine der besten Ausbildungen, die es gibt. Aber am Ende bleiben wir Menschen und machen Fehler.»

«Das tut mir sehr leid.» Josie musterte ihn voller Mitgefühl.

Ob sie versuchen sollte, ihn aufzuheitern? Das Leben hatte ihn an einen fremden Ort mit verrückten Leuten geworfen. Da konnte er ein wenig Freude gebrauchen. Oder war er zu müde?

Fragen kostete nichts. «Sie lieben doch Katzen, oder?»

Er zuckte die Schultern. «Klar, die kleinen Biester sind unwiderstehlich.»

«Dann hätte ich eine Überdosis Süßes für Sie, falls Sie noch einen Augenblick wachbleiben können.» Josie entdeckte Neugier in seinen Augen. «Kommen Sie», befahl sie ihm mit einem Winken und ging zur

Treppe, die freischwebend von der Mitte des Erdgeschosses nach oben führte. «Und bitte bereiten Sie sich darauf vor, etwaige Ausreißer am Ausbüxen zu hindern.»

Die Treppe endete auf einer Galerie, von der mehrere Türen wegführten.

Josie öffnete die mittlere und beugte sich sogleich vor, wie um etwas zu erhaschen. «Schnell reinkommen, solange die Raubtiere schlafen.»

Ash gehorchte.

Sie musste lachen, als sie sein ungläubiges Staunen bemerkte.

Ash hatte gedacht, dass sich unten viele Katzen aufhielten. Hier oben rannte eine Felllawine auf ihn zu. Gleich darauf drängte sich eine Meute Kitten um seine Füße, alle in den höchsten Tönen jaulend. Die Tiere sprangen übereinander, standen ihm an den Jeans hoch und rieben sich mit Inbrunst an seinen Beinen.

Das erklärte das Furiengeschrei, das er gestern während Chief Bettys Funkgespräch und heute bei seinem telefonischen Hilferuf gehört hatte.

Ash setzte sich vorsichtig auf den Parkettboden und erlaubte der Welle aus Zuneigung auf ihn einzustürzen. Die Tiere waren weich wie Wölkchen und blutjung.

«Um Himmels willen, wie viele sind das und wie alt sind sie?» Josie hatte durch das simple Öffnen einer Tür seinen herausfordernden Tag in einen der besten Augenblicke seines Lebens verwandelt. Ash wusste gar nicht, welches Kitten er zuerst streicheln oder mit welchem er als Erstes spielen sollte. «Es ist niemand ausgebüxt, oder?»

«Nein. Ich war schnell genug mit der Tür.» Josie setzte sich neben ihn und hob zwei Kitten hoch, um sie an ihre Brust zu drücken. «Es sind siebzehn Stück zwischen fünf und sieben Wochen. Drei von Mas Katzen waren trächtig und Ma hat die Kleinen alle noch auf die Welt kommen sehen. Eigentlich plaudern Maine Coons gar nicht so viel und eigentlich haben die meisten von ihnen hohe Fistelstimmchen, was bei den stattlichen Katern immer lustig klingt. In dieser Gruppe befinden sich mindestens zehn Meistersänger und etwa ebenso viele Plappermäulchen. Typisch mein Pech. Wenn sie hungrig sind, weiß ich nicht mehr, wo mir der Kopf steht.»

Tatsächlich zirpten einige der Kitten fröhlich vor sich hin.

«Sie klingen fast wie kleine Schweinchen, die über ihr Quieken Kontakt halten», sagte Ash erstaunt.

Josie lachte. «Ja, das stimmt. Und daneben unterhalten sie sich über uns. Zum Glück verstehen wir nicht, was sie sagen.» Plötzlich wurde sie ernst. «Ich bin wahrscheinlich zu neugierig, aber darf ich fragen, was mit Ihrem Kater ist? Sapphires Jaulen und Verhalten von heute Morgen gehen mir nicht mehr aus dem Kopf.»

Ash hatte seiner jungen Vermieterin qualvolle Dinge erzählt, die er niemandem sonst anvertraut hatte. Eine gescheiterte Beziehung, über die es gar nicht so viel zu erzählen gab, war dagegen fast schmerzlos.

«Ich hatte bis vor nicht allzu langer Zeit eine Freundin namens Maxie. Wir lebten jahrelang zusammen und harmonierten bestens, aber irgendwann wurde die Liebe zu Freundschaft — zuerst, ohne dass wir es merkten. Als wir es dann merkten, verstanden wir nicht wieso. Alles war wie immer. Nur das Feuer brannte nicht mehr.»

Ash schaute auf seine Hände, die ein schwarz-weißes Kätzchen vorsichtig umfassten, und hob das Tier an die Wange, um den Babyduft des seidenweichen Fells zu genießen. Als es strampelte, ließ er es los und widmete sich dem Kitten, das spielerisch seine Socken attackierte.

Das Weitersprechen fiel ihm doch etwas schwerer als gedacht. Aber er hatte begonnen und so musste er die Geschichte zu Ende führen.

«Dann verliebte sich Maxie. Ihr neuer Partner ist ein netter Kerl, passt super zu ihr und hat nie ein böses Wort an mich gerichtet, obwohl die Situation schon seltsam war. Maxie wohnte während der gesamten Kennenlernphase noch mit mir zusammen und zog aus unserer gemeinsamen Wohnung direkt zu ihm. Wir besprachen, bei wem Sapphire zukünftig leben sollte und entschieden uns für Maxie und ihren Verlobten. Er arbeitet viel von zu Hause aus. Es schien optimal. Doch nach wenigen Wochen entwickelte er eine Katzenallergie. So zog Sapphire zurück zu mir. Der kleine Kerl muss glauben, dass ihn niemand mehr liebt. Seit er wieder bei mir ist, verhält er sich so, wie Sie beobachten konnten. Nichts, was ich versuchte, half.»

Wenn Ash ehrlich war, vermisste er Maxie kaum. Klar hatte er es genossen, mit jemandem zusammenzuwohnen, aber er konnte damit umgehen, wenn sich der Salat und das Gemüse im Kühlschrank auf die dafür vorgesehene Schublade beschränkten, statt alle Regale zu füllen. Und die zehn im Bad verbliebenen Shampoos und Duschmittel waren ebenfalls ausreichend — so wenig, wie er davon brauchte, wahrscheinlich für das halbe Leben.

Seine ehemaligen Kameraden hatten ihn immer ausgelacht, wie geduldig er sich verhielt und wie wenig er sich im eigenen Haus durchsetzte.

Ash verriet ihnen nie, dass er die Vielfalt und weibliche Deko bereichernd fand. Maxie hatte ein Händchen für Farben und gemütliche Objekte, kochte fein und war tolle Gesellschaft. Nach all den Wochen und Monaten, die Ash unter härtesten Bedingungen im Feld verbrachte hatte, wusste er solche Annehmlichkeiten zu schätzen.

Nun gab es all das nicht mehr, was okay war.

Sapphires Unwohlsein bereitete ihm hingegen fast körperliche Schmerzen.

«Hmh.» Josie klopfte nachdenklich mit den Fingern auf ihren Oberschenkel und erregte damit die Aufmerksamkeit mehrerer Kitten.

«Autsch. Keine Krallen. Du kennst die Regel.» Sie stupste eins der Tiere sanft gegen das Näschen. «Sind Sie offen für Vorschläge, Ash? Ich bin zwar keine Katzenflüsterin wie meine Mutter, die ganze Konversationen mit den Tieren führte, aber ein bisschen Ahnung habe ich.»

«Nur zu.» Er hoffte, dass sich die Situation doch noch irgendwie einrenken ließ, sonst musste er Sapphire jemand Fremdem anvertrauen.

«Sie könnten einfach mal versuchen, ihm die ganze Sache zu erklären. Was alles geschehen ist und was ihre Beweggründe waren. Ma hat mit ihren Katzen wie mit Menschen gesprochen, ihre Gründe erklärt und ihre Erwartungen formuliert. Es hat öfters funktioniert, als nicht, also findet irgendeine Form der Kommunikation statt.»

Das klang machbar und war einen Versuch wert. Zwar gehörte Ash nicht zu jenen Menschen, die ihr Herz auf der Zunge trugen, aber die Liebeserklärungen an Maxie hatte er hinbekommen.

«Dann hätte ich noch einen etwas anderen Vorschlag. Ich vermute, Sie haben sich das Gartenhaus noch nicht vollständig angeschaut. In der Wand, die diesem Haus zugewandt ist, gibt es eine Katzenklappe. Sie führt zu einem Rohr, das die beiden Häuser wie ein Tunnel verbindet, und zu einer weiteren Katzenklappe in meiner Hauswand. Wir haben den geschützten Durchgang gebaut, damit Mas Katzen sie jederzeit im Gartenhaus besuchen konnten. Hat Sapphire einen Chip?»

Ash nickte.

«Im Moment sind alle Berechtigungen für die Katzenklappen gelöscht. Wir könnten sie jedoch neu auf Sapphire programmieren. Mit etwas Planung bringen wir ihn dazu, meine Coonies zu besuchen. Wenn sie es nicht schaffen, Sapphire neuen Mut zu geben, weiß ich nicht, was sonst helfen könnte. Diese Katzenrasse ist unglaublich freundlich und gesellig.»

Ob das eine gute Idee war? Ash zögerte. «Ich bin mir nicht sicher. Sapphire war immer eine Einzelkatze und wirkte in den guten Zeiten mit seinem Schicksal zufrieden.»

«Sie können es sich in Ruhe überlegen. Zuvor muss ich sowieso noch das Rohr auf seiner gesamten Länge kontrollieren, um sicherzustellen, dass es nach wie vor unversehrt ist. Die Bären und anderen Tiere der Gegend kommen auf die seltsamsten Ideen.»

Ash nickte und versuchte, ein Gähnen zu unterdrücken, was ihm nicht gelang.

«Sie sind müde. Wir haben alles Nötige besprochen.» Josie schaute zur Uhr. «Und Harold kommt in zwanzig Minuten, um Libby abzuholen.»

Das war Ashs Stichwort. Noch mehr Harold vertrug dieser Tag nicht. «Vielen Dank für Ihre Gastfreundschaft, Miss Comeaux. Dann nutze ich gerne die Gelegenheit, um mich zu verabschieden.»

Über die vergangenen Minuten waren die Kitten eins nach dem anderen um die Menschen herum eingeschlafen.

Ash erhob sich vorsichtig. Josie tat es ihm gleich, wobei sie zwei Kätzchen von ihrem Schoß heben musste.

Sie schlichen sich aus dem Raum.

An der Haustür gab Josie ihm die Hand. «Falls es für Sie in Ordnung ist, können wir uns gerne Du sagen. Ich bin Josie.»

«Ich bin Ash.» Als er ihre Hand nahm, schien ein elektrischer Schlag durch seinen Arm zu zucken, nicht unangenehm, eher beunruhigend. «Danke, dass ich in deinem Gartenhaus wohnen darf.»

«Ich freue mich. Die Vorstellung, mich den Winter lang mit immer neuen Kurzzeitmietern herumzuschlagen, hat mich belastet. Sicher hätte ich das Gartenhaus leer stehen lassen können, aber unser Klima ist harsch und die Wildtiere erfindungsreich. Da funktioniert es besser, wenn Gebäude bewohnt sind.»

5

Ash erwachte durch ein schweres, schnurrendes Gewicht auf seiner Brust. Als er zum Wecker auf dem Nachttisch schielte, zeigten die Leuchtziffern sechs Uhr morgens an.

Typisch Katze. Die kleinen Biester liebten es, ihren Dosenöffner vor dem programmierten Alarm zu wecken.

Er langte ihr ins Fell und kraulte ihren Nacken. Spätestens in dem Moment wusste er, dass etwas nicht stimmte. Schon beim Aufwachen war ihm Sapphire ungewöhnlich schwer vorgekommen.

Der Ragdoll-Persermischling hatte die Eigenschaften seiner schneeweißen Mutter geerbt. Er bestand aus einer gigantischen Wolke Fell. Darunter versteckte sich ein schmales, dünnes Kerlchen, dessen Brustkorb von oben betrachtet nur wenige Zentimeter breit war.

Ash wusste das, weil Sapphire im Alter von dreizehn Monaten Maxies Gerät mit dem Enthaarungswachs aus dem Schrank gestoßen und sich in die zähflüssige Masse hineingelegt hatte. Ihnen war nichts anderes übrig geblieben, als das prächtige Fell vollständig wegzuscheren. Was darunter hervorkam, glich eher einem Frettchen als einer Katze.

Das Schnurren wurde intensiver, bis nicht nur Ashs Brustkorb, sondern das ganze Bett vibrierte.

Ash langte zur Nachttischlampe und schaltete das Licht ein. Sein Besucher besaß kurzes schwarzes Fell und grüne Augen. Das eher markante Gesicht und das Körpergewicht deuteten auf einen Kater hin.

«Guten Morgen, wer bist denn du?», murmelte Ash. «Und wo ist Sapphire?»

Er entdeckte seinen Kater am Fußende des Bettes, von wo aus er den Eindringling aus schmalen Augen musterte.

«Du bist mir vielleicht eine Wachkatze», witzelte Ash. «Solltest du mich nicht beschützen?»

Vor die Wahl gestellt, würde sein Kater ihn im Moment wahrscheinlich eher den Wölfen zum Fraß vorwerfen.

Ash kraulte seinen kleinen Gast.

Am Vorabend hatte er Sapphire direkt nach der Arbeit versorgt, noch vor dem Besuch bei Josie.

Die Zeit zwischen seiner Rückkehr und dem todmüde ins Bett Fallen hatte er der persönlichen Hygiene und einer kurzen Suche nach der Katzenklappe gewidmet.

Er fand sie unter dem Beistelltisch mit dem Festnetztelefon, über das er Josie bei der Skunk-Attacke um Hilfe gerufen hatte.

Eine Prüfung zeigte, dass sie verschlossen war.

Zufrieden, alle Zugänge zum Haus unter Kontrolle zu haben, war Ash zu Bett gegangen.

Um mit einer Überraschung auf seiner Brust aufzuwachen. Offenbar irrte Josie darin, dass sie alle Berechtigungen für die Klappen gelöscht hatte, denn der kleine Frechdachs konnte nur so hereingekommen sein.

Sapphire erhob sich und streckte sich ausgiebig.

Kam jetzt der große Zickenkrieg?

Wenn ja, musste Ash schleunigst aus dem Bett aufstehen, denn Katzenkrallen waren scharf.

Sapphire schlenderte mit seinem ‹Warte bloß, ich zeig's dir›-Gang die Matratze hoch. Bei Ashs Hüfte drehte er ab und kletterte ihm auf den Magen. Dort ließ er sich mit seinem gesamten, wenig beeindruckenden Gewicht gegen den kätzischen Eindringling plumpsen und begann ebenfalls zu schnurren.

Ash konnte es kaum glauben. Es ging doch nichts über ein bisschen Gruppendruck.

Ash kraute das fremde Tier ausgiebig und wanderte dabei immer wieder nach unten, bis seine Hand, natürlich höchst zufällig, auf Sapphires Fell traf.

Der Kater zuckte zusammen und schnüffelte an seinen Fingern, als ob sie etwas höchst Widerwärtiges wären. Ash hielt sie still, während er mit der anderen Hand dafür sorgte, dass sein fremder Besucher umso lauter schnurrte.

Seine Strategie wirkte. Sapphire legte den Kopf wieder hin und ließ sich kraulen.

Kurz vor halb sieben langte Ash nach dem Wecker und stellte den Alarm aus, bevor dieser losging.

Nachdenklich schaute er aus dem Fenster. Wenige Meter hinter dem Gartenhaus wuchs der Wald, sodass Ash in die mächtigen Kronen von Laubbäumen hinaufblickte. Noch lag alles im Dunklen, doch die Schatten wurden lichter und ließen eine Ahnung der prachtvollen Farben des Indian Summers aufblitzen.

Schon seltsam.

Andere Männer ernteten mit zweiunddreißig die Früchte ihrer Karriere.

Er hatte sein Leben versaut und besaß gerade noch einige Kartons mit Habseligkeiten und einen alten Truck — beides stand im Moment viele hundert Meilen entfernt in Bens Garage — sowie einen Kater, der ihn hasste. Wobei die Katze eher dachte, dass sie ihn besaß.

Trotzdem ging es ihm immer noch tausendmal besser als anderen. Wie zum Beispiel Dark.

Einer spontanen Eingebung folgend, nahm Ash sein Smartphone vom Nachttisch und rief Jesses Nummer auf.

Sie meldete sich sofort. «Hey, Black Widow. Toll, von dir zu hören. Bist du gut angekommen?» Trotz der frühen Stunde klang sie hellwach, als wäre sie schon ewig auf.

Beim Militär war Black Widow — Schwarze Witwe — Ashs Codename für verdeckte Operationen gewesen, dies weil kein Feind je seinem sorgfältig gesponnenen Netz entkam.

«Na ja. Es geht so. Sag mal, habt ihr mich in unserer durchfeierten Nacht einer Gehirnoperation unterzogen? Ich erinnere mich nicht daran, aber bei einer Lobotomie wäre das selbsterklärend.»

Jesse reagierte mit einer verdutzten Pause. Darauf konnte irgendetwas folgen, von spitzzüngigem Humor hin zu Ernsthaftigkeit oder Ärger.

«Nein, wir haben nichts gemacht. Was ist denn los?»

«Ich erkenne mich selbst nicht wieder. Seit ich an diesem verrückten Ort, der übrigens mit vollständigem Namen 27 Dancing Coons heißt, angekommen bin, habe ich nichts Gescheiteres zu tun, als den Leuten meine Geschichte zu erzählen. Ich meine die wahre Geschichte. Als ich mich rechtfertigen musste, wieso ich meinen Truck nicht dabei habe, erwähnte ich Dark, wenn auch anonym. Dann erklärte ich meiner Vermieterin den Ehering an meinem Finger und erwähnte danach auch noch Maxie. Ich glaube, ich bin krank. All das geht niemanden etwas an.»

Jesse schwieg, was uncharakteristisch war. Weshalb behandelte sie ihn plötzlich mit Samthandschuhen?

«Ash, hast du dich schon einmal gefragt, weshalb du gegenüber deinem früheren Chef so ausfallend geworden bist? Ich meine, du liebst den Mann wie einen Vater.»

Damit hatte sie recht, doch das war keine Entschuldigung für dessen Verhalten. «Weil er Scheiße gebaut und Menschen gefährdet hat?»

Jesse seufzte. «Seine einzige Schuld bestand darin, dass er einige Momente länger brauchte, um zum gleichen Schluss zu kommen wie du. Ein ziviler Fire Chief verfügt nun mal nicht über unser militärisches Training und unsere Reaktionszeit. Früher hast du das gewusst und respektiert.»

Ash schluckte leer. Bevor ihm eine Erwiderung einfiel, sprach Jesse weiter.

«Hör mal, ich sag dir das nicht gern, aber es wäre möglich, dass du am Scheideweg angekommen bist. Entweder, es gelingt dir irgendwie dich aufzurappeln, oder aber du gehst den Weg der PTSD-Veteranen.»

«Du glaubst, ich leide an einer posttraumatischen Belastungsstörung?», fragte Ash und brachte vor Verblüffung nicht einmal die Energie auf, wütend zu werden.

«Wir haben alle einen Dachschaden davongetragen. Wie auch immer du diesen nennen willst. Allein der Tod von Mac und das Verhalten seiner Frau waren Grund genug dafür. Und du weißt, was wir sonst noch alles erlebt haben.»

Ash verzog das Gesicht. Oh ja, als ob er das je vergessen könnte. «Du scheinst dir darüber einiges an Gedanken gemacht zu haben», bemerkte er.

«Das habe ich, denn auch für mich waren die Jahre seither nicht einfach. Manchmal denke ich, wir haben es genau falsch herum gemacht. Andere Teams waren während ihrer erfolgreichen Zeit kaum zu bändigen, hielten sich für unverwundbar und unsterblich. Als ihnen dann etwas passierte — denn es passiert immer etwas; niemand kommt da ungeschoren durch —, war das wie ein Weckruf und sie ließen sich helfen.»

Ash erinnerte sich an diese Kameraden hauptsächlich als Konkurrenten, denn es bestand ein Wettbewerb, wer die anspruchsvollsten Aufträge bekam.

«Unser Team, wir waren immer die Vernünftigen, die sich helfen ließen und im Rahmen der Möglichkeiten auf unsere Vorgesetzten hörten. Bis dann das Schlimmste passierte. Danach konnte uns niemand mehr erreichen. Und seither tragen wir die Last mit uns herum. Und Macs Frau scheute keine Mühe, diese Last noch schwerer zu machen. Mir gab sie Macs Gebetsbuch, ausgerechnet mir!»

Der schwarze Kater drehte sich unter Ashs Liebkosungen auf den Rücken und blinzelte ihn entspannt an. Spürte er seine Verwirrung?

«Ich muss über all das, was du gesagt hast, nachdenken. Da könnte etwas dran sein. Aber wir sind abgeschweift. Eigentlich rief ich an, um nach Dark zu fragen.»

Dark und Jesse waren zeitweilig trotz aller Unterschiede ein Paar gewesen und standen sich nah. Wenn jemand wusste, wie es ihm ging, dann sie.

Von allen Mitgliedern ihres Einsatzteams hatte Dark besonderes Pech, denn er musste sich mit zwei Hexen in seinem Leben herumschlagen. Die erste war Macs Frau. Die zweite war Darks leibliche Mutter.

«Ganz ehrlich? Ich mache mir furchtbare Sorgen. Unter anderem, weil er unsere Hilfe ohne Widerspruch akzeptierte. Um euch zu schützen, habe ich euch gar nicht alles erzählt, was läuft. Es ist so schlimm, dass ich nicht weiß, wie Dark das durchstehen soll.»

Ash seufzte. Die Eröffnung kam nicht überraschend. «Wie lautet der Notfallplan?», fragte er, denn Jesse hatte immer einen.

«Ich habe mir eine Deadline gesetzt. Wird diese überschritten, erwacht die Eiskönigin.»

Ice Queen, oder Eiskönigin, lautete Jesses militärischer Deckname. Er schluckte leer. «Du bist dir sicher?»

«Ja.» Nur die eine emotionslose Silbe.

Ash verstand die Bedeutung ihrer kryptischen Aussage sogleich. Um Dark zu retten, war Jesse bereit einen Mord zu begehen.

«Versprich mir, dass du mich vorher anrufst, Ice Queen. Wir waren ein unschlagbares Team. Vielleicht fällt uns zusammen etwas ein.»

«Tut mir leid, aber das kann ich dir nicht versprechen. Keine Mutter ist verpflichtet, ihr Kind zu lieben. Aber ihm aktiv zu schaden und es mit aller Grausamkeit fertigzumachen ist ein ganz anderes Paar Schuhe.» Jesse schniefte, was Ash entsetzte. Sie weinte nie. Sie hieß nicht umsonst Eiskönigin.

Doch konnte er ihre Qual nachvollziehen.

Er hatte die Hexe in seiner inzwischen jahrzehntelangen Freundschaft mit Dark mehrmals live erlebt. Und auch er liebte Dark wie einen Bruder.

«Jesse, es gibt Dinge, die du selbst deinem allerbesten Freund nicht abnehmen kannst. Ist sie dabei, Dark finanziell zu ruinieren? Ja. Aber für seine Seele ist er selbst zuständig. Sie kann ihn nur mit in den

Abgrund reißen, wenn er es zulässt. Und nur wenn er sich selbst rettet, kann er jemals frei sein.»

Nun schluchzte Jesse. «Denkst du, das weiß ich nicht? Aber es ist so gemein!»

Ja, das war es. «Jesse, wenn es nicht mehr geht, kannst du mich jederzeit anrufen, ja? Auch wenn du möchtest, dass ich mit Dark rede. Wir müssen allerdings sehr vorsichtig sein. Ein falsches Wort von uns und wir sind es, die ihn in den Abgrund stoßen.»

«Aber wir können doch nicht einfach stillsitzen und zuschauen! Und hoffen. Und beten.»

Ein Dämonenjäger könnte helfen.

Während der böse Gedanke durch Ash Kopf zuckte, kam ihm eine Idee. «Du siehst ihn regelmäßig, korrekt?»

«Ja. Jeden Tag. Manchmal sogar mehrmals, wenn unsere Jobs sich kreuzen. Aber er blockt immer ab, wenn ich versuche, mit ihm über seine Mutter zu sprechen.»

«Statt zu sprechen, könntest du ihn einfach umarmen. Keiner von uns hat sich je geschämt, Trost von den anderen anzunehmen. Dies ganz im Gegensatz zu Geld. Und deine Umarmungen sind erstklassig.»

Jesse schnaubte. «Ach, Ash, was soll das helfen?»

Er dachte an die vielen Kitten vom Vorabend und das Glück, das er in ihrer Gegenwart empfunden hatte. «Versuch es einfach. Okay? Ich überlege mir auch etwas. Wir können Darks Schicksal nicht ändern, aber vielleicht etwas Freude in die Waagschale werfen.»

«Du klingst wie ein Esoterik-Guru. Bist du auf Drogen?»

Und die normale Jesse war zurück. Damit konnte Ash umgehen. «Keine Ahnung. Vielleicht liegt's am Trinkwasser dieses Ortes. Denk dran. Er heißt 27 Tanzende Waschbären. Die werden diese Mätzchen kaum ohne Hilfsmittel gemacht haben.»

Nun lachte sie wieder. «Es tut gut, mit dir zu sprechen, Black Widow. Pass auf dich auf, ja? Ich will mir nicht auch noch um dich Sorgen machen.»

«Das Gleiche gilt für dich, Ice Queen. Bis bald.»

Nachdem sie das Gespräch beendet hatten, hob Ash die Katzen

widerwillig von der Brust. Er wäre gerne noch ein wenig liegen geblieben, aber er wollte an seinem zweiten Arbeitstag nicht schon wieder zu spät kommen und musste noch einen Telefonanruf erledigen.

Sapphire benahm sich besser als auch schon und verpasste Ash nur einen Warnbiss, bei dem die spitzen Eckzähne die Haut intakt ließen.

Das klang nach wenig, aber es war ein Anfang.

6

Als Josies Telefon einen internen Anruf aus dem Gartenhaus anzeigte, zog sie erstaunt die Brauen zusammen. War Libby etwa schon wieder ausgebüxt? Sie musste mit Harold sprechen.

Zwar konnte die kleine Skunk-Dame auf dem Weg zu Ash durch die Hintergärten wuseln, ohne eine Straße zu überqueren, doch war sie schon lange kein Wildtier mehr.

Eine Begegnung mit einem Bären, Vielfraß oder sogar einem anderen Skunk konnte ihr Ende bedeuten. Und so verrückt wie sich die Tiere im Moment benahmen ...

Die ganze Nacht lang hatten sich zwei Marder etwas weiter die Straße hinab gestritten. Das Geräusch ging einem Menschen durch Mark und Bein. Oder war das der Grund, weshalb Ash anrief?

«Guten Morgen, Josie», sagte er, als sie sich meldete. «Bitte entschuldige die Störung. Bei mir ist ein weiterer Besucher aufgetaucht, aber einer, der nur durch das Verbindungsrohr und die Katzenklappen gekommen sein kann. Vermisst du einen schwarzen Kurzhaarkater mit grünen Augen?»

Josie atmete scharf ein und schaute sich im Wohnbereich um.

Luzi befand sich auf keinem seiner Lieblingsplätze.

«Ich komme sofort!», rief sie und ließ alles stehen und liegen, wobei sie trotzdem darauf achtete, alle Türen sorgfältig hinter sich zu schließen.

Ash trat mit Luzi auf dem Arm auf die Veranda. Der kleine Schelm wirkte selbstzufrieden und schnurrte sein viel zu lautes Schnurren.

«Luzi», rief Josie aus. Sie nahm den Kater von Ash entgegen, untersuchte ihn und textete ihn mit Vorwürfen und Liebesbekundungen zu.

Irgendwann fiel ihr auf, dass der Mann sie schmunzelnd musterte. «Du trägst also nicht nur einen französischen Familiennamen, sondern sprichst auch tatsächlich Französisch», stellte er fest.

Die goldene Hautfarbe … sein Aussehen … das Gefühl, dass er aus dem Süden stammte — plötzlich ergaben die Puzzleteilchen ein Bild. «So wie du offenbar auch», sagte sie lächelnd. «Stammst du von den Louisiana Cajuns ab?»

«Ja, und du?»

«Meine Mutter war Frankokanadierin akadischer Abstammung, also haben wir die gleichen Vorfahren.»

Josie verlor sich in Ashs Lächeln, das seine grünen Augen strahlen ließ. Was hatte sie sagen wollen?

«Ich stelle mir immer vor, dass in den Louisiana Bayous ein Alligator in jedem Busch lauert.»

Uh, ging es noch hirnloser? Es gab tausend intelligente Dinge über seine Heimat zu sagen und ihren Lippen entfloh *das*. Am liebsten hätte *sie* sich im nächsten Busch versteckt.

Nun lachte Ash und wirkte zugleich jünger und nochmals um vieles attraktiver. «Ganz so schlimm ist es nicht. Ich stamme tatsächlich aus den Bayous und wenn du den Paarungszyklus der Alligatoren und einige Regeln beachtest, funktioniert die Koexistenz ziemlich gut.» Sein Lächeln nahm etwas Verschmitztes an. «Hübscher Schlafanzug übrigens.»

Josie schaute verwirrt an sich hinab und fühlte, wie ihre Wangen sich röteten. Die heutige Variante war himmelblau mit aufgedruckten Häschen. Und sie hatte vor lauter Sorge um Luzi die Pantoffeln vergessen. Wieso merkte sie das erst jetzt? Das Holz der Veranda war feucht und kalt unter ihren nackten Füßen, die sich wie Eisklötze anfühlten.

So langsam entwickelte sie sich zu einer waschechten Katzenlady. Wie ernüchternd. Ihrer Mutter war das nicht passiert.

«Ich möchte an meinem zweiten Arbeitstag nicht schon wieder zu spät kommen. Gleichzeitig bin ich neugierig und schulde dir ein Essen», riss Ash sie aus ihren besorgten Gedanken. «Wenn ich in einem der lokalen Restaurants Take-away organisiere, darf ich heute Abend nochmals bei dir auftauchen?»

Er suchte freiwillig ihre Gegenwart, obwohl sie ihm völlig durchgeknallt erscheinen musste?

«Ich … Das … Ja, gerne. Ich würde mich freuen.» Weshalb brauchte sie drei Anläufe, um einen korrekten Satz herauszubekommen?

«Gibt es etwas, das du besonders magst?»

«Jalapeños.» Diese Antwort wiederum gelang ihr wie aus der Pistole geschossen. Josie vergrub ihr heißes Gesicht in Luzis Fell. Nun hielt Ash sie zweifellos für verfressen. Dabei war es bloß ewig her, seit sie Zeit gefunden hatte, auswärts essen zu gehen. Auch wenn sie selbst ganz ordentlich kochte, vermisste sie ein paar Dinge halt doch.

Wieder dieses leise Lachen. Es war samtig und klang so verführerisch, dass Josie überall Gänsehaut bekam.

«Nur Jalapeños?»

Sie zuckte verlegen die Schultern. «Gerne als Vorspeise. Von den Hauptgerichten mag ich alles, was das mexikanische Restaurant auf der Speisekarte hat.»

«Welche Zeit?»

«Wie es für dich passt. Ich bin da.» Wie eine typische Katzenlady. Josie seufzte innerlich. Sie brauchte wieder ein Leben.

«Dann um halb sieben? Sollten wir auf der Feuerwache einen Notfall haben, melde ich mich.»

«Ja, gern. Bis dann.»

Josie drehte auf der Ferse um und ging davon. Hinter sich hörte sie, wie Ash die Tür zum Gartenhaus abschloss und die wenigen Schritte zu Bettys altem Truck ging. Der Motor startete mit einem dumpfen Husten und wechselte in sein tiefes Grollen.

Der erste Gang ging nicht mehr so gut rein, das kannte Josie aus eigener Erfahrung, weil sie das Fahrzeug auch schon ausgeliehen hatte.

Ash bekam das mit geringem Murksen hin und fuhr davon.

Josie hätte ihm gerne nachgewinkt, aber der Tag hatte ungeschickt genug begonnen. Wenn sie es versuchte, stolperte sie wahrscheinlich über ein Blatt Laub, oder — weit schlimmer — ließ Luzi fallen.

Also musste Ash mit ihrer Rückseite vorliebnehmen.

Die in einem blauen, mit Häschen bedruckten Schlafanzug steckte.

Josie verzog das Gesicht und schüttelte den Kopf. Der Tag konnte nur besser werden.

Auf der Feuerwache erwartete Ash ein abstoßender, leider nur zu bekannter Gestank.

«Kannst du es glauben, Ash? Blaze hat es gestern wieder geschafft, sich die Reinigungslösung ins Gesicht zu sprühen», rief Harold hinter seinem Schreibtisch angewidert aus.

Der Fire Chief wirkte übel gelaunt und etwas grün um die Nasenspitze. «Wie oft soll ich es dir noch erklären, Blaze? Beim dritten Pumpen sprüht das Gerät, nicht nach dem ersten und auch nicht nach dem zweiten Mal, sondern nach dem dritten Mal. Und wer ist so doof und dreht beim Pumpen die Düse zum Gesicht und schaut rein? Was machst du, wenn du beim Schießtraining einen Versager hast? Schaust du dann auch in den Lauf und drückst ab?»

Blaze murmelte etwas. Ash verstand die Worte nicht, Harold hingegen schon.

«Ach ja, genau. Du hältst die Handfläche vor die Mündung und probierst, ob die nächste Patrone zündet. Alles schon da gewesen. Wie konnte ich so vergesslich sein.»

Blaze tat Ash fast ein wenig leid. Niemand konnte sich aussuchen, mit welcher Intelligenz er oder sie geboren wurde. Und der junge

Mann wirkte gutartig, wenn auch etwas doof. Sein Name gab Ash allerdings zu denken.

«Ich halte es hier drin keine Sekunde länger aus. Da passt es grad, dass ich heute Road-kill-Dienst habe. Du fährst bei mir mit, Ash, und ich zeige dir, was alles zu tun ist. Du, Blaze, fährst die Drainagekänale ab und stellst sicher, dass alle frei sind. Das erste Herbstunwetter lässt nicht mehr lange auf sich warten. Und du fährst ab sofort, bis du wieder normal riechst, ausschließlich in deinem Privatauto und wenn ich selbst das Löschfahrzeug fahren muss. Das ist ja nicht zum Aushalten!»

Ash folgte Harold wortlos nach draußen — und atmete tief durch. Blazes Aroma war wirklich übel und kam im bescheidenen Gebäude der Feuerwache zu voller Geltung.

«Dieser Junge!», schimpfte Harold, als er sich in den Chief-1-Truck setzte.

Ash kletterte auf den Beifahrersitz. Der Pick-up war höher gelegt und die Räder einiges größer als die eines zivilen Fahrzeugs.

«Lohnt es sich zu fragen, weshalb er Blaze heißt, Chief? Feuerwehrleute haben keine Einsatznamen und ‹Feuersbrunst› ist eine eigenwillige Wahl für einen jungen Kerl.»

Harold verdrehte die Augen. «Fang mir nicht damit an. Ich erkläre es dir, aber zuerst brauche ich einen Kaffee.»

Ihre Fahrt führte sie zu einem der Cafés an der Hauptstraße. Harold wählte für sie einen Platz direkt bei den großen Fenstern. Rund um das Lokal herum waren Geschäftsinhaber dabei, ihre Läden zu öffnen, fegten den Gehsteig oder ließen die farbenfrohen Marquisen herunter.

Die Bedienung, eine junge Frau, grüßte den Chief mit Namen und stellte ungefragt eine Kanne, zwei Tassen und eine Dose gemahlenen Kaffee auf den Tisch.

Ash wunderte sich über die Dose, bis Harold den Kunststoffdeckel öffnete, seine Nase in den Behälter steckte und tief einatmete.

«Hilft ähnlich wie Mentholsalbe, riecht nur besser», erklärte er und bot Ash die Dose an.

«Ich halt's im Moment aus», wehrte Ash ab. «Ich war ja nur zwei Minuten auf der Wache. Wieso weiß die Bedienung davon?»

«Weil Tratsch sich in Dancing Coons mit Überschallgeschwindigkeit verbreitet. Und weil sie Blazes ältere Schwester ist.»

«Mama lässt den Trottel bis auf Weiteres im Kuhstall schlafen», erklärte die junge Frau und brachte ihnen einen Teller Kekse. «Ich bin übrigens Beth», stellte sie sich bei Ash vor. «Von Elizabeth, so wie auch Chief Betty. Bereite dich am besten darauf vor, dass du uns durcheinanderbringst, je mehr von uns du kennenlernst. Es gibt gefühlt zehntausend Elizabeths hier in Coon County und alle Eltern haben versucht, ihrem Kind einen einzigartigen Kurznamen zu geben. Den Erfolg kannst du dir vorstellen.»

«Ich bin Ash», stellte er sich vor, etwas überfahren von ihrem Redeschwall.

«Du wohnst bei Josie, nicht wahr? Ihre Katzen sind einzigartig. Ich habe meinen Kleinen von ihr und bekomme, wenn alles klappt, eins der neuen Kitten als Gesellschaft für ihn. Probiert unbedingt die Kekse. Mama hat sie mit japanischem Matcha-Teepulver gebacken, mit Sahne gefüllt und in weiße Schokolade getaucht. So etwas ist in den großen Konditoreien der Welt hip und Mama hofft, dass wir sie an die Touristen verkaufen können.»

Als die junge Frau weg war, nahm Harold einen Keks und roch misstrauisch daran. «Du zuerst», forderte er Ash auf.

Kam das jetzt einer Mutprobe zwischen Teenagern gleich? Ash nahm einen Keks und steckte ihn, ohne zu zögern, in den Mund. Die Textur des Gebäcks vereinte leichte Knusprigkeit mit einer reichhaltigen Füllung. Das harmonische Bouquet streichelte seine Geschmacksnerven.

«Wow», sagte er beeindruckt.

Durch die verschiedenen kulturellen Einflüsse und die Lage direkt am Golf von Mexiko verfügte Louisiana über eine der besten und abwechslungsreichsten Küchen der USA. Und fast alle älteren Frauen backten weltmeisterlich. Seine Erwartungen waren hoch.

Die Kekse von Beths Mutter konnten mithalten.

«Oh ja, wow. Das hätte ich nicht erwartet», bestätigte Harold, der nur ein kleines Stück abgebissen hatte und nun den ganzen Keks nachschob.

Ash hatte den Verdacht, dass sein Vorgesetzter nach dem Prinzip «was der Bauer nicht kennt, das frisst er nicht» lebte. Aber offenbar ließ er sich belehren.

«Ah, so gestärkt kann ich dir den Hintergrund von Blazes Namen erklären. Wie du es vielleicht von dir selbst und ganz sicher aus deinem Job kennst, zündeln fast alle Jungs gern. Blaze, der eigentlich Kevin heißt, war der Schlimmste von allen. Es gab eine Zeit, da erwartete ich bei jedem Notruf, dass sein Elternhaus in Flammen stand. Das passierte nie. Dafür aber brannte eines Tages, als Kevin fünfzehn war, das Hühnerhaus. Alle Tiere verbrannten. Kevins Großmutter war so etwas von wütend. Nach dem Auskühlen der Asche richtete sie ihre Schrotflinte auf Kevin und zwang ihn, alle toten Tiere einzusammeln. Und danach musste er eins nach dem anderen essen, mit allen Federresten, Innereien und was sonst noch dran war — abgesehen von den Knochen natürlich. Alle achtunddreißig Stück.»

Ash schluckte leer, als er sich das vorstellte.

«Ich war dabei, als Kevin die Tiere bergen musste. Der Junge heulte wie ein Wasserfall. Wahrscheinlich hätte jene Lektion gereicht, aber Grandma Jones wollte ihrem Enkel die Botschaft unmissverständlich und für alle Zeiten klarmachen. Was er am ersten Tag nicht aß wurde eingefroren und kam danach Tag für Tag auf den Tisch. Kevin stand es durch, mit Kotzen und anderen Nebenwirkungen zwar, aber er akzeptierte seine Strafe wie ein Mann. Wie du dir vorstellen kannst, hat er seither kein Streichholz mehr in die Hand genommen. Und kein Stück Hähnchenfleisch mehr gegessen.»

Ash stieß langsam die Atemluft aus. Die Strafe schien extrem harsch, doch kannte er Ähnliches vom Militär, und zwar immer dann, wenn ein Soldat nicht verhandelbare Grenzen überschritten hatte.

«Wie stehst du dazu?», fragte er Harold.

«Ich habe gemischte Gefühle. Das Ganze hätte schief gehen und Kevin an seiner Strafe sterben können. Ich glaube aber, dass Grandma

Jones den Jungen entweder vor einem Feuertod oder dann vor dem sicheren Gefängnis gerettet hat. Stattdessen ist ein brauchbarer Feuerwehrmann aus ihm geworden. Also war es gerechtfertigt.» Harold trank von seinem Kaffee und beobachtete das geschäftige Treiben auf der Hauptstraße.

«Mach dir am besten nicht zu viele Gedanken», fuhr er fort. «Eins jedoch solltest du aus der Geschichte für dich mitnehmen. Dies hier ist eine wilde Gegend. Wir leben in einem Naturschutzgebiet. Das geht nur, wenn wir mit den Tieren leben und nicht gegen sie. Die meisten Bewohner von Dancing Coons haben da eine ganz starke Meinung dazu. Deshalb regt sich auch niemand auf, wenn eine Kuh ihr Kalb auf der Landstraße zur Welt bringt und der Verkehr mal für eine halbe Stunde steht. Und deshalb auch der Road-kill-Dienst. Wir können es leider nicht verhindern, dass uns Tiere vor unsere Fahrzeuge laufen. Das geht blitzschnell und weil die Bäume unmittelbar neben der Straße wachsen, hast du keine Chance, sie rechtzeitig zu sehen. Aber wir können dafür sorgen, dass ihr Tod nicht umsonst ist.»

Der Fire Chief zog sein Mobiltelefon hervor. «Hast du auch eins?»

Ash nickte.

«Dann musst du unsere Lokal-App installieren. Darin schreiben die Leute, was sie möchten, respektive verwerten können. Und in einem zweiten, passwortgeschützten Teil tragen wir uns ein, wann wir den Dienst übernehmen können. Die Hauptlast wird von den Behörden, also dem Sheriff's Department, der Feuerwehr und den Rangern, getragen. Dazu kommen einige vertrauenswürdige Private, die uns unterstützen. Wir kontrollieren die Strecke zwischen hier und Lake Coon morgens und abends nach der Zeit, die hier im Bezirk als Rushhour gilt. So ist das Fleisch immer frisch.»

Zur Ashs Erstaunen beobachteten sie danach in kameradschaftlichem Schweigen das geschäftige Treiben auf der Hauptstraße. Offenbar musste Harold nicht immer reden, was Ash als eher introvertierten Mann sehr beruhigte.

Um Viertel vor neun fuhren sie los.

7

Der Road-kill-Dienst verlief zunächst ereignislos. Sie bargen einen Skunk, mehrere Eichhörnchen und etwas Kleines, Felliges, das Ash mit der Schaufel vom Highway kratzte.

Als er zum ersten Mal die Pumpstation mit der Reinigungsflüssigkeit von der Ladefläche des Feuerwehr-Pick-ups hob, grinste Harold frech. «Spritz dir damit nicht ins Gesicht.»

Ash hob gespielt drohend die Düse. «Ich spritz gleich dich ein, wenn du die Scherze nicht lässt.»

«Na ja, bei der gegenwärtigen Windrichtung wärst du der Gelackmeierte. So ähnlich, wie wenn du bei einem Schiff auf der falschen Seite über die Reling pisst», gab Harold zurück.

Guter Hinweis. Und Harold hatte recht. Eins zu null für ihn.

«Jetzt ohne Witz, Ash. Sei besser großzügig. Wir haben genügend von unserer Spezialmischung. Und glaub mir, Bären einzusammeln ist das Schlimmste.»

Ash gehorchte.

Kurz vor Lake Coon bogen sie um eine Kurve, als Harold mit voller Wucht auf die Bremse trat. «Das glaube ich jetzt aber nicht! Verdammt.»

Ein toter Elch versperrte beide Spuren. Frisches, hellrotes Blut sickerte unter seinem Bauch hervor.

Harold griff nach dem Funkgerät und stellte den Polizeikanal ein. «Harold an Chief Betty.»

«Hier Betty», meldete sie sich sogleich.

«Jemand hat in der Kurve beim Coon Creek einen ausgewachsenen Elchbullen angefahren. Kannst du bitte überprüfen, ob dem Wildhüter etwas gemeldet wurde, und eine Fahndung veranlassen? Der Idiot muss von Lake Coon gekommen und nach dem Unfall zurückgefahren sein, sonst wären Ash und ich ihm begegnet. Und sein Fahrzeug, ich tippe auf einen Lastwagen, muss deutliche Schäden aufweisen, selbst wenn er einen Kuhfänger montiert hat. Das Vieh ist riesig. Es blockiert die gesamte Straße.»

«Alles klar. Soll ich einen Abschleppwagen organisieren?»

«Ja, bitte. Wir versuchen, den Elch erst mal von der Straße zu ziehen.»

Harold legte das Funkgerät weg und wandte sich Ash zu. «Also, Junge. Dein erster richtiger Einsatz in Coon County. Ich möchte, dass du berg- und talwärts die Warnschilder aufstellst und dir dabei überlegst, wie genau wir das Vieh von der Straße ziehen. Danach schauen wir, ob du es hinbekommst. Und denk nicht, dass ich damit den Chef raushänge. An einem normalen Tag wärst du allein unterwegs, ohne mich als Back-up.»

«Jawohl, Chief», bestätigte Ash und gehorchte.

Der Elch bot einen traurigen Anblick. Er lag in sich zusammengesackt auf dem Asphalt, die Beine unter dem Körper, den Hals und Kopf lang ausgestreckt. Ash teilte die Einschätzung, dass nur ein Lastwagen diesen Unfall verursacht haben konnte.

Während er die blinkenden Warnschilder aufstellte, überprüfte er ergänzend zu Harolds Befehl den Wald links und rechts der Straße. Er entdeckte keine umgefahrene Vegetation und kein Fahrzeug, also hatte der Mensch den Unfall überlebt.

«Das war schlau», lobte ihn Harold. «Nun erklär mir, wohin du den Pick-up platzieren willst. Und wie gehst du danach weiter vor?»

Ash zeigte auf eine Stelle, wo die Bäume knapp Platz für das Fahrzeug ließen. «Dort muss der Pick-up hin. Danach ziehen wir den Elch mit der Winde weg. Fahren geht nicht. Bergaufwärts im Rückwärtsgang und mit dem Gewicht verbrauchen wir sonst die halbe Tankfüllung für das Manöver.»

«Bist du am Raten oder hast du dir die Zugkraft der Winde angeschaut?»

«Das Zweite.»

Harold nickte anerkennend. «Ich glaube, mit dir kann man arbeiten. Dann los.»

Ash parkte den Feuerwehrtruck um und stieg aus. Durch die gelöste Arretierung der Winde konnte Harold das Stahlseil mühelos abwickeln und ging damit auf den Elch zu, um es ihm um das Geweih zu wickeln.

«Harold, warte!», rief Ash. «Wir müssen erst überprüfen, ob er tot ist!»

Harold blieb direkt vor dem Elch stehen. «Verdammt, du hast recht. Und ich bin blöd.»

Plötzlich sah Ash ein Ohr des Tieres zucken. «Weg!», schrie er, die Hand schon an seiner Waffe.

Harold trat einen Schritt zurück, stolperte über das Zugseil und stürzte mit einem Schmerzensschrei auf den Asphalt.

Gleichzeitig schoss der Elch auf die Füße oder versuchte es zumindest. Nur seine Vorderläufe gehorchten ihm. Sein Hinterteil blieb gelähmt auf dem Asphalt liegen. Trotzdem senkte er den Kopf, bereit, Harold auf sein Geweih zu laden.

Ash feuerte. Der Knall war ohrenbetäubend.

Ein weiterer Schmerzensschrei von Harold, als der schwere Kopf des Tieres auf seine Beine fiel.

Ash rannte zu ihm und steckte dabei die Waffe wieder in das Gurtholster.

«Junge, pass auf. Du weißt nicht ...», versuchte Harold ihn mit schmerzverzerrtem Gesicht zu warnen. Dann fiel sein Blick auf die Stirn des Tieres und er entdeckte das Einschussloch darin.

«Ich hebe den Kopf an. Du ziehst die Beine weg», befahl Ash.

So gelang es ihnen, Harold zu befreien.

«Bist du verletzt?», fragte Ash.

Harold tastete seine Beine ab. «Mein Hintern tut weh und morgen habe ich blaue Flecken, aber es ist alles ganz.»

«Okay.» Ash erhob sich und ging einige Schritte weit weg. Ihm war übel.

Harold gab ihm zwei Minuten und kam dann zu ihm, wobei er leicht humpelte.

«Danke. Das war meine Dummheit. Du schießt nicht gern auf Tiere, oder?»

Ash schnaubte. «Ganz sicher nicht so. Der arme Elchbulle wollte sich nur verteidigen.»

Harold nickte. «Du sag mal, was trägst du da für eine Knarre am Gürtel? Eine normale Patrone hätte es nicht geschafft, die Schädeldecke eines Elches zu durchdringen.»

«Eine Desert Eagle», erklärte Ash unwillig. Nach der Szene gerade eben hatte er keine Lust, über Waffen zu sprechen. «Ich gehe Wildtieren bis zum letztmöglichen Moment aus dem Weg, aber wenn es hart auf hart kommt, will ich eine Chance haben.»

«Mit der Einstellung argumentiere ich nicht, insbesondere, da sie mir gerade das Leben gerettet hat. Schau, da kommt Betty mit dem Abschleppwagen.»

Beide Fahrzeuge trafen hintereinander auf der Straße aus Lake Coon ein.

Der Undersheriff musterte ihre Gesichter, besah sich den Elch und zog eine Braue hoch. «Im Moment spinnen offenbar nicht nur die Tiere. Harold, du weißt es wirklich besser. Bist du in Ordnung?»

«Ja.»

«Bitte versprich mir, dass du dir das mit der Knieoperation nochmals überlegst. Die Schmerzen lenken dich ab. Wenn Ash nicht da gewesen wäre, wärst du jetzt tot.»

Harold nickte schuldbewusst. Seine Miene glich der eines zurechtgewiesenen Schuljungen.

Chief Betty wandte sich an den Fahrer des Abschleppwagens, der sie und Ash um einen halben Kopf überragte. «Billy, brauchst du Unterstützung oder kommst du zurecht?»

«Passt», war seine einzige Erwiderung.

Während er an die Arbeit ging, trat Chief Betty zu Harold und Ash. «Billy ist mein Bruder», erklärte sie für Ash. «Ich habe mehrere davon. An der Highschool machten sie immer Witze, dass wir unsere eigene Footballmannschaft stellen könnten. Bis wir es eines Tages tatsächlich taten — und trotz deutlicher Unterzahl gewannen. Danach war Ruhe.»

Sie musterte Ash. «Dein Tag ist gelaufen, was?»

«Ja», presste er hervor. Ihm fiel auf, dass sie ihn duzte. Offenbar hatte er eine Art Test bestanden.

Chief Betty schaute prüfend die Straße auf und ab. «Das ist das Blöde an unserem Beruf. Bei dem Job, den du für das Militär machtest, wusstest du immer genau, wer der Böse ist und was er verbrochen hat. Wir hier haben es mit Dummheit, Hirnlosigkeit und Schwachköpfigkeit zu tun. Oft wäre es am einfachsten, wenn wir den Leuten ordentlich den Hintern versohlen und sie ohne Abendessen ins Bett schicken könnten. Leider sieht der Staat das nicht so gern.»

Harold horchte auf. «Du hast den Fahrer des Lastwagens schon gefunden?»

Chief Betty schnaubte. «Was heißt hier ‹gefunden›? Es konnte ja nur einer sein. Ich schau mal, was ich alles an Vergehen zusammenbekomme. Dann haben wir mit etwas Glück für einige Monate Ruhe, denn dem Bezirksstaatsanwalt hängt's auch längst zum Hals raus.»

Um halb sieben Uhr abends klingelte Ash bei Josie, mehrere Kartons mit Take-away auf dem Arm.

Sie öffnete ihm sogleich, ein Lächeln auf den Lippen, das ihr herzförmiges Gesicht erstrahlen ließ. «Komm herein. Wie ich hörte, hattest du einen ziemlich aufregenden Tag.»

Ash verdrehte die Augen. «Gibt es in Dancing Coons eigentlich irgendwelche Geheimnisse?»

Sie lachte. «Äh. Nein?»

Sie setzten sich wieder in die Küche. An diesem Abend nahmen die Katzen seine Gegenwart schon deutlich gelassener hin. Die meisten zogen es vor, ihn von ihren Liegeplätzen zu beobachten. Manche stellten dabei die Schnurrhaare interessiert nach vorn. Andere schliefen ungestört weiter.

«Ich überlasse es dir, die Kartons zu öffnen. Mal sehen, was du am liebsten magst.»

Josie gehorchte. «Oh, das mag ich», rief sie schon beim ersten Gericht aus. «Das ist superlecker. — Auch das ist eines meiner Lieblingsgerichte», kommentierte sie die nächsten beiden Boxen. Ein aufmerksamer Blick traf ihn. «Du hast den Wirt gefragt, was ich gern esse. Richtig?»

Ash grinste. «Zu einhundert Prozent schuldig.»

Sie tischten auf. Dafür mussten sie Luzi, der sich auf dem Tisch fläzte und schnarchte, etwas zur Seite schieben. Der Kater wachte während des Manövers nicht einmal auf.

Josie aß mit jugendlicher Unbekümmertheit, was Ash freute.

Während seiner Jahre in Arlington County, das direkt neben Washington lag und unter anderem das Pentagon beherbergte, hatte er bezüglich Essensverhalten so einiges gesehen, das wenigste davon gut.

Es war eine Sache, wenn man maßvoll aß und sich fit hielt. Was aber einige Menschen anstellten, um in ihre mehrere Nummern zu kleinen Uniformen oder Anzüge zu passen, war krank.

«Dann erklär mir mal, wie die Informationen über meinen Tag zu dir drangen», bat er, als der größte Hunger gestillt war.

Josie grinste keck und leckte die Gabel ab. «Das hättest du gern. Also ...»

Ein seltsames Kratzen unterbrach sie. Das Geräusch erinnerte an eine völlig verstimmte Gitarre.

«Schau mal, Ash», sagte Josie leise und zeigte zur Wand unter dem Fenster.

Dort entdeckte er einen mit Kaninchendraht bespannten Rahmen und dahinter ein bekanntes graues Gesichtchen mit strahlend blauen Augen.

«Ich bin heute das Rohr zwischen unseren Häusern auf der Suche nach Schäden abgelaufen und habe die Klappen entriegelt. Jemand hat uns gehört und ist neugierig.»

Auf den Stühlen rund um den Küchentisch erhoben sich drei Main-Coon-Katzen, streckten sich und sprangen zu Boden.

Die Tiere setzten sich direkt vor das Gitter und betrachteten ihren Besucher. Sapphire duckte sich. Seine Augen gingen von einer Katze zur nächsten.

Ash zwang sich zu atmen. Bisher verlief alles problemlos. Keins der Tiere starrte oder jaulte.

Eine schildpattfarbene Coonie zirpte, trippelte zum Gitter und strich mit der Flanke daran vorbei, wobei die Spitze ihres senkrecht erhobenen Schwanzes in Richtung Sapphire zeigte.

«Kennst du das?», fragte Josie leise. «Coonies streichen an allen Tieren entlang, die sie mögen, seien es Artgenossen, Hunde oder Libby und legen dem anderen Tier den Schwanz über den Rücken. Das ist eine Geste der Zuneigung. Sie machen das selbst auf Distanz, so wie Rainbow jetzt gerade.»

Aus der Sympathiebekundung wurde ein Beschnüffeln. Beide Katzen legten dazu den Kopf schräg und schoben ebenso kritisch wie vorsichtig die Nasen vor. Auch dieses Ritual lief erfolgreich ab.

«Wärst du bereit, etwas zu riskieren?», fragte Josie. «Rainbow ist die Chefin meiner Gruppe. Der große schwarze Kater, der ebenfalls vor dem Gitter sitzt, ist Ghost, mein Zuchtkater. Zusammen geben sie im Rudel den Ton an. Die cremefarbene Tabby, die unter dem Stuhl geblieben ist, heißt Cupcake, ein sehr freundliches älteres Weibchen. Die Küchentür ist zu, so hat Sapphire es mit vier Katzen zu tun, von denen er Luzi bereits kennt.»

Ash kämpfte gegen seinen Beschützerinstinkt an. Er hatte schon so vieles zurücklassen müssen, da wollte er Sapphire keinesfalls verlieren.

«Mach auf», sagte er mit einem Seufzen.

Josie zog das Gitter nach oben aus der Führung. Tief geduckt schlich

Sapphire sogleich in die Küche, wobei er den größtmöglichen Bogen um die drei Maine Coons schlug. Mit einem Satz sprang er auf den Tisch, ließ sich gegen Luzi fallen und sandte Ash einen Todesblick.

«Okay, das lief jetzt etwas anders, als ich erwartet hatte», sagte Josie, setzte sich und nahm die Gabel wieder auf.

Die drei Maine Coons sprangen zurück auf die Stühle und stützten das Kinn auf den Tisch, die Augen unverwandt auf Sapphire gerichtet. Weil sie dabei über ihre Nasenspitzen schauten, schielten sie, was lustig aussah.

Ash schnaubte amüsiert.

«Neugierig zuschauen können Coonies übrigens besonders gut. Ma nannte sie immer scherzhaft ‹meine Peanut Gallery›. Kennst du den Ausdruck? Das sind die billigsten Plätze im Theater, wo jene sitzen, die von nichts eine Ahnung haben, ihre Meinung aber am lautesten kundtun und womöglich noch mit Erdnüssen schmeißen.»

«Ja, ich denke, das trifft den Nagel auf den Kopf», bestätigte Ash. «Und alle Katzen müssen ihre Näschen immer zuvorderst haben. Hast du schon einmal versucht, einen Kratzbaum aufzubauen in Anwesenheit deiner Tiere?»

Josie lachte hell heraus. «Du auch? Bei mir war es mit Luzi, als wir in Montreal lebten. Ich brachte den Kratzbaum nach Hause und packte die Einzelteile mit der Überlegung ‹es ist ja nur eine Katze, das geht schon› aus. Vergiss es!»

Ash fand ihre Heiterkeit bezaubernd. So wie ihre offensichtliche Liebe zu ihrer verstorbenen Mutter. Es gab so viele vergiftete Familienbeziehungen.

«Wie hängt das alles zusammen? Dein Aufenthalt in Montreal? Dass du jetzt hier wohnst? Und wie kam Luzi zu dir?» Vielleicht war er zu aufdringlich mit diesen Fragen, aber Josie berührte etwas in seiner Seele wie noch niemand zuvor. Am liebsten hätte er alles über sie erfahren.

«Oh, das ist nicht in ein oder zwei Sätzen erklärt. Interessiert dich das echt?» Josie nahm sich weitere Jalapeños.

Ash freute sich, dass sie ihr so gut schmeckten. «Ja.»

«In Ordnung, aber ich habe dich gewarnt. Beklag dich nachher nicht, wenn ich dir die Comeaux-Familiengeschichte von A bis Z erzähle.»

«Werde ich nicht. Versprochen.»

Ashs Interesse wärmte Josie, aber sie ermahnte sich, nicht zu viel hineinzulesen. Wahrscheinlich sehnte er sich nach seinem schwierigen Arbeitstag nach Ablenkung.

Da er ihre Familiengeschichte von Harold, Betty und vielen anderen erfahren konnte, war lieber sie es, die sie ihm erzählte. So kam sie in den Genuss seiner Gesellschaft und schelmischen Blicke.

Es schien ihn gar nicht zu stören, den Feierabend mit einer Katzenlady zu verbringen.

Das würde jedoch kaum so bleiben. Attraktiv wie Ash war, standen die Singlefrauen von Dancing Coons bald vor seiner Tür Schlange — egal ob ihm das gefiel oder nicht. Bei einem so begehrenswerten Mann versuchte jede ihr Glück.

«Meine Familiengeschichte springt über die vergangenen Jahrzehnte mehrmals zwischen Montreal und hier hin und her. Das ist eher unüblich für die Gegend. Zwar sind es nicht einmal zweihundert Meilen, doch dazwischen liegt eine Landesgrenze und dann ist da noch die unterschiedliche Sprache.»

Ghost, der große schwarze Kater, gab die Beobachtung von Sapphire auf und kam über die Sitzflächen der Stühle zu Josie, um ihr die Pfote auf den Arm zu legen. Gehorsam rutschte sie etwas vom Tisch weg, damit er sich auf ihrem Schoß zusammenrollen konnte.

Ash beobachtete das Manöver mit einem Schmunzeln und streckte die Hand nach Luzi aus, um ihn zu streicheln. Dabei bekam auch Sapphire immer wieder Zärtlichkeiten ab.

Das beeindruckte Josie. Sein Kater mochte ihn im Moment hassen, aber Ash gab nicht auf.

«Meine Grandma wurde hier in Dancing Coons geboren, in einem kleinen Haus, das vor dem Gartenhaus an dessen Stelle stand. Die

Leute werden dir sicher bald Geschichten über sie erzählen. Sie galt als Tierflüsterin. Viele Leute nannten sie deshalb eine weise Frau. Gemäß ihr fließt in den Adern meiner Familie einiges an First-Nations-Blut. So gab es unter Grandmas Vorfahren offenbar Mohawks und Irokesen.»

Nicht alle Amerikaner reagierten auf diese Eröffnung positiv. Ashs Miene veränderte sich nicht, was wahrscheinlich mit seiner Abstammung zusammenhing. Das Blut vieler Cajunfamilien zeigte die unterschiedlichsten Einflüsse.

«Weil ich nichts davon sehe, wenn ich in den Spiegel schaue, war ich lange nicht sicher, ob es sich dabei um eine Hippiefantasie handelt. Du weißt schon: die wilden Sechziger, freie Liebe und alles, was dazugehört. Aber Grandma beharrt heute noch darauf, also dürfte es stimmen.»

Ghost erhob sich auf ihren Beinen, krümmte den Rücken zu einem prächtigen Katzenbuckel und rollte sich neu zusammen.

«Irgendwann während der wilden Hippiezeit — das genaue Jahr müsste ich nachschauen; ich kann mir keine Zahlen merken — kam ein kanadischer Zoologiestudent für ein Austauschprojekt hierher. Er spezialisierte sich auf die Wildtiere im Norden der USA. So war es nur eine Frage der Zeit, bis ihn die Leute von Dancing Coons auf Grandma hinwiesen. Beide erzählen, dass sie ihr Herz aneinander verloren, noch bevor sie das erste Wort gewechselt hatten. Was vielleicht besser war, denn Grandma sprach kein Wort Französisch und Grandpa kauderwelscht noch heute ein Frenglisch, das du nur verstehst, wenn du beide Sprachen beherrschst.»

Ash lachte. «Fast wie bei mir. Wenn ich mit einem normalen Franzosen Cajun-Französisch spreche, starrt der mich verständnislos an. Wir müssen bald einmal versuchen, ob uns eine längere Unterhaltung gelingt. Ganz sicher bin ich mir ehrlich gesagt nicht, trotz der gemeinsamen Wurzeln unserer Sprachvarianten.»

Dann war Ash einem zukünftigen Treffen nicht abgeneigt und nicht nur hier, um ihr nach dem gestrigen Abend nichts schuldig zu sein? Ein Essen für ein Essen?

Josies Herz machte einen freudigen kleinen Hüpfer.

«Ich habe dich unterbrochen. Erzähl weiter von deiner Familie», forderte er sie auf.

«Wie gesagt verliebten sich Grandma und Grandpa ineinander und ratzfatz war meine Mutter unterwegs. Was danach genau geschah, berichten die beiden immer wieder neu. Jedenfalls wurde rechtzeitig geheiratet und meine Mutter hier in Coon County geboren. Dadurch erhielt sie beide Staatsbürgerschaften. Und als sie noch klein war, richteten sich Grandpa und Grandma in einem Haus in Montreal ein. Grandma lernte innerhalb kurzer Zeit perfekt Französisch. Will sie nicht, dass du es merkst, kommst du nicht darauf, dass sie als Amerikanerin geboren wurde.»

«Wow, das braucht einiges. Vermisst sie die hiesigen Wälder und Tiere in der Großstadt nicht? Ich kann mir nicht vorstellen, dass es dort für eine Tierflüsterin viel zu tun gibt.»

Josie zog die Brauen zusammen. «Das ist das Seltsame. Grandma behauptet, dass mit Mas Geburt all diese Fähigkeiten auf sie übergingen. Und so schien es auch zu sein. Ma fühlte sich in der Großstadt nie wirklich wohl. Sie verbrachte alle Schulferien hier in Dancing Coons bei ihrer Tante, der Schwester von Grandma. Weil sie zweisprachig aufwuchs, ging das problemlos.»

Josie hielt einen Moment lang inne. Nun kam der schwierigere Teil der Geschichte, in dem es Themen gab, die sie Ash nicht anvertrauen wollte. Also musste sie sich gut überlegen, was sie sagte.

«Auch Ma galt bald als Tierflüsterin. Sie hatte jedoch eine wilde Seite und wollte etwas von Amerika sehen. So reiste sie auf eigene Faust mit ihrem Auto durch das Land, arbeitete, wo sie etwas fand, und zog nach kurzer Zeit weiter. Relativ rasch traf sie auf ihrer Reise meinen Vater, verliebte sich in ihn und nahm seinen Antrag an. Bald danach war ich unterwegs. Ma erzählte mir einmal, dass das die schönsten Monate ihres Lebens waren. Aber leider blieben es nur Monate. Pa starb noch vor meiner Geburt, sodass ich ihn nie kennengelernt habe.»

Ash Miene zeigte tiefes Mitgefühl. «Das tut mir leid. So etwas ist hart.»

Josie seufzte und rieb sich verstohlen die Wange, wo einige entflohene Tränen nasse Spuren hinterlassen hatten. Es gab seelische Schmerzen, die nie vergingen. Dieser gehörte dazu.

«Ich tat mir lange leid, wobei ich versuchte, es Ma nicht zu zeigen. Sie gab sich solche Mühe. Irgendwann merkte ich, dass es noch schwerer zu ertragende Varianten meines Schicksals gibt. Hier in Dancing Coons lebt eine Familie, bei der starb der Vater, als schon vier Kinder auf der Welt und Zwillinge unterwegs waren. Das ist dann wirklich hart, denn die Kinderschar wird zweigeteilt in jene, die sich an den Vater erinnern, und jene, für die er auf ewig nur ein Name und Gesicht auf Fotos bleibt. Seither beurteile ich mein Schicksal als nicht unbedingt fair, aber okay.»

Ash nickte nachdenklich. «Magst du noch weitererzählen, was danach geschah?»

«Klar, denn jetzt ist der traurige Teil vorbei. Ma machte sich keine Illusionen, was sie als alleinerziehende Mutter erwartete. So kehrte sie mit mir nach Dancing Coons zurück. Grandma Sally — so nannte ich meine Großtante — bot uns ein Zuhause. Es waren tolle Jahre. Beide Frauen arbeiteten Vollzeit, aber mindestens eine war immer für mich da. Gleichzeitig übernahmen die Männer im Ort die Vaterrolle für mich. Ich habe sie bei ihren Aufgaben begleitet und meine halbe Jugend in den Wäldern verbracht. Ich vermute, kein Kind brachte jemals mehr Dreck nach Hause.»

Ash lachte. «Irgendwie fällt es mir schwer, das zu glauben.»

Josie fühlte, wie ihre Wangen heiß wurden. «Ich habe Beweisfotos. Aber damit ich sie dir zeige, müsstest du mir eine Vertraulichkeitserklärung unterschreiben. Sie sind echt peinlich.»

«Nun, dann akzeptiere ich vorerst einmal dein Wort dafür», erwiderte er mit funkelnden Augen. «Erzog deine Ma dich zweisprachig?»

«Nicht ganz. Sie und Grandma Sally teilten sich auf. Sally sprach nur Englisch und Ma nur Französisch mit mir. Meine gleichaltrigen Freunde fanden das schräg. Für mich war es ein Segen, denn es zeigte sich, dass ich über beträchtliches künstlerisches Talent verfüge. Dieses Talent, zusammen mit der kanadischen Staatsbürgerschaft und den französischen Sprachkenntnissen verschaffte mir ein Stipendium an der Kunsthochschule von Montreal.»

«Wow.» Ash klang ehrlich beeindruckt. «Lass mich raten. Während der Ausbildung wohntest du bei deinen Großeltern.»

«Genau und durfte sie dadurch sehr gut kennenlernen. Die beiden sind genial. Mit der kleinen Ausnahme, wenn Grandpa sein Frenglisch durch meine Hilfe verbessern will. Grandma hat den Versuch schon lange aufgegeben. Sie sagt, eher lerne ein Hund Arien singen. Grandpa hat darauf seine eigenen scherzhaften Retourkutschen.»

Ash gluckste amüsiert und Josie lächelte, als sie sich an die glücklichen Jahre erinnerte. «Nach dem Studium blieb ich in Montreal und arbeitete als Grafikerin. Luzi und ich wohnten ganz in der Nähe meiner Großeltern und konnten sie so fast täglich besuchen.»

«Ah, deshalb sprichst du also Französisch mit ihm.»

«Ja», Josie nickte ernst. «Mir kommen immer noch die Tränen, wenn ich daran denke, wie er zu mir kam. In meinem letzten Studienjahr fand ich ihn als Kitten halb erfroren auf der Straße. Es war an einem furchtbar kalten Dezemberabend. Grandma gab mir Ratschläge, was ich tun konnte, und wir kümmerten uns die ganze Nacht abwechselnd um den Kleinen, massierten ihn und wärmten seinen kleinen Körper langsam auf.»

«Offenbar mit Erfolg», sagte Ash und kraulte Luzi, der immer noch mit Sapphire auf dem Tisch schlief, das Köpfchen. Ein überlautes Schnurren erfüllte die Küche.

«Das ja, allerdings stellte sich rasch heraus, dass er keine normale Katze ist — entweder aufgrund eines Geburtsfehlers oder weil die Kälte Schäden angerichtet hat. Er ist etwas zwischen extrem schwerhörig und ganz taub, deshalb dieses viel zu laute Schnurren. Wahrscheinlich riecht und schmeckt er auch nichts. Weil er als Kitten so oft Durchfall hatte, gab ich ihm irgendwann Haferflocken über sein Futter. Er isst heute noch von der übelsten Pampe bis zum Luxusfutter alles mit dem gleichen Gusto, solange Haferflocken drauf sind. Meiner Meinung nach beurteilt er sein Essen rein nach der Optik.»

Josie beobachtete, wie Ash sich zu Luzis Bäuchlein vorarbeitete, um die Stelle zwischen den Vorderbeinen zu kraulen. Prompt drehte sich der Kater auf den Rücken und streckte hingebungsvoll alle viere von sich.

Sapphire stieß ein maulendes Grummeln aus und legte sich anders hin, damit er wieder möglichst viel Körperkontakt zu Luzi hatte.

«Bereust du, dass du ihn gerettet hast? Er wirkt zufrieden, aber dich scheint etwas zu belasten», sagte Ash.

Interessant, dass er das spürte.

Josie seufzte. «Er ist die wahrscheinlich zufriedenste Katze auf der ganzen Welt und vergöttert mich. Ich bin mir jedoch nicht sicher, ob ich ihm noch gerecht werde. Als Ma krank wurde, zog ich nach Dancing Coons zurück und betreute meine kanadischen Kunden von hier aus über das Internet. Da änderte sich noch wenig. Aber dann zog Ma ins Gartenhaus und ich übernahm die Verantwortung für ihre schnurrende Rasselbande. Seither finde ich kaum die Zeit, um zu arbeiten, und auch Luzi kommt zu kurz. Ich versuche, wie früher mit ihm täglich einen Spaziergang im geschützten Auslauf zu machen, aber manchmal klappt es einfach nicht.»

Ash dachte über ihre Worte nach. Kam jetzt ein typisch männlicher Ratschlag? Männer boten in solchen Gesprächen für gewöhnlich Problemlösungen an — egal ob machbar oder hirnrissig.

Ash überraschte sie, wie schon mehrmals zuvor.

«Schuldgefühle sind ein schwieriges Thema und logischen Argumenten kaum zugänglich. Wie siehst du denn die langfristige Situation? Wirst du immer so viele Katzen haben?»

«Neeeein!» Josie verdrehte die Augen. «Versteh mich richtig. Ich liebe die Tiere, aber ich möchte mich auch richtig um jedes davon kümmern können. Ma konnte das irgendwie, aber ich bekomme es nicht hin. Wenn die Kitten ausgezogen sind, werde ich auch für einige der erwachsenen Katzen neue Lebensplätze suchen. Es gibt Menschen hier im Ort, die gerne ein Andenken an Ma hätten und Katzen lieben. Die Gespräche sind bereits im Gang. Wenn alles klappt, habe ich am Ende noch sechs Katzen: Ghost, seine vier Lieblingsdamen und Luzi. Dann kann jede Kätzin einmal im Jahr Junge haben und die Leute von

Coon County müssen nicht auf ihre geliebten Maine Coons aus Mas Zucht verzichten. Viele erzählen, dass die Katzen magisch sind.»

Sie hatten längst fertig gegessen. Alle Take-away-Boxen waren leer.

Wie peinlich! Ash musste sie für einen Vielfraß halten. Sollte sie ihm verraten, dass ihr Mittagessen ausgefallen war, weil drei Kitten plötzlich Durchfall entwickelt hatten?

«Deine Katzen haben aber nichts mit den tanzenden Waschbären von Dancing Coons zu tun, oder etwa doch?», wunderte sich Ash.

Josie musterte ihn. Er hatte mindestens so viel gegessen wie sie. Vielleicht musste sie sich doch nicht schämen.

«Nein, das ist eine ganz andere Geschichte.» Ihr Blick fiel auf die Uhr an der Küchenwand. «Allerdings für einen anderen Tag. Schau mal, wie spät es ist. Wo ist nur die Zeit hin? Hast du morgen Dienst?»

Ash schaute ebenfalls zur Uhr und staunte. «Ja. Und ich muss tatsächlich bald ins Bett, sonst gähne ich Harold die Ohren voll. Bist du mir böse, wenn ich mich verabschiede? Soll ich dir noch aufräumen helfen?»

Josie erhob sich. «Ganz sicher nicht. Und es gibt ja auch gar viel aufzuräumen. Möchtest du, dass ich Sapphire zurück in den Tunnel schiebe?»

«Ja, gerne.»

Bald war der Kater auf dem geschützten Rückweg ins Gartenhaus und Ash stand mit Josie an der Eingangstür, dies unter genauer Beobachtung durch das Maine-Coon-Rudel, welches sich hinter dem gläsernen Windfang versammelt hatte und starrte.

Josie wusste gar nicht, wie sie sich verabschieden sollte. Sie hatte den Abend sehr genossen.

Auch Ash schien ungewöhnlich zappelig. Schließlich streckte er die Hand aus und berührte vorsichtig ihren Ellenbogen.

«Das war ein wunderschöner Abend», sagte er leise.

Josie schluckte und versuchte ein Lächeln. Es fühlte sich etwas zittrig an. «Mit einem Take-away-Nachtessen an einem Küchentisch, auf dem zwei Katzen lagen?»

Ash nickte ernst. «Wie ich schon sagte. Perfekt. Darf ich bald wiederkommen?»

Er wollte wiederkommen?

Josies Herzschlag beschleunigte sich, doch sie mahnte sich zur Vorsicht. Bevor sie sich zu sehr freute, musste sie erfahren, in welche Richtung seine Überlegungen gingen.

«Wegen meiner wundervollen Katzen?» Damit bot sie ihm einen einfachen Ausweg.

Er schmunzelte. «Sie sind mit ein Grund, aber der Hauptgrund liegt eher in ihrer Besitzerin.»

Also durfte sie sich freuen, zumindest ein klein wenig.

Josie biss sich auf die Unterlippe. «Ich möchte wieder einmal eine Lasagne zubereiten, aber wenn nur eine Person davon isst, gibt es so viel einzufrieren. Hättest du Lust?»

Seine Augen leuchteten auf. «Sehr gerne. Ich mag Lasagne. Morgen Abend? Die darauffolgenden beiden Tage habe ich Spätschicht. Und Lasagne zum Frühstück fühlt sich irgendwie seltsam an, so als würde man den Tag von der falschen Seite betrachten. Glaub mir, ich weiß, wovon ich rede.»

Josie musste lachen. «Morgen ist gut. Gleiche Zeit?»

Als Ash zum Gartenhaus ging und sie seine attraktive Rückseite betrachtete, konnte sie ihr Glück kaum fassen.

Sie war eine überforderte Katzenlady in der hintersten Provinz — und trotz all dem hatte sie morgen Abend schon das dritte Treffen in Folge mit dem interessantesten Mann der Stadt. Dieses Glück galt es zu genießen, solange es anhielt.

8

Als Ash die Feuerwache betrat, saß Harold hinter dem Computer und starrte auf den Bildschirm.

«Nicht schlecht. Du warst fleißig gestern Nachmittag. Kamen dir die drei Katzen, die aus den Bäumen gerettet werden mussten, irgendwie suspekt vor?»

Ash goss sich Kaffee ein und setzte sich Harold gegenüber. «Gibt es darauf eine sichere Antwort?», fragte er und rieb sich die Augen.

Eigentlich sollte ihn sein Job beim Militär gegenüber Klimaveränderungen abgehärtet haben. Der Wechsel zwischen den USA und Ashs militärischen Einsatzgebieten rund um die Welt war jedoch stets reibungsloser verlaufen als sein Umzug von südlich der Mason-Dixon-Linie nach hier. Zwar schlief er tief. Trotzdem fühlte er sich am Morgen müde. Wahrscheinlich hatte er irgendein ungeschriebenes Tabu verletzt, das besagte, dass sich kein Südstaatler bei den Yankees häuslich niederlassen durfte.

«Dann lass es mich aussprechen. Die Katze von Miss Florence war ein echter Notfall. Mausilein — gesegnet sei jedes überflüssige Pfund an ihr — klettert regelmäßig vom Dach des Schuppens auf den Walnussbaum, merkt, dass sie ihren fetten Hintern auf dem schmalen

Ast nicht mehr herumschwingen kann und beginnt Arien zu singen. War sie garstig, als du sie heruntergepflückt hast?»

«Nein. Ein bisschen Plaudern und Köpfchen kraulen und sie ließ sich einfach so nehmen. Viel zulegen darf sie allerdings nicht mehr, sonst braucht man mehr als einen Arm, um sie zu tragen.»

«Ach, mach dir keine Sorgen. Dann nehmen wir den Krankorb. Falls Mausilein kleiner als ein Panda bleibt, kommen wir damit zurecht. Nun zu den anderen beiden ‹Notfällen›.» Harold verzog das Gesicht. «Ich würde mein Mittagessen darauf verwetten, dass Miss Florence, kaum dass du weg warst, ihre Freundinnen angerufen und ihnen von deinem Knackarsch erzählt hat. Woraufhin die beiden alten Mädchen ihre Katzen in den Bäumen platzierten.»

Ash dachte an die Frauen, von denen keine unter siebzig Jahre alt war. Miss Florence kam als winziges, schlankes Päckchen mit einer militärisch strammen Haltung und schneeweißen Haaren, die sie auf Kinnlänge abgeschnitten trug. Ihre Freundinnen wirkten eher wie die typischen Großmütter. Sie schauten durch dicke Brillengläser mit Kettchen an den Bügeln, damit sie die Brillen nicht verlegten, trugen ihre Haare mit Blaustich und waren rundlich.

«Dann habt ihr hier oben auch Hell's Grannies? Mit den Seniorinnen bei mir zu Hause legt man sich besser nicht an. Da zieht man garantiert den Kürzeren.»

Harold verdrehte die Augen. «Oh ja.» Er musste lachen. «Hell's Grannies — Höllengroßmütter — der Name gefällt mir. Jedenfalls hacken die meisten unserer Seniorinnen, wie übrigens auch die alten Männer, ihr Holz selbst. Und fast alle schießen so gut wie die Scharfschützen im Militär, dies nur für den Fall, dass mal jemand mit einer Waffe vor dir steht.»

Harold klickte sich weiter durch Ashs Bericht. «Das mit den Kühen verstehe ich nicht ganz. Du schreibst, die Herde geriet in Panik und verteilte sich im an die Weide grenzenden Wald?»

Ash nickte, ein ungutes Gefühl im Magen. «Das wollte ich noch mit dir besprechen. Bei der Beschreibung habe ich geflunkert. Deshalb ist jener Teil des Berichts als ‹Entwurf› markiert. Der Farmer hat mir erklärt, dass der Geist von Chief Dancing Coons den Kühen erschienen sei und sie in den Wald geführt habe. In Arlington wurden wir angehalten, Übernatürliches wenn immer möglich nicht in unsere Berichte einfließen zu lassen. Wegen der Homeland Security, die in der Nähe des Pentagons dauernervös ist, und auch wegen der Verschwörungstheoretiker, sollte sich jemand Zugang zu den Berichten verschaffen.»

Harold nickte. «Das kann ich nachvollziehen. Bei uns brauchst du dich nicht an diese Vorsichtsmaßnahme zu halten und kannst jeden Blödsinn niederschreiben, den die Leute dir erzählen. Zu deiner Information: Farmer Mike sollte sein Hirn mal neu verkabeln lassen. Da oben stimmt schon lange einiges nicht mehr. Das zeigt sich unter anderem daran, dass der Geist von Chief Dancing Coons so etwas nie tun würde.»

Ash starrte Harold konsterniert an. Was war denn das für ein Argument? «Lass uns die Situation kurz festhalten: Ich bin der abergläubische Südstaatler, der in einem Gebiet aufwuchs, wo viele Oldtimer Voodoo praktizieren und seltsame Vorfälle oft keine natürliche Erklärung haben. Du bist der rationale Yankee und du erzählst mir, dass der Geist eines Indianerhäuptlings die Kühe nicht in den Wald geführt hat. Und das nicht, weil es keine Geister gibt, sondern weil besagter Geist das nie tun würde.»

Harold nickte wie ein Wackeldackel, während er Ashs zugegebenermaßen etwas verschwurbelte Aussage durchging. «Genau.»

Ash wartete, ob da mehr kam, aber Harold schien mit seiner Antwort zufrieden.

«Ich erlebe gerade Eingewöhnungsprobleme», bemühte er sich um einen neutralen Kommentar.

Harold horchte auf. «Hat dir Ben die Sagen dieses Ortes nie erzählt?»

«Nein», rief Ash, inzwischen etwas genervt, aus. «Auch wenn du es kaum glauben magst, dieser seltsame Ort nahm keine prominente Rolle in unseren Gesprächen ein, weder beim Militär noch später. Newsmeldung: Das Universum dreht sich nicht um 27 Dancing Coons und wir restlichen Amerikaner werden nicht vor euch gewarnt.»

Nun grinste Harold. «Das solltet ihr aber, denn …»

Die Tür zur Feuerwache wurde aufgestoßen und ein nur zu bekannter, unvergleichlich übler Geruch breitete sich in ihren vier Wänden aus. Ash kam er deutlich schlimmer vor als gestern.

«Blaze, raus!», schrie Harold und schlug sich ein baumwollenes Taschentuch vor Mund und Nase. Sein Blick ging zu Ash. «Morgenbesprechung nach draußen vertagt. Ich beanspruche die Kaffeedose für mich.»

Blaze lehnte linkisch-verlegen an Harolds Chief-1-Truck, als sie ins Freie traten. Seine Haut, wo sie zu sehen war, leuchtete hummerrot. Offenbar hatte er sie beim Waschen fast weggeschrubbt.

«Ich bin bereit, deine Beichte zu hören», sagte Harold griesgrämig. «Nein, warte.» Er riss den Deckel von der Kaffeedose und steckte die Nase tief hinein.

«Jetzt», verlangte er, nachdem er wieder daraus auftauchte.

«Na ja, Mama bat mich, den Laubhaufen unter ihrer Veranda wegzurechen. Nur war der bewohnt. Der Skunk hatte keine Freude, als ich ihm sein Bett zerstörte, und Mama auch nicht. Ich musste frisches Laub holen und dem Tier ein neues Nest bauen.»

Ash blinzelte. Irgendwie nahmen solche Geschichten in Dancing Coons nie die erwartete Wende.

«Dann lebt der Skunk weiterhin unter eurer Veranda?», fragte Ash.

Blaze zuckte die Schultern. «Klar. Mama sagt, dass er uns nichts tut, wenn wir ihm nichts tun.»

Harold verdrehte mit einem Seufzen die Augen. Ash konnte ihn verstehen. Wahrscheinlich würde er diese Geste nur zu bald selbst übernehmen. Es war entweder das, ein hilfloses Schulterzucken, oder sich eine Pistole an die Schläfe zu halten und abzudrücken.

Etwas Nasses traf seine Nasenspitze und ein Windstoß fegte über den Platz. Zum ersten Mal, seit er an diesem verrückten Ort angekommen war, zeigte sich das Wetter von seiner garstigen Seite. Schwere Regenwolken hingen tief über den Hängen der umliegenden Berge, bereit, ihre Ladung loszuwerden.

«Uh oh», sagte Harold nach einem kritischen Blick zum Himmel.

«Ist das der von Chief Betty erwartete Sturm?», fragte Ash. «Ich meine den, der die Tiere spinnen lässt?»

Der Fire Chief musterte die Wolken. «Das ist die gute Frage. Meiner Meinung nach nein. Diese Wolken bringen nur sehr viel Regen, doch auch das ist keine gute Nachricht. Oberhalb der Straße zum Skigebiet gibt es einen Hang, den wir vor dem Winter unbedingt noch sichern müssen. Dafür kommt nächste Woche schweres Gerät aus Saratoga Springs. Früher ging leider nicht, weil sie es streng nach Dringlichkeit zuordnen und an den anderen Einsatzorten Menschen direkt gefährdet sind. Mit dem gleichen Konvoi sollte ein extra großer Bagger kommen, mit dem wir den Coon Creek vor dem Winter nochmals freiräumen wollten. Unserer ist dafür zu klein. Lasst mich rasch etwas abklären.»

Harold öffnete die Fahrertür seines Trucks und holte sein Funkgerät heraus. Im Gegensatz zu Chief Bettys war es nicht fest eingebaut, sondern ein Handgerät. Er wählte einen Kanal. «Chief Harold an meteorologische Station. Sitzt jemand am Empfänger?»

Es knackte. «Ja, hier ist Phil. Ich vermute, du willst meine Prognose hören, Chief. Alle Anzeichen deuten darauf hin, dass es heftig wird. Die Regenwolken haben sich innerhalb kürzester Zeit über dem Ozean aufgebaut. Wir gehen davon aus, dass sie über den Adirondacks ihre Schleusen öffnen.»

«Oh, verdammt. Das konnten wir gerade noch gebrauchen. Danke für das Update, Phil. Harold out.»

«Viel Glück euch. Phil out.»

Harold kratzte sich am Kopf. «Okay, das ist gar nicht gut und bedeutet, dass wir uns etwas überlegen müssen. Mal sehen, welche Möglichkeiten wir haben. Kannst du Bulldozer und Bagger fahren, Ash? Jene mit Kettenantrieb?»

Ash nickte. «Ja, solange du nicht erwartest, dass ich mithilfe der Schaufeln ein Streichholz anzünden kann oder all die anderen Tricks.»

«Normale Bedienkünste reichen völlig. Ich kann dir das nicht befehlen, aber wärst du bereit, gemeinsam mit Chief Bettys Bruder Billy das Bachbett vom Coon Creek auszubaggern? Bei dem Wetter ist es ein Scheißjob und extrem gefährlich, weil unsere Maschinen eigentlich zu klein dafür sind und ein etwaiges Hochwasser blitzschnell kommt. Aber wir können nicht mehr warten, sonst wird Lake Coon überflutet.»

Ash brauchte nicht darüber nachzudenken. «Mache ich», bestätigte er. «Wie finde ich Billy und was muss ich ihm sagen?»

«Nichts. Ich mach das. Nimm meinen Wagen und das Funkgerät und fahr mit Blaulicht nach Lake Coon. Auf dem Weg wirst du alles hören, was du wissen musst. Gib mir stattdessen die Schlüssel zu Bettys Truck. Meine stecken.»

Ash gehorchte und stieg in Harolds Truck. Er warf Blaulicht und Sirene an und fuhr los. Während er durch die Hauptstraße von Dancing Coons raste, unterbrachen die Anwohner ihre Tätigkeiten und verfolgten seine Fahrt mit ernsten Blicken.

Einige waren dabei, Flutbarrieren an den Häusern anzubringen — meist Bretter, die sie in eiserne Führungen vor Türen und Kellerfenstern schoben. Wenn etwas Ash den Ernst der Lage klarmachte, dann das.

«Chief Harold an die Feuerwache von Lake Coon. Bitte melden», drang aus dem Funkgerät. Die Verbindung war klar, sodass Ash die Worte problemlos verstand. Wenigstens das.

«Hier Mickey, Chief. Dash hört dich auch. Sie überprüft gerade die Fahrzeuge, damit alles bereit ist.»

Ash hatte Mickey und Dash am Vortag kennengelernt, nach dem Elchvorfall in der Nähe von Lake Coon. Die beiden wirkten so speziell wie die ganze Gegend.

Mickey war ein drahtiger, älterer Mann mit langen weißen Haaren und einem Rauschebart. Falls der liebe Gott im Himmel einen verrückten Erfinder beschäftigte, sah der etwa so aus.

Dash war eine zierliche Frau mit violetter Punkfrisur und Muskeln aus Stahl. Ash tippte auf Kampfsport oder Klettern.

Er war Zeuge geworden, wie sie einen frisch ausgewuchteten Reifen des Löschfahrzeugs mal einfach so hochhob und zurück auf die Nabe schob. In einem unbeobachteten Moment wollte er probieren, ob er das auch hinbekam. Die richtige Arbeitstechnik half, dennoch benötigte man eine ganze Menge Kraft. Mal sehen, ob es ihm gelang.

Wenn er etwas im Militär gelernt hatte, dann dass es zwar körperliche Unterschiede zwischen Frauen und Männern gab, die sich nicht durch Training überwinden ließen — so unter anderem der unterschiedliche Körperschwerpunkt —, dass die Soldatinnen sich jedoch mindestens ebenso fähig zeigten wie ihre männlichen Kameraden. Die beiden besten Piloten, die er kannte, waren Frauen.

Eine davon Jesse.

Mist, er hatte sein Projekt für Dark vergessen! Dabei hätten die beiden Abendessen mit Josie ihm die perfekte Möglichkeit geboten, sie um Erlaubnis für sein Vorhaben zu bitten. Zwar hatte er für einige weitere Tage Bilder von Sapphire auf seinem Smartphone, doch wenn er Dark eine herzerwärmende Freude bereiten wollte, brauchte er Fotos der Kitten.

Ash folgte dem Funkverkehr zu Harolds Abklärungen und Anweisungen an die involvierten Parteien mit einem Ohr, während er sich voll auf die Straße konzentrierte.

Aufgrund der schwarzen Wolken am Himmel war die Sicht auf der Landstraße schlecht. Die dichten Bäume mit ihrem prachtvollen Herbstlaub filterten das Licht, bis nur ein diffuses Schattenspiel übrig blieb.

Nicht, dass er ein Tier anfuhr. Und das in Harolds Truck. So etwas fehlte ihm gerade noch.

Kurz vor der Ortseinfahrt von Lake Coon sah Ash ein blinkendes Warnlicht, das eine Straßenverengung ankündigte. Das musste Billy sein. Ash bremste und fuhr langsam um die Kurve, hinter der Harold und er den Elch gefunden hatten.

Tatsächlich. Chief Bettys Bruder wartete, wie über Funk vereinbart, mit einem Sattelschlepper, der die Fahrspur talwärts versperrte. Auf der Ladefläche standen ein Bulldozer und ein Bagger. Vor dem Sattelschlepper parkte ein Lastwagen.

Billy und ein zweiter Mann, der wie sein Zwilling wirkte, lösten gerade die Ketten, mit denen die Arbeitsmaschinen auf dem Tieflader festgezurrt waren.

«Dave», stellte sich der zweite Mann vor, als Ash zu den beiden trat.

«Ash.»

Ein kurzer Händedruck, schon arbeitete Dave weiter. Ash half schweigend beim Abladen. Er war es gewöhnt, mit wortkargen Männern zusammenzuarbeiten. Dark war ein Beispiel dafür. An manchen Tagen sagte der gerade mal drei Sachen — Begrüßung und Abschied inbegriffen.

«Komm», befahl Billy und führte Ash einen Forstweg entlang.

Sie mussten nicht weit laufen. Nach dreißig Metern endete der Wald und sie schauten in ein Bachbett hinab.

Ash schluckte leer.

Das Bachbett war ungefähr drei Meter tief und zwölf Meter breit mit wechselhaft geformten Wänden. An manchen Stellen war die Böschung steil, an anderen sanft, und er entdeckte mehrere Bereiche, die das Wasser unterspülte. Normal für einen ungezähmten, natürlichen Bach.

Nur war von der gegenüberliegenden Seite der halbe Berghang hineingerutscht, wahrscheinlich vor drei oder vier Wochen, wenn Ash den Erholungsstand der Natur korrekt deutete. Unter dem Geröll befanden sich riesige Felsbrocken, viel zu groß für einen normalen Bagger.

«Sprengen geht nicht, sonst kommt noch mehr», sagte Billy.

Ash nickte ernst und versuchte sich einen Überblick der Lage zu verschaffen. Mit all dem Material im Bachbett floss der Coon Creek über zwanzig oder dreißig Meter in einem Kanal, der maximal sechzig Zentimeter breit war. Sie mussten dringend einen größeren Durchgang frei räumen, sonst war Lake Coon in Nullkommanichts überschwemmt. Das Gelände gestaltete sich so, dass alles, was an dieser Stelle über die Ufer trat, direkt in den talwärts liegenden Ort floss — und womöglich die Straße mitriss.

«Wer macht was?», fragte Ash.

«Du baggerst den Kanal frei und schaufelst alles erst mal da hin.» Billy zeigte auf eine Stelle im Bachbett fast direkt unter ihnen. «Dave und ich schaffen mit dem Bulldozer eine Zufahrt. Dann fährt Dave den Lastwagen zu dir runter und du lädst das Geröll auf. Wir haben noch zwei weitere Lastwagen, die kommen, um zwischen hier und dem Kieswerk hin und her zu pendeln. Ich ebne mit dem Bulldozer bei Bedarf die Zufahrt und ziehe Lastwagen raus, die steckenbleiben.»

«Verstanden.»

«Im Bagger hat es einen Helm mit Funk im Gehörschutz. Unbedingt anziehen. Der Kanal der Feuerwehr ist eingestellt.»

«Okay.»

Sie gingen zurück zum Sattelschlepper und Ash kletterte in die Führerkabine des Baggers. Hoffentlich war er nicht zu sehr aus der Übung. Ein solches Gerät bediente sich fast wie eine mechanische Spinne, denn die Ketten waren nur eine Art der Fortbewegung. Wirkliche Könner bewegen sich mithilfe des Auslegers und, wo vorhanden, des Planierschilds.

Die Fahrt vom Tieflader und den Forstweg entlang war ein Kinderspiel. Die wenigen Meter ins Bachbett hinab gestalteten sich verdammt steil. Ein Fehler und der Bagger landete auf der Seite.

Ash schuf sich zuerst eine horizontal ausnivellierte Rampe. Danach stützte er den Ausleger im Bachbett auf und fuhr schnurgerade die Aufschüttung hinab.

Billy und Dave, die sein Manöver mit Adleraugen beobachtet hatten, gaben ihm das Daumen-hoch-Signal und machten sich an ihren Teil der Arbeit.

Konzentriert begann Ash, sich einen Weg zur Verengung bachabwärts freizuschaufeln. Sie hatten nur diesen einen Bagger. Wenn er die Maschine überforderte und die Hydraulik des Auslegers schrottete, gab es keinen zweiten Versuch. Selbst wenn Billy über die nötigen Materialien und Fähigkeiten verfügte, dauerten solche Reparaturen Stunden.

Über Funk trafen regelmäßig Statusupdates ein.

«Chief Harold an alle Feuerwehreinsatzkräfte. Blaze hat in der Wildhüterhütte gegenüber vom rutschgefährdeten Abhang Position bezogen und die Kamera aufgestellt. Noch ist alles ruhig.»

«Meteorologische Station an das Team im Coon Creek. Bisher kein Niederschlag im Wassereinzugsgebiet. Wir melden euch sogleich, wenn sich das ändert.»

«Billy an Chief Harold. Die Zufahrt ins Bachbett vom Coon Creek besteht. Dave fährt jetzt runter.»

Ash drehte die Führerkabine so, dass er zurückschauen konnte, und pfiff anerkennend durch die Zähne. Die Brüder verstanden ihren Job.

Ein voll beladener Lastwagen konnte eine Steigung, wie die Erdrampe sie aufwies, nicht bewältigen. Deshalb hatten Billy und Dave ihre Zufahrt weiter oben angelegt, wo die Böschung aufgrund einer Krümmung im Bachbett deutlich weniger hoch war, und dazu mal eben schnell eine lastwagenbreite Schneise im Wald geschaffen. Von da führte neu eine Dreckstraße in einer engen Kurve ins Bachbett.

Dave fuhr sie in dem Moment rückwärts runter.

«Dave an Ash. Ich fahre auf deiner Spur bis zu dir vor. Schaffen wir zuerst die Blockade weg. Die Kosmetik erledigen wir, wenn Zeit dafür bleibt.»

Während Ash das Geröll in die Mulde des Lastwagens schaufelte, beobachtete Dave die Federung und gab schließlich das Stoppzeichen.

«Dave an Ash. Mehr schafft die Maschine nicht. Ich fahre jetzt. Der nächste Lastwagen kommt gleich.»

Nach zwei Stunden begann der Regen in Strömen zu fallen. Der Pegel des Coon Creeks stieg rasant und die Sache wurde ungemütlich.

9

Kurz nach zwei Uhr nachmittags zog Josie die Lasagne aus dem Ofen, als ihr Festnetztelefon klingelte. Rasch stellte sie die Backform auf das wartende Holzbrett und warf die Ofenhandschuhe daneben.

«Ja, hier Josie?», meldete sie sich etwas atemlos, die Küchenabdeckung aufmerksam im Blick. Neugierige Katzen und kochend heißes Essen vertrugen sich nicht.

«Hier ist Ash. Es tut mir leid, aber ich muss unser Abendessen absagen. Wegen der starken Regenfälle behält Harold alle Feuerwehrleute in Bereitschaft.»

«Ja, ich hab's schon von Betty gehört. Bist du aus dem Coon Creek raus und in Sicherheit?»

Ihr war gar nicht wohl gewesen, als sie von seinem Einsatz erfuhr. Leider lief das im Hinterland oft so. Die Bezirke waren eher arm und verfügten nur über die allernötigste Ausrüstung. Und wenn der übergroße Bagger nicht rechtzeitig kam, musste eine mutige Person mit Improvisationstalent halt mit dem normalen ran.

Ash als ehemaligem Elitesoldaten kam so ein Einsatz wahrscheinlich wie ein Spaziergang vor.

«Ja, zum Glück. Ich spiele nicht gerne Zielscheibe, nicht einmal für einen Bach. Aber Dave und Billy sind echt cool. Sie wussten genau, wann wir raus müssen.»

Sein Lob wärmte sie. Bettys Brüder waren cool, aber wer ihnen nicht wohlgesonnen war, schrieb sie als wortkarge, ungebildete Hinterwäldler ab. Ash schien die Menschen so zu nehmen, wie sie waren.

«Und konntet ihr etwas erreichen?»

Bitte sag ja, wünschte sie sich im Stillen. Josie hatte viele Freunde in Lake Coon und bald begann die Skisaison. Eine Überschwemmung war das Letzte, was der Ort brauchte.

«Ich denke ja. Es gelang uns, die Verengung zu erweitern. Danach schaufelten wir zwischen den größten Findlingen Kanäle frei. Das Wasser hat jetzt drei Durchgänge, um den Kegel des Steinschlags zu passieren, und räumt sie durch den Wasserdruck eher frei, als sie erneut zu verengen. Wenn keine Stämme sie verstopfen, sollte Lake Coon sicher sein.»

«Oh, das sind gute Neuigkeiten. Im Coon Creek finden sich kaum je Baumstämme, wieso auch immer. Hoffen wir, dass wir Glück haben. Hör mal, ich wollte euch gerade ein spätes Mittagessen bringen. Fragst du Harold, ob das in Ordnung geht?»

Gewisper am anderen Ende der Leitung.

«Harold fragt, weshalb du noch nicht hier bist.»

Josie lachte. «Gib mir fünf Minuten.»

Ihr Auto, ein älterer Suzuki-Jeep, stand unter einem Vordach, das sich entlang der gesamten Westseite des Hauses zog. Über die Veranda konnte Josie trocken hingelangen — im Winter oder bei Mistwetter ein unglaublicher Komfort.

Hier parkte auch der Willis-Jeep ihrer Mutter, mit dem die junge Frau einst von großen Abenteuern zurückgekehrt war und der sie ihr Leben lang begleitet hatte.

Josie hatte es bisher nicht übers Herz gebracht, ihn zu verkaufen. Irgendwann musste sie sich dazu durchringen. Sie selbst fuhr ihn nicht gern, weil sie die direkte Lenkung anstrengend fand und weil er so viel bleihaltiges Benzin soff.

Sie stellte die Lasagne, die sie auf einem großen Holzbrett trug, in den Kofferraum des Suzuki-Jeeps.

Als sie einstieg, erfüllte der unvergleichliche Duft bereits das Innere des kleinen Autos, obwohl sie die Gastrobackform mit dem dazugehörigen Metalldeckel verschlossen hatte.

Rund um das Vordach kam der strömende Regen wie ein dichter Vorhang runter. Bei solchem Wetter ließen die Laubbäume ihre herbstliche Blätterpracht fast aufs Mal fallen. Entsprechend war die Straße von einer zehn Zentimeter hohen Laubschicht bedeckt.

Josie musste sehr vorsichtig fahren, um nicht zu rutschen. Bei der Feuerwache angekommen, parkte sie so nahe wie möglich beim Eingang.

Ash kam raus zu ihr, obwohl er in den wenigen Momenten patschnass wurde. «Ich nehme an, du brauchst ein zweites Paar Hände.»

«Gern. Kannst du die Lasagne mitsamt dem Brett hochheben? Pass aber auf. Sie ist heiß und schwer.»

Sie hatte ihm die Anweisungen kaum gegeben, als er schon damit fort war, und sie nur noch den Kofferraum schließen und die Autotüren verriegeln musste.

Rasch folgte sie ihm in die Wache.

Harold und Betty standen neben Ash an der Theke der kleinen Büroküche, wo er die Backform abgestellt hatte. Alle drei schnupperten andächtig.

«Das riecht herrlich, Josie», rief Harold. «Du machst deiner Mutter alle Ehre. Isst du mit?»

«Ja, gern. Ich habe auch noch nichts gehabt.» Josie streifte ihre tropfende Regenjacke ab und hängte sie an einen Haken an der Wand.

Harold holte Teller, Besteck und einen Holzspatel. «Ich nehme an, du betätigst dich als Schmarotzer, Betty, richtig?»

Der Undersheriff grinste. «Darauf kannst du Gift nehmen. Eine Comeaux-Lasagne lasse ich mir nicht entgehen.»

«Also, dann mach dich nützlich und such mir drei Verpflegungsbehälter aus dem Schrank, damit ich Portionen für Mickey, Dash und Blaze reservieren kann.»

Harold servierte und reservierte großzügig.

Sie setzten sich um den Vierertisch in der Büroküche. «Also, dann haut mal rein», befahl er.

Josie beobachtete Ash, als er den ersten Bissen nahm.

«Oh, ist die gut», sagte er andächtig. «Verrätst du mir die Geschichte dahinter, Josie? Ich wüsste niemanden sonst, der eine Gastrobackform zuhause hat.»

«Oh, das ist einfach erklärt. Ma und Grandma Sally betrieben über viele Jahre einen Cateringservice.»

«Und sie kochten bei Notfällen für die Feuerwehr, so wie Josie das heute für euch — und mich — tut», ergänzte Betty. «Meine Ma macht das Gleiche von Lake Coon aus für das Sheriff's Department. Das heißt, ich bekomme heute gleich nochmals was super Leckeres zu essen.» Sie leckte sich die Lippen, die deutliche Spuren von Tomatensoße aufwiesen.

«Da dein Vater der Sheriff ist, macht sie letztendlich das Gleiche wie immer, nämlich für die Familie kochen», neckte Harold sie.

Betty tat, als wollte sie mit der Gabel Lasagne in sein Gesicht katapultieren.

«Elizabeth Mary Jane Hellfire Warner. Du bist nicht zu alt, als dass ich dich nicht noch übers Knie legen könnte», drohte Harold.

Betty lachte. «Oh, Mann. Dieser Tonfall. Ich komme mir vor, wie wenn ich wieder ein Teenager wäre.»

Ash betrachtete sie mit amüsiertem Interesse. «Steht das ‹Hellfire› tatsächlich in der Geburtsurkunde?»

«Nein, zum Glück nicht, sonst hätte unser Pastor einen Herzinfarkt bekommen. Aber von meinem zwölften bis etwa siebzehnten Lebensjahr haben mich alle so genannt. Ich war ein willensstarkes Kind.»

«Stur wie ein Esel», grummelte Harold in seine Lasagne. «Unbelehrbar. Nicht zu kontrollieren. Dickköpfig. Wusste alles besser.»

Nun grinste Betty fast ein wenig stolz. «Du meinst so wie Josie?»

Harold verschluckte sich an einem Bissen und hustete. «Oh nein, ganz und gar nicht», sagte er nach einem Schluck Wasser. «Josie war voller Energie und Sonnenschein und hat uns allen den Tag versüßt.

Du hingegen trugst einen Tornado in dir, der jederzeit losbrechen konnte. Wenn du eine Lunte sahst, musstest du sie anzünden. Ich bin während deiner Pubertät um mindestens zwanzig Jahre gealtert. Gar nicht hilfreich war, dass mein Bruder — dein dämlicher Vater — dir mit zwölf Jahren das Autofahren beibrachte. Jedes Mal, wenn wir ausrücken mussten, um einen Baum von einem darum gewickelten Auto zu befreien, erwartete ich, dass wir dich aus dem Wrack ziehen.»

Betty wurde ernst. «Du weißt, dass mir das heute leid tut. Ich habe deine Angst damals nicht verstanden, aber heute als Chief … In unserem Beruf sieht man schlimme Dinge.»

Harold presste kurz ihren Unterarm. «Schon gut. Du wusstest es nicht besser. Und ich hab's überlebt.»

Bettys Blick suchte Josie. Als jene den Schalk darin bemerkte, ahnte sie, was als Nächstes kam.

«So wie du Josies Waldabenteuer überstanden hast. Erzähl doch wieder einmal, wie du am Abend das Kind und den Dreck separiert hast. Einmal auf die Schmutzschicht hauen und sie fiel in Scherben ab, fast wie eine verlorene Form. Richtig?»

Josie stöhnte und schlug sich die Hände vors Gesicht.

Harold lachte. «Sagen wir mal, im Sommer war der Feuerwehrschlauch des Öfteren nützlich. Schau mal, Ash.»

Der Fire Chief erhob sich und ging zu seinem Schreibtisch, um ein gerahmtes Bild aus einer Schublade zu ziehen.

«Hier.» Er reichte es Ash und setzte sich wieder. «Es steht nicht mehr auf meinem Schreibtisch, weil Josie mich darum gebeten hat. Ihr ist das Foto heute peinlich, dabei zeigt es alles, was ihre besondere Persönlichkeit ausmacht.»

Ash betrachtete das Bild minutenlang. Die Lasagne lag vergessen auf seinem Teller.

«Bist du so schockiert?», fragte Josie, als sie es nicht mehr aushielt. Ihre leise Stimme klang brüchig.

Ash schaute sie an. In seinen grünen Augen zeigte sich ein Gefühl, das sie nicht zu benennen wagte.

«Ganz und gar nicht. Es ist wunderschön.» Schon ruhte sein Blick wieder auf dem Foto.

Harold schlug auf den Tisch. «Da hast du es, Josie. Lass es mich aufstellen, bitte!»

Josie streckte die Hand aus und Ash reichte ihr etwas zögerlich das Bild. Er schien es nicht loslassen zu wollen.

Ein warmes Gefühl erfüllte Josies Brust, als sie das alte Foto betrachtete. Da stand sie als Achtjährige, von oben bis unten mit Schlamm und Erde verschmiert, und strahlte in die Kamera. Ihr rechter oberer Schneidezahn fehlte. Sie erinnerte sich, dass er einige Tage zuvor ausgefallen war, nachdem sie ihre Ma mehrere Tage lang mit «Schau mal, wie toll er wackelt!» gequält hatte.

In jedem Arm hielt sie zwei winzige Fuchswelpen, deren Augen sich erst öffneten. Jemand hatte die Fähe auf der Landstraße totgefahren. Als der Wildhüter entdeckte, dass sie Junge haben musste, ließ er seinen Hund die Fährte verfolgen. Josie, auf die er an jenem Tag aufpasste, begleitete ihn.

Der Hund führte sie zu einem alten Baum und grub den darunterliegenden Bau auf Befehl des Wildhüters auf. Und als die Öffnung groß genug war, tauchte Josie zwischen den Wurzeln hinab und holte die Welpen raus, einen nach dem anderen.

Sie erinnerte sich genau an die Enge und an ihre Angst steckenzubleiben. Doch das Wissen, dass die winzigen Tiere ohne ihre Hilfe starben, trieb sie an.

«Alle kleinen Füchse überlebten», erinnerte sie sich. «Ma bot an, sie zu pflegen. Zuerst war nicht sicher, ob sie die Flasche annehmen würden, aber wir versuchten es über Stunden immer wieder. Und plötzlich tranken sie — und eine von Mas ganz alten Katzen übernahm die Tantenrolle, wärmte sie und putzte ihnen das Fell.»

Betty gluckste. «Genau. Und dann hattet ihr plötzlich alle Flöhe. War das ein Tanz, bis die wieder weg waren.»

Josie sandte ihr einen Todesblick. «Also, nachdem meine Jugendsünden hier so frei zirkulieren, kann ich das wohl endlich richtigstellen. Ma hat die Füchslein so lange separiert, bis sie zu trinken begannen und danach gleich gebadet und ihre Einrichtung desinfiziert. Sie wusste, wie man so etwas richtig macht. Die Flöhe stammten von Harolds damaligem Hund, der sich mit einem Dachs angelegt und bei der Auseinandersetzung sein Flohhalsband verloren hatte. Niemand bemerkte das, bis es zu spät war.»

«Hört, hört!», sagte Betty und starrte Harold an. Dessen Wangen waren dunkel geworden. «Dann hattest du gar keine Migräne, wie du damals behauptet hast.»

«Nein, er befand sich auf Flohjagd.» Josie grinste und erfreute sich am Unbehagen des Fire Chiefs, bis ihr aufging, dass Ash sie alle für bekloppt halten musste.

«Hegst du schon Fluchtgedanken?», fragte sie ihn.

Er hatte inzwischen seinen Teil der Lasagne aufgegessen und schabte die letzten Reste von Käse und Tomatensoße mit der Gabel vom Teller.

«Nein. Euer Wortgeplänkel gefällt mir», erwiderte er mit einem Grinsen. «In unserer Einheit lief es ähnlich ab. Macht ruhig weiter.»

Wenn er das so sah, hatte er wahrscheinlich nichts dagegen, zur Zielscheibe zu werden. «Weißt du, du kannst dir auch ein zweites Mal von der Lasagne nehmen, statt den Teller aufzuessen», spottete Josie sanft.

Er horchte auf. «Wirklich?»

Sein hoffnungsvoller Gesichtsausdruck verursachte ihr ein Zupfen im Herzen. «Ja, hier ist nicht abgezählt.»

Ash schaute zu Harold. «Chief?»

Der winkte in Richtung Küchentheke. «Du hast Josie gehört.»

Während Ash sich nachschöpfen ging, wechselte Josie einen Blick mit Harold und Betty. Ungewollt hatte Ash ihnen einen Einblick in seine Kindheit gewährt. Oder dann in seine militärische Ausbildung. Harold machte eine begütigende Geste.

Josie verstand. Ein Mann brauchte seine Geheimnisse. Falls Ash ihr erlaubte, ihn besser kennenzulernen, würde er ihr eines Tages davon erzählen.

«Wie verlief eigentlich dein Arztbesuch gestern Nachmittag?», wechselte sie das Thema.

Harold seufzte tief.

«Stimmt, das wollte ich heute Morgen auch fragen», sagte Ash und setzte sich wieder. «Aber dann sprachen wir über Miss Florence und ihre Freundinnen, und kurz darauf kam auch schon die Wetterwarnung.»

Betty rollte die Augen. «Oh Gott, hör mir auf mit Mausilein. Ich glaube, jeder von uns hatte schon das Vergnügen, sogar Josie, weil sich Miss Florence immer das nächstbeste Opfer packt und nur die Feuerwehr ruft, wenn sich sonst niemand findet. Wisst ihr, was mein Bruder Dave gemacht hat, als er das Dickerchen während der Hitzewelle im vergangenen Sommer vom Baum holen musste? Vielleicht sollte ich dazu aber erwähnen, dass sich Miss Florence und ihre Freundinnen lautstark über seinen Luxuskörper ausließen, während er die Leiter hochstieg. Er trug nämlich nur Camouflagebermudas und Flipflops.»

Josie versuchte sich zu erinnern. «Kann es sein, dass Ma und ich da gerade in der Klinik in Saratoga Springs waren? Sie musste sich doch diesen Abklärungen unterziehen, die über eine Woche dauerten.»

Harold sah aus, als würde er gleich vor unterdrücktem Lachen platzen. «Ich weiß es, aber erzähl nur, Hellfire.»

«Nun ja, Miss Florence hat doch dieses riesige halbierte Fass, in dem sie das Regenwasser sammelt und, wie böse Zungen behaupten, Mücken züchtet. Es steht direkt neben dem Schuppen und unter dem Ast, auf dem Mausilein immer strandet. An jenem Tag wurden die alten Mädchen alkoholbedingt etwas zu anzüglich mit ihren schlüpfrigen Bemerkungen, sodass Dave der Kragen platzte. Statt Mausilein also hochzuheben und die Leiter runterzutragen, ließ er es so aussehen, als flutschte sie ihm versehentlich durch die Hände. Und die kleine Kanonenkugel fiel aus vier Metern Höhe ins halb volle Fass.»

Josie schlug sich die Hände vor den Mund, doch das schallende Lachen ließ sich nicht zurückhalten. Den anderen ging es ähnlich. Sie lachten so lange, bis sie völlig ermattet in ihren Stühlen hingen.

«Jedenfalls …» Betty gluckste und musste nochmals ansetzen. «Jedenfalls war Mausilein fast schneller wieder aus dem Wasser raus als drin, raste auf Miss Florence zu und sprang ihr mit voller Geschwindigkeit an die Brust. Dadurch stürzte Miss Florence hintenüber in ihr frisch mit Mist bedecktes Kartoffelbeet und riss ihre Freundinnen mit. Mausilein, inzwischen so was von sauer, startete auf Miss Florences Bluse durch, wobei sie diese zu Streifen schredderte, galoppierte durch das Kartoffelbeet und alle anderen Gartenbeete ins Haus und direkt in Miss Florences Bett. Und mein Bruder musste einer unsittlich bekleideten und mit Pferdemist beschmierten Seniorin und ihren wütenden Freundinnen auf die Beine helfen. Ich glaube, er leistet heute noch vor jedem Schlafengehen Abbitte.»

Dieses Mal dauerte es deutlich länger, bis alle wieder Luft bekamen. Josie wischte sich Tränen aus den Augen.

«Himmel, was für eine Horrorstory. Und irgendwie weiß man gar nicht, wer einem leidtun soll. Miss Florence ist so ein lieber Mensch und kann trotzdem soooo unsäglich nerven. Und dann erst Mausilein … Ich glaube, es gibt unter normalen Umständen keine freundlichere Katze, aber sie ist dumm wie Brot.»

«Oh ja, wem sagst du das!», stimmte Harold mit ein, während Betty heftig nickte. Etwas stärker und ihr brach der Kopf ab.

Josie fiel auf, dass sie abgeschweift waren. «Aber jetzt wieder ernsthaft. Harold, dein Arzttermin?»

Er seufzte tief. «Ich wollte ja eigentlich nur mal besprechen, was es denn sein könnte mit meinem Knie. Jemand jedoch», er sandte Betty einen finsteren Blick, «hat mich verpetzt. Nichts mit besprechen. Ich musste gleich ins MRT. Und da stellte sich heraus, dass ich operiert werden sollte. Es handelt sich zwar nur um eine Arthroskopie, aber danach müsste ich in die Physiotherapie und … und … und …»

Der Chief verwarf genervt die Hände.

«Ich stell das einfach mal in den Raum», sagte Betty. «Es ist zwar erst Tag drei, aber mit Ash hast du jemanden, der allein mehr Hirn hat, als deine restliche Bande zusammengenommen. Und du wärst ja nicht von der Welt. Müsstest du überhaupt im Krankenhaus bleiben?»

«Wenn die OP gut verläuft nicht, aber der Arzt hat auch erwähnt, dass sie vielleicht ein zweites Mal ran müssen. Und das wäre eine normale OP. Dann ja.»

«Dann solltest du es jetzt machen. Nutz die Chance.»

Harold musterte Ash abwägend. Der hatte seinen erstaunlich moderaten Lasagnenachschlag inzwischen verputzt und erwiderte den Blick ausdruckslos.

«Könntest du dir denn vorstellen hierzubleiben, Junge? Wie Hellfire sagt, ist erst Tag drei. Aber grundsätzlich?»

Gespannt wartete Josie auf Ashs Antwort.

Etwas Dunkles huschte über sein Gesicht und er senkte die Augen. «Du weißt, dass das nicht das Thema ist. Was, wenn ich dich vor versammelter Mannschaft einen Versager nenne?»

Harold schnaubte.

«Das verstehe ich jetzt nicht», sagte Betty.

«Ich bin in Arlington aus dem Feuerwehrkorps geflogen, weil ich den Chief vor versammelter Mannschaft als Versager beschimpft habe. Hat euch Harold nichts davon erzählt? Hier im Ort gibt es doch keine Geheimnisse.» Ashs Miene wirkte so verschlossen wie noch nie zuvor.

Josie kam er plötzlich wie ein Fremder vor, was er trotz ihrer gemeinsamen Abendessen nach wie vor war.

«Harold würde so etwas nie herumerzählen», sagte sie leise. «Klar, in Coon County gibt es jede Menge Tratsch. Aber nicht über Geheimnisse, bei denen jeder selbst entscheiden muss, ob er sie weitererzählen oder für immer darüber schweigen will. Und selbst wenn so etwas aus Zufall publik wird, schweigen die Leute es tot — es sei denn, du hast dich absolut und total unbeliebt gemacht.»

«Genau», bestätigte der Fire Chief. «Und zu deiner Frage, Ash. Wenn du mich vor versammelter Mannschaft einen Idioten nennst, kassierst du eine Ohrfeige und ich werde von dir verlangen, dass du dich sogleich entschuldigst. Und wenn das erledigt ist, dann höre ich dir sehr genau zu. Wenn ein derart fähiger Mann so etwas sagt, hat er einen verdammt guten Grund.»

Ash schien Harold glauben zu wollen. Die Zweifel siegten. «Du weißt, dass es nicht so einfach ist.»

«Doch, so einfach ist es. Und ein Vorgesetzter, der das nicht erkennt, ist nichts anderes als ein Schönwettergeneral — oder, einfacher gesagt, ein dämlicher Feigling.»

Josie sah, dass Ash misstrauisch blieb. «Als der liebe Gott das Rückgrat verteilte, kam er zweimal in Coon County vorbei», sagte sie leise.

«Dafür ließ er Washington aus», fügte Betty hinzu.

Damit brachte sie alle erneut zum Lachen.

«Jetzt im Ernst», sagte Harold, nachdem sie sich beruhigt hatten. «Klar existiert eine feine Linie zwischen seine berechtigte Meinung kundtun und Insubordination. Und im Militär gibt es Situationen, die keine Milde erlauben, weil sonst der Zusammenhalt und die Moral der Truppe Schaden nehmen. Bevor ich dich verpflichtete, habe ich mich mit deinem früheren Chief unterhalten, Ash. Er bestätigte mir, was ich aufgrund deiner nüchternen Beschreibung bereits vermutete. Es war eine brandgefährliche Situation und der Chief dabei, einen gravierenden Fehler zu machen, der mit ziemlicher Sicherheit Menschenleben gekostet hätte. Im Grunde war er dankbar für dein Aufbegehren und hat seine darauffolgende Kurzschlussreaktion schon tausendmal bereut. Wir verdanken es seinem verletzten Stolz, dass du jetzt hier bist. Sein Verlust — unser Gewinn.»

Harold und Ash musterten sich.

Josie wartete gespannt. Ash musste Harold tief beeindruckt haben, denn sie hatte noch nie erlebt, dass der Fire Chief seine Freundschaft jemandem so offen anbot.

Ash nickte. «Danke.»

Betty klatschte in die Hände und erhob sich. «Ha, nun da das geklärt ist, sollte ich los auf meine Patrouille und dabei Mickey und Dash ihren Anteil an der Lasagne bringen.»

Harolds Blick ging zu den metallenen Verpflegungsbehältern, die auf der Küchentheke warteten. «Mir fällt gerade auf, dass ich Plastik hätte nehmen sollen. So können sie die Lasagne nicht in der Mikrowelle aufwärmen.»

«Nein, das ist schon gut so. Deshalb habe ich dir diese Behälter gegeben.» Betty nahm sie an sich. «Mickey und Dash erwärmen ihre

Mahlzeiten immer auf einer Metallplatte, die sie mit dem Schweißgerät erhitzen. Ihre Lösung, um die so ungesunde Mikrowelle zu umgehen.»

Harold zog die Brauen zusammen. «Wollte ich das wissen?»

«Nein.» Sie beugte sich vor und gab ihm einen Kuss auf die Wange. «Und Sorgen brauchst du dir auch keine zu machen, weil sie das schon seit Jahren tun. Du rufst beim Arzt an, ja?»

«Wenn die heftigen Regenfälle vorbei sind», grummelte er.

«Jetzt dann gleich.»

Er verdrehte die Augen. «In Ordnung, Hellfire. Jetzt hau schon ab und fahr vorsichtig.»

Josie fuhr nach Hause, als Harold und Ash zu ihrer Patrouille aufbrachen. Der Fire Chief wollte Ash den Weg zur Hütte des Wildhüters zeigen, solange es hell war, und Blaze, der dort Wache schob, wartete sicher schon sehnsüchtig auf seinen Teil der Lasagne.

Wie sie Ash versprochen hatte, öffnete sie in der Küche die Katzenklappe und schob das Gitter vor, damit ihre neugierigen Fellnasen sich nicht aus dem Staub machten.

«Sapphire? Möchtest du etwas essen?», rief Josie leise in die Röhre hinein und bereitete das Abendessen für ihre Schützlinge vor.

Angelockt vom Klappern der Dosen und Näpfe tauchte bald ein bekanntes Gesichtchen am Gitter auf.

Josie ließ den kleinen Mann herein. Ihre Coonies — es waren immer die gleichen, die sich in der Küche aufhielten — sprangen von den Stühlen, um ihn zu begrüßen, während Luzi in aller Seelenruhe auf dem Tisch weiterpennte.

Dieses Mal verhielt sich Sapphire schon etwas zutraulicher und tauschte sogar eine vorsichtige Nasenbegrüßung mit Ghost und Rainbow aus.

«Hier, Jungs und Mädels.» Sie stellte die Näpfe auf den Boden, einen für jede Katze, weckte Luzi und trug ihn zu seiner Portion. «Lasst es euch schmecken und seid gastfreundlich. Sapphire ist es nicht gewohnt, Reise nach Rom zu spielen.»

Eine Zeit lang schienen die Katzen zu gehorchen, aber irgendwann begannen sie doch an den Näpfen zu rochieren. Da Sapphire ohne Fauchen mitmachte, ließ Josie sie gewähren. Es gab ja genügend Näpfe, dies im Gegensatz zum Kinderspiel, bei dem stets ein Stuhl fehlte.

Die Fütterung der Raubtiere ging mit den Tieren im Wohnbereich weiter. Hier fütterte Josie aus runden, flachen Schalen, an denen ein halbes Dutzend Katzen Platz fanden, so wie ihre Ma es immer gemacht hatte.

Es war gar nicht einfach, mit diesen Schalen in den Händen den Futterplatz zu erreichen. Die Katzen zeichneten miauend und gurrend Achten um ihre Knöchel und Josie musste extrem aufpassen, damit sie nicht über eins der Tiere stolperte.

Zum Schluss kamen die Katzenmütter mit ihren Kitten im Obergeschoss dran. Sie bekamen ihr Spezialfutter aus einem schmalen, langen und nur wenige Zentimeter hohen Edelstahlbehälter, dessen Form vage an den Untersetzer einer Balkonkiste erinnerte.

Josie hatte sich immer gewundert, weshalb es nicht die normalen Schalen taten und dies dummerweise einige Tage vor Ashs Ankunft versucht.

Die Strafe folgte sogleich, denn die Kitten legten sich, während sie aßen, ins Futter und schliefen teilweise sogar darin ein.

Ihre Mütter, sonst stets beflissen, die Kleinen zu säubern und zu verzärteln, warfen einen Blick auf die Schweinerei und kehrten Josie mit einem eindeutigen «Mach du mal. Du schaffst das!» den Rücken zu.

Josie verbrachte Stunden damit, siebzehn kleine Katzenwelpen sauber zu wischen und unter der Wärmelampe zu trocknen.

Zum Glück war keinem etwas geschehen. Am nächsten Tag tollten alle putzmunter herum, ohne die von Josie befürchtete Erkältung, Lungenentzündung oder Magenverstimmung. Nur ihr Stolz hatte gelitten und sie fühlte sich wie eine Rabenmutter.

So etwas wäre ihrer Ma nie passiert.

Eins der Kitten kam zu ihr und kletterte auf ihren Oberschenkel, wo es sich zu einem winzigen Kringel zusammenrollte. Sie streichelte sein seidenweiches schneeweißes Fell.

Hätte sie Ash gestern Abend wieder in die Kinderstube mitnehmen sollen? Ihre Unterhaltung war so kurzweilig verlaufen, dass sie gar nicht daran gedacht hatte.

Josie sah ihn vor sich, wie er nach ihrem ersten Abendessen neben ihr gesessen und mit den Kitten gespielt hatte. Er wirkte glücklich und entspannt, seine Freude an den lebhaften kleinen Fellknäueln echt.

Harold war auch so ein gutherziger Mann, obwohl er es zu verstecken versuchte. Von all ihren Ersatzvätern liebte Josie ihn am meisten und sie hatte immer gehofft, einmal einen Mann mit seinen Eigenschaften zu finden — minus die Verbosität und Jammeranfälle.

Ash schien all diese Anforderungen zu erfüllen, doch durfte sie sich eine Beziehung mit ihm erhoffen? Hatte sie schon alle wichtigen Lebensentscheide gefällt?

Klar, sie hatte sich entschlossen, hier zu leben. Die Freundschaften, die sie in ihrer Jugend in Coon County geknüpft hatte, reichten unendlich viel tiefer als jene späteren in Montreal, während ihres Studiums.

Trotzdem vermisste sie den Charme und die Schönheit der Stadt und die frankophone Lebensweise, ebenso wie den direkten persönlichen Kontakt mit ihren Großeltern und Kunden.

Wenn sie als Grafikerin und Designerin dort arbeitete, verdiente sie sehr gut und erhielt eine Anerkennung, wie es sie hier in Dancing Coons nicht gab.

Klar freuten sich die Leute mit ihr, wenn ihr Entwurf für eine landesweite Werbekampagne ausgewählt wurde. Doch ‹landesweit› hieß in dem Fall ‹kanadaweit› und war für die Bewohner dieses kleinen Ortes ähnlich weit weg und fremd wie der Mond.

Geld spielte bei den Überlegungen, wie sie ihr Leben gestalten wollte, die geringste Rolle. Josie stand finanziell gut da, weit besser als andere junge Frauen ihres Alters.

Ihre Ma, die trotz ihrer esoterischen Ideen fest mit beiden Füßen auf dem Boden stand, hatte gleich nach dem Tod ihres Ehemannes eine Lebensversicherung mit Josie als Begünstigter abgeschlossen und die

Prämie all die Jahre gewissenhaft einbezahlt, selbst in den Zeiten, als das Geld knapp war.

Von Grandma Sally hatte Josie das Anwesen in Dancing Coons geerbt mit der Verpflichtung, ihre Ma bis an ihr Lebensende kostenlos dort wohnen zu lassen.

Und beide Frauen hatten wie Josie selbst jeden Monat etwas gespart, sodass sich eine nette Summe auf ihrem Bankkonto befand.

Wenn Josie ihren bescheidenen Lebensstil beibehielt und das Gartenhaus vermietete, war sie nicht gezwungen zu arbeiten.

Dumm nur, dass das nicht zu ihrer pflichtbewussten Lebenseinstellung passte.

Josie schmunzelte und wurde sogleich wieder ernst.

Wie schuf man sich ein Leben, an dessen Ende man die Welt mit einem «Danke!» verließ?

Wie hatte ihre Ma das geschafft? Einfach konnte es nicht gewesen sein. Nicht wenn man, kaum verheiratet, Witwe wurde und eine kleine Tochter allein großziehen musste.

Konnte man sich bewusst für Glück und Dankbarkeit entscheiden, ohne gleich in die hirnlosen Sphären jener abzudriften, die alles als «soooo genial» oder «soooo gut» bewerteten?

Josie schüttelte den Kopf.

Wahrscheinlich machte sie sich wie stets zu viele Sorgen. Niemand wusste, was morgen oder in einem Jahr war. Und die Distanz zwischen Dancing Coons und Montreal erlaubte notfalls eine Wochenendbeziehung.

Irgendwie würde sich alles arrangieren.

10

Ash erwachte vom Heulen einer Motorsäge. Gähnend streckte er sich und entdeckte Sapphire an seiner Seite. Der Kater schlief auf dem Bauch, die Vorderbeine unter die Brust geschlagen. Seine Stirn ruhte auf dem Spannbettlaken. So konnte nur eine Katze schlafen, ohne sich das Genick zu verdrehen.

Also war der kleine Herumtreiber irgendwann in der Nacht oder am Morgen vom Haupthaus herüber gekommen.

Harold hatte Ash und die anderen Feuerwehrleute gegen Mitternacht schlafen geschickt, nachdem die Regenfälle schwächer geworden waren und der Hang sich weiterhin an seinem angestammten Platz befand. Dies mit der Ermahnung, die Nacht in enger Umarmung mit dem Smartphone und Funkgerät zu verbringen.

Nach dem langen Tag waren sie alle froh gewesen. Ash konnte Mickeys und Dashs Gähnen über die nicht störungsfreie Funkverbindung hören.

Auch er spürte die Anstrengung in den Knochen. Der dröhnende Motor des Baggers schien immer noch in seinem Körper zu vibrieren.

Blaze hingegen hatte beschlossen, in der erstaunlich komfortablen Hütte des Wildhüters zu übernachten, was angesichts seines nach wie vor penetranten Stinktierparfüms eine weise Entscheidung schien.

«Na, mein Kleiner?», sagte Ash und streichelte Sapphires Rücken.

Der Kater hob den Kopf und schaute ihn aus seinen strahlend blauen Augen an.

Ash fiel Josies Vorschlag ein.

«Es tut mir leid, dass alles so schiefgelaufen ist», sagte er leise. «Als Maxie zu ihrem Freund zog, wollte ich egoistisch sein und dich behalten. Maxie hätte dem ziemlich sicher zugestimmt. Sie wusste ja, wie tief die Beziehung zwischen uns ist.»

Er kraulte dem Kater die prächtige Halskrause. Sapphire schnurrte zwar nicht, teilte aber für einmal keine Prankenhiebe oder Bisse aus. Stattdessen starrte er Ash unverwandt an, ganz so, als wollte er ihn hypnotisieren.

«Dann wurde mir bewusst, wie gemein das dir gegenüber war. Du wärst den ganzen Tag allein gewesen. Und dann gab es da noch meinen gefährlichen Job und all die Überstunden. Wer würde für dich sorgen, wenn mir etwas passiert? Ich besprach es mit Maxie und ihrem Freund und wir beschlossen zu dritt, dass es besser ist, wenn du bei ihnen lebst. Mir brach die Entscheidung fast das Herz, aber ich glaubte, dass es das Beste für dich sei.»

Sapphire leckte sich mit der Zunge über die Nase und ließ sie danach ein Stück weit draußen, eine kätzische Macke, die Ash stets amüsierte.

«Ich bereute die Entscheidung in den darauffolgenden Wochen an jedem einzelnen Tag. Du hast mir so gefehlt.» Ash schluckte schwer, als er sich an die einsame und traurige Zeit erinnerte. «Weißt du noch, wie du mich als deinen Dosenöffner ausgesucht hast? Deine Mama und dein Papa lebten bei einer älteren Frau, die sich ganz liebe und sanfte Katzen ausgesucht hatte, um mit ihnen ungeachtet ihrer Rasse zu züchten. Maxie und ich waren die ersten Interessenten. So durften wir uns zu euch setzen und mit euch sprechen, um zu schauen, welches Kitten auf uns reagiert. Maxie überließ das mir, weil die Idee mit der Katze von mir kam. Also lobte ich euch, wie hübsch ihr wärt. Du hattest kaum meine Stimme gehört, als du mit einem lauten Quietschen über deine Geschwisterchen zu mir geklettert kamst. Maxi hat nur gelacht und etwas gesagt wie: ‹Der Fall scheint klar.› Ich aber war so stolz, dass du mich ausgesucht hast. Vor dir hatte ich noch nie ein eigenes Tier.»

Sapphire blinzelte langsam.

Hatte Ash richtig gesehen? War das gerade ein Katzenküsschen gewesen?

«Als dann der Anruf von Maxie kam, war ich zugleich unsäglich erleichtert und wütend. Ich war über meinen Schatten gesprungen und hatte dich ihnen überlassen und sie besaßen die Frechheit, dich zurückzugeben, sodass du schon wieder umziehen musstest. Trotzdem holte ich dich mit dem Gefühl stiller Genugtuung ab. Seither lässt du mich meinen Fehler in jedem gemeinsamen Moment spüren. Deshalb meine offizielle Bitte um Vergebung. Kannst du mir verzeihen?»

Sapphire starrte Ash unverwandt an, als würde er überlegen.

«Sapphire?» Ash streckte den Finger nach der Nase des Katers aus, eine sanfte Aufforderung zur Kontaktaufnahme.

Sapphire begann zu schielen, während sein Blick dem Finger folgte. Plötzlich stemmte er sich von Ash weg auf eine Seite, hob das Hinterbein und leckte sich eifrig den Popo.

«Das glaube ich jetzt aber nicht!», schimpfte Ash. Dann musste er lachen. «Ich lege dir mein Herz offen und dir geht das am Arsch vorbei. Na toll! Danke für das Gespräch.»

NACH EINER DUSCHE und einer Dose weiße Bohnen an Tomatensoße als spätes Frühstück — die Kondensmilch und Getreideflocken waren leider alle — fühlte Ash sich gestärkt, dem Lärm der Motorsäge auf den Grund zu gehen.

Dazu musste er nur aus dem Fenster in Richtung Haupthaus schauen. Josie war im rückseitigen Garten, balancierte auf einer Leiter und sägte tief hängende Äste ab.

Ash bewunderte ihre Technik. Die meisten Menschen versuchten einen Ast in einem Arbeitsgang von oben nach unten durchzusägen — die sichere Garantie dafür, dass er nach der Hälfte des Schnitts wegbrach und dabei eine tiefe Wunde in den Stamm riss.

Josie hingegen verwendete die korrekte, von Baumpflegern rund um die Welt angewandte Technik. So sägte sie den Ast zuerst von unten halb durch, dies etwa eine Faustbreit von der Gabelung entfernt. Danach setzte sie von oben zum finalen Schnitt unmittelbar beim Stamm an. Auch so brach der Ast ab, aber der Einschnitt von unten diente als Sollbruchstelle und garantierte, dass der Stamm unverletzt blieb. Mit der Fertigstellung des finalen Schnitts fiel auch der nach dem Bruch verbliebene Zapfen ab.

Ash verließ das Gartenhaus und ging zu Josie, wobei er sorgsam darauf achtete, dass sie ihn kommen sah. Weil sie einen Arbeitshelm mit Visier und Gehörschutz trug, konnte sie ihn nicht hören.

Bisher hatte er nicht die Muße gehabt, den Garten um die beiden Häuser und die Straße, an der sie standen, genauer zu betrachten.

Es war ein bezaubernder Ort.

Tief atmete er die kalte, vom Duft des Herbstes gesättigte Luft ein. Sie roch nach feuchtem Laub, frisch gesägtem Holz und dem Rauch von Holzöfen.

Das Quartier mit seinen farbenfrohen Gothic-Revival-Häusern lag versteckt in einem kleinen Seitental von Dancing Coons. Den einzigen Zugang bot eine leicht ansteigende Alleestraße, links und rechts flankiert von je einer Reihe baumbestandener Grundstücke. Direkt dahinter begannen die Hänge der umliegenden Hügel.

Die Bäume rund um die Häuser wie auch die prächtigen Ahorne, welche die Allee bildeten, ragten in den Himmel und mussten dementsprechend alt sein. Deshalb vermutete Ash, dass das Quartier zur gleichen Zeit wie die Hauptstraße entstanden war, möglicherweise als Ferienresidenz für reiche New Yorker.

Josies Familie hatte sich einen guten Platz gesichert. So wurde das Grundstück vom Gartenhaus zum Haupthaus hin tiefer, was Raum für den gesicherten Katzenauslauf hinter Josies Küche und Wohnzimmer bot. Die hohen grünen Gitter waren vor dem Hintergrund des Waldes kaum zu erkennen.

Zwischen den beiden Häusern standen Gemüsebeete, umgeben von einem klassischen weißen Holzzaun. Ob dieser gegen hungrige Bären half, die sich einen der beeindruckenden Kürbisse holen wollten, konnte Ash nicht beurteilen.

Als er das Rohr suchte, das den Katzen als Tunnel zwischen den beiden Häusern diente, entdeckte er es zuerst nicht. Mit Verspätung ging ihm auf, dass es unter der dicht bewachsenen Trockenmauer liegen musste, wo sich im Sommer sicher Hunderte von Eidechsen tummelten.

Wer auch immer diesen Garten angelegt hatte, hatte es mit Liebe und Umsicht getan.

«Gefällt es dir?», hörte er Josies Stimme neben sich.

Ash war so in sein Staunen vertieft gewesen, dass er ihre Annäherung nicht bemerkt hatte. Die Ohrenschützer und den Gesichtsschild trug sie nach oben weggeklappt und die ausgeschaltete Motorsäge hielt sie locker in der Hand, so wie ein geübter Waldarbeiter das tun würde.

«Ja. Das Quartier ist wunderschön. Es erinnert mich an die Bayous von Louisiana, wo sich dieselbe überbordende Lebenskraft der Natur zeigt — auch wenn es dort deutlich wärmer ist. Und an die Tempelgärten in Japan. Woran arbeitest du gerade?»

«Lichtraum schaffen. Die überbordende Natur sorgt sonst dafür, dass wir völlig zuwachsen. Gleichzeitig versuche ich, das Grundstück so sicher wie möglich zu machen. Ein Ast am falschen Ort kann dafür sorgen, dass mir sein Baum im Winter auf das Hausdach stürzt. Und die kleinen Bäume dort drüben habe ich gefällt, um Brennholz daraus zu machen. Ich muss sie nur noch zerteilen.»

«Soll ich dir dabei helfen?», bot er ihr an.

«Denkst du, ich kann das nicht?», fragte sie ihn verschmitzt.

«Ich denke, du kannst das wahrscheinlich besser als ich, weil ich völlig aus der Übung bin. In Arlington konnte ich das nicht machen.»

«Hat es dir gefehlt?» Sie schien etwas in seiner Miene entdeckt zu haben.

«Ja, aber das ist mir gerade erst bewusst geworden. In der Stadt musst du dich künstlich fit halten. Ich habe deshalb im Kraftraum der Feuerwehr trainiert oder besuchte mit Kollegen Urban-Fitnessangebote wie den Prison Work-out. Dort trainierst du ausschließlich mit deinem eigenen Körpergewicht. Aber es ist nicht gleich effizient wie Tätigkeiten, bei denen du körperlich arbeitest.»

Josie nickte nachdenklich und schauderte. «Warst du mal in einem Fitnesscenter? Ich fand's grauenhaft. All das schlabbrige weiße Fleisch in den teuren Trainingsklamotten. Und die wenigen Jungs, die Muckis hatten, hielten sich für die geilsten. Dabei sahen ihre Muskeln aus wie die aufgespritzten Lippen der Celebrities — einfach nur künstlich.»

«Heißt das, du hast Mitleid mit mir und ich darf dir beim Holzhacken helfen?»

Ihre Augen wurden schmal. «Vielleicht sollten wir zuerst einmal Lohnverhandlungen führen. Was willst du im Gegenzug?» Sie grinste schelmisch.

Ashs Herzschlag geriet aus dem Takt.

Einen Kuss?

Wo war denn der Gedanke hergekommen? Ash schob ihn entschlossen beiseite. Aber da gab es tatsächlich etwas, das er wollte.

«Nun, es ist vielleicht eine etwas seltsame Bitte, aber wenn möglich würde ich gerne einige Fotos oder kurze Videos von deinen Kitten und Katzen machen. Ich habe einen sehr guten Freund, der gerade unverschuldet eine schlimme Lebensphase durchmacht. Wenn ich ihm jeden Tag ein Katzenbild über unseren Chat senden könnte, würde ihm dies Kraft geben.»

Josie musterte ihn nachdenklich. Als ihre nächste Frage kam, war er nicht darauf vorbereitet.

«Ist es Darko?»

«Ja. Woher weißt du …? Kennst du ihn?», stammelte Ash.

«Kennen nein, aber ich habe ihn schon getroffen, als Ben ihn für einige Tage mitbrachte. Es ist so lange her, dass es während eurer gemeinsamen Dienstzeit gewesen sein muss. Meine Ma war tief beeindruckt von ihm. Sie sagte …» Plötzlich verstummte sie und biss sich auf die Lippen.

«Was?», fragte Ash. Ohne dass er es wollte, hatte seine Stimme einen scharfen Beiklang angenommen.

Zu viele Personen hatten sich schon Meinungen über Dark erlaubt.

«Na ja, da du auf meine Abstammung so gelassen reagiert hast, kann ich es wahrscheinlich aussprechen. Sie sagte, dass sich in ihm das Indianerblut von der allerbesten Seite zeigt. Ihre Coonies waren hin und weg von ihm.»

Ash entspannte sich. «Ja, das kann ich mir vorstellen. Alle Tiere lieben Dark. Trotzdem erstaunlich, dass du sogleich an ihn dachtest.»

Josie sandte ihm ein trauriges Lächeln. «Als Ben im Sommer das letzte Mal hier war, trank er etwas zu viel und redete sich über die Ungerechtigkeiten der Welt in Rage. Ein prominentes Thema in seinem Monolog war Dark. Und bevor du wütend auf Ben wirst: Ich glaube, er machte sich furchtbare Sorgen und musste sich jemandem anvertrauen. Nur Harold, Ma und ich haben es gehört.»

Ash schluckte leer. «Das wundert mich nicht. Der vergangene Sommer war schlimm und Ben steht Dark sehr nahe.»

«Hat sich denn inzwischen wenigstens etwas verbessert?»

Ash schüttelte den Kopf und ballte die Fäuste. «Es wird immer nur schlimmer.»

«Das tut mir sehr leid.» Josie berührte sanft seinen Unterarm.

Die leichte Berührung verursachte ihm Schwindel.

«Und als Antwort auf deine Frage: Natürlich darfst du meine Katzen für Dark fotografieren und filmen. Ich hoffe, es hilft.»

«Ich auch.» Ash, der sich schon wieder in der Betrachtung von Josies liebenswertem Gesicht verloren hatte, riss sich zusammen. «Wollen wir das Holz hacken gehen? Nimmst du die Motorsäge und ich die Axt?»

Nun grinste sie wieder. «Du überlässt mir das schwere Gerät?»

Ash erwiderte ihr Lächeln. «Ladies first.»

GEGEN MITTAG HATTE Josie alle Baumstämme in passende Segmente zerteilt. Die Länge gab ihr Kachelofen vor. Unterarmlange Scheite hatten sich bezüglich Brenndauer und Wärmeleistung am besten bewährt. Josie wusste genau, wie viele sie für einen eisigen Wintertag brauchte, um damit das Haus mollig warm zu heizen.

Durch die vielen Holzzylinder sah ihr Garten aus, als würde sie die Sitzgelegenheiten für eine Feenversammlung vorbereiten.

Ash hackte die dünneren direkt mit der Axt in Scheite. Für die dickeren nutzte er einen Spalter, um die Holzstücke handlicher zu machen. Das alles ziemlich geübt, wie sie feststellte. Der Haufen neben ihm war fast schon so groß wie er.

Als ihm von der Arbeit heiß wurde, zog er zuerst die Softshelljacke und etwas später das Flanellhemd aus. Nun bedeckte nur ein ärmelloses olivgrünes Unterhemd seinen Oberkörper.

Josie schüttelte ihre Hände aus, in denen sie immer noch das Vibrieren der Kettensäge spürte, und starrte ungeniert.

Das Spiel seiner Muskeln war beeindruckend. Der ganze Mann war ziemlich beeindruckend. Und alles befand sich genau am richtigen Platz.

«Glaubst du, er zieht auch das Unterhemd aus?», wisperte plötzlich eine weibliche Stimme neben ihr.

Josie sprang vor Überraschung mehrere Zentimeter in die Luft.

Betty lachte leise. «Ich weiß ja, dass du dich freust, mich zu sehen, aber deshalb brauchst du keinen Freudenhüpfer zu machen. Nicht, dass wir ihn noch ablenken.»

... und er sie beim Starren erwischte.

Josie leckte sich die trockenen Lippen.

Ashs schweißbedeckter Oberkörper dampfte in der eisigen Kälte. Jedes Mal, wenn er die Axt niedersausen ließ, bildeten sich kleine neblige Wirbel um seine Oberarme. Der Anblick ließ ungekannte Fantasien in Josies Kopf entstehen.

«Dich hat es ganz schön erwischt, was? Aber ich kann dich verstehen. Er hat alles, was ein Mann haben muss — jedenfalls einer, der hier bei uns in der Wildnis leben will.»

War Betty etwa auch heiß auf ihn? Bitte nicht!

«Wie ist es mit dir?», wagte Josie zu fragen und hielt gespannt den Atem an.

Betty verengte nachdenklich die Augen. «Seltsam. Wenn er in unserem Stripklub auftreten würde, wäre ich zuvorderst unter den

Zuschauerinnen. Und ich betrachte ihn gerne. Aber ich würde eher eins mit ihm saufen gehen als ins Bett. Also scheine ich ihn als Kumpel klassifiziert zu haben. Irgendwie enttäuschend. Glaubst du, ich werde bald Nonne?»

Josie schlug die Hand vor den Mund, um nicht laut herauszulachen. «Echt jetzt? Wann warst du zuletzt mit einem Mann im Bett?»

Betty krauste die Nase. «Zählt mein Hund?»

«Ich glaube nicht.»

«Dann ist es schon eine ganze Weile her. Es ist immer blöd, wenn du sie zuerst im Bett hast und später verhaften musst. Mal abgesehen von meinen Brüdern, sind die unverheirateten Männer der Gegend keine Chorknaben.»

«Nein, eher Satansbraten. — Pst! Schau nur. Jetzt zieht er sein Unterhemd aus», wisperte Josie atemlos.

Interessanterweise schaute Betty nach dieser Eröffnung zuerst zur Straße. «Lass uns hoffen, dass Miss Florence und ihre Freundinnen nicht ausgerechnet jetzt hier durchfahren. Sonst muss ich mich um eine Massenkarambolage kümmern.»

Josie hörte nur mit halbem Ohr hin.

«Erde an Josie.» Jemand knuffte sie mit dem Ellbogen in die Seite. «Dein Mund steht sperrangelweit offen. Und er hat es gemacht, weil er unser Starren bemerkt hat.»

Tatsächlich wandte sich Ash ihnen zu und winkte, ein breites Grinsen auf dem Gesicht.

Josies Wangen wurden feuerrot vor Verlegenheit. Es war so schlimm, dass sie die Farbe sehen konnte, wenn sie mit einem Auge auf ihre Nase schielte.

«War brombeerfarben nicht einer der Modetrends für diesen Winter?», nahm Betty sie hoch.

«Bitte halt die Klappe», krächzte Josie. Sonst explodierte ihr Kopf.

Mit einem hörbaren Lachen wandte sich Ash dem nächsten Holzzylinder zu.

Auf der Straße quietschten plötzlich Reifen über den Asphalt, als jemand eine Vollbremsung machte.

Der Undersheriff wandte sich um und stöhnte.

«So, fertig jetzt!», bestimmte sie und rief: «Du, Ash, hörst sofort mit der Selbstvermarktung auf und Sie, Miss Chastity, fahren bitte weiter. Nicht dass Sie noch einen Auffahrunfall verursachen, so wie letztes Jahr auf der Hauptstraße.»

Josie wandte unauffällig den Kopf und warf Miss Chastity einen Blick aus den Augenwinkeln zu. Die sonst so freundliche Seniorin, eine von Miss Flos engen Freundinnen, hatte empört die Mundwinkel nach unten gezogen und funkelte Chief Betty wütend an.

Josie glaubte «Freches Kind!» auf ihren Lippen zu lesen. Nachdem Ash sein Shirt und Hemd wieder angezogen hatte, fuhr sie mit ihrem steinalten Ford gehorsam weiter, jedoch nicht, ohne sich einen letzten, langen Blick zu gönnen.

Betty seufzte. «Und natürlich wird sie sich bei Pa beschweren. Wie oft fährt sie sonst hier durch? Nie?»

«Ja, so ungefähr.»

«Was habe ich doch für ein Glück!»

11

Als Ash die Einkäufe in der Küche abstellte, steckte Sapphire neugierig den Kopf in den geflochtenen Korb, um alles zu prüfen.

«Ja, ich habe an dein Katzenfutter gedacht», bestätigte Ash. «Musstest du jemals hungern bei mir?»

Plötzlich meldeten sich sein Funkgerät und sein Smartphone beinahe zeitgleich.

«Chief Harold an alle Feuerwehreinsatzkräfte. Bitte meldet euch sofort zum Dienst. Der Hang ist abgerutscht.»

Ash fluchte, als er merkte, dass das Einräumen seiner Einkäufe zu viel Zeit beanspruchte.

«Ash hier. Verstanden», bestätigte er über Funk, während er zum Festnetztelefon eilte und Josies Kurzwahl eingab.

Sie ging zum Glück sogleich ran. «Wir werden aufgeboten. Wäre es möglich, dass du meine Einkäufe einräumst? Bitte entschuldige die Umstände.»

«Kein Problem. Der Hang?»

«Ja.»

«Pass auf dich auf und mach dir keine Sorgen. Ich bin schon auf dem Weg rüber.»

Sie trat aus dem Haus, als er wegfuhr. Ash winkte und blies ihr eine Kusshand zu.

Womit hatte er eine so hilfsbereite Vermieterin verdient?

Er wusste, dass Sapphire sein Abendessen ebenso liebevoll gereicht bekam, wie wenn Ash es selbst zubereitet hätte. Und Josie würde sicherstellen, dass seine Einkäufe nicht verdarben — oder von einer neugierigen Katze zerzupft oder gar gefressen wurden.

Zum Glück hatte er ihr am Vormittag beim Holzhacken geholfen. So musste er sich nicht ganz so schäbig fühlen.

JOSIE SCHAUTE seinem Truck mit einem flauen Gefühl im Magen nach. Erdrutsche waren tückisch, vor allem wenn das Gelände so steil wie in den Adirondacks war.

Seine Haustür war nicht abgeschlossen. Er hatte darauf vertraut, dass Josie Wort hielt, was sie freute.

Sapphire saß im Korb mit den Einkäufen und starrte ihr so majestätisch entgegen, wie nur eine Langhaarkatze mit Perserblut es fertigbrachte.

«Na, kleiner Mann? Sitzt du bequem, auf was auch immer sich unter deinem Hintern befindet?»

Mit einem Zirpen sprang Sapphire aus dem Korb und rieb sich an Josies Beinen. Sie kauerte sich hin, um ihn zu streicheln.

Ihr Blick fiel auf die Einkäufe. Sie mochte, was sie sah.

Offenbar war Ash ihrem Tipp gefolgt und hatte im Farmers' Market einkauft. Der Bauernmarkt war vor einigen Jahren in einer alten Produktionshalle eingerichtet worden und folgte der Zero-Waste-Philosophie.

Alle Frischwaren stammten aus der Region. Trockenwaren wie Reis oder Teigwaren wurden in wiederverwendbaren Fässern angeliefert. Plastikfolie gab es nicht, stattdessen brachten die Kunden die notwendigen Verpackungen wie Wachstücher, Netze, Gläser und Baumwollsäckchen selbst mit.

Josie erachtete das Projekt für außerordentlich wichtig und unterstützenswert. Deshalb hielt sie, wie schon ihre Ma, für ihre Mieter alle notwendigen Transportverpackungen im Gartenhaus bereit und hatte Ash darauf aufmerksam gemacht. Wenn sie in die Box schaute, war er nicht nur ihrem Rat gefolgt, sondern hatte auch alles aufs erste Mal verstanden.

Erstaunlich fürs jemanden, der in Washington D. C. gelebt hatte. New Yorker, die ferienhalber nach Dancing Coons kamen, kannten das Konzept und nutzten es normalerweise rege. Alle anderen Amerikaner verstanden zuerst nichts und benahmen sich, falls sie den Markt besuchten, wie in einem Zoo.

Während Josie die Lebensmittel sortierte und in den Kühlschrank und die Vorratsregale räumte, entdeckte sie die kleinen Geschenke, welche die Einheimischen bei ihren Einkäufen normalerweise erhielten.

Ash musste das Personal positiv beeindruckt haben.

Und wahrscheinlich wusste inzwischen jeder in Dancing Coons, dass es einen neuen Feuerwehrmann im Ort gab und wo er wohnte.

Die Auswahl seiner Einkäufe gefiel ihr. Ash schien sich gesund zu ernähren, ohne es dabei zu übertreiben. Bier entdeckte sie keins, dafür losen Grüntee und Chai.

Als sie fertig war, bückte sie sich zu Sapphire, der sie aufmerksam beobachtet hatte, und kraulte sein Köpfchen. «Möchtest du mit rüberkommen? Ich versuche, heute mal wieder zu arbeiten. Mit etwas Glück kann ich vor dem Abendessen noch ein oder zwei Stunden reinschieben.»

Der Kater antwortete mit einem weiteren bezaubernden Zirpen, das Josie für ein «Ja» nahm.

«Das freut mich sehr. Mach du dich schon einmal auf den Weg. Ich schließe ab und wir treffen uns in meiner Küche.»

Schon war von Sapphire nur noch eine zuckende Schwanzspitze zu sehen, die im Katzentürchen verschwand.

«Wie sieht es aus?», fragte Harold, als sich über den Berggipfeln das erste Morgenrot zeigte. Die Anzeichen versprachen einen klaren Tag.

Ash freute sich darauf. Die ganze Nacht lang waren heftige Regenfälle niedergegangen. Ihre eisigen Tropfen stachen wie Nadeln in ungeschützte Hautstellen.

Nach all den Stunden im Freien konnte er sich nur vage daran erinnern, wie es sich anfühlte, weder nass zu sein noch zu frieren.

«Wir sind weit gekommen dank der tollen Zusammenarbeit und all der Freiwilligen.»

Harold bot ihm durch das offen stehende Fahrerfenster einen Thermosbecher Kaffee an. Mit einem leisen «Danke!» nahm Ash ihn entgegen.

«Ich sollte jetzt da draußen sein», sagte der Chief und starrte grimmig durch die Windschutzscheibe seines Trucks.

Ash lehnte sich an den Türrahmen und blies auf den Kaffee, um ihn auf trinkbare Wärme zu bringen. «Dein Knie hatte eine andere Idee.»

Harold schnaubte. «Alt werden ist scheiße.»

«Vielleicht, aber die Alternative ist auch nicht berauschend.»

«Welche meinst du?»

«Jung zu sterben.»

«Ja, das ist auch wieder wahr.»

«Du hast etwas ganz Tolles aufgebaut», sagte Ash und ließ seinen Blick über die Männer und Frauen schweifen, die fokussiert an der Beseitigung der Schlamm- und Schuttmassen arbeiteten.

Alle Mitglieder der Freiwilligen Feuerwehr waren erschienen, um Harold und seine Leute zu unterstützen. Dazu Bettys Brüder, die Lastwagen und schwere Räumungsgeräte herbeischafften. Farmer fuhren in Frontladertraktoren mit gigantischen Schaufeln vor.

Und bevor jemand auch nur einen Stein bewegte, war Harold auf dem tückischen Untergrund gestolpert und hatte sich erneut das Knie verdreht.

Ash und Mickey aus der Feuerwache in Lake Coon rannten sogleich zu ihm und halfen ihm, sich aufzusetzen.

«Lasst mich», stöhnte Harold mit schmerzverzerrtem Gesicht. Er zeigte für alle sichtbar auf Ash. «Dein Part.»

Und Ash wurde von einem Moment auf den anderen zum Acting Fire Chief.

Dies am vierten Tag in Coon County und an einem Einsatzort, über den er keinerlei Informationen besaß.

Der militärisch geschulte Teil seines Verstandes übernahm, ohne dass er einen Moment darüber nachdenken musste. Prioritäten sortierten sich aufgrund der vorherrschenden Gefahrenlage, und obwohl er keine Ahnung von der tatsächlichen Situation hier oben am Berg hatte, wusste er doch genau, was als Nächstes zu tun war.

«Fahren wir dich zum Arzt?», fragte er Harold.

«Über meine Leiche!», zischte der schmerzerfüllt zurück.

Wieso nur war er nicht erstaunt?

Ash überließ Harold Mickeys Pflege, erhob sich und wandte sich an die Räumungskräfte, die ihn in allen Gefühlsschattierungen zwischen verdattert, überrascht und abwägend anschauten. Nur Chief Bettys Brüder — heute schienen drei anwesend zu sein, einer davon Billy — grinsten.

«Mein Name ist Ash Blake. Ihr habt euren Chief gehört. Ich habe heute hier das Kommando. Wir müssen das Vorgehen abstimmen. Das geht aber nur, wenn ihr mir euer Wissen zur Verfügung stellt. Ihr seid die Experten. Wichtigste Frage: Ist die Stelle, an der wir gerade stehen, sicher oder besteht die Gefahr, dass der Rest des Hangs auf uns stürzt? Wer spricht, sagt bitte gleich auch, wer er ist und die Funktion.»

Die Männer und Frauen schauten sich an.

Ein hochgewachsener Naturbursche hob die Hand. «Timothy Stevenson, Ranger. Direkt oberhalb von uns befindet sich eine Felsnase aus Granit. Steinschläge gehen links und rechts davon runter. Nach allem, was wir wissen, ist es hier sicher.»

«Okay. Blaze, du fährst Chief Harolds Truck her zu uns und stellst ihn so ab, dass der Chief die Arbeiten beobachten kann. Danach setzt du ihn mit Mickeys Hilfe rein und gibst ihm den Notfallkoffer. Chief, du nimmst dir so viele Schmerztabletten raus, wie du verträgst.»

Somit war Harold versorgt.

«Dann muss ich wissen, wer alles hier ist. Wer gehört alles zur Freiwilligen Feuerwehr und wer ist der Zugführer?»

Rund ein Dutzend Hände gingen hoch. «Hier, Zugführer Missy Simmons», meldete sich eine Frau. Ash nickte ihr zu.

«Wie viele Ranger?», fragte er als Nächstes.

Neben Timothy hob ein weiterer Mann die Hand.

«Sind sonst noch Gruppen hier?»

Billy hob die Hand. «Warner & Sons. Straßenunterhalt, Recycling und Entsorgung.»

Ah, das erklärte einiges. «Dann seid ihr anderen Freiwillige, oder habe ich eine Organisation übersehen?»

Offenbar nicht.

«Vielen Dank, dass ihr alle hier seid. Als Nächstes legen wir den Umfang der Räumungsarbeiten und das Vorgehen fest. Mit welchen lokalen Gegebenheiten arbeiten wir? Muss der gesamte Schuttkegel weg oder bleibt ein Teil stehen?»

Das war die erste in einer Reihe von situationsbezogenen Fragen.

Eine Viertelstunde später waren alle Aufräumkräfte an der Arbeit.

Ash erlaubte sich ein kurzes Durchatmen.

NUN, mehrere Stunden später, ließen sich im blassen Licht des Morgengrauens erste Erfolge erkennen.

Die Straße war wieder frei. Abschließend galt es, den darüber liegenden Hang so weit als nötig zu räumen und zu sichern. Die Schuttmassen unterhalb der Straße konnten sie liegen lassen. Dort sorgten Regen und Schnee für den Abtransport.

Harold beobachtete die Räumungskräfte. Seine Augen wirkten traurig, aber wenigstens schien er kaum mehr Schmerzen zu haben. «Das habe nicht ich aufgebaut. Was du hier siehst, war schon immer Teil unserer Gemeinschaft in Coon County.»

Ash entdeckte Chief Bettys Truck, der langsam die Straße aus Dancing Coons hochfuhr. «Hier kommt dein Taxi ins Krankenhaus.»

Harold nickte mehrmals gedankenverloren, dann seufzte er tief. «Ich hasse Krankenhäuser.»

Ash langte ins Wageninnere und legte ihm kurz die Hand auf die Schulter. «Irgendwelche abschließende Anweisungen für mich, Chief?»

«Nein, du machst das schon. Du hast dir bei der Räumung vergangene Nacht deine Sporen verdient. Es war beeindruckend, wie du das Wissen der Leute zusammengetragen hast. So kamst du zur besten Lösung, obwohl dir die Gegend und ihre Gegebenheiten fremd sind.»

Ash lächelte kurz. «Danke.»

Betty hielt in ihrer Nähe an und kam zu ihnen. Aufmerksam musterte sie Harold. «Willst du wirklich mit dem Auto fahren? Du weißt, wie sehr das rüttelt, bis wir in Saratoga Springs sind.»

«Ach, Mädchen, lass mir doch den letzten Rest meiner Würde. Würdest du wollen, dass man dich wie ein Stück Sturmholz aus deinem Zuhause wegfliegt?»

«Nun ja, als ich das letzte Mal zuschaute, ließen sie die Patienten nicht von einem Draht unten am Hubschrauber baumeln. Aber ich mag mich täuschen.»

Harold musste lachen. «Fahren wir nach Dancing Coons. Wenn es nicht geht, schauen wir weiter.»

Ash half Betty, Harold in ihren Truck zu verfrachten. Ash pfiff schrill durch die Finger und winkte, um die Aufmerksamkeit der Räumungskräfte zu erregen.

Von allen Seiten schallten gute Wünsche und Abschiedsgrüße herbei.

«Du verschwendest jetzt keinen Gedanken mehr an den Erdrutsch, sondern denkst an das. In Ordnung?», forderte Ash seinen Chief auf.

«In Ordnung», bestätigte Harold leicht zerknirscht und legte den Sicherheitsgurt an.

Betty schloss vorsichtig die Beifahrertür. «Ich habe auch eine Anweisung an dich, Ash. Ich habe Josie eine Nachricht geschickt, was passiert ist. Sie wird dir anbieten, die nächsten Tage für dich zu kochen. Konkret heißt das, sie wird jeweils zwei Portionen jeder Mahlzeit zubereiten und eine für dich in den Kühlschrank stellen, sodass du sie nur noch wärmen musst. Lass es zu. Die Tage, bis Harold zurückkehrt, werden hart. Ich bin in meinem ersten Monat als Polizistin fast durchgedreht und ich bin hier aufgewachsen. Verstanden? Und wenn das Schlimmste vorbei ist, hackst du den nächsten Berg Brennholz für Josie, führst sie zum Essen aus oder irgendetwas. Okay?»

«Okay.» Er nickte, zu müde, um sich mit ihr anzulegen.

«Wenn du es vergisst, werde ich dich daran erinnern.» Mit dieser Bemerkung stieg sie in den Truck und fuhr bis zum nächsten Wendeplatz rückwärts die Straße hinab.

Harold sandte Ash ein letztes, trauriges Winken.

12

Als Josie am Morgen in ihre Küche kam, fand sie Ash am Küchentisch schlafend vor. Er hatte einen Arm weit von sich gestreckt. Mit der anderen Hand hielt er dessen Ellbogen. Der angewinkelte Unterarm diente als behelfsmäßiges Kissen für seinen Kopf.

Neben ihm stand ein blitzblanker Teller. Das Besteck lag unordentlich, aber ebenso sauber daneben.

Josie überlegte, was sie gestern für Ash gekocht hatte, und atmete auf. Hähnchenbrust an einer eher milden Soße mit asiatisch zubereitetem Reis und Paprikagemüse.

Bei diesem Gericht war es kein Problem, wenn sich die Katzen davon bedient oder den Teller sauber geleckt hatten. Der auf Menschen zugeschnittene Anteil Salz war unschön, aber wegen des einen Mals kein Drama.

Die üblichen Verdächtigen lagen alle um Ash herum auf dem Tisch und beäugten sie unschuldig.

Sapphire lag vor Ashs Gesicht. Luzi hatte sich in seinem Nacken zusammengerollt. Ghost und einige andere Coonies teilten sich den restlichen Platz auf dem Tisch.

Josie zog die Brauen zusammen, als sie Rainbow nicht in der

Gruppe sah und schaute auf Ashs Schoß. Dort lag die Coonie-Dame und streckte gerade entspannt ein Vorderbein von sich weg, die Pfötchenballen weit gespreizt.

Sollte sie Ash wecken? Wann hatte er seinen Dienst beendet?

Harold war jetzt seit fünf Tagen im Krankenhaus. Durch den erneuten Unfall hatte sein Knie einer umfassenderen Operation bedurft. Und er musste voraussichtlich eine weitere Woche bleiben.

Er hätte sich keine schlimmere Woche aussuchen können.

Der andauernde Regen sorgte für viele kleine und größere Katastrophen, von verstopften Drainagekanälen bis hin zu vollgelaufenen Kellern.

Dann die spinnenden Tiere. Gestern war allen Ernstes eine Gänseherde in den Farmers' Market eingedrungen und hatte unter lautem Geschnatter die Kunden angegriffen. Dabei verhielten sie sich so aggressiv, dass sogar die abgebrühten Farmer aufgaben. Erst Ash, Blaze und Timothy, dem Ranger, gelang es schließlich, die Tiere einzufangen und in ihr Gehege zurückzubringen.

Dazu Dutzende von Katzen, die in Bäumen festsaßen.

Plus ein Anruf von Miss Florence, dass sich ein Alligator in ihr Regenwasserfass verirrt hatte. Der «Alligator» entpuppte sich als etwas groß geratene Eidechse, die auf Ash zu schwamm, kaum dass sie ihn entdeckt hatte, und sich liebend gerne von ihm helfen ließ.

Falls Miss Florence gehofft hatte, dass Ash sich bis auf die Unterwäsche auszog, um in ihr Fass zu steigen und das Tier zu retten, wurde sie enttäuscht.

Und als wäre das nicht schon genug, war vorgestern Nacht das passiert, wovor sich alle Einheimischen fürchteten.

Eine Gruppe reicher Idioten aus Saratoga Springs hatte es für lustig befunden, ihre Sportwagen auszuführen und in den frühen Morgenstunden Rennen in den Adirondacks zu fahren.

Die Anwohner von Lake Coon, welche die Ursache für den Lärm erkannten, hatten das Sheriff's Department verständigt, worauf Chief Betty und ihre Leute versuchten, die Raser vor Dancing Coons zu stellen.

Gewarnt durch den Polizeifunk drehten die sechs Verrückten rechtzeitig um und rasten die Landstraße nach Lake Coon zurück. Es war ihre letzte Idee in diesem Leben.

Niemand würde es je genau wissen, aber es sah so aus, als hätte der vorderste Fahrer auf der nassen, laubbedeckten Straße die Kontrolle über den Lamborghini verloren und eine Massenkarambolage ausgelöst.

Ash und seine Leute, unterstützt von Bettys Brüdern, hatten Stunden gebraucht, um die Toten mit Schweißbrennern aus den zertrümmerten Fahrzeugen zu schneiden.

Solche Bergungsaktionen waren früher schon brandgefährlich gewesen — damals aufgrund von austretendem Treibstoff und dessen Dämpfen.

Seit der zunehmenden Verbreitung von Elektroautos glich die Arbeit der Feuerwehrleute einem russischen Roulette, denn die Batterien des Fahrzeugs konnten die Retter über die darin enthaltenen Chemikalien vergiften, sie durch die extremen Betriebstemperaturen verbrennen oder mit einem Stromschlag töten.

Harold hatte zudem von Fällen erzählt, bei denen die Batterien wie Bomben explodiert waren oder die Fahrzeuge durch Selbstentzündung erneut zu brennen begannen, dies vierundzwanzig Stunden nachdem die Feuerwehr den ursprünglichen Brand gelöscht hatte.

Irgendwann gegen Morgen war Chief Betty ausgerastet und hatte den Bürgermeister von Saratoga Springs aus dem Bett geklingelt und über das Telefon mauseklein gemacht. Kurz darauf tauchten wie hingezaubert Feuerwehrleute und Polizisten der Stadt zur Unterstützung auf.

Josie taten die verunglückten Fahrer auf eine distanzierte Weise leid. Sie fand es immer traurig, wenn jemand nicht die Möglichkeit erhielt, eine begangene Dummheit zu bereuen und daraus zu lernen. Allerdings lernten solche verwöhnten Egoisten nie etwas, nicht einmal, wenn das Schicksal ihnen ihre Idiotie unmissverständlich unter die Nase rieb.

Das einzig Positive an der Sache war, dass die Raser dieses Mal keine Unschuldigen mit in den Tod gerissen hatten.

Niemand Lokalen … niemanden, den sie kannte und womöglich sogar liebte.

Bereits die normalen Touristen waren ein Problem. Die meisten überschätzen ihre Fahrkünste und es kam fast jedes Jahr zu tödlichen Unfällen. Und immer wieder bezahlte ein Einheimischer, der nur zur falschen Zeit am falschen Ort war, dafür mit dem Leben.

Als Josie gestern Abend ins Bett ging, war die Straße zwischen Dancing Coons und Lake Coon immer noch gesperrt, weil beschädigte Bäume gefällt und der streckenweise zerstörte Asphalt repariert werden mussten.

Wahrscheinlich waren Ash und Betty bis zum vollständigen Abschluss der Arbeiten dort geblieben.

Josie beschloss, Kaffee zu kochen. Ash durfte nicht weitere Stunden an ihrem Küchentisch schlafen, sonst quetschte er sich einen Nerv ab.

Nicht auszudenken, wenn auch er noch ausfiel.

Als das heiße Wasser in den Filter tropfte, entdeckte Josie ein nur zu bekanntes Gesichtchen an ihrem Küchenfenster. Libby stand auf der Trockenmauer, die den Katzendurchgang versteckte, und schaute sie erwartungsvoll an.

Josie öffnete das Fenster und hob den Skunk herein.

Weil Betty — Harolds offizielle Stinktiersitterin — wie Ash durch den Unfall Überstunden leisten musste, hatte Josie sie gestern Morgen und Abend gefüttert. Ohne ihre liebsten Menschen war der kleinen Dame inzwischen todlangweilig.

Josie setzte Libby auf einen Stuhl.

Sogleich hopste das Stinktier auf den Tisch, watschelte zu Sapphire und ließ sich neben ihn fallen. Ashs Kater, der immer stärker zu schielen begonnen hatte, während er Libbys Annäherung verfolgte, schien nicht zu wissen, wie ihm geschah.

«Am besten gibst du gleich auf», sagte Josie leise zu ihm. «Denn *sie* wird nicht aufgeben und dich mit ihrer Liebe verfolgen.»

Sapphire stieß ein Pusten aus, das wahrscheinlich einem menschlichen Stöhnen entsprach, und legte den Kopf wieder ab — auf Libbys Rücken.

Das kleine Stinktier verdrehte genießerisch die Augen. Sie war im siebten Himmel.

Josie öffnete den Kühlschrank. Ob sie Ash dazu bringen konnte, Frühstück zu essen? Wenn sie französische Omeletten zubereitete und er nichts oder nur wenig wollte, war das kein Problem. Was übrig blieb diente dann als Einlage für eine klare Brühe.

Als sie die gequirlten Eier vorsichtig in die heiße Pfanne gab, raschelten Kleider hinter ihr.

«Weshalb liege ich Nase an Nase mit einem Stinktier?», hörte sie Ash murmeln.

Sie schaute über die Schulter zu ihm und sah, wie er sich groggy ins Sitzen stemmte, wobei er trotzdem darauf achtete, die Tiere nicht zu stören.

«Weil das hier Dancing Coons ist», sagte Josie, ein Lächeln auf ihren Lippen. «Muss ich irgendwelche Erste-Hilfe-Maßnahmen einleiten? Aspirin? Ein Eimer kaltes Wasser? Kaffee?»

«Zombies brauchen keine Erste Hilfe», murmelte er matt und leckte sich die trockenen Lippen. «Einen Sandstrahler für meinen Mund klingt nicht schlecht. Aber zur Not tut's auch Kaffee.»

Sie stellte ihm eine Tasse hin. Dazu ein großes Glas Mineralwasser.

«Danke.»

Das Wasser war sogleich weg. Für den Kaffee brauchte er eine Millisekunde länger.

«Wie lange bist du schon hier?»

Er schaute aus schmalen Augen zur Uhr an der Wand, die Viertel nach sieben zeigte. «Ich kam kurz nach fünf Uhr morgens rein. Betty und ich wollten ihre Brüder nicht ohne bewachte Straßensperre arbeiten lassen. Straßen zu reparieren, wenn all das Laub den Asphalt bedeckt, ist die Hölle. Aber es ist alles gut gegangen.»

«Da bin ich sehr froh.» Josie legte ihm kurz die Hand auf die Schulter. Seit Harold im Krankenhaus war, hatte sie sich einige dieser kurzen Berührungen gestohlen. «Möchtest du Frühstück?»

Sein Blick fiel auf den saubergeleckten Teller und das Besteck. «Uh oh, ich habe es in der Nacht nicht mehr geschafft aufzuräumen. Der Teller war aber bis auf kleine Soßenreste leer. Bitte entschuldige.»

«Halb so wild. Meine Mutter hat den Katzen auch ab und an für Menschen gedachte Dinge gegeben, vor allem vor Weihnachten. Einige der Coonies sind ganz wild auf Aniskekse.»

Ash fuhr sich mit beiden Händen durch die Haare und versuchte sie zu glätten. Die Wellen gehorchten ihm nicht.

«Sapphire mag Grapefruit. Als ich das herausfand, staunte ich ganz schön. Banane hingegen ergibt bei ihm ein Gesicht, das auf eine Giftflasche passen würde.»

Josie lachte. «Ach ja, der Todesblick vermischt mit *wie kannst du es wagen, mir so etwas Ekliges vor die Nase zu halten*. Und da behaupten manche Menschen, dass Katzen keine Mimik haben.»

Die Omeletten waren fertig.

«Möchtest du die Hälfte?», fragte Josie.

«Sehr gerne. Ich habe leider die Teenagerzeit nie ganz hinter mir gelassen und muss ziemlich futtern, um meine Leistungsfähigkeit nicht zu verlieren. Im Militär war das echt mühsam. Neben den Waffen und all der technischen Ausrüstung schleppte ich jeweils noch zwei oder drei Dutzend Proteinriegel mit. Trotzdem war ich nach langen Einsätzen jeweils um mehrere Kilo leichter. Das Extremste, was ich mal hinbekommen habe, waren zwanzig Kilo. Bei jenem Einsatz hatten wir großes Pech. Aber wir kamen alle lebend raus.»

«Das klingt heftig.» Josie hob das Stinktier und die Katzen vom Tisch auf die Stühle. Dann stellte sie Ash den Teller hin und legte eine Gabel daneben.

Sie vermutete, dass die Übermüdung ihn so offen sprechen ließ. Er klang gedankenverloren. Vermutlich lief er nur auf achtzig Prozent seiner üblichen Fähigkeiten.

Sie setzte sich mit ihrem Teller hin. Sie wünschten sich einen guten Appetit.

Ash aß einen Bissen und schloss mit einem glücklichen Seufzen die Augen. «Oh, ist die gut. Das Hähnchengericht hat mir übrigens auch sehr gut geschmeckt. Vielen Dank dafür, dass du mich so aufmerksam verpflegst. Betty hat mir gedroht, dass ich deine Hilfsbereitschaft annehmen muss. Aber es ist kein Müssen. Ich weiß nicht, wie ich es sonst geschafft hätte.»

Josie erwiderte sein Lächeln. «Das ist gern geschehen. Allerdings muss ich dir auch etwas beichten. Als ich gestern die letzten deiner Vorräte aus dem Kühlschrank holte, nahm ich auch gleich deinen überquellenden Wäschekorb mit. Ich hoffe, du kannst mir verzeihen, dass ich diese Grenze überschritt, ohne dich um Erlaubnis zu fragen. Es wartet alles gewaschen und zusammengelegt in meiner Waschküche.»

Er musterte sie nachdenklich.

«Ich schwöre, ich habe nicht in deinen Schrank geschaut. Ich konnte mir einfach nicht vorstellen, dass sich noch viel darin befindet, nachdem du mit einer Katze in einem Porsche hier angekommen bist. Wenn ich das auf mich extrapoliere, hast du mehr für Sapphire mitgebracht als für dich.»

Josie wusste, dass sie am Quasseln war, aber die Vorstellung, dass er wütend sein könnte, schmerzte sie. Er war praktisch ohne Einführung in einen überaus anspruchsvollen Job geworfen worden und machte diesen so gut. Da wollte sie ihm helfen und nicht seinen Stress verstärken.

Ash schüttelte den Kopf, wie um seine Gedanken zu klären. «Darum geht es doch nicht. Ich war beim Militär und bin es gewohnt, dass meine Schränke inspiziert werden. Glaub mir, wenn ich etwas verstecken will, dann findest du es nicht. Ich überlege nur gerade, ob ich überhaupt noch frische Kleider hatte. Danke! Ein weiteres Mal. Es tut mir leid, dass ich eine solche Belastung für dich bin und dir die wenige Zeit stehle, die du für dich hast. Wahrscheinlich wünschst du mich inzwischen zum Teufel.»

Josie aß einige Bissen, während sie ihre Gefühle analysierte. Basierte ihre Hilfsbereitschaft darauf, dass sie ihn zum Anbeißen attraktiv fand?

Selbst völlig übernächtigt gefiel er ihr besser als jeder andere Mann, den sie in ihrem bisherigen Leben getroffen hatte — trotz der schwarzen Ringe unter seinen Augen, der wilden Haare, die in kapriziösen Büscheln vom Kopf abstanden, und des Fünftagebartes, der inzwischen seine Wangen und sein Kinn bedeckte.

Bei ihrer Musterung fiel Josie auf, dass er tatsächlich abgenommen hatte. Die Haut spannte sich über den Wangenknochen und sein Gesicht war deutlich schmaler als bei seiner Ankunft.

«Es klingt vielleicht seltsam, aber du hilfst mir mindestens so sehr, wie ich dir helfe», begann sie nachdenklich. «Klar, für zwei zu kochen braucht etwas mehr Zeit und auch deine Wäsche erledigte sich nicht von allein. Alles in allem fühle ich mich aber freier als in den Tagen vor deiner Ankunft, irgendwie fähiger und stärker ins Leben eingebunden. Vorher fand ich nicht mehr die Kraft für meine Arbeit als Designerin, war immer müde und mit den Katzen und dem Alltag überfordert. In den vergangenen drei Tagen habe ich ein großes Projekt durchgezogen, das ich schon seit Wochen vor mir her schob. Gestern Abend gingen die Dateien raus. Mein Auftraggeber war begeistert.»

Seine Augen glitten aufmerksam über ihr Gesicht und erwiderten dann ihren Blick. Was auch immer Ash suchte, er schien es zu finden, denn er lächelte. «Wenn das so ist, werde ich mich nicht weiter wehren.»

«Das ist gut. Dann habe ich vielleicht Zeit, um herausfinden, was es auslöst.» Josie goss ihnen Kaffee nach. «Wie sieht dein Tagesablauf aus? Hast du frei und kannst dich schlafen legen?»

«Eigentlich könnte ich das. Missy Simmons von der Freiwilligen Feuerwehr hat sich anerboten, mit ihren Leuten heute für uns zu übernehmen. Ich muss aber trotzdem nochmals raus. Während wir die Straßensperre bewachten, haben Betty und ich uns unterhalten. Wir möchten heute mit ihrem Vater, dem Sheriff, sprechen, eine zentrale Notrufnummer für Coon County einzurichten. Offenbar war das schon früher ein Thema, aber ihr alter Herr hat sich immer dagegen gesträubt. Ich weiß echt nicht, wie Harold das all die Jahre gemacht hat. Außerhalb der Dienstzeiten übernimmt er normalerweise für die Feuerwehr die Funktion der Zentrale. So wie Bettys Vater es für die Polizei tut.»

Josie klopfte mit den Fingern auf den Tisch und starrte ins Leere, während sie sich seine Worte durch den Kopf gehen ließ. «Das ist eine gute Frage. Fairerweise muss ich sagen, dass es noch nie so hektisch war wie jetzt. Es vergehen oft Wochen mit reinen Routinearbeiten. Und es gab auch schon Zwischensaisons, in denen Harold und Mike tagelang Angeln gehen konnten, weil alles erledigt war.»

«Ich würde dir gerne ein paar Fragen zum Sheriff stellen, damit ich besser auf das Gespräch vorbereitet bin. Allerdings …» Ash schaute sehnsüchtig zum Kochherd. «Kann ich uns noch etwas zubereiten, während wir uns unterhalten? Es tut mir leid, aber ich bin immer noch hungrig.»

Weshalb hatte sie das nicht bemerkt? Die Anzeichen waren alle da. Er hatte das kleinste Kräuterstückchen der Omelette vom Teller zusammengesucht.

«Klar. Möchtest du noch mehr Warmes oder lieber ein kontinentales Frühstück? Ich hätte Vollkornbrot und allerlei Leckeres vom Farmers' Market.»

«Alles zusammen?», fragte Ash hoffnungsvoll.

Josie erhob sich. «Komm, lass uns auftischen. Und dann versuche ich, deine Fragen zu beantworten.»

13

Ash hatte über einiges nachzudenken, als er am Nachmittag über die frisch reparierte Straße hinab nach Lake Coon fuhr. Nach einer langen Dusche und umfassenden Pflegebemühungen — vor allem musste sein Bart weg; das Ding juckte, wenn die Haare so lang waren — fühlte er sich fast wieder wie ein Mensch.

Das Wasser hatte auch seinem Verstand etwas Klarheit gebracht.

Er erkannte, wie einfach es war, Josie zu vertrauen, und wie sehr er sie mochte. Sie war immer bereit, das zu tun, was sie für nötig befand.

Welche andere junge Frau, insbesondere wenn sie auf ein Rudel wertvoller Katzen aufpassen musste, hätte einem nahezu Fremden einen Hausschlüssel überlassen, damit er sich die vorgekochten Gerichte aus ihrem Kühlschrank nehmen und in der Mikrowelle aufwärmen konnte?

Sie hatten sich für diese Variante entschieden, damit Josie nicht jeden Tag ins Gartenhaus gehen und nachschauen musste, ob und was er gegessen hatte.

Und welche andere Frau ließ besagten Mann am Küchentisch weiterschlafen, während sie ihm Frühstück kochte?

Er hatte unglaubliches Glück.

Wahrscheinlich auch mit seinem neuen Job. Klar herrschte gerade eine Extremsituation, aber er hatte sich noch nie an einem Ort so wohl gefühlt.

Das Gespräch mit dem Sheriff verursachte ihm allerdings Bauchschmerzen.

Nun verstand er die seltsamen Schwingungen, die Betty und ihre Brüder während der Aufräumaktion auf der Landstraße wie ein Gewitter umgaben.

Offenbar hatte vor etwa zehn Jahren ein auswärtiger Raser auf der gleichen Straße die Kontrolle über sein Fahrzeug verloren und war mit dem entgegenkommenden Truck des Sheriffs zusammengestoßen.

Bettys Vater überschlug sich mehrmals, bis sein Fahrzeug auf dem Dach liegen blieb, und hing danach bewusstlos im Sicherheitsgurt. Der Raser, dessen Auto auf den Rädern geblieben war, beging Fahrerflucht. Der Sheriff saß seither im Rollstuhl.

Beim Ortsausgang von Dancing Coons suchte Ash die von Josie beschriebenen Überwachungskameras, die nach dem Unfall des Sheriffs montiert worden waren. Ebenso bei der Ortseinfahrt nach Lake Coon.

Die Geräte waren so geschickt getarnt, dass Ash sie nur aufgrund seiner speziell geschulten Beobachtungsgabe entdeckte.

«Der Raser wurde nie gefunden», erklärte ihm Josie während ihres gemeinsamen Frühstücks. «Die Kameras sind unsere Versicherung, dass das nicht nochmals passiert. Das Wissen um ihre Existenz ist nicht allzu verbreitet. Ich glaube, neben den Warners bin ich eine der wenigen, die davon weiß. Bitte hilf mit, dass das so bleibt.»

Ash hatte es ihr versprochen.

Dieser Wunsch nach Verschwiegenheit erklärte, weshalb weder Harold noch Betty bei der Bergung des Elchs ein Wort über die Kameras verloren hatten.

Hatte Betty den Verursacher der neusten Karambolage über die Überwachungsbilder identifiziert? Oder war ihr der Schuldige tatsächlich von Beginn weg klar gewesen?

• • •

Der Sheriff lebte auf einem Grundstück direkt am See. Das großzügige türkisfarbene Holzhaus, das am Ende einer breiten Einfahrt stand, zeigte weiße Zierelemente im Gothic-Revival-Stil, ohne überladen zu wirken. Auf der umliegenden Wiese wuchsen hohe Ahornbäume, deren Laub feurig orange leuchtete.

Interessant, wie sich die einhundertzwanzig Meter Höhenunterschied zwischen den beiden Ortschaften auswirkten. In Dancing Coons war inzwischen das meiste Laub unten.

Chief Betty wartete schon am Ende der Einfahrt auf ihn.

«Dad ist in der Scheune dort. Er macht Waffentraining mit den Jugendlichen von Coon County. Sein Standpunkt ist, dass sie weniger Dummheiten machen, wenn sie das Schießen offiziell und unter seiner Aufsicht lernen dürfen. Die Statistiken geben ihm recht. So wie auch für seine übrige Präventionsarbeit. Dazu gehören Fahrtrainings und vieles mehr.»

Ash folgte Betty zur Scheune am Rand des Anwesens. Sie zeigte den gleichen Baustil und identische Farben wie das Haupthaus.

«Also Jungs und Mädchen. Das war's für heute», sagte der Sheriff, als er seine Tochter mit Ash sah. «Bis nächste Woche.»

Er saß mit einer Gruppe Teenager um einen Arbeitstisch, wo sie offenbar das Reinigen von Waffen geübt hatten. Gehorsam erhoben sich die jungen Leute und verabschiedeten sich von ihm.

«Hi, Chief Betty», murmelten die meisten, als sie an Betty und Ash vorbeigingen. Er spürte ihre neugierigen Blicke.

«Leute, wartet bitte kurz», sagte sie. «Das hier ist Acting Fire Chief Asher Blake. Er nimmt die Funktionen meines Onkels Harold wahr, während der im Krankenhaus liegt. Wenn etwas ist, könnt ihr ihm ebenso vertrauen wie mir. Okay?»

«Guten Tag, Acting Fire Chief Blake», murmelten die Teenager mehr oder weniger deutlich.

Die Jungen musterten ihn dabei einschätzend, während einige der Mädchen erröteten. Ash erinnerte sich daran, wie es ihm in ihrem Alter ergangen war.

«Guten Tag.» Er lächelte und schaute jeden der Teenager kurz an. «Ich freue mich, Teil eurer Gemeinde zu sein.»

«Wieso?»

Ash war sich nicht sicher, wer das trotzige Wort gemurmelt hatte. Er tippte auf den Jungen mit dem gelangweilten Blick ganz hinten. Weil die Frage laut genug gewesen war, dass alle sie gehört hatten, lohnte sich eine Antwort.

«Weil ich schon ziemlich weit auf der Welt herumgekommen bin, aber noch nie einen so besonderen Ort gefunden habe.»

«Ey, Mann, hier passiert nie etwas!», sagte eines der Mädchen mit rollenden Augen und drehte den Kaugummi im Mund.

Ash wusste, dass er gleich zurückschubsen musste, wenn er ihren Respekt wollte. «Nachdem ich gestern sechs entstellte Leichen aus den Wracks ihrer Sportwagen schweißen musste, sehe ich das etwas anders.»

Das gab ihnen zu denken. Einige wirkten betroffen. Andere verzogen angewidert das Gesicht.

«Statt über euer Leben zu jammern, könntet ihr Acting Fire Chief Blake fragen, was für eine Waffe er am Gürtel trägt. Vielleicht lernt ihr ja noch etwas», mischte sich der Sheriff ein. Er grinste Ash spöttisch-herausfordernd an.

Ash fühlte, wie seine Kieferknochen sich anspannten. Er kannte die Sorte Mann, hatte oft genug mit ihnen zu tun gehabt.

Bettys Vater war einer jener Tyrannen, die alle um sie herum dominieren mussten. Kein Wunder, sagten seine Söhne nur selten einen ganzen Satz.

Die Frage war, was genau der Mann an Wissen und Fähigkeiten besaß. Körperlich war er ein Gigant, an die zwei Meter groß. Sein Rollstuhl musste speziell für ihn angefertigt worden sein. Er hielt sich bolzengerade darin. Das konnte entweder auf unbeugsamen Stolz oder eine militärische Ausbildung hindeuten.

Und vielleicht verbarg sich unter der rauen Fassade sogar ein Herz aus Gold.

Etwas Besonderes musste an ihm dran sein. Schließlich war sein Unfall an die zehn Jahre her und die Einwohner von Coon County wählten ihn trotz seines Handicaps immer wieder zum Sheriff.

Aber Ash wollte verdammt sein, wenn er sich von dem Kerl vorführen ließ.

«Ja, zeigen Sie mal, Acting Chief», forderten ihn die jungen Leute nach neugierigen Blicken auf sein Holster auf.

Mit einem innerlichen Seufzen zog Ash die Waffe. «Eine Desert Eagle .44 Magnum», sagte er, als wäre nichts dabei. Was in seinem Fall tatsächlich zutraf.

«Das geile Ding aus den Hollywoodfilmen?», sagte einer der Jungs andächtig. «Feuern sie mal einen Schuss ab. Ich will das hören.»

Nein, das wollte er nicht, denn die Desert Eagle war so laut, dass jeder Schuss ohne Ohrschützer die Ohren kurzzeitig taub werden ließ.

«Das geht nicht. Wenn ich damit auf das Ziel da drüben feuere, hat der Sheriff ein Loch in der Rückwand seiner Scheune.»

Der Sheriff schnaubte. «Mach nur, Junge. Hinter der Zielscheibe und dem Stroh befindet sich eine fünf Zentimeter dicke Stahlplatte.»

Als er dazu auch noch herablassend grinste, reichte es Ash.

Er hob den Arm und schoss aus der Bewegung heraus, und scheinbar ohne zu zielen, dreimal. Aus den Augenwinkeln sah er, wie Betty neben ihm blitzschnell die Hände über die Ohren schlug.

Seine Kugeln trafen ins Schwarze, eine nach der anderen.

Allen Jugendlichen war der Mund aufgeklappt und sie schauten mit erstaunten und leicht verängstigten Ausrufen zwischen ihm und Chief Betty hin und her.

Ganz langsam nahm sie die Hände wieder runter.

Dem Sheriff war sein dämliches Grinsen vergangen.

Einer der Jungs stieß ein andächtiges Stöhnen aus. «Was braucht es, damit ich so schießen kann?»

Ash steckte die Waffe weg. «Ein Jahrzehnt bei den Special Forces und der CIA sollten genügen. Nun möchte ich euch bitten, uns allein zu lassen. Chief Betty und ich haben etwas mit Sheriff Warner zu besprechen.»

Endlich trollten sie sich, aber nicht, ohne mehrmals staunend zu ihm zurückzuschauen.

Der Sheriff öffnete den Mund.

«Halt die Klappe, Dad», befahl Betty. «Du hast das so etwas von provoziert. Wäre ich an Ashs Stelle gewesen, hätte ich auf dich geschossen und nicht auf die verdammte Zielscheibe.»

«Schon klar, Hellfire. Reg dich wieder ab.» Er musterte Ash erneut. Dieses Mal ohne den Filter aus Spott und Herablassung. «Special Forces und CIA? Für mich siehst du eher aus wie einer dieser Yoga-Gurus. Du weißt schon, heilen wir die Welt, indem wir sie umarmen.»

«Wenn Sie als Nächstes vorschlagen, dass ich mit Ihnen anfangen soll, muss ich leider ablehnen», gab Ash zurück. «So viel ist mir die Heilung der Welt dann doch nicht wert.»

Betty erlitt einen plötzlichen Hustenanfall.

Der Sheriff verengte die Augen. «Ich gönne es dir ja so, dass du über das Abfeuern der drei Kugeln einen ganzen Bericht schreiben musst.»

Nun war es an Ash zu grinsen. «Ich bin Feuerwehrmann und kein Cop. Und das ist meine Privatwaffe. Ich muss also gar nichts.»

Darauf wusste der Sheriff nichts mehr zu erwidern.

«Dad, bist du etwa sprachlos? Ich glaub's nicht. Das muss ich gleich meinen Brüdern erzählen.» Betty zog ihr Smartphone aus der Tasche und tippte auf dem Bildschirm herum.

Sheriff Warners Gesicht lief rot an. «Untersteh dich, Mädchen! Steck sofort das Ding weg!»

«Dann mache ich mit Ash High-five. Ash?» Sie hob den Arm und hielt ihm die Handfläche hin.

Mit einem Lachen schlug er ein.

«In Ordnung, Kinder. Jetzt hört schon auf. Ich benehme mich ja», gab der Sheriff mit einem Grollen klein bei.

Er manövrierte seinen Rollstuhl vom Tisch weg, stieß die Räder an und rollte zu ihnen. «Lasst uns in die Küche gehen. Wir haben Eistee, allerdings nicht dieses zuckersüße Zeug, das ihr Südstaatler so gern mögt», meinte er mit einem schnippischen Seitenblick zu Ash. «Du bist jetzt bei den Yankees. Hier gibt es solche Unsitten nicht.»

Schon hatte er sie passiert und rollte mit bemerkenswerter Geschwindigkeit Richtung Scheunentor. Der Mann mochte zwar gelähmt sein, verfügte aber offenbar über die Kraft eines Bären.

Betty grinste Ash an, formte ein «Miau!» mit den Lippen und machte die Geste eines Prankenhiebs.

Er musste schmunzeln. Wenn er in seiner Beziehung zu Sheriff Warner beim Zickenkrieg angelangt war, lag das Schlimmste hinter ihm.

«Du weißt schon, dass sich im gläsernen Tor der Scheune alles spiegelt, was in meinem Rücken abläuft?», blaffte der Sheriff, ohne sich nach seiner Tochter umzusehen.

«Aber natürlich. Sonst hätte es ja keinen Spaß gemacht», erwiderte Betty. «Ich nehme an, du möchtest, dass ich das Tor zuziehe und abschließe?»

«Ja, unbedingt. Der Bande, die heute hier war, traue ich nicht über den Weg, dass sie die Waffen in Ruhe lassen. Einen Teil von ihnen wirst du früher oder später in deinen Zellen wiedersehen.»

«Das lässt sich leider nicht vermeiden. Du kannst nicht alle retten.»

Ash wollte Betty helfen, denn das gläserne Tor war riesig und musste tonnenschwer sein.

«Lass nur», winkte sie ab. «Es läuft auf Spezialschienen und wird von einem Motor unterstützt. Wir mussten das so machen, damit Dad es bedienen kann. Vom Rollstuhl aus ergeben sich ganz andere Hebel.»

Sie folgten dem Sheriff über eine Rampe auf die Veranda und von da aus in die Küche, wo sie ihre Arbeitsstiefel aufschnürten und in ein Regal stellten.

«Setzt euch auf die Sofas vor dem Panoramafenster», befahl er und zeigte zum barrierefrei angrenzenden Wohnzimmer.

Ash gehorchte und staunte. Der Ausblick über den See war atemberaubend. Nebelschwaden tanzten auf der Wasseroberfläche, und die umliegenden Wälder leuchteten in den schönsten Herbstfarben. Die Natur schien unberührt. Nur ganz vereinzelt konnte Ash in der Ferne ein Haus erkennen.

«Der Indian Summer ist meine liebste Jahreszeit», sagte Betty leise.

«Als Kind bin ich stundenlang hier gesessen und habe über das Wasser geschaut.»

Der Sheriff rollte auf den freien Platz an der Stirnseite des Couchtisches, schräg übers Eck zu Ash. Auf den Knien balancierte er eine Holzkiste, in der sich ein Krug und drei Gläser befanden.

«Hier», sagte er und hielt Ash den Krug hin. «Mach dich mal nützlich und stell das auf den Tisch. Und hier die Gläser.»

Ash zögerte einen Moment, denn im Süden war Gastfreundschaft ein komplexes Thema voller Minenfelder. Eine kurze Analyse der Situation ergab, dass es am sichersten war, wenn er alles an Betty übergab und sie einschenken ließ.

Er überließ es auch ihr, das Thema anzuschneiden, weswegen sie gekommen waren.

«Hör mal, Dad», sagte sie nach einigen Minuten Small Talk. «Ash und ich möchten etwas mit dir besprechen. Seit Harold im Krankenhaus ist, hat sich gezeigt, dass wir dringend eine zentrale Notfallhotline für Polizei, Feuerwehr und Ranger brauchen. Mir ist bewusst, dass du das nicht willst, aber es geht nicht mehr anders. Ich weiß, dass es Harold schon lange zu viel geworden ist, außerhalb der Dienstzeiten Telefonzentrale für die Feuerwehr zu spielen. Ash hat, seit er von Harold übernommen hat, keine Nacht mehr am Stück geschlafen. Und solltest du ausfallen, würde ich es nicht schaffen, deinen Part zu übernehmen. Ich weiß schon so manchmal nicht mehr, wo mir der Kopf steht. Und im Moment ist Zwischensaison. Stell dir mal vor, wie es wird, wenn mit dem ersten Schneefall die Touristen kommen.»

Die Miene des Sheriffs wurde undurchdringlich.

Seltsam. Ash hatte heftigen Widerspruch erwartet. Hier ging es nicht darum, was Bettys Vater wollte oder nicht. Er verbarg etwas.

«Hör mal, Mädchen.» Der Sheriff rieb sich nervös das Kinn. «Mir ist bewusst, was ich in der Vergangenheit gesagt habe. Es war einfacher, als dir meine wahren Einwände begreiflich zu machen. Was ihr da vorschlagt ist eine sehr verantwortungsvolle und komplexe Aufgabe. Wie wollt ihr da jemanden finden?»

Betty knallte ihr Glas, aus dem sie gerade getrunken hatte, auf den

Tisch. «Ich fasse es nicht! Deswegen hast du das Projekt torpediert? Was ist denn das für ein Einwand? Klar ist es nicht einfach. Es schien auch unmöglich, für Harold einen Stellvertreter und eventuellen Nachfolger zu finden. Nun sitzt Ash hier, in seiner zweiten Arbeitswoche und ohne dass er irgendwelche Zeit gefunden hätte, sich in Coon County einzuleben, und es klappt.»

Die Augen des Sheriffs wanderten von seiner Tochter weg. Ein Schatten huschte über seine Miene und verschwand sogleich wieder — eine komplexe Mischung aus Scham, Wut und Abscheu. Ein normaler Mensch hätte die Gefühlsregung nicht einmal bemerkt, aber Ash verfügte durch seine Ausbildung über besondere Fähigkeiten im Lesen von nonverbaler Kommunikation.

«Warte kurz, Betty», bat er, als sie tief Atem holte, um ihre Tirade fortzusetzen. «Hier geht es nicht um die Schwierigkeit, jemanden zu finden. Ich kann zwar nur raten, aber wahrscheinlich lautet das wahre Thema, nicht jemand völlig Ungeeigneten aufgedrückt zu bekommen. Wem schulden Sie etwas, Sheriff Warner?»

Zum Glück konnten Blicke nicht töten, sonst wären von Ash nur ein Paar rauchende Socken übrig.

«Ich rate dir, deine große Klappe zu halten, Acting Fire Chief Blake», fuhr ihn der Sheriff an.

«Dad! Wer?» Bettys Tonfall war eisig.

«Wieso glaubst du diesem neunmalklugen Besserwisser?», bekam sie eine wütende Salve ihres Vaters ab.

«Also, wenn du nicht von selbst damit herausrücken willst, lass mich mal überlegen …?» Betty stupste in einer theatralischen Geste mit dem Zeigefinger gegen ihr Kinn und schaute zur Decke.

«Delorean Williams», flüsterte ihr Vater, bevor sie raten konnte.

«Die hirnlose Tochter des Bürgermeisters?», rief Betty aus und verwarf die Hände. «Die Frau ist seit fünf Jahren mit diesem Hühnerfarmer hinter Saratoga Springs verheiratet und hat sieben Kinder, weil einmal Drillinge kamen. Ich bin mir ziemlich sicher, sie weiß inzwischen nicht einmal mehr, welchen Wochentag wir haben.»

Die einzige Antwort des Sheriffs bestand aus einem Grollen.

Ash beschloss, für den Moment nur zu beobachten. Er hatte eine präzise Vorstellung, was passiert war. Wenn Vater und Tochter das Problem allein lösten, war es das Beste für alle.

Insgeheim wunderte er sich über den Vornamen der jungen Frau. An seinem ersten Arbeitstag in Coon County hatte ihm Harold den Bürgermeister vorgestellt, dies während ihres Mittagessens im Grilled Moose. Der bodenständige Mann schien nicht der Typ für solche Extravaganzen.

«Zum Teufel, Dad! Warum musst du immer so verdammt stolz sein. Das hättest du mir doch sagen können, nachdem die dumme Kuh weg war.»

Er schaute durch das Panoramafenster über den See hinaus. «Ja, vielleicht.»

Betty stieß gereizt den Atem aus.

«Du wirst dich wundern, was das alles soll, Ash», sagte sie nach einiger Zeit deutlich gefasster. «Der Lebensweg unseres Bürgermeisters weist ungewöhnliche Wendungen auf. Er wurde hier geboren, schaffte es aber an eine Ivy-League-Universität und wurde Anwalt. Seinen Studienabschluss feierte er mit einer Reise. Danach kam er nach Dancing Coons zurück und heiratete seine Jugendliebe. Einige Monate nach der Hochzeit tauchte hier im Ort plötzlich eine Stripperin mit einem Kind auf dem Arm auf — angeblich seins. Ein DNS-Test bestätigte die Vaterschaft.»

Ash hatte diese Wendung kommen sehen. Solche Geschichten gab es auch im Süden.

«Die Stripperin wollte das Kind nicht mehr, so nahmen Ethan und seine Frau die Kleine, die auf den Namen Delorean getauft war, bei sich auf und zogen sie groß. Das Traurige daran ist, dass sie sich ebenfalls Kinder wünschten, aber nie welche bekamen. Irgendwann wurde Ethan Bürgermeister. Als Dad seinen Unfall hatte, stand Ethan unerschütterlich zu ihm. Nur dadurch konnte Dad seinen Job als Sheriff behalten. Er ist ihm also einiges schuldig.»

«Ja, aber etwas schuldig sein und einen ganzen Bezirk ins Chaos zu stürzen sind zwei Paar Schuhe», sagte der Sheriff unerwartet. «Ethan und seine Frau haben sich liebevoll um Delorean gekümmert. Das Mädchen ist gut herausgekommen und extrem nett, nur verfügt sie leider über keine einzige Hirnzelle. Entsprechend schwer tat sie sich damit, einen Job zu finden. Ethan ist deswegen fast verzweifelt.»

Betty musterte Ash. «Du denkst jetzt wahrscheinlich, wir übertreiben. Tun wir aber nicht. Als vor einigen Jahren die Berichterstattung über die Entdeckung des Schwarzen Lochs durch die Zeitungen ging, fuhr Delorean mit ihrem Auto nur noch Schritttempo. Sie erwartete allen Ernstes, dass sich das Schwarze Loch vor ihr im Asphalt auftut und sie verschluckt. Als wir ihr erklärten, dass es sich im Himmel befindet, wurde es nur noch schwieriger.»

«Ja, aber dann entdeckte sie zum Glück ihre Kernkompetenz, war versorgt und zog weg.»

Der trockene Tonfall des Sheriffs trug ihm einen langen Blick seiner Tochter ein. «Kernkompetenz?», fragte sie gedehnt.

Er grinste. «Woran du wieder denkst! Ich meinte: Kinder großziehen. Nach allem, was man hört, ist sie eine gute und liebevolle Mutter.»

Betty presste die Augen und Lippen zusammen. «Ich versuche brav zu sein und keine Witze zu machen. Gott, ist das schwer.»

«Nun ja, sie wird ja hoffentlich bei ihren Kindern den Kopf vom Hintern unterschieden können. Meintest du so etwas?»

«Dad! Das ist nicht fair.»

Ash musste lachen.

«Also. Nachdem wir nun Dampf abgelassen haben, können Ash und ich nach einem Nighttime Dispatcher suchen? Wenn die Polizei, die Feuerwehr und die Ranger den Lohn je zu einem Drittel tragen, bekommen wir es mit den bestehenden Budgets hin.»

Der Sheriff seufzte. «In Ordnung, Mädchen. Aber stell dich darauf ein, enttäuscht zu werden. Ich wüsste nicht, wer für diesen Job infrage kommt, ohne dass es für euch mehr Arbeit statt weniger wird.»

Betty schüttelte den Kopf. «Ich glaube fest an unser Glück. Das muss einfach klappen.»

«Wir werden sehen.» Der Sheriff schaute Ash an. «Hör mal, Junge. Wenn wir schon bei den ernsten Themen sind: Ihr müsst euch endlich mehr Fahrzeuge für die Feuerwehr besorgen. Neben Harold benötigst mindestens du einen offiziellen Feuerwehrtruck. Und es wäre gut, wenn auch Mickey und Dash einen zur Verfügung hätten. Harold hat zu diesem Thema die gleiche starre Meinung, wie ich sie zur gemeinsamen Notfallnummer hatte. Das Problem ist, dass uns die Zeit eingeholt hat. Jahr für Jahr kommen mehr Touristen. Irgendwann geht es auch um die Haftung.»

Ash begriff, dass er damit einen ehrlich gemeinten Ratschlag erhielt. «Helft mir auf die Sprünge. In Lake Coon steht das alte Löschfahrzeug, das sich in all den Betriebsjahren als höchst verlässlich erwiesen hat. In Dancing Coons ist das neue stationiert, das über einen stärkeren Motor verfügt und wendiger ist. Dazu gibt es noch Harolds Chief-1-Truck, den im Moment ich fahre. Das ist alles. Korrekt?»

«Ja und nein.» Betty füllte ihm Eistee nach. «Bei Missy Simmons in der Scheune stehen die ganz alten Sachen. Ein kleines Löschfahrzeug von anno dazumal. Und eine handbetriebene Schaukelpumpe, die auf einem alten Ford-Lastwagen montiert ist. Beides wird liebevoll unterhalten und wenn es ganz ernst wird, holen sie die Fahrzeuge hervor.»

Ash starrte sie aus großen Augen an, während er überlegte, wie alt diese Maschinen sein mussten. Museumsstücke wahrscheinlich. «Ich muss mit ihr sprechen. Ich habe keine Ahnung, ob ich so etwas bedienen kann.» Zu spät fiel ihm ein, dass es nicht empfehlenswert war, gegenüber Sheriff Warner Schwäche zu zeigen.

Er wurde überrascht.

«Dein Pflichtbewusstsein ehrt dich, Junge, aber lass das ruhig Missy machen», winkte der Sheriff ab. «Ich habe aus meinem Unfall die Lehren gezogen und bei der Polizei dafür gesorgt, dass alle über moderne Fahrzeuge mit hohen Sicherheitsstandards verfügen. Es hat Jahre gedauert und bedurfte einiger Wohltätigkeitsanlässe. Aber nun ist es geschafft. Jetzt solltet ihr für euch schauen. Die Ranger sind versorgt. Weil die Adirondacks ein Naturpark sind, genießt ihre Behörde staatliche Finanzierung.»

«Danke für den Rat. Bis Harold zurück ist, werde ich ein Konzept erarbeiten. So sagt er vielleicht eher Ja.» Ash war noch nie für die Beschaffung von Geldern verantwortlich gewesen und wusste nicht, wo anfangen. Vielleicht hatte Josie ein paar Tipps für ihn ...

... da sich Harold mit Händen und Füßen gegen die Veränderung sträuben würde.

14

Josies Herz machte einen kleinen Freudensprung, als sie Ash in die Einfahrt einbiegen sah.

Gespannt beobachtete sie durch das Küchenfenster, wie er ausstieg und den geflochtenen Einkaufskorb vom Beifahrersitz hob. Sie eilte ihm entgegen, um die Tür zu öffnen, bevor er klingeln konnte.

Er lächelte, als er sie sah. «Ich glaube, da freut sich jemand aufs Abendessen.»

Sie schaute in den Korb. Darin befanden sich Kartonboxen mit chinesischem Take-away. Ihr lief das Wasser im Mund zusammen.

«Ähm, guten Abend, Ash?», erinnerte sie sich mit Verspätung an ihre Manieren.

Nun lachte er. «Guten Abend, Josie. Ich sehe schon. Wenn man dich bestechen will, dann damit.»

Sie errötete. «Komm herein. Um ehrlich zu sein, klappt das mit ziemlich vielem. Du solltest mich mal an einem orientalischen Buffet sehen. Danach kannst du mich nach Hause rollen.» Sie hielt den Korb, während er seine Softshell und Stiefel ablegte.

«Soll ich dir etwas verraten? Mich auch», bekannte er.

Sie gingen in die Küche. «Da bin ich froh. Seit du angerufen und das

Take-away vom chinesischen Restaurant in Lake Coon vorgeschlagen hast, konnte ich nur noch daran denken. Ich war schon ewig nicht mehr da. Hast du auch ihre Grünteelimonade gekauft?»

Er stellte den Korb auf die Küchenabdeckung. «Aber natürlich. Die Flaschen liegen durch Zeitungspapier getrennt unter den Kartons. Wollen wir gleich loslegen?»

«Sehr gerne.»

Josie hob drei schlafende Coonies vom Küchentisch auf die Stühle und schob Luzi, der auf dem Rücken lag und schnarchend ganze Baumstämme durchsägte, aus dem Weg.

Ash wischte den Tisch sauber. Während sie auftischten, schlenderte ein weißer Flauschball mit grauem Gesichtchen und strahlend blauen Augen in die Küche.

«Du lässt Sapphire mittlerweile zur ganzen Sippe hier unten?»

Josie nickte. «Ja. Es ist gestern Nacht aus Zufall passiert. Ich wollte fernsehen, ging in den Wohnbereich und er huschte mir nach, bevor ich die Glastür zur Küche schließen konnte. Die anderen Katzen mussten sogleich schauen, wer das war, und rannten herbei. Da hat sich Ghost an seine Seite gestellt und ihm den Schwanz über den Rücken gelegt. Danach war die Sache geklärt.»

Sie setzen sich und bedienten sich von den Gerichten.

«Benimmt sich der kleine Mann wenigstens anständig? Diese neue gesellige Persönlichkeit ist mir fremd. In Arlington gab es immer ein Groll- und Jaulkonzert, wenn Sapphire eine fremde Katze durchs Fenster sah.»

Josie beugte sich nach unten, um Sapphire, der um ihren Stuhl strich, zu streicheln. «Ja, sehr. Er scheint mein Rudel zu mögen. Etwas anderes lassen Coonies gar nicht zu. Notfalls verfolgen sie dich mit ihrer Liebe, bis du aufgibst. Sie sind da wie Libby.»

Ash schaute sich in der Küche um. «Ist sie nicht da oder habe ich sie übersehen?»

Josie zeigte zu einem Möbel, das auf den ersten Blick wie eine Sitzbank mit Kissen aussah. In der Front gab es jedoch einen Eingang in Katzen- und Stinktiergröße. «Sie ist in der Raschelkiste. Darin befinden sich Packpapier, der Pappteil von Klopapierrollen und etwas Holzwolle. Ich habe das Möbel ursprünglich in Montreal für Luzi gebaut. Mas Coonies waren begeistert, als ich es nach meinem Umzug hier aufstellte. Alle paar Wochen muss ich den Inhalt auswechseln, weil sie ihn zerfetzen.»

Ash nickte, schien aber mit seinen Gedanken woanders.

«Wie lief dein Meeting mit dem Sheriff? Bettys alter Herr kann ein ziemlicher Teufel sein, bis du seine Schale geknackt hast. Gelingt dir das, hast du einen Freund fürs Leben.»

Plötzlich wirkte Ash verlegen.

«Uh uh, was hast du gemacht?», fragte Josie. Wie konnte es sein, dass Betty sie nicht angerufen und ihr alles brühwarm erzählt hatte?

«Es wäre möglich, dass ich wütend geworden bin und drei Schüsse aus meiner Waffe abgefeuert habe, um anzugeben. Weißt du, ob sich hinter den Strohballen in der Scheune tatsächlich eine Stahlplatte befindet?»

«Du hast was?»

Während Ash erzählte, musste Josie so sehr lachen, dass ihr die Tränen kamen. Irgendwann klammerte sie sich an der Lehne fest, um nicht vom Stuhl zu fallen. Das chinesische Essen, das sie so liebte, war für den Moment vergessen.

«Das ist absolut brillant», sagte sie, als sie wieder sprechen konnte. «Bitte sag Betty nicht, dass ich das gesagt habe, aber ich fand Mikes Verhalten immer ziemlich gemein. Er provoziert alle Menschen, die er neu kennenlernt — die Männer stärker als die Frauen und wenn das Kennenlernen beruflicher Natur ist, dann umso mehr. Und du kannst nicht gewinnen. Wenn du dich provozieren lässt, bist du bei ihm unten durch. Und wenn du zulässt, dass er dich als Fußabtreter verwendet, ebenso. Ich kenne niemanden außer dir, der beim ersten Treffen seinen Respekt erlangen konnte.»

Josie schöpfte sich aus den Kartons nach. Ein leckeres Essen und eine spannende Geschichte. Konnte der Abend noch besser werden?

Ash wirkte etwas verdutzt. «Ist er wirklich so schlimm?»

«Leider ja. Wenn er dich ungefähr ein Jahr kennt und du dich nicht allzu dumm angestellt hast, beginnt er normalerweise aufzutauen. Missy Simmons, der Chief der Freiwilligen Feuerwehr, war eins seiner Opfer. Sie ist wegen des Jobs hierher gezogen aus einer Ortschaft knapp außerhalb von Coon County. Eigentlich ist sie eine Einheimische. In ihrem ersten Jahr hier verging kein Treffen mit Sheriff Mike, ohne dass sie danach in Tränen ausbrach. Soweit ich weiß, hast du sie beim Aufräumen des Erdrutsches kennengelernt. Daher weißt du, dass sie kein allzu zartes Pflänzchen ist.»

«Oh, nein, ganz sicher nicht», bestätigte Ash. «Ich habe mich sogar gefragt, was sie beruflich macht. Ringerin vielleicht?»

Josie lachte. «Über diese Vermutung musst du mit ihr persönlich sprechen. Es könnte sein, dass sich da ein Gesprächsthema ergibt. Heutzutage bedient sie den großen Bagger im Kieswerk von Warner & Sons. Wenn es sein muss, fährt sie aber auch die Straßenwalze oder was es sonst gerade braucht.»

«Das passt. Als wir die Straße freiräumten, fuhr sie den Bulldozer, den Billy und Dave bei den Arbeiten im Coon Creek verwendet hatten. Ich war von ihren Fähigkeiten beeindruckt.»

Josie fühlte ein warmes Gefühl in ihrer Brust. Sollte sie es wagen? Sie gab ihrem Instinkt nach und legte ihre Hand über seine.

Überrascht schaute er auf und verfing sich in ihrem Blick.

«Ich bin gerade ziemlich beeindruckt von *dir*, Ash. Jeder andere Mann, den ich kenne — selbst Harold oder Ben —, hätte etwas gesagt wie ‹für eine Frau fährt sie ganz ordentlich›. So wie jeder andere Mann versucht hätte, mir die Motorsäge mit einem ‹lass mich das für dich machen, Mädchen› aus der Hand zu nehmen.»

Seine Wangen nahmen Farbe an. Er schaute auf ihre Hand.

Unsicherheit stieg in Josie auf. War sie zu forsch? Wollte er, dass sie ihn losließ?

Es gab so viel, was sie nicht von ihm wusste. Vermisste er seine frühere Partnerin? Wünschte er sich irgendwann wieder eine Beziehung? Und was hatte die Frau seines gefallenen Kameraden bei ihm angerichtet? Nur drei von tausend Fragen, die ihr durch den Kopf schossen.

Als Josie die Hand schon zurückziehen wollte, huschte Ashs Zungenspitze über seine Lippen. Bei dem Anblick schlug ihr Herz plötzlich ganz schnell.

Behutsam drehte Ash die Hand unter ihrer und legte seine andere darüber. Sein Griff war warm und fühlte sich unglaublich gut an.

Er hob die Lider und suchte Josies Blick. Seine grünen Augen leuchteten.

«Darf ich dir, wenn ich mich später am Abend verabschiede, einen Kuss stehlen?», fragte er leise.

Josie fühlte sich plötzlich ganz leicht im Kopf. Oh, war das unfair! Wie sollte sie die Erwartung auf seinen Kuss all die Stunden aushalten? Ihr Körper meldete ihr gerade unmissverständlich, wie begehrenswert sie Asher Blake fand. Bei all den Hormonen, die durch ihr Blut tobten, bekam sie wahrscheinlich keinen vollständigen Satz mehr heraus.

«Der muss dann aber ziemlich gut sein, wenn du mich den ganzen Abend dafür hinhältst», sagte sie und fühlte, wie sie errötete. Ihre Stimme klang heiser.

Hoffentlich führte er das auf ihre Verwirrung zurück.

Keine Chance. Der Mann wusste genau, wie es um sie stand.

Sie sah jedoch nichts Selbstzufriedenes in seiner Miene. Stattdessen wirkte er glücklich und erwartungsvoll.

«Wir sollten weiteressen, bevor alles kalt wird», schlug Ash vor.

Josie nickte.

Alle Gerichte schmeckten ihr immer noch wunderbar, doch sie rutschten nicht mehr ganz so einfach wie zuvor. Da war ein Kloß in ihrem Hals — aber nicht aus Beklemmung, sondern Begehren.

Kein Zweifel, es hatte sie schwer erwischt.

«Wollen wir zu den Kitten hochgehen?», fragte Josie, als sie das Geschirr in die Abwaschmaschine geräumt und die Kartons abgewischt und in ihren Recyclingeimer gesteckt hatten. «Dann kannst du endlich Fotos für Dark machen.»

Er sandte ihr ein Lächeln. «Sehr gern.»

Sie fanden die drei Katzenmütter beim Säugen. Jede lag schnurrend in einem großen Korb, die Kitten zwischen ihren Beinen. Leises Schmatzen füllte den Raum.

«Darf ich?», fragte Ash und hob das Smartphone.

«Nur zu. Lange bleibt's nicht still. Nach dem Essen ist Rambazamba angesagt.»

Tatsächlich wurden die ersten Kitten bereits wieder aktiv.

Ash setzte sich im Schneidersitz vor einen Korb, wobei er leise mit der Mutter sprach.

Für Josie war es schön zu sehen, wie sie ihn entspannt anblinzelte. Ash konnte gut mit Tieren umgehen und sie vertrauten ihm. Wahrscheinlich wegen seiner ruhigen Art. Ob auch Josie ihm deswegen vertraute?

«Wie lange lässt du die Mütter säugen? Und wann gibst du die Kleinen ab?»

Josie beobachtete, wie ein rotes Kätzchen direkt aus dem Korb auf Ashs Knie kletterte.

«Ma ließ immer die Katzenmütter entscheiden, wie lange sie säugen wollen, und ich halte es gleich. Starlight, die schneeweiße Kätzin im Korb vor dir, ist normalerweise die schnellste mit dem Entwöhnen. Wie Ma plane ich, die Kitten entweder mit zwölf oder fünfzehn Wochen abzugeben — dies ausgehend davon, wie ich ihren Entwicklungsstand beurteile. Coonies sind ja aufgrund ihrer Größe Spätentwickler. Deshalb gibt es Kitten, die etwas länger brauchen.»

«Beides ist schon ziemlich bald», sagte Ash und schaute über die Schulter zurück zu ihr.

Josie nickte. «Und ich habe Panik. Sie sind ein besonderes letztes Bindeglied zu meiner Ma. Danach ist sie wirklich weg.»

Sie schluckte und rieb sich verstohlen eine Träne von der Wange. Hoffentlich wurde es irgendwann einfacher, wie ihr alle sagten. Ihre Ma und sie hatten so viele unvergessliche Momente zusammen erlebt, wunderbare Erinnerungen, die nun von der Trauer getrübt wurden.

Josie betete darum, dass sich dieser Schleier eines Tages hob und sie sich wieder voller Freude erinnern durfte.

Ash ließ ihr Zeit, sich zu beruhigen. Er suchte geduldig seine Motive, animierte die Kitten mit Spielzeug und lachte leise über ihre Kapriolen.

«Hilfst du mir, das schönste Foto für Dark auszusuchen?», bat er sie schließlich.

Josie setzte sich neben ihn auf den Boden. «Hast du ihm auch in den vergangenen Tagen etwas gesandt?», fragte sie neugierig.

«Ja. Fotos von Sapphire, als er klein war.» Er öffnete seinen Chat mit Dark und zeigte ihr die Bilder.

«Dein kleiner Mann ist unwiderstehlich», sagte Josie. Plötzlich ging ihr auf, wie das klang, und sie schlug sich mit einem verlegenen Glucksen die Hand vor den Mund.

Ash lachte. «Jetzt muss ich doch nachfragen: Wir sprechen von meinem kleinen Mann, der über vier Pfötchen, eine Fellnase mit etwa dreißig Schnurrhaaren und zwei spitze Ohren verfügt. Richtig?»

Josie nickte und fühlte, wie ihre Wangen noch heißer wurden. «Genau. Und einen Schwanz hat er zu all dem auch. Himmel, ich benehme mich wie ein Teenager.»

Ash lachte leise. «Das muss mein Charme sein. Was hältst du von diesem Foto? Mama und Kitten, beide weiß wie Wölkchen auf einem pinkfarbenen Kissen.»

Josie wurde ernst. «Ja, das ist wirklich schön. Starlight wirkt immer total glücklich und entspannt, wenn sie Kätzchen hat.»

«Dann nehme ich das.» Ash teilte das Foto über den Chat und schrieb eine kurze Nachricht darunter.

«Antwortet er nie?», fragte Josie.

Nur Ashs Nachrichten füllten die Gruppe.

«Nein, aber das System zeigt mir, dass er sie anschaut.»

So viele verschiedene Schicksale. So viele traurige Probleme. Josie überlegte, ob sie die Frage stellen sollte, die sie nicht mehr aus dem Kopf bekam, seit er in der Küche den Kuss erwähnt hatte.

«Ash, ich habe nie zu den Mädchen gehört, die sich blauäugig ins Abenteuer stürzen. Ich mache mir eher zu viele Sorgen, weshalb mich manche Leute für eine Nervensäge halten.»

Sie hatte seine Aufmerksamkeit. «Was beschäftigt dich?»

Josie hob ein getigertes Kitten hoch und streichelte es. So musste sie Ashs Blick nicht erwidern. Es fiel ihr schwer zu sprechen. «Ich würde gerne wissen, welche grundsätzlichen Optionen zwischen uns bestehen.»

Ja genau. So vertrieb man die Männer vor dem ersten offiziellen Date.

Josie sprach trotzdem weiter. Sie hatte ein Recht darauf, sich vor Herzschmerz und Enttäuschung zu schützen. «Ich konnte nicht anders, als den Ehering deines Kameraden zu bemerken, den du nun an einer Lederschnur um den Hals trägst.»

Als er halb nackt Holz gehackt hatte, war der Anhänger nicht zu übersehen gewesen.

«Und die Trennung von deiner Freundin kann nicht einfach gewesen sein und liegt noch nicht so lange zurück. Was erhoffst du dir, wenn du mir einen Kuss versprichst?»

Er sog die Lippen zwischen die Zähne. Der Anblick erinnerte sie daran, wie sie auf der Feuerwache mit Harold und Betty Lasagne gegessen hatten. Ein anderer Mann hätte sich den Nachschlag ohne zu fragen genommen.

Vermutlich war Ash vom Schicksal nicht verwöhnt worden — trotz seiner bemerkenswerten Fähigkeiten und beeindruckenden Karriere. Das bedeutete, dass sie behutsam vorgesehen musste.

«Du musst nicht allzu spezifisch werden. Ich würde einfach gern wissen, ob du im Moment lebst oder ob es dir geht wie mir — dass du neugierig bist und darauf hoffst, dass wir uns besser kennenlernen.»

«Das Zweite», sagte er, ohne zu zögern. Dabei erwiderte er ihren Blick unverwandt.

In Josies Brust breitete sich ein warmes Gefühl aus. «Das freut mich sehr.»

15

Sie spielten mit den Kätzchen, bis sich unter den Kleinen das große Gähnen breitmachte und eins nach dem anderen einschlief.

Josie schaltete den Fernseher ein und startete eine Komödie, wobei sie die Lautstärke verhältnismäßig leise drehte.

Ash sandte ihr einen fragenden Blick.

«Damit sie sich an menschliche Geräusche gewöhnen. Solche stillen Kinderzimmer sind für die Entwicklung nicht optimal. Aber es geht einfach nicht, dass ich siebzehn Kitten frei durchs Haus rennen lasse.»

Als sie den Raum verließen, fanden sie Sapphire und einige Coonies, die neugierig vor der Tür warteten.

Versuchsweise hob Ash den Kater auf den Arm und kraulte seine Halskrause. Sapphire zeigte sich nicht allzu begeistert, duldete die Berührung aber. Offenbar war ihre Beziehung am Heilen.

Ash beobachtete Josie, wie sie vor ihm die Treppe hinunterstieg. Ihre direkte — und, wie er fand, mutige — Frage hatte ihn überrascht und um eine Antwort verlegen gemacht.

Nicht, weil er nicht wusste, was er fühlte. Er hatte sein Herz in jenem Moment verloren, als sie ihm im Schlafanzug gegen Libby — dem vermeintlich gefährlichen Raubtier — zu Hilfe eilte.

Seither geriet er mit jedem Tag tiefer in Josies Bann.

Sie faszinierte ihn mit ihrer ausgeglichenen, freundlichen Art und ihrer unerschütterlichen Liebe zu ihrer Familie und ihren Tieren. Sie versuchte stets, in jeder Situation das Positive zu sehen oder zumindest fair zu sein.

Und obwohl wie bildhübsch war, verhielt sie sich uneitel und oftmals etwas unbeholfen, womit sie ihn jedes Mal bezauberte. Egal wie das hier ausging, er würde nie vergessen, wie sie für ihren Kater barfuß und im Schlafanzug aus dem Haus gerannt war und dies erst bemerkte, als Ash sie darauf aufmerksam machte.

Nicht zuletzt schätzte er ihren etwas chaotischen Haushalt mit dem Fellnasenrudel, der Raschelkiste und dem kätzischen Verbindungstunnel zwischen den beiden Häusern, ebenso wie die Tatsache, dass kaum eine Sitzgelegenheit jemals unbesetzt war und bei ihren gemeinsamen Mahlzeiten mindestens eine Katze auf dem Tisch schlief.

Viele Menschen hätten so etwas furchtbar und unhygienisch gefunden. Für ihn entsprach es dem Zuhause, nach dem er sich seit seiner Kindheit gesehnt hatte.

Doch nichts davon konnte er ihr gegenüber zugeben.

Er war derjenige, der wie ein Landstreicher hier in Dancing Coons aufgetaucht war. Er besaß gerade noch seinen Truck, den Ben ihm hoffentlich in den nächsten Tagen brachte, und einige Kartons mit Besitztümern. Wobei die Hälfte der Dinge Sapphire gehörten.

Wie konnte sie ihm glauben, sollte er jemals von seinen Gefühlen sprechen?

Und doch, typisch Josie, hatte sie ihm einen Ausweg geboten, der ihnen beiden erlaubte, das Gesicht zu wahren.

Im Wohnzimmer schaute Ash auf die Uhr. Es war nicht allzu spät. «Josie, falls du noch Zeit hast, würdest du mir die Sagen dieses Ortes erzählen? Woher der Ortsname kommt, und was es mit Chief Dancing Coons auf sich hat?»

Sie wandte sich mit einem Lächeln zu ihm um. «Sehr gerne. Wollen wir dazu einen Spaziergang machen? Ich war heute den ganzen Tag lang drinnen. Etwas frische Luft wäre schön.»

Die Katzen beobachteten neugierig durch die Glaswand, wie sie im Windfang ihre Jacken und Stiefel anzogen.

Es war eine raue Nacht. Der Wind fegte durch die entblößten Kronen der Bäume und riss das wenige verbliebene Laub herunter. Die Blätter nutzten die letzte Gelegenheit, auf den Böen zu tanzen, bildeten farbenfrohe Wirbel und spielten Fangen im Gras.

In der Einfahrt versuchte Ash, ob er Josies Hand halten durfte. Sie überließ sie ihm, ohne zu zögern, presste sogar sanft seine Finger.

«Wohin möchtest du spazieren?», fragte Ash, als sie den Gehsteig erreichten.

Josie zeigte nach rechts. «Wenn wir der Sackgasse bis zu ihrem Ende folgen, erreichen wir einen Fußweg, der etwa fünfzig Höhenmeter den Berg hinaufführt. Dort oben gibt es eine kleine Lichtung, von der aus man fast den ganzen Ort überschauen kann. Das wäre ein idealer Ort, um dir von den Sagen zu erzählen.»

Ash nickte. «Das klingt gut.» Mit der freien Hand überprüfte er den Sitz seiner Waffe.

Josie bemerkte die automatische Geste. «Machst du dir Sorgen wegen der Raubtiere? Wir können sonst auch in der Nähe der Häuser bleiben.»

«Ich mache mir keine Sorgen», sagte er. Wenn sich etwas im Wald anschlich, würde er es hören und fühlen.

Sie spazierten die Straße entlang und erreichten schon nach dem nächsten Grundstück das Ende der Sackgasse.

«Kommen oft Wildtiere in die Stadt?»

Josie überlegte etwas länger als erwartet. «Die Antwort ist nicht ganz so eindeutig, wie du sie wahrscheinlich gerne hättest. Ich habe beim Blick durch die Fenster zum Waldrand schon alles gesehen. Diese Tiere kommen und verschwinden wie Geister. Hier in dieser Straße haben wir ihretwegen nie Probleme. Im Zentrum von Dancing Coons gibt es hingegen ein Quartier aus ganz alten Häusern, das immer wieder mal Bärenbesuch erhält. Und eins der Wolfsrudel, das in den Bergen lebt, taucht ab und zu in Lake Coon auf, wo es frech durch die Straßen spaziert. Aufpassen musst du bei den zentralen Abfallsammelstellen in Waldnähe. In den Containern war vom Biber bis zum Grizzly schon alles drin.»

Josie zog eine Taschenlampe aus ihrer Jackentasche und zeigte sie Ash. «Der Mond scheint zwar hell, wenn nicht gerade Wolken davor durchziehen, doch es ist besser, wenn wir den Weg beleuchten. Einige der Wurzeln sind fies.»

Der Pfad wand sich in engen Serpentinen den steilen, dicht bewaldeten Hang hinauf, wodurch der Aufstieg sich anstrengend gestaltete. Dafür war der Weg breit genug, dass sie weiterhin Hand in Hand laufen konnten. Das nasse Laub raschelte unter ihren Füßen. Der Duft der Herbstnacht hing wie ein schweres Parfum zwischen den Bäumen.

Ash horchte auf Josies Atemzüge, die gleichmäßig blieben. Trotz ihrer sitzenden Tätigkeit schien sie sich fit zu halten.

«Da sind wir», sagte sie schließlich. «Und wir sind die Einzigen. Das ist schön. Manchmal nutzen Pärchen den Ort für ein Stelldichein.»

Beim Gedanken an einige gestohlene Momente hielt Ash Josies Hand unwillkürlich fester. Was hatte er sich nur dabei gedacht, den Kuss zu erwähnen? Seit jenem Augenblick pochte die Erwartung in seiner Brust und, wenn er ehrlich war, auch woanders.

Josie ließ seine Hand los. Sie langte erneut in ihre Tasche und zog eine Foliendecke hervor. Mit einem «Hältst du mal?» gab sie ihm die Taschenlampe und faltete die Decke auf. «Sie hat zwar schon einige Risse, aber wenn wir sie auf die Bank legen, sollten unsere Hintern trocken bleiben.»

Sie bereitete alles vor und setzte sich auf die Bank. Ash glitt neben sie. Nach einem Moment des Zögerns legte er versuchsweise den Arm um ihre Schultern.

Josie duldete die Vertraulichkeit nicht nur, sondern rückte sogar näher zu ihm.

«Ist der Ausblick nicht wunderschön?», fragte sie leise.

Ash hatte das Panorama noch gar nicht bemerkt. Zu überwältigend war ihre Nähe. Josies Körper und Haar dufteten nach Vanille. Einige lose Strähnen tanzten im Wind und kitzelten seine Wange.

«Ja, das ist es», bestätigte er.

Von ihrem Aussichtspunkt schauten sie über das Seitental, in dem Josies Haus lag, auf die Ortschaft. Wie ein See aus Lichtern füllte sie die Senke zwischen den umliegenden Bergen. Wolken jagten über den Himmel, geisterhaft beleuchtet vom Mond, den sie immer wieder für kurze Momente verdeckten.

Die Adirondacks besaßen eine wilde Schönheit, die Ash sich vor seinem Umzug nicht hatte vorstellen können. Sie schien etwas tief in seiner Seele zu berühren, einen ungekannten Hunger zu befriedigen.

Sein Blick suchte Josies Haus. Durch die vielen Bäume waren die Gebäude kaum zu erkennen. Ash glaubte, das Dach zu entdecken und darunter die Lichter, die sie für die Katzen brennen ließ.

«Hörst du, wie die Äste gegeneinander schlagen? Es klingt fast ein wenig wie Trommeln. Die alten Leute erzählen, dass Chief Dancing Coons und sein Stamm in solchen Nächten ein Pow-Wow abhalten.» Josie drehte den Kopf zu Ash. Ihr Blick wanderte über sein Gesicht, blieb an seinen Lippen hängen. «Aber du wolltest die Sagen von Dancing Coons hören.»

Unerwartet spürte Ash ihre Hand auf seinem Knie. Er schluckte leer. «Ja, gern.»

«Es sind zwei Geschichten, beide über Chief Dancing Coons. So war er als Junge, lange bevor er Häuptling wurde, allein im Wald unterwegs, als er plötzlich Musik hörte. Wachsam folgte er den Klängen, die ihm seltsam vertraut vorkamen. Sein Volk spielte die gleichen Melodien auf Tonpfeifen. Feierten die Krieger des Stammes etwa heimlich eine Zeremonie?»

Josies Stimme hatte die Intonation aller Geschichtenerzähler angenommen. Sie wob einen Bann um Ash, der ihrer Erzählung gespannt folgte.

«Der Weg erwies sich als länger als gedacht. Offenbar trieb der Wind die Klänge durch den Wald vor sich her. Nur deshalb hatte der Junge sie gehört. Schließlich fand er sich am Rand einer Lichtung wieder und spähte vorsichtig durch das Gebüsch. Was er sah, kam völlig unerwartet.»

Josie machte eine dramatische Pause.

«Auf der Lichtung tanzte eine Gruppe Waschbären auf den Hinterpfötchen einen Ringelreigen, während eines der Tiere im Zentrum des Kreises die Flöte spielte. Dabei benahmen sich die tierischen Tänzer genau wie die Menschen, plauderten miteinander, machten Späße und lachten. Der junge Indianer konnte es kaum glauben. Er verstand jedes Wort.»

Ash stellte sich die Szene bildlich vor. Während seiner Jugend in den Bayous hatte er Dinge erlebt, von denen andere Menschen behaupteten, dass es sie nicht gab.

«Der Junge beobachtete die Vorgänge regungslos und traute sich kaum zu atmen, bis die Tiere ihr Fest beendeten. Ein Waschbär nach dem anderen sank wieder auf alle vier Pfoten, verabschiedete sich von seinen Artgenossen und verschwand im Unterholz. Nur der Waschbär mit der Flöte blieb. ‹Kannst ruhig rauskommen, Junge. Wir wussten, dass du da bist›, sagte er unerwartet.»

Josie schaute auf die fernen Berge, über denen der Mond in voller Pracht strahlte.

«Der junge Indianer gehorchte. ‹Ihr seid wie wir›, stellte er atemlos fest.»

«Der Waschbär schüttelte jedoch traurig den Kopf. ‹Nein›, sagte er. ‹Ihr Menschen habt das Recht verspielt, Teil des großen Ganzen zu sein. Wir nicht.› Er wandte sich zum Gehen — die Flöte in einer Pfote —, schaute sich aber noch einmal zu dem Jungen um, bevor er im Gebüsch verschwand. ‹Vergiss nie, was du heute gesehen hast, Junge. Erinnere dich daran und lerne daraus.›»

Als Josie nicht weitersprach, hob Ash die Hand und ließ sachte die Fingerspitzen über ihre Wange gleiten. Sie tauchte aus ihrer Versunkenheit auf.

«Wir haben daraus gelernt. Zumindest möchte ich das glauben.»

Ash nickte. «Der Road-kill-Dienst. Der Farmers' Market. Kühe wie Mandy, die ihre Kälber mitten auf der Landstraße gebären.»

Josie lachte leise. «Genau. Das und vieles mehr. Es scheint so wenig und doch ist es wichtig. Solange niemand von uns zaubern kann, wird die Erde in vielen kleinen Schritten gerettet. Jedenfalls hast du mit der

Geschichte die Erklärung für unseren Ortsnamen. Der Sage nach waren es siebenundzwanzig Waschbären, die an dem Fest teilnahmen. Deshalb 27 Dancing Coons. Allerdings verwenden wir die Anzahl nur hier in der Gegend. Im Rest der USA heißt unser Ort einfach Dancing Coons.»

Was so schon seltsam genug war. Ash erinnerte sich an seine Reaktion, als er den Namen zum ersten Mal hörte. Es klang nach einem Ort, wo Fuchs und Hase sich Gute Nacht sagten — was irgendwie zutraf.

«Die zweite Geschichte ist trauriger. Nach seinem Erlebnis erhielt der junge Indianer den Kriegernamen Dancing Coons und wurde aufgrund seiner Weisheit schon früh Häuptling eines kleinen Stammes. In den darauffolgenden Jahren, die etwa den 1750er-Jahren unserer Zeitrechnung entsprachen, musste er beobachten, wie sich in der Region der Konflikt zwischen den Franzosen und Engländern hochschaukelte. Immer mehr Indianerstämme ergriffen Partei und schlugen sich auf die eine oder andere Seite der Kolonisten. Chief Dancing Coons erkannte, dass diese Entscheidung der sicheren Vernichtung gleichkam. Der Sage nach schlug er seinem kleinen Volk einen anderen Weg vor, den sie akzeptierten. Daraufhin führte er sie in die Hügel, wo sie heute noch, vor der Welt der Menschen verborgen, leben sollen.»

Josies Stimme war während der Erzählung immer leiser geworden.

Ash zog nachdenklich die Brauen zusammen. So war der Stamm also dem Siebenjährigen Krieg in Nordamerika entgangen, der das Land unter den Kolonialmächten neu aufteilte. Aber zu welchem Preis? «Ihr geht davon aus, dass sie Selbstmord begingen, korrekt? Ein Farmer erzählte mir vom Geist von Chief Dancing Coons.»

Sie zuckte die Schultern. «Wie soll das mit den Hügeln sonst möglich sein?»

Eine Erinnerung regte sich in Ash — an eine eisige Nacht in einer fernen Region der Erde. Wie er mit seinen Kameraden und einigen Verbündeten um ein Lagerfeuer gesessen hatte und sie sich gegenseitig Geschichten erzählten, um die zermürbende Kälte für einen Augenblick zu vergessen.

«Das Motiv ist in Europa im Zusammenhang mit der Feenwelt weit verbreitet. Die Sage wird meistens so erzählt, dass sich die Feen vor den Menschen in die Hügel — Feenhügel genannt — zurückzogen. Manchmal, so in Irland, ging ein Krieg voraus und die Parteien teilten die Welt in eine überirdische und eine unterirdische auf. Dabei können die Feen ihre Welt bei Bedarf verlassen, die Menschen die ihre jedoch nicht.»

Josie schaute ihn mit großen Augen an. «Wo lernt man so etwas?»

Ash lachte selbstironisch. «Im Einsatz, wenn ein Schneesturm bei minus zwanzig Grad über das Lager fegt, die letzte Verpflegungsration gegessen ist und du auf keinen Fall einschlafen darfst. Einer unserer Kontaktleute vom Geheimdienst war ein Ire, der Geschichten erzählen kann wie niemand sonst und Sagen aus ganz Europa kennt. Ein Barde im alten Sinne. Glücklicherweise sang er jedoch nicht, denn er hatte eine Stimme wie ein Reibeisen.»

Josie kicherte. «Mythologisches Death Metal. Klingt irgendwie, als müsste man es erfinden.»

Ash schnaubte amüsiert. «Ich schlage es ihm vor. Wir tauschen alle paar Monate Nachrichten aus.»

Josie musterte ihn. Dann schien ihr ein Gedanke zu kommen. «Ich ging immer davon aus, dass Chief Dancing Coons eine historische Gestalt ist, auch wenn es keinerlei Belege dafür gibt. Denkst du, ein Einwanderer hat ihn erfunden, indem er die Sagen seiner Heimat in den hiesigen Kontext übertrug?»

«Wer weiß? Aber das spielt vielleicht gar keine Rolle. Solche Geschichten hört man mit dem Herzen und die Botschaft der Sage ist klar. Ein junger Häuptling hat vorausschauend alles Nötige getan, um sein Volk vor den Gräueln des Krieges zu schützen. Gibt es Geschichten, dass Chief Dancing Coons den modernen Einwohnern des Bezirks in Notlagen hilft?»

Josie überlegte. «Nicht allzu viele. Allerdings ist er heute Nacht hier. Zumindest glaube ich das.» Sie strich Ash über die Brust. «Jemand wispert mir ins Ohr: ‹Küss ihn doch endlich, Mädchen!› Was meinst du? Soll ich gehorchen und es einfach probieren?»

Ash spürte, wie sich seine Körperhaare aufrichteten. Ihre Stimme umfing ihn wie ein Streicheln. Er benetzte sich die Lippen. «Denkst du denn, es würde ihm gefallen?», fragte er leise.

Sie überraschte ihn, indem sie sich mit einer eleganten Bewegung rittlings auf seine Oberschenkel setzte. Seine Hände fanden von selbst einen Platz auf ihrer Hüfte.

«Das wünsche ich mir. Aber ich bin mir nicht sicher. Er ist zurückhaltend. Und vorsichtig. Vielleicht auch schüchtern.» Nasenspitze an Nasenspitze schaute Josie tief in seine Augen. Im blassen Mondlicht wirkte sie fremd und mysteriös wie die Feen, von denen sie gesprochen hatten.

Ash legte ihr sanft die Hände auf die Wangen und küsste sie.

«Ja», wisperte Josie gegen seine Lippen, als sie schließlich Luft holen mussten. Ihre Finger glitten in sein Haar. «Oh ja …» Dieses Mal küsste sie ihn.

Sie war so unglaublich verführerisch.

Ash umarmte Josie und zog sie dicht an sich, bis nur die Kleider ihre Körper trennten. Sein Blut schien Feuer gefangen zu haben, eine Reaktion, die er in dieser Intensität nicht kannte.

Josie schien es ähnlich zu gehen. «Himmel, bist du heiß», stöhnte sie leise in sein Ohr.

Als Ash sie erneut küssen wollte, vernahm er das kaum hörbare Knacken eines Astes. «Da kommt jemand», flüsterte er, hob Josie von seinen Beinen und setzte sie zurück neben sich.

Sie starrte ihn verständnislos an.

Plötzlich fanden sie sich im Lichtkegel einer leistungsfähigen Taschenlampe wieder. «Ha!», sagte eine vertraute Stimme. «Habe ich euch! Oh, ihr seid es.»

Ash hatte die Hand hochgerissen, um seine Augen vor dem grellen Schein der Taschenlampe zu schützen. «Wen wolltest du denn erwischen, Chief Betty?»

Sie senkte den Lichtkegel. Trotzdem sah er für einen Moment nur farbige Schlieren.

«Einige Idioten nutzen den Platz hier, um Laserpointer auf Flugzeuge zu richten. Aber bitte erzählt das nicht herum.» Sie klang angewidert. «Es gibt wirklich immer mehr Trottel auf dieser Welt. Leider sind sie schwer zu erwischen. Vor einigen Nächten hatte ich sie fast, aber sie sind den Abhang hinab geflohen.»

Betty sank neben Josie auf die Bank.

«Her mit dem Rat, Ash», verlangte sie nach einigen Sekunden. «Du schaust mich doch nicht grundlos so an.»

«Was meinst du?», wunderte sich Josie, die zwischen ihnen saß.

«Ash gehört zur seltenen Sorte Männer, die nicht jedem ungefragt ihren Rat aufdrücken muss. Er behält seine Meinung für sich, insbesondere wenn er glaubt, sich in meine Kompetenzen einzumischen. Ich schätze das sehr, wäre aber in diesem Fall um seine Meinung froh.»

Betty hatte ein verdammt gutes Gespür. Durch sein militärisches und anderes Training konnte Ash seine Gedanken vor den meisten Menschen problemlos verbergen.

«Ich nehme an, die Flugsicherung sitzt dir im Nacken.»

Sie grollte. «Das kannst du laut sagen. Aber Unterstützung bekomme ich selbstverständlich keine.»

«Aber weiterreichende Kompetenzen, die dir erlauben, heimlich eine Wild- oder Videokamera hier zu montieren?»

«Wer sagt dir, dass ich das nicht schon getan und euer Techtelmechtel beobachtet habe?»

Jetzt bluffte sie.

«Die Tatsache, dass du glaubtest, die Idioten erwischt zu haben?»

Betty winkte resigniert mit der Hand. «Er ist schlau, Josie. Du solltest ihn unbedingt behalten.»

Obwohl Betty direkt neben ihr saß, ergriff Josie Ashs Hand und strahlte ihn an. «Das habe ich vor.»

16

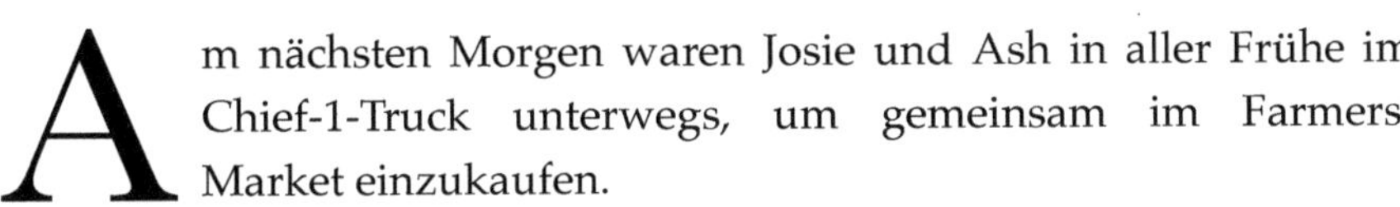

Am nächsten Morgen waren Josie und Ash in aller Frühe im Chief-1-Truck unterwegs, um gemeinsam im Farmers' Market einzukaufen.

Josie hatte es ihm am Abend zuvor beim Abschied vorgeschlagen. So konnte er mitbestimmen, was sie in den kommenden Tagen kochte.

Ash schien kein Problem damit zu haben, dass bis Mittag ganz Coon County über sie tratschen würde, was Josie freute. Ein weiteres Anzeichen, dass sie nicht einfach eine Gelegenheit für ihn war.

Trotzdem wirkte er fremder auf sie als sonst. Ash fuhr anders als alle Männer, die sie kannte, selbst Ben. Wahrscheinlich erhaschte sie heute einen Blick auf den Special-Forces-Soldaten, den seine Einsätze in die gefährlichsten Regionen der Erde geführt hatten.

Ash beobachtete nicht nur wachsam den Straßenverkehr, der um diese Uhrzeit kaum existent war, sondern laufend die gesamte Umgebung. Das nasse Laub, das in Verwehungen die Straße bedeckte, schien ihm suspekt zu sein.

Er bemerkte ihren Blick, als er um einen größeren Laubhaufen herumfuhr, durch den einheimische Fahrer mit einem hochgesetzten Pick-up hindurchgerast wären.

«Da kann eine Abfalltonne darunter sein», erklärte er. «Wärst du hindurchgefahren?»

«Nein. Aber mein kleiner Suzuki-Jeep hat im Vergleich zu diesem Fahrzeug nur Spielzeugräder.»

Als sie den Farmers' Market erreichten und ausstiegen, zeigten sich hinter den Bergen erste Anzeichen der Dämmerung.

«Hier im Ort ist es viel kühler als im Seitental», stellte Ash fest. «Offenbar sammelt sich die Kälte in der Talsenke.»

«Ja, das ist so. Und die Bäume schützen uns zusätzlich.» Josie sorgte sich, wie Ash den Winter in den Adirondacks durchstehen würde. Für ihn musste das Wetter harsch sein. Während seiner Jugend am Golf von Mexiko hatte er vermutlich nicht einmal eine Winterjacke besessen.

Als sie den Farmers' Market betraten, winkte ihnen der Geschäftsführer und eilte herbei. Er war ein freundlicher Mann in mittleren Jahren, der den Markt mit leidenschaftlichem Engagement führte.

«Hey, Josie. Hey, Ash.»

«Guten Morgen, Ian», erwiderten sie seinen Gruß fast gleichzeitig.

«Josie, ich habe deinen Anteil am Elch fertig verarbeitet. Möchtest du ihn mitnehmen oder soll ich ihn für dich aufbewahren? Ich habe Platz im Tiefkühler.»

«Oh, das sind tolle Nachrichten. Wie viel ist es denn?»

«Sehr viel. Etwa das halbe Tier. In den vergangenen Wochen sind zwei Kühe in der Region durch Unfälle gestorben. Deshalb sind die bedürftigen Familien und die Schlittenhundezüchter im Bezirk mit Rindfleisch versorgt und nahmen nur wenig vom Elch. Willst du es dir ansehen?»

«Unbedingt.»

Josie folgte Ian zur Fleischtheke. Dahinter gingen Türen zu einem Kühlraum und Tiefkühlraum ab. Er öffnete die Tür zu Letzterem und zeigte auf ein Regalbrett, auf dem mehrere große Plastikkisten randvoll mit handlichen, in Folie eingeschweißten Portionen standen.

«Du siehst, wie viel es ist. Falls du alles aufs Mal mitnehmen möchtest, kann dir Ash vielleicht beim Transport helfen. Deshalb habe ich euch gleich abgepasst.»

Der Berg war in der Tat beachtlich. Josie freute sich für ihre Katzen und sich selbst. Elchfleisch war gesund. Wenn sie sich den Vorrat einteilten, hatten ihre Rasselbande und sie den ganzen Winter etwas davon.

«Ich nehme gerne alles aufs Mal. Einer meiner Tiefkühler ist leer. Ob Ash jetzt Zeit hat, muss ich ihn fragen gehen. Er hat nachher Dienst.»

«Ich kann dir helfen», sagte Ash unerwartet hinter ihr. Offenbar war er ihnen gefolgt.

Ian nickte. «Dann machen wir es so, dass ihr jetzt einkauft. Währenddessen bringen meine Leute die Kisten zu Ashs Truck und laden sie auf die Transportfläche. Kannst du mir die leeren Boxen spätestens morgen zurückbringen, Josie? Wir sind etwas knapp dran mit den Dingern.»

«Ja, klar. Herzlichen Dank, Ian, für alles!» Josie berührte kurz seinen Oberarm.

Obwohl sie sich auf das Einkaufen mit Ash gefreut hatte, fühlte sie sich plötzlich unbeholfen.

Ash hingegen wirkte entspannt, grüßte die Leute, die er bereits kannte, und hantierte geübt mit den Mehrwegverpackungen, die sie in einer Holzkiste von zu Hause mitgebracht hatten.

«Magst du Forellen?», fragte Josie. «Wenn ja, könnten wir welche mitnehmen. Sie vermehren sich auf natürliche Weise im Lake Coon. Beim Atlantiklachs werden die Jungtiere jedes Jahr im See ausgesetzt, damit die Touristen was zu fangen haben. Meine Gefühle dazu sind gemischt.»

«Forellen wären lecker. Wie transportierst du sie normalerweise?»

«Lass uns das größte Einmachglas nehmen, mit dem ich sonst Trockenwaren wie Teigwaren kaufe. Das ist sicher dicht.»

Bald hatten sie alles Nötige und gingen zu Ian an die Kasse. Ash bezahlte, das hatte er vor der Herfahrt so mit Josie vereinbart.

«Was schulde ich dir für die Verarbeitung des Elchs?», fragte sie den Geschäftsführer.

«Diesmal nichts. Du hast eine schwere Zeit hinter dir. Nimm es als kleine Unterstützung von mir.»

Josie zögerte. «Ich schätze das sehr, aber ist es nicht ein bisschen viel? Du musst doch ewig gebraucht haben.»

Ian lächelte. «So schlimm war es nicht. Und ob es zu viel ist? Das kannst nur du entscheiden. Du und deine Ma, ihr wart vom Tag der Eröffnung an treue Kunden bei mir und habt für mich die Werbetrommel gerührt. Und für das Design des Logos wolltest du fast nichts, wofür du meine ewige Dankbarkeit hast, denn damals war das Geld knapp. Wenn es für dich stimmt, stimmt es für mich.»

So betrachtet, konnte sie das Geschenk annehmen. Josie lächelte. «Danke, Ian.»

«Gern geschehen. Nun hau schon ab und lass dir von Ash beim Abladen helfen. Ich weiß, dass du das selbst hinbekommst, aber man muss nicht immer alles allein stemmen.»

Als sie vom Parkplatz fuhren, sandte Ash ihr ein kurzes Lächeln, bevor er sich wieder auf die Straße und Umgebung konzentrierte.

«Das Logo des Farmers' Market ist mir bei meinem ersten Besuch aufgefallen. Es ist ungewöhnlich, prägt sich ein und passt perfekt zu Dancing Coons.»

Josie schaute zur Seitenwand der alten Fabrikhalle, wo Ian das Logo einige Monate nach dem geglückten Start des Markts über die gesamte Breite und Höhe hatte aufmalen lassen.

Es war als Scherenschnitt mit schwarzen Motiven auf weißem Hintergrund gehalten. Unten tanzten Silhouetten von Menschen und Farmtieren Hand in Hand, Pfote, Klaue oder Huf. Dahinter der Umriss eines Berggipfels umgeben von Sternen, mit der Sonne über der linken und dem Mond über der rechten Flanke. In geschwungener grüner Schrift bogen sich die Worte Farmers' Market um den Fuß des Berges.

«Gemäß heutigem Designverständnis ist es viel zu komplex. Ian wünschte sich jedoch etwas, das einen klar lokalen Bezug hat und gleichzeitig Assoziationen mit dem Garten Eden weckt. Den Touristen gefällt es. Sie reißen ihm die Tragtaschen und was er sonst noch an Souvenirs verkauft fast aus der Hand.»

«Verdienst du daran mit?»

Josie schüttelte den Kopf. «Ma glaubte, dass man dieser Welt etwas zurückgeben muss. Wenn du möchtest, kann ich dir ihre Philosophie in einem ruhigen Moment erklären. Im Moment haben wir ein ganz anderes Problem. Schau dort. Mausilein hat sich schon wieder in Schwierigkeiten gebracht.»

Ash fuhr auf einen freien Platz auf dem Parkstreifen und hielt an.

Tatsächlich saß die mollige Schildpattkatze wieder auf ihrem Ast fest und konnte weder vor noch zurück.

«Ich hoffe, Miss Florence hat sich damit abgefunden, dass die Mensa nie wegen Mausilein anrufen wird», sagte Ash trocken.

Josie gluckste. «Ja, davon kannst du ausgehen. Ich sage bei Luzi immer, dass er gerade fressen war, als der liebe Gott das Hirn verteilte. Was machen wir?»

«Ich bin zwiegespalten. Wir müssen das Fleisch möglichst bald abladen und in die Gefriertruhe packen. Ich würde es mir aber auch nie verzeihen, wenn Mausilein runterfällt und sich verletzt. Wenn es dumm läuft, fällt sie genau auf den Rand der improvisierten Zisterne.»

«Es ist jedenfalls zu spät, um abzuhauen. Sieh nur, Miss Florence tritt gerade vor ihre Tür. Sie hat uns gesehen.»

Ash seufzte und stieg aus.

Josie folgte ihm. Wie stets, wenn ihr ein Moment dafür blieb, bewunderte sie Miss Florences Anwesen. Ihr kleines Gothic-Revival-Haus stand von der Straße zurückgesetzt. Sie hatte die Täfelung vor einigen Jahren blassgrün und die Verzierungen cremeweiß streichen lassen. Vor dem Haus erstreckte sich ihr Gemüsegarten in einem kleinen Hain aus Obstbäumen. Dort stand auch der ebenfalls blassgrüne Schuppen, von dessen Dach aus Mausilein immer in ihre zum Scheitern verurteilten Abenteuer im Baum aufbrach. Ein weißer Holzlattenzaun umgab das Grundstück.

Alles war liebevoll gepflegt.

Als Josie klein war, hatte sie sich so das Haus einer guten Fee vorgestellt.

«Guten Morgen, Miss Florence», grüßte Ash die Seniorin, die zu ihm an den Gartenzaun trat.

«Guten Morgen, Junge. Würdest du meine Kleine bitte retten?»

Jetzt wurde es interessant. Miss Florence spielte ihre trottelig-hilflose Rolle. Dabei hatte sie es faustdick hinter den Ohren. Durchschaute Ash ihr Spiel?

«Das mache ich gerne — wenn Sie mir erlauben, auf dem Ast ein Brett zu montieren, damit sich Mausilein zukünftig umdrehen und allein zum Schuppendach zurücklaufen kann.»

Damit trug er sich einen prüfenden Blick von Miss Florence ein. «Dir kann man nichts vormachen, was?»

Er schmunzelte und Josie entdeckte überrascht, dass seine Augen amüsiert blitzten. Er schien die alte Dame zu mögen. «Ich stamme aus Louisiana, Miss Florence. Dort kommen Frauen in den besten Jahren mit einem Warnhinweis. Oder jedenfalls sollte das so sein. Wer ihn nicht rechtzeitig begreift, handelt sich ohne Ende Probleme ein.»

«Also gut, dann reden wir nicht um den heißen Brei herum. Ich lasse dich das Brett montieren, wenn du im Gegenzug etwas für mich tust.» Weg war die harmlose alte Dame. Miss Florence hatte die Hände in die Hüften gestemmt und sprach im Tonfall eines Diktators.

«Und das wäre?»

Ash blieb entspannt. Die meisten Männer in Coon County, darunter Harold oder der Sheriff, hätten sich längst aufgeregt.

«Ich will den Job des Nighttime Dispatchers.»

Josie riss die Augen auf. Das kam unerwartet.

Ash zeigte weniger Überraschung, als Josie empfand, aber vielleicht versteckte er sie schlicht besser. «Weshalb?», fragte er nur.

«Weil ich gerne Leute herumkommandiere?», blaffte Miss Florence.

«Ernsthaft jetzt. Das ist wichtig», bat Ash.

Seit dem Beginn dieses seltsamen Gesprächs war er in Josies Achtung nochmals um mehrere Stufen gestiegen. Es gab so viele Arten, wie jemand patzig auf die ungewöhnliche Bewerbung reagieren konnte. Die einfachste war, die Seniorin nicht ernst zu nehmen oder von Beginn weg davon auszugehen, dass sie nicht fähig war, den Job zu erfüllen.

Ash beging diesen Fehler nicht.

«Na ja. Das mit dem Herumkommandieren stimmt schon, aber ich möchte auch wieder etwas Sinnvolles tun. Ich kenne so ziemlich alle Einwohner und Geheimnisse in Coon County. Und in meinem Alter bin ich sowieso die halbe Nacht wach, weil ich weniger Schlaf brauche.»

Mausilein stieß ein herzzerreißendes Miauen aus.

«Lassen Sie mich Ihre Katze retten», entschied Ash. «Danach können wir kurz weitersprechen. Josie und ich müssen allerdings bald weiterfahren. Wir transportieren eine Lieferung für ihren Tiefkühler.»

Miss Florence nickte. «Den Elch. Ian freute sich, als so viel für Josie übrig blieb, und gab sich extra Mühe. Dort ist das Gartentor. Komm herein. Du weißt ja, wo die Leiter steht.»

Josie trat zu Miss Florence an den Zaun, während Ash sich an die Katzenrettung machte.

«Der Junge ist was Besonderes. Ich hoffe, du hast vor, ihn zu behalten.» Bei Josie versuchte die alte Dame erst gar nicht sich zu verstellen. Sie sprach so leise, dass Ash sie sicher nicht hörte. «Allerdings geht er auch tief. Das ist was ganz anderes, als die nach Schema X gestrickten Männer von hier.»

«Ich glaube, deshalb gefällt er mir so gut», gab Josie ebenso leise zu. «Denken Sie, ich habe eine Chance?»

Miss Florence tätschelte ihren Arm. «Deine Ma war einzigartig und du bist es auch. Wenn er das nicht erkennt, ist ihm nicht zu helfen. Schau mal. Mausilein springt ihm fast in die Arme. Das macht sie bei niemandem sonst.»

Ash stellte die Katze auf ihre Pfoten und verstaute die Leiter wieder im Schuppen. «Na, komm mit, kleine Abenteurerin», forderte er sie auf.

Tatsächlich erhob Mausilein den Schwanz senkrecht in die Höhe und trippelte vor ihm her zu ihrer Besitzerin. Dafür, dass sie so rund war, bewegte sie sich leichtpfotig und elegant.

Miss Florence richtete sich zu ihrer vollen Größe auf, wodurch sie Josie trotzdem nur bis etwas über die Schulter reichte. «Hört mal, ihr zwei. Weshalb fahrt ihr nicht nach Hause, verstaut das Fleisch und kommt dann beide hierher zurück? Mir ist es ernst mit meiner Bewerbung, Junge, und mit dir, Josie, möchte ich über die Katzen sprechen, die ich von dir als Gesellschaft für Mausilein bekomme. Ich weiß, du tust dich noch etwas schwer damit, sie abzugeben, deshalb möchte ich dir etwas zeigen.»

Ash schaute auf die Uhr. «Bald ist acht Uhr. Ich muss Blaze Bescheid geben, damit er weiß, wo ich bin. Aber sonst passt es für mich.»

Josie nickte. «Für mich auch.»

17

Ash und Josie kehrten in separaten Fahrzeugen zu Miss Florence zurück.

Die alte Dame, die im Garten aufräumte, während Mausilein sie unschuldig beobachtete, schaute auf die Uhr und runzelte die Stirn. «Ihr seid schnell.»

«Weil dieser Mann wahnsinnig ist», schimpfte Josie. Ash wurde zum Ziel eines funkelnden Blicks. «Sie wissen, wie groß und schwer Ians Kisten sind, wenn er sie bis oben belädt. Im Farmers' Market werden sie stets von zwei Männern getragen. Ash hat jede einfach mal schnell allein hochgehoben und in den Keller getragen. Ich bin mit dem Einräumen kaum nachgekommen.»

Ihr Ärger machte Ash heimlich stolz. Als Feuerwehrmann musste er sich topfit halten. Weil sein Körperbau im Vergleich zu anderen Männern eher schmal ausfiel, rechnete kaum jemand damit, wie stark er tatsächlich war.

«Ich habe Kaffee auf der Wärmeplatte stehen. Wollen wir in die Küche gehen?», schlug Miss Florence vor.

Sie folgten ihr ums Haus. Neben der Küche gab es einen sogenannten Mudroom, eine fensterlose Kammer mit Schuhregalen und an die Wand geschraubten Haken, wo alle ihre Stiefel auszogen und die

Jacken aufhängten. Zur Einrichtung gehörte auch ein stählernes Waschbecken, in dem ein großer Hund Platz gefunden hätte. Jetzt standen nur Gießkannen darin.

Miss Florences Küche wirkte so freundlich wie das Äußere ihres Hauses und zeigte sich erstaunlich modern und funktional. Die Einrichtung war hauptsächlich in Weiß mit Gelb und Rot als Schmuckfarben gehalten. Ash bemerkte kein einziges Häkeldeckchen.

«Wie würden Sie sich denn das mit dem Job konkret vorstellen?», fragte er Miss Florence, nachdem sie Kaffee serviert und alle einen ersten Schluck getrunken hatten.

«Wahrscheinlich nicht viel anders, als du ihn machst. Ihr würdet die Telefonnummer zu mir umstellen und mir ein Funkgerät geben. Ich hatte früher eins, aber das gab irgendwann den Geist auf. Ich würde während der vereinbarten Zeiten alle Anrufe und Funksprüche beantworten. Meine Freundinnen könnten mich bei Bedarf vertreten oder mich in besonders hektischen Zeiten unterstützen.»

Ash schaute nachdenklich aus dem Fenster auf den hinteren Teil des Anwesens, wo Miss Florences Zufahrt und Garage lagen. Auch hier wirkte alles äußerst gepflegt.

«Und was ist mit ihrem wunderschönen Garten? Ich kann mir nicht vorstellen, dass sie ihn mit einem Job noch so liebevoll pflegen könnten.»

Dafür kassierte er einen Laserblick, der ihn gefühlt einen Kopf kürzte. «Ich gärtnere, seit Gott persönlich auf Erden wandelte. Glaubst du wirklich, ich habe in all den Jahren nichts gelernt? Memo an dich: Pflanzen wachsen von selbst, man muss nur etwas an den Bedingungen arbeiten.»

Okay, damit hatte er offenbar einen Nerv getroffen. Ash wollte die nächste Frage stellen, als sein Mobiltelefon klingelte. Der Blick aufs Display zeigte einen Notruf.

«Feuerwehrnotruf. Was ist passiert?», meldete er sich sogleich.

«Hier spricht Aggie Wills. Ein Bär versucht gerade, durch meine Kellertür einzudringen. Bitte kommen Sie so rasch als möglich.»

«Wo wohnen Sie, Mrs Wills?», fragte Ash.

Sie nannte ihm die Adresse. Es war zum Glück eine, die er erkannte. Ash hatte sich gleich am ersten Tag die Straßennamen einzuprägen begonnen. Weil viele Einwohner jedoch alte Bezeichnungen oder Landmarker verwendeten, gestaltete sich das Finden seiner Einsatzorte oft schwierig.

«Verriegeln Sie alle Türen, Mrs Wills. Wir sind gleich da», sagte Ash. Er beendete die Verbindung und wollte aufstehen.

Miss Florence hob die Hand, um ihn aufzuhalten. «Soll ich das für dich lösen, ohne dass du hin hetzt und dir nachher wie ein Idiot vorkommst?»

Ashs Pflichtbewusstsein kämpfte mit seiner Menschenkenntnis und Neugier. Letztere gewannen. «Sie haben zwei Minuten», sagte er und setzte sich wieder.

«Deal.» Sie griff nach dem Mobiltelefon, das neben ihr auf dem Tisch lag und wählte eine Nummer. Wie Ash nahm sie das Gerät nicht ans Ohr, sondern hielt es vor sich, sodass alle mithören konnten. «Hallo, Doreen, hier Flo. Hatte dein Mann gestern Ausgang und hat er vielleicht seine Brille zu Hause vergessen?»

«Er hatte Ausgang», antwortete die andere Frau sofort, «aber seine Brille müsste er … oh, verdammt, hier liegt sie. Sag nicht, er hängt wieder bei Aggie an der Kellertür?»

«Es sieht so aus.»

Ein tiefes Seufzen. «Ich geh ihn holen.»

«Schau trotzdem zuerst aus dem Fenster. Irgendwann kann es tatsächlich ein Bär sein.»

«Nein, ist schon gut. Ich sehe ihn. Blind wie ein Maulwurf. Wie schafften wir es nur, all unsere Kinder zu zeugen?»

«Danke, Doreen. Ich sag's gleich Aggie.»

Miss Florence rief eine andere Nummer auf. «Aggie, hier Flo. Hör mal, der knackige junge Fire Chief saß gerade bei mir am Tisch, als dein Anruf kam. Deshalb habe ich mich eingemischt. Das an der Kellertür ist kein Bär, sondern Bash. Er hatte gestern Ausgang. Doreen kommt ihn gleich holen.»

«Oh, das tut mir leid», sagte die andere Frau zerknirscht. «Ich wusste das nicht. Und nachdem ich gestern Nacht tatsächlich einen Bären beobachtet habe, dachte ich … Jetzt sehe ich Doreen und Bash, wie sie zu ihrem Haus gehen. Ist der junge Mann noch bei dir?»

«Ja, ich sage ihm, dass es sich erledigt hat. Und Aggie, bitte sag deinen Sohn, dass er dir einen dieser Verkehrsspiegel an der Außenwand montieren soll. Du weißt schon, die Dinger, mit denen man bei unübersichtlichen Ausfahrten erkennen kann, was auf der Straße passiert. Dann kannst du von drinnen überprüfen, wer tatsächlich vor der Kellertür steht.»

«Ja, du hast recht. Vielen Dank, dass du so schnell geschaltet hast. Ich wollte kein Ärgernis sein.»

«Das bist du auch nicht, Aggie. Und ruf das nächste Mal im Zweifelsfall unbedingt wieder an. Die Viecher sind im Moment völlig durchgeknallt. Mausilein saß schon wieder auf dem Baum. Ganz so doof ist sie normalerweise nicht.»

«Ich versprech's. Danke und einen schönen Tag, Flo.»

«Ja, dir auch.»

Miss Florence beendete die Verbindung. «Na, wie war das als Demonstration?»

Ash nickte. «Beeindruckend. Nachdem ich nun die Reader's-Digest-Version kenne, kann ich auch noch die lange haben?»

Miss Florence lachte trocken, sodass es eher wie ein Bellen klang. «Also, mal sehen … Doreen und Bash sind seit ewigen Zeiten verheiratet, haben gefühlt zwei Dutzend inzwischen erwachsene Kinder und sind immer noch total verliebt. Nur hat er ein Hobby, das sie hasst. Ungefähr einmal im Monat gehen er und seine Freunde einen ganzen Tag lang Forellen fischen und räuchern sie danach über Nacht, wozu sie Karten spielen und einige Bier trinken. Allerdings nie so viel, dass sie betrunken sind. Beim Räuchern muss man den Kopf zusammen haben, sonst verdirbt die Ware. Nach diesem Abenteuer ist Bash jeweils so müde, dass er knapp noch den Weg nach Hause findet. Wenn er jedoch seine Brille vergessen hat, sieht er die Hand vor Augen nicht und landet immer bei Aggies Haus. Es ist das Haus vor seinem und Doreens und baugleich.»

«Und er kratzt an der Kellertür, weil …?»

«Doreen den Räuchergeruch hasst und von ihm verlangt, im Keller zu schlafen, bis er ausgelüftet ist.»

Ash rieb sich das Kinn. Das war eine Geschichte wie aus dem Süden — zu gleichen Teilen herzerweichend, verrückt und kaum zu glauben. «Bash findet aus Kurzsichtigkeit den Weg nach Hause nicht, aber eine Nacht lang Karten spielen kann er?»

Nun verzog Miss Florence das Gesicht. «Die Herren haben sich in ihrem Räucherschuppen gut eingerichtet. Sie verfügen dort über Lupen oder leihen sich ihre Sehhilfen gegenseitig aus. Doreen hofft immer, dass sie das nicht auch mit den dritten Zähnen tun.»

Uh, das war mehr Information, als Ash für nötig hielt. Ihm war klar, dass er irgendwann alt wurde, aber die damit verbundenen Probleme hatten hoffentlich noch etwas Zeit.

Er kam zu einem Entschluss. «Miss Florence, ich werde Ihre Bewerbung gerne mit Harold und Sheriff Mike besprechen. Das war gerade ziemlich beeindruckend. Ihnen ist aber klar, wie viel Verantwortung der Job beinhaltet? Eine falsche Reaktion kann über Leben und Tod entscheiden.»

Die meisten älteren Leute hätten auf so eine Bemerkung von jemand viel Jüngerem gereizt reagiert.

Miss Florence nickte nur knapp. «Ich weiß.»

«Ich nehme an, Sie lassen mich Mausileins Brett nur montieren, wenn Sie den Job bekommen?»

Das trug ihm einen erneuten Laserblick ein. «Ich bin doch nicht blöd, Junge. Es ist ja ab und zu ganz nett, einen knackigen Hintern zu betrachten, aber das dumme Vieh hockt im Moment täglich dort oben. Langsam wird es lästig. Ich würde sie ja selbst retten, aber Madame ist zu dick, als dass sie noch unter einen Arm von mir passt.»

Da Madame Dummes Vieh neben ihrer Besitzerin auf dem Tisch lag und alle Anwesenden schläfrig anblinzelte, machte sich Ash wenig Sorgen um Mausileins Beliebtheit. «Haben Sie ein Brett oder soll ich eins für Sie besorgen?»

«Ich habe im Schuppen eins bereitgelegt, während ihr unterwegs wart. Bevor du loslegst, will ich Josie und dir aber noch etwas zeigen. Kommt mit.»

Miss Florence führte sie in den Schmutzraum, wo sie ihre Stiefel und Jacken wieder anzogen, und über die Veranda hinter das Haus.

Ash schaute verwundert auf das, was ihn dort erwartete.

«Oh, Miss Florence, Sie und Ihre Nachbarn haben die Gitter wieder aufgebaut. War nicht alles durchgerostet?»

«Allerdings. Wir hatten genug davon, dass uns die Touristen und Wildtiere überall reinlatschen. Warner & Sons hatte einen Abrissauftrag im Nachbarbezirk — ein altes Fabrikareal mit einem aufgegebenen Gefängnis daneben. Dabei kamen genügend Absperrungen zusammen für uns und einige weitere Häuservierecke. Grün gespritzt, sieht man sie kaum.»

Ash nahm diese Informationen in sich auf, während er die Anlage betrachtete.

Miss Florences Haus bildete mit drei weiteren ein perfektes ausgerichtetes Quadrat mit vielleicht fünfzehn Metern Distanz von Gebäude zu Gebäude. Der freie Platz dazwischen wurde von mehr als mannshohen Gittern abgeschlossen, die von einem Haus zum nächsten reichten. Vor einem dieser Gitter standen sie gerade.

Der Komplex erinnerte an eine alte Stadtmauer, in der die Häuser die Funktion der Wehrtürme in den Ecken übernahmen.

Im abgesperrten Bereich erstreckte sich ein Garten Eden mit Gemüse- und Früchtebeeten, weiteren Obstbäumen, einem Spielareal für Kinder, Sitzplätzen und einem kleinen Brunnen.

«Wie du siehst, Josie, sind die Gitterabstände zu schmal, als dass eine Katze durchschlüpfen könnte, und der oben gespannte Draht sorgt dafür, dass sie sich mit dem Hinausklettern schwertun. Natürlich gibt es keine absolute Garantie, aber wenn du mir die versprochenen Tiere anvertraust, dürften sie bei mir ziemlich sicher sein. Meine Nachbarn und ich passen auf.»

Ash sah, wie Josie die Hand der alten Dame ergriff. «Vielen Dank, Miss Flo. Sie müssen mich für völlig durchgedreht halten.»

«Ach, Mädchen, denk so etwas nicht. Abgesehen davon, dass die

Coonies deiner Mutter etwas Besonderes sind, sind sie auch reinrassig und somit wertvoll. Durch die Gitter können sie hier nach draußen und sind trotzdem vor Diebstahl und Unfällen geschützt. Egal, wie viel Mühe wir uns geben, es rast immer mal jemand mit dem Auto und wir können nicht kontrollieren, wer von außen in unsere Community kommt. Du hast das Recht, dir Sorgen zu machen.»

Als Ash sicher war, dass beide mit ihrem Austausch zufrieden waren, wandte er sich an Miss Florence. «Was genau sehe ich hier? Haben das die ursprünglichen Siedler von Dancing Coons so eingerichtet?»

«Genau», bestätigte Miss Florence. «Nur dass es ursprünglich ein stabiler Holzzaun war. Ganz früher gab es hier keinen Farmers' Market oder andere Lebensmittelgeschäfte und die Leute lebten von dem, was sie anbauten und jagten. Wenn dir ein Dachs alle Maispflanzen ausgrub, hattest du ein ernstes Problem.»

Ash nickte nachdenklich. «Wie viele dieser Anlagen gibt es?»

«Einige. Du findest sie überall im alten Zentrum von Dancing Coons. Die meisten waren längst verfallen und spielten keine Rolle mehr. Aber nun, da wir sie wieder aufbauen, musst du dich für deinen Job mit ihnen vertraut machen. Wenn du möchtest, kann ich dir auf einer Satellitenkarte einzeichnen, welche restauriert wurden.»

Das waren wichtige Informationen. Sie zeigten Ash, wie viel er noch über seinen neuen Arbeits- und Wohnort lernen musste. Ob er sich hier je völlig zu Hause fühlen würde?

«Sehr gerne. Brauchen Sie dafür einen Ausdruck der Karte?»

Diese Frage nahm sie ihm nun wirklich übel, denn ihre Mundwinkel wanderten nach unten. «Ich habe einen Computer, einen Internetanschluss und Photoshop. Wie, denkst du, lautet meine Antwort?»

«Also nein.» Ash seufzte lautlos. In den Fettnapf war er voll reingetreten. Ein Südstaatler wie er sollte es besser wissen, als ältere Damen zu unterschätzen.

• • •

Das Rettungsbrett für Mausilein war mit einigen rostfreien Stahlschrauben rasch montiert. So wie Ash Katzen kannte, würde sie ab sofort nie mehr hochklettern. Die kleinen Biester verhielten sich in derartigen Fällen stets so konträr wie möglich.

Danach fuhr er auf die Wache, wo ihn ein nur allzu bekannter übler Geruch erwartete.

«Was war es dieses Mal?», fragte er Blaze und konnte nicht verhindern, dass seine Stimme genervt klang. Wie hielt Harold den Wahnsinn aus?

Der junge Kerl wurde feuerrot. Er nuschelte etwas.

«Wie war das?»

«Die Katzen waren am Fressen auf der Veranda, als ich nach Hause kam und sie streicheln wollte. Nur war eins davon keine Katze.»

Konnte er junge Kerl nicht zählen? «Wie viele Katzen habt ihr denn?»

«Sieben.»

Ash musste anerkennen, dass bei dieser Anzahl die Situation etwas unübersichtlich wurde.

«Das Gemeine ist, dass Mum den Skunk streicheln kann. Mich jedoch hasst er», beschwerte sich Blaze. «Dabei ist sein neues Bett unter der Veranda bequemer, als was er zuvor hatte.»

Ash wunderte dies nicht. Manche Beziehungen, die auf dem falschen Fuß begonnen hatten, ließen sich nicht mehr kitten.

«Was liegt heute an?», fragte er und hoffte, dass sich darunter irgendetwas befand, für das er Blaze fortschicken konnte, oder für das er selbst wegmusste — fort von diesem infernalischen Gestank.

Auf der Abdeckung der kleinen Büroküche lockte die Kaffeedose.

«Es muss nicht unbedingt heute sein, Chief, aber die Ranger möchten mit dir besprechen, welche Bäume entlang der Landstraße nach Lake Coon und hinauf zum Skiresort gefällt werden müssen. Wir versuchen den Randbereich jeden Herbst zu lichten. So werden die Straßen etwas sicherer, zumindest so lange, bis im Frühling wieder alles wuchert.»

Das klang nach einer passablen Fluchtmöglichkeit.

«Was machst du?»

Blaze kratzte sich nachdenklich die Wange. «Du bist mit den Rangern ziemlich weit unterwegs, also muss ich in der Nähe der Wache bleiben. Wie wär's, wenn ich Billy und Dave dabei unterstütze, die Kanalisationsabläufe im Ort zu reinigen? Das muss jeden Herbst zwei- oder dreimal gemacht werden. Wenn der Sturm dann da ist, sind wir froh drum.»

Ash hatte Bettys Brüder während seiner Einkaufsfahrt mit Josie bemerkt, als sie in der Nähe von Miss Florences Haus arbeiteten. Das passte somit gut. Gleichzeitig fragte er sich, ob dieser schon so oft angekündigte Sturm tatsächlich jemals kam. Konnte sich ein Wetterwechsel über so lange Zeit aufbauen?

«Sag mal, Blaze. Ist dieser Sturm eine Tatsache oder verarscht ihr damit Fremde wie mich?» Als Einheimischer musste der Junge das wissen.

Blaze schüttelte den Kopf, nickte dann und stutzte. «Jetzt hast du mich mit deiner Frage ganz verwirrt, Chief. Der Sturm ist kein Witz. Falls du schon einmal in Kanada drüben warst, weißt du, dass das Wetter dort garstig und kalt sein kann. Im Gegensatz dazu ist das Klima in New York deutlich gemäßigter. Die Adirondacks sitzen als Wasser- und Wetterscheide dazwischen. Manchmal kommen die Tornados aus deiner Heimat bis zu uns rauf, dann wiederum trifft uns ein Schneesturm aus Kanada. Wenn du wissen willst, wie spannungsgeladen eine Wetterphase ist, musst du die Todesanzeigen im Aushang des Bürgermeisteramts zählen. Zurzeit sind es mehr, als es sein sollten, ähnlich wie bei einer Hitzewelle.»

Das war die längste Abfolge von Sätzen, die Ash je von Blaze gehört hatte, und alles zusammenhängend, logisch und ohne irgendwelchen infantilen Ausrufe. Er war beeindruckt.

«Das Wetter fasziniert dich?», fragte er.

«Oh ja, ich finde es total spannend. Ich wäre gerne Meteorologe geworden, aber dafür muss man rechnen können. Normales Zählen geht schon, aber nicht, was danach kommt.»

Mit unmöglichen Träumen kannte Ash sich aus. Er schaute aus dem

Fenster der Zentrale. Draußen herrschte das gleiche Wetter wie am frühen Morgen — bedeckt, kalt, aber nicht unfreundlich.

«Wann erwartest du, dass der Sturm losbricht?»

Blaze traktierte seine Unterlippe mit den Fingern, während er überlegte. «Die Anzeichen und mein Gefühl sagen mir in etwa drei Tagen. Du merkst, dass er beginnt, wenn die Vögel aus dem Gebirge zu uns runter fliegen. Sie sitzen dann überall in den Bäumen und sind furchtbar nervös, sodass sie beim geringsten Anlass herumflattern. Das macht dann wiederum uns nervös.»

«Also am Tag nach Halloween.»

«Ja. Wenn es für dich in Ordnung geht, fahr ich los. Dann musst du mich nicht mehr riechen.»

Ash hatte Blazes infernalisches Parfum gar nicht mehr bemerkt. So ging es ihm oft, wenn er sich auf eine Sache konzentrierte. Und es half, dass er in den Sümpfen von Louisiana aufgewachsen war, von denen einige wie die Pest stanken.

«Ja, danke. Ich schaue, ob die Ranger Zeit haben. Falls alles klappt, bin ich noch eine Stunde hier und danach für den restlichen Tag unterwegs.»

«Ist gut. Bye, Chief.» Blaze rannte in jugendlichem Übermut zur Tür hinaus. Kaum dass er sie hinter sich geschlossen hatte, riss er sie erneut auf und steckte den Kopf in den Raum. «Du bist ein echt cooler Boss, Chief. Weißt du das?»

Damit schlug er die Tür endgültig zu. Gleich darauf hörte Ash Blazes Fahrzeug starten, einen asthmatischen uralten Kleinwagen, der jedoch über Vierradantrieb verfügte und sich deshalb für die Gegend eignete.

«Äh, danke?», wunderte er sich über den Gefühlsausbruch des Jungen.

Als Erstes kontaktierte er die Ranger. Sie boten ihm an, um halb zehn zur Feuerwache zu kommen, um von da aus gemeinsam loszufahren. Damit blieb Ash die nötige Zeit, um die E-Mails im Posteingang der Feuerwehr durchzuarbeiten.

Der Betreff der neusten E-Mail ließ ihn schmunzeln. Es handelte sich um Miss Flos offizielle Bewerbung. Auch die Nachricht darunter war positiv.

Ash zückte sein Mobiltelefon und wählte Harolds Nummer. «Was hast du gemacht, dass sie dich endlich gehen lassen?», scherzte er.

Der Chief hatte seinem Unmut über den langen Krankenhausaufenthalt bei jedem ihrer früheren Gespräche Luft verschafft.

«Nichts. Sie wollen mich gehen lassen. Das Verrückte ist, dass ich nun lieber bleiben würde. Die Physiotherapie ist hart und es macht mir Angst, was ich mit dem Knie alles noch nicht wieder kann.»

Ash wusste, dass es sich bei der Operation um eine größere Sache gehandelt hatte. Harold hatte ihm Bilder seiner Schiene und Narben gesandt.

«Hör mal, Chief, in verwandter Sache. Blaze hat mir gesagt, dass er den sagenumwobenen Sturm, von dem alle sprechen, in drei Tagen erwartet. Musst du das bei deiner Rückkehr in Betracht ziehen?»

Harold fluchte leise. «Ja, unbedingt. Das bedeutet, dass ich dann wieder auf meinem Posten sein muss. Versteh mich nicht falsch, Junge, aber in deinem ersten Jahr solltest du das nicht allein verantworten müssen. Je länger die Phase vor dem Sturm dauert, desto heftiger wird er normalerweise. Bei welcher Zeitspanne sind wir inzwischen? Drei oder vier Wochen? Das wird die Apokalypse.»

Ash zog die Brauen zusammen und starrte ins Leere. Er hatte seine Frage genau anders herum gemeint, nämlich ob Harold nicht im sicheren Krankenhaus bleiben sollte.

«Versprich mir jetzt, dass du bis auf Weiteres alles von deinem Pult aus koordinierst und uns draußen arbeiten lässt — insbesondere während des Sturms. Sonst sage ich Betty, dass sie dich nicht holen darf.»

«Was ... Das ... So eine Frechheit!», stotterte der Chief.

Ash hoffte, dass er sich wieder einkriegte. Er mochte den kauzigen älteren Mann inzwischen sehr. Ohne Zweifel befand sich etwas Ungewöhnliches im Wasser von Dancing Coons. All die Freundschaften, die Ash in seiner kurzen Zeit hier geschlossen hatte, und dann diese besondere Beziehung zu Josie, die sich mit jedem Tag vertiefte, das war doch nicht normal.

Über seinem Lebensweg strahlte nun einmal kein Glücksstern. Ash musste sich alles hart erkämpfen. Daran hatte er sich schon lange gewöhnt.

«Es gibt übrigens eine erste Bewerberin für die Telefonzentrale.»

«Ha, eine weitere Insubordination von dir, für die du dich mit meinem Bruder und seiner Dämonentochter verschworen hast. Wer ist es?»

Um ein Haar hätte Ash laut herausgelacht. Harolds Umschwenken von Ärger zu Neugier war in einem Sekundenbruchteil erfolgt.

«Miss Florence.»

Harold blieb lange still. «Das ist das Beste, was uns passieren konnte», stellte er fest. «Hast du ihr zugesagt?»

«Nein. Das kann ich doch gar nicht. Der Entscheid muss von dir, Sheriff Mike und dem Chief der Ranger kommen.»

«Sie werden sogleich zustimmen, so wie ich. Wobei Mike zuallererst eine Schimpftirade loslassen wird. Das mit der Bewerbung ist offiziell?»

Ash schaute nochmals ins E-Mail-Postfach. «Ja, Miss Florence hat mich heute Morgen darauf angesprochen, als Mausilein wieder einmal gerettet werden musste. Und ich sehe ihre Mail vor mir.»

«Kannst du mir die weiterleiten? Dann organisiere ich heute noch alles und spreche mit Miss Flo. Alles, was die Infrastruktur ihrer Anstellung betrifft, überlasse ich Sue, weil die Ranger vom Staat finanziert werden und dadurch Vorteile genießen, die wir nicht haben. Hast du sie inzwischen kennengelernt?»

«Nein. Aber wir fahren nachher die Straßenränder ab wegen der Baumfällaktion. Da wollte sie dabei sein.»

Harold lachte leise. «Na dann, viel Spaß!»

18

Josie arbeitete im Garten, als Ash nach Hause kam. Sie liebte den Duft des Herbstes, die mit Feuchtigkeit gesättigte kühle Luft und den Klang der Jahreszeit, wenn das Laub unter ihren Stiefeln raschelte und ringsum leise die Feuchtigkeit von den Bäumen tropfte.

Es gab einiges zu erledigen. Der Wintersalat brauchte eine warme Vliesdecke. Der Federkohl wollte aufgebunden werden, damit der Schnee ihn nicht abknickte, und die letzten Kürbisse mussten in den Keller, wo sie sich durch die kühlen, frostfreien Temperaturen den ganzen Winter lang halten würden.

Es war immer witzig, wie ihre Coonies in den geschützten Auslauf hinausströmten, kaum dass sie im Garten war. Von dort beobachteten sie Josie wie gebannt, als gäbe es nichts Spannenderes als einen Dosenöffner, der im Dreck wühlte.

Ash schloss sein Fahrzeug ab und kam zu ihr. «Darf ich die Gärtnerin küssen?», fragte er mit einem kecken Lächeln.

«Die Gärtnerin bittet darum. Allerdings kann sie keine Garantie dafür übernehmen, dass ihr Gesicht schmutzfrei ist. Gartenerde ist heimtückisch.»

Ash nahm sie in die Arme. Josie fühlte seine warmen Lippen auf ihren. Ein wunderbares Kribbeln breitete sich in ihrem Körper aus. Es verstärkte sich, als sie an den vor ihnen liegenden gemeinsamen Abend dachte. Vielleicht war dieser Kuss ja nur der Anfang?

«Du schmeckst nach Kokosnuss und Gewürztee. Wart ihr in der Bäckerei in Lake Coon?», fragte sie, als er ihre Lippen freigab, sie aber weiterhin in den Armen hielt.

«Ja, Consuelo schlug es vor, weil wir nach all der Zeit im Freien ziemlich durchgefroren waren.»

Josie schnaubte amüsiert. «Das mag dein Grund gewesen sein. Sue ist schlicht und einfach eine Naschkatze. Sie ist bei jedem Wetter draußen. Hat sie dir von ihren Schlittenhunden erzählt?»

«Oh ja, sogar ziemlich viel. Ihr Rudel und ihre Arbeit mit ihm klang beeindruckend. Es könnte übrigens sein, dass du in meine linke Jackentasche fassen möchtest.»

Josie, stets neugierig, versuchte es. Sie fand ein kleines Papiersäckchen mit einer eindeutigen Etikette. «Mit weißer Schokolade gefüllte Kokospralinen», rief sie aus. «Für uns heute Abend?»

«Für dich. Ich durfte heute schon welche genießen und vermute, dass sie auch dir schmecken.»

«Ich liebe sie. Vielen Dank!»

Sie fiel Ash den Hals und küsste ihn stürmisch, was seine Augen strahlen ließ.

«Wie wollen wir es machen? Ich bin für heute fertig und muss nur noch den Rest des Wintervlieses zurück in den Gartenschrank stellen. Möchtest du gleich zum Essen rüberkommen oder lieber später? Falls gleich, würde ich mich noch rasch umziehen und Gesicht und Hände waschen. Sapphire ist übrigens schon den ganzen Tag bei mir. Er hockt dort drüben und beobachtet uns kritisch.»

Ashs Augen suchten seine Katze.

Josie realisierte, dass sie ihn nicht um Erlaubnis gefragt hatte, bevor sie Sapphires Chipnummer bei der Klappe in den geschützten Auslauf hinzufügte. Schon wieder. Hoffentlich war Ash ihr nicht böse.

«Ich sehe meine Katze, aber ich kann's nicht glauben. Wie ist er dort auf den Baumstamm gekommen? Wenn seine Pfötchen nass werden, versucht er normalerweise, alle vier aufs Mal zu schütteln, so sehr widert ihn Wasser an.»

Josie betrachtete den kleinen Mann. Ghost und Rainbow ruhten neben ihm wie so oft, wenn er bei ihrer Gruppe war. «Ma hat bei der Planung des Auslaufs und den verwendeten Materialien darauf geachtet, dass die Katzen möglichst wenig schmutzig werden. Als Züchter kannst du nicht jedes Mal alle Tiere säubern, nur weil sie draußen waren. Vielleicht ist Natur in dieser Dosierung für ihn okay.»

Ash lachte. «Ein echter Landjunge.» Er musterte Josie. «Hättest du gern noch etwas Zeit für dich allein? Sag mir einfach, um welche Zeit ich rüberkommen kann.»

Josie fühlte, wie ihre Wangen sich röteten.

Als sie mit der Antwort zögerte, lächelte Ash. «Das müssen ja spannende Gedanken sein. Willst du sie mir anvertrauen?»

Weshalb eigentlich nicht? Sie konnten nicht schlimmer sein, als was er sich vorstellte.

«Es sind weniger Gedanken als gute Absichten, die miteinander kämpfen. Ich möchte gerne möglichst perfekt für dich sein. Vielleicht sogar etwas Make-up auflegen, obwohl ich sonst nie welches trage. Gleichzeitig flüstert mir Mas Geist ins Ohr, dass es keinen Sinn hat, wenn ich dir jetzt etwas vorspiele. Sie war der festen Überzeugung, dass nur Partner, die sich von Beginn weg ehrlich und unverstellt begegnen, etwas Langfristiges aufbauen können. In meinem Fall verbirgt das erwachsene Aussehen den Waldschrat von einst. Eher wirst du Zweiglein in meinen Haaren finden, als meine perfekte Frisur zu bewundern.»

Ash lachte. «Ich zupfe gerne Zweiglein aus deinen Haaren. Und ich bin kein Freund von weiblicher Kriegsbemalung. Für mich brauchst du dich also nicht zu verstellen.»

Konnte es so einfach sein? «Dann würde ich mich freuen, wenn du gleich mit zu mir kommst.»

Im Haus ging er zu den Kitten. Josie wusch sich derweil Hände und Gesicht, wobei sie aufmerksam im Spiegel überprüfte, dass sie jeden Fleck Schmutz erwischte, und zog danach frische Kleider an.

Das Make-up ließ sie in der Schublade. Dafür verwendete sie ein Deo, das dezent nach Kokosnuss und weißer Schokolade duftete. Es konnte nicht schaden, nach Pralinen zu riechen, die Ash offensichtlich mochte.

Als sie das Kittenzimmer betrat, erwartete sie ein Anblick, der ihr das Herz schmolz. Ash schien wie beabsichtigt Fotos geschossen zu haben. Danach hatte er sich offenbar auf Josies riesigen alten Sitzsack gelegt, um die Katzenkinder auf sich herumklettern zu lassen, und war eingeschlafen.

Zwei der Katzenmütter und sieben Kitten hatten das zum Anlass genommen, sich auf oder an ihn zu kuscheln, um bei ihm zu schlafen. Dabei ließ es Starlight, die normalerweise eher auf Distanz bedachte weiße Maine-Coon-Dame, sogar zu, dass Ash sie lose im Arm hielt.

Josie nahm sein Smartphone, das ihm aus der Hand auf den Boden gerutscht war, und schaltete den Bildschirm ein. Wie sie gehofft hatte, war es eins jener Modelle, bei denen die Kamera ohne Entsperren zugänglich war.

Rasch schoss sie eine Serie Fotos. Dann setzte sie sich auf den Boden, um abzuwarten. Lange würde er es nicht schaffen zu schlafen, das wusste sie aus eigener Erfahrung.

Tatsächlich entdeckte kurz darauf ein freches kleines Tabby-Kitten mit einem Fußfetisch Ashs Zehen und begann daran zu knabbern. Coonies machten das zwar sanft, aber die Zähnchen, die wie bei allen Kitten außerordentlich spitz waren, spürte man durchaus.

Josie richtete die Kamera erneut auf die Szene. Dieses Mal zeichnete sie ein Video auf.

Ash zuckte einige Male mit dem Fuß. Dann zog er die Brauen zusammen. Seine Augen öffneten sich. Er musterte etwas verwirrt die Zimmerdecke und hob den Kopf, um sich umzuschauen.

Durch die Bewegung drohte eins der Kitten von seiner Brust zu rutschen. Fürsorglich hielt er es fest.

War Josie vorher schon verliebt gewesen, konnte ihr Herz die Fülle ihrer Gefühle inzwischen kaum mehr fassen.

Sie beendete das Video und krabbelte zu Ash. «Ich fürchte, ich kann nicht anders, als dich zu küssen», sagte sie leise, beugte sich über ihn und tat genau das.

Ash erwiderte ihren Kuss mit einer Hingabe, die ihr den Atem raubte.

Bald hielt Josie die Distanz zwischen ihren Körpern nicht mehr aus. Sie löste sich von Ash und hob die Kätzchen, die ihren Absichten im Weg lagen, auf seine andere Seite. Starlight hatte sich bereits von selbst getrollt.

Vorsichtig glitt Josie neben Ash auf den Sitzsack, sodass sie halb auf ihn zu liegen kam.

«Schon besser», wisperte sie leise. Sie ließ ihre Fingerkuppen über seine Schläfe und Wange gleiten. Unglaublich, wie zart seine Haut war. Selbst die Bartstoppeln waren weicher, als sie es von anderen Männern kannte.

Ganz sachte berührte sie seine Lippen und hörte ihn leise seufzen. Der Drang, ihn erneut zu küssen, war übermächtig.

Josie widerstand, versunken in ihrer Bewunderung. Mutter Natur hatte Ash bevorzugt. Alles an ihm war so elegant, dass selbst Josie als Designerin es sich gar nicht in diesen Einzelheiten hätte vorstellen können.

«Wenn du mich nicht bald wieder küsst, verbrenne ich», bekannte Ash leise.

Josie legte lächelnd die Hand auf seine Brust, in der sein Herz jagte, als wäre er einen Marathon gerannt. «Das dürfen wir auf keinen Fall zulassen.»

Als sie sich wieder zu ihm beugen wollte, klingelte sein Smartphone.

Josie fühlte sich wie in kaltes Wasser getaucht. Musste er etwa zu einem Einsatz?

Ash schaute auf den Bildschirm. Zuerst zögerte er, dann wirkte er erleichtert. «Das ist Ben. Geht es in Ordnung, wenn ich abnehme?»

Josie nickte und rutschte neben dem Sitzsack auf den Boden, dies nach einem Kontrollblick, dass keine Fellnase es sich dort gemütlich gemacht hatte. Sie bedauerte die Störung. Vielleicht hatte Ben jedoch endlich einen freien Tag, an dem er Ash den Truck und seine Sachen bringen konnte.

Ash beklagte sich nicht und schien sich mit der Situation arrangiert zu haben, aber Josie vermutete, dass es ihm trotzdem nicht leicht fiel. Zudem lebte er, wenn er erst einmal all seine Besitztümer hier hatte, wirklich in Dancing Coons, was ihr entgegen kam. Im Moment erschien er ihr eher wie ein Gast, obwohl er selbst das womöglich gar nicht so empfand.

«Hallo, Ben», meldete sich Ash.

«Hallo, Ash. Störe ich?»

«Eigentlich schon. Ich hoffe, du hast gute Neuigkeiten.»

«Jawohl. Aber wieso störe ich dich? Hast du etwa ein Date?»

Ash schaute fragend zu Josie. Sie nickte.

«Ja», bestätigte er.

«Mit wem?» Ben klang baff. Offenbar war das nicht die Antwort, die er von Ash erwartet hatte.

«Josie.»

«Josephine Comeaux? Das glaube ich jetzt aber nicht. Oder doch. Ich tu's. Wow ...»

Josie beschloss, Ben auf ihre Gegenwart aufmerksam zu machen. «Pass nur auf, Ben. Alles, was du sagst, kann gegen dich verwendet werden.» Während sie ihn neckte, achtete sie darauf, dass er den Humor in ihrer Stimme hörte. Ben war verletzlicher, als er sich gab.

«Oh, hallo Josie. Bist du auch der Meinung, dass du ein Date mit Ash hast?», witzelte er.

«Allerdings. Dein Anruf kam in einem etwas ungünstigen Moment.»

Ben lachte, wurde dann unvermittelt ernst. «Ash ist mein bester Freund, Josie. Bitte versprich mir, dass du auf ihn aufpasst. Und Ash, Josie ist einer der Engel von Dancing Coons. Das ist dir bewusst, ja?»

Seine Fürsorge rührte sie. Sie spürte, wie Ash ihre Hand ergriff, und tauschte einen innigen Blick mit ihm. «Du musst dir keine Sorgen um uns machen, Ben. Weshalb besuchst du uns nicht möglichst bald, so wie du es Ash versprochen hast? Dann kannst du dich persönlich versichern.»

«Deshalb rufe ich an. Ich kann morgen Abend losfahren. Dann wäre ich am Morgen von Halloween da. Wann genau darf Harold nach Hause?»

«Es klang nach morgen. Wieso?», fragte Ash.

«Das ist blöd. Mir ist es nicht recht, wenn er über Nacht allein ist. Ich habe mir den ganzen nächsten Monat freigenommen, damit ich ihm helfen und auf ihn aufpassen kann. Ich schulde ihm etwas. Ach was, wieso mache ich mir etwas vor? Ich schulde ihm mehr, als ich jemals zurückzahlen kann. Das ist meine Chance.»

Ash schaute Josie fragend an.

Sie nickte. «Wir kümmern uns in der ersten Nacht um ihn, falls Betty das nicht sowieso übernehmen will», versprach sie Ben.

«Danke. Das nimmt mir die Sorgen. Ash, noch eine Frage, dann lasse ich euch euer Schäferstündchen weiter genießen. Soll ich dir all deine Sachen bringen, auch deine Waffen und taktische Ausrüstung?»

«Kannst du damit leben, wenn ich die Dinge im Gartenhaus aufbewahre?», wandte sich Ash an Josie.

Es berührte sie, dass er um ihre Erlaubnis bat. Eigentlich brauchte ihn diese überhaupt nicht zu kümmern. «Wir haben beide eine Vergangenheit, Ash. Bei dir ist es deine Ausrüstung, bei mir sind es die Katzen. Ohne wären wir nicht, wer wir heute sind. Ben soll dir alles bringen, was du hier in Dancing Coons haben möchtest.»

«Ja, bitte», sagte Ash zu Ben.

«In Ordnung, dann bin ich in weniger als sechsunddreißig Stunden da. Bis dann!»

«Bis dann. Fahr vorsichtig.»

Mit dem Anruf war die romantische Stimmung leider verflogen. «Wollen wir essen gehen?», schlug Josie vor. «Ich muss noch die Forellen zubereiten, aber das dauert nur einige Minuten. Der ganze Rest ist im Slow Cooker warm gestellt.»

«Essen klingt immer gut», sagte Ash und rutschte von den Kitten weg, wobei er sie umsichtig stützte, damit sie nicht in die von ihm verursachte Delle des Sitzsacks kullerten. Allein dafür hätte Josie ihn schon wieder küssen mögen.

Sie fanden Luzi und Libby auf dem Küchentisch, wo sie sich auf der Seite gegenüber lagen und in den Armen zu halten schienen. Das Stinktier lag dabei etwas tiefer und hatte ihre Stirn an die Kehle des schwarzen Katers gekuschelt, sodass es wirkte, als würde er sie beschützen.

«Oh weh, mit Harolds Rückkehr steht jemandem eine schwierige Umstellung bevor», sagte Ash und betrachtete das Bild versunken.

Josie entdeckte aus den Augenwinkeln eine Bewegung in der Küchentür. Sapphire. Der Kater ging schnurstracks zu Ash und wand sich um seine Knöchel.

«Sieht so aus, als hätte dir jemand vergeben», sagte Josie.

«Mal sehen», blieb Ash skeptisch und ging in die Hocke.

Während Josie die Forellen zu knuspriger Bräune briet, wurde klar, dass sie recht gehabt hatte. Bald saß Ash am Küchentisch und hielt den Kater wie ein Baby im Arm.

«Wie unhöflich von mir. Ich sollte dir helfen», schreckte er plötzlich aus seiner Versunkenheit hoch.

«Vergiss es und genieß die Momente mit dem Kleinen. Ihr habt sie euch verdient.»

«Na ja, ich habe nichts gemacht. Das Lob gebührt deinen Coonies. Die Katzen sind wirklich magisch.»

Seine Feststellung klang wie ein Echo von Miss Flos Worten am Morgen. Josie verspürte plötzlich Wehmut.

«Miss Flo war heute Nachmittag hier und hat zwei der Kastraten abgeholt — einen Kater und eine Kätzin. Ich würde lügen, wenn ich sagte, dass ich die beiden Tiere besonders gut kannte. Ich bin nicht meine Ma, die zu jedem Mitglied des Rudels eine innige Beziehung aufbauen konnte. Nun aber fehlen mir die beiden und ich fühle mich wie eine Verräterin. Dabei fragte Ma selbst noch einige Leute, darunter Miss Flo, ob sie eine Katze von ihr aufnehmen möchten.»

«Das tut mir leid.» Plötzlich war Ash hinter ihr und legte ihr die Arme um die Taille. «Solche Veränderungen sind immer schwierig.»

Verzweiflung packte Josie. «Ash, was ist, wenn ich es nicht auf sechs Katzen runter schaffe? Ich habe dir das mehr oder weniger versprochen.»

«Shh», beruhigte er sie und schmiegte seine Wange an ihren Scheitel. «Du hast mir nichts versprochen. Nimm es Schritt für Schritt. Und zwing dich zu nichts, was die Erinnerung an deine Ma belasten könnte.»

Wie konnte er nur so verständnisvoll sein? «Leben deine Eltern eigentlich noch?», fragte sie scheu. Er hatte bisher kaum von seiner Jugend oder Familie gesprochen.

«Meine Mutter ist schon länger tot. Mein Vater hat vor einigen Jahren wieder geheiratet. Er scheint glücklich zu sein.» Ashs Tonfall war betont neutral. Es klang nicht danach, als hätte er ein einfaches Verhältnis zu seinen Eltern gehabt.

Josie beschloss, ihm seine Geheimnisse zu lassen. «Die Forellen sind fertig. Deckst du bitte den Tisch?»

Als sie sich zu ihm setzte, entdeckte sie, dass Sapphire sich zwischen Libbys und Luzis Bäuchlein gequetscht hatte, ähnlich wie ein Kind in die Besucherritze des Elternbetts. An dem kleinen Mann war außer Haaren nichts dran, wenn das so problemlos funktionierte.

«Bist du eigentlich Reservist, dass du deine Ausrüstung noch hast?» Auf diese Frage wollte Josie zwingend eine Antwort. Sie hatte ein Problem damit, wenn das Militär jederzeit anrufen und ihn in den Einsatz schicken konnte.

Ash verzog das Gesicht. «Das ist nicht ganz eindeutig zu beantworten. Offiziell werden wir als ehrenhaft entlassen geführt. Es existiert jedoch ein Vertrag, der mein Team dazu verpflichtet, im Notfall als Ausbilder zurückzukehren — dies ausschließlich hier in Amerika.»

«So etwas habe ich noch nie gehört. Wie kam das zustande?»

Ash zuckte die Schultern. «Wir waren zu gut. Inzwischen ist der Abschied doch schon einige Jahre her und sie haben neue Stars gefunden. Zudem hat sich die Technik rasant weiterentwickelt. Deshalb denke ich nicht, dass der Anruf noch kommt.»

Josie war sich da nicht so sicher. Das Militär vergaß nie und die

Kriegstechnik, zumindest jene von Einsatzkommandos, hatte sich über mehrere tausend Jahre kaum verändert, mal abgesehen von den technischen Gadgets, die sie zur Verfügung hatten. Und jene taugten ohne fähige Soldaten nichts.

«Wenn sie trotzdem versuchen, dich in den Krieg zu schicken, würdest du gehen?»

Er überlegte und schüttelte schließlich hilflos den Kopf. «Das kommt auf die Situation an. Als Berufssoldat, so wie früher, ganz klar nein. Egal, wie fit du dich hältst, du verlierst das Training. Es gibt zigtausend jüngere Soldaten, die sich besser für Einsätze eignen als ich. Wenn aber plötzlich wieder ein Weltkrieg ausbricht und es darum geht, unsere Heimat und Freiheit zu verteidigen, würde ich keinen Augenblick zögern.»

Josie stocherte in ihrem Essen herum. Es schmeckte plötzlich nicht mehr ganz so gut. «Mit dem, was du als Letztes gesagt hast, kann ich leben. Ich hätte jedoch Mühe damit, wenn du aus heiterem Himmel in deiner alten Rolle reaktiviert wirst und zu einem Einsatz in Übersee müsstest. Ich könnte keine Soldatenfrau sein.»

«Das wird nicht geschehen. Ein Anwalt hat den Vertrag überprüft. Die Bedingungen sind klar und wir haben ausdrücklich verlangt, dass der Ausbildungsort als ‹auf dem nordamerikanischen Kontinent› definiert wird.»

Das mochte sein, aber reichte das? Josies Bedenken verschwanden nur langsam und nicht vollständig. Dazu bedrückte sie das Thema zu sehr.

Ash beobachtete sie, seine Miene ernst. «Wie steht es denn mit meinem aktuellen Beruf? Es ist auch nicht ungefährlich, ein Feuerwehrmann zu sein. Kannst du damit leben?»

«Das auf jeden Fall. Auch mit Polizist oder Ranger habe ich kein Problem. Aber Soldat, und dann noch bei einer Spezialeinheit — nein.» Josie spürte seine Hand auf ihrer. Mit dem Daumen streichelte er ihren Handrücken.

«Dann musst du dir keine Sorgen machen.»

Die Zärtlichkeit beruhigte sie. Plötzlich schämte sie sich. «Du musst mich für feige und unpatriotisch halten.»

«Darüber steht mir keine Meinung zu. Es ist auf jeden Fall besser, offen mit dem Thema umzugehen, als sich durchbeißen zu wollen und irgendwann zu merken, dass es nicht geht und man daran zerbricht. Danke für deine Ehrlichkeit.» Ein Lächeln erhellte Ashs Gesicht und seine Augen. «Wollen wir weiteressen? Das Gericht ist viel zu gut, um davon Reste übrig zu lassen.»

Da stimmte Josie zu, doch die von ihrem Gespräch geworfenen Schatten ließen sich nur schwer vertreiben. Sie waren eine erste Erinnerung daran, dass es in einer Beziehung neben all dem Sonnenschein auch schwierige Themen gab, über die sie nicht bestimmen konnte.

19

Nach dem Essen übernahm Ash den Abwasch. Josie rief derweil Betty an und erzählte ihr von Bens Anruf.

Dazu legte sie das Smartphone auf den Tisch vor sich, was die Aufmerksamkeit einiger Katzen erregte. Ghost, der schwarze Main-Coon-Kater, setzte sich daneben. Seine schildpattfarbene Dame, Rainbow, tat es ihm gleich. Derweil schnarchten Sapphire, Luzi und Libby unbeirrt weiter.

Ash musterte die Szene amüsiert. Er war gespannt, ob Josie den Anruf führen konnte, ohne dass eine der Katzen die Verbindung für sie beendete. Ghost jedenfalls hatte eine Vorderpfote schon leicht vom Tisch abgehoben.

«Ich dachte es mir so, dass ich Harold morgen abhole und danach bei ihm bleibe», erklärte Betty. «Meine Deputys kommen auch mal einen Tag ohne mich aus. Falls die Welt zusammenbricht, würde ich Harold bei euch deponieren.»

«Das können wir so machen», bestätigte Josie und schob eine schwarze Katzenpfote beiseite, die auf den Bildschirm stippen wollte. «Ich bin da.»

«Mir wäre allerdings sehr wichtig, dass Libby bis übermorgen bei euch bleibt. Sie hat die Tendenz, einem in die Füße zu rennen, wenn sie sich freut. Wenn Ben dann da ist, müssen wir schauen. Die kleine Lady gehört ja eigentlich ihm und die beiden lieben sich abgöttisch.»

Bevor Ash in die Adirondacks gekommen war, hatte er nicht gewusst, dass es ein besonderes Stinktier in Bens Leben gab, doch überraschte ihn die Zurückhaltung seines besten Freundes nicht. Für Ben gehörte die Zeit in Dancing Coons — Ash hatte bis zu seiner telefonischen Bewerbung bei Harold nicht mal den Namen des Ortes gekannt — zu einer Reihe von Erfahrungen, über die er nicht sprach. Ash kannte die Leitmotive, weil er einiges persönlich beobachtet hatte. Den Rest konnte Ben ihm erzählen, falls er das irgendwann einmal wollte, oder für immer darüber schweigen. Für ihre Freundschaft spielte es keine Rolle.

«Wenn Ben sich wirklich einen ganzen Monat freigenommen hat, ist er an Thanksgiving da», sprach Betty weiter. «Wir könnten wieder einmal alle zusammen feiern. Was denkst du, Josie? Soll ich versuchen, Dad das schmackhaft zu machen? Du würdest selbstverständlich Ash mitbringen.»

Josie suchte Ashs Blick, eine Frage in ihren Augen. Die Spuren ihres Gesprächs über seine Armeezeit waren noch nicht verflogen. Josie wirkte wachsam und verstimmt. Er konnte nur hoffen, dass sie ihn irgendwann wieder so offen und unverfälscht anschaute wie zuvor.

«Das klingt gut», sagte er laut genug, dass Betty ihn hörte.

«Bestens. Dann spreche ich mit Dad. Er hat Miss Florence übrigens verpflichtet und wird das morgen so bekannt geben. Das ist eine Bewerbung, mit der ich nie gerechnet hätte, über die ich mich aber scheckig freue. Wir kommen vorwärts. Nun musst nur noch du das Problem mit dem Fundraising für die Feuerwehr lösen, Ash. Konntest du schon mit Josie darüber sprechen?»

Ash, der gerade die Bratpfanne abtrocknete, hielt in der Bewegung inne. «Woher weißt du, dass ich mit Josie darüber sprechen wollte? Ich habe nichts dergleichen erwähnt.»

Betty lachte so trocken, dass es fast wie ein Bellen klang. «Weil du keinen Plan hattest, als mein Vater dich darauf ansprach. Das zeigte sich überdeutlich in deiner Miene. Und weil du schlau bist und weißt, was gut für dich ist.»

So klang ihre Frechheit fast wie ein Kompliment.

«Noch nicht, aber bald.»

«Lass dir nicht zu viel Zeit damit. Wenn es um Fundraising geht, willst du die Weihnachtssaison nicht verpassen. Lass dir das von einem alten Hasen sagen.»

«Verstanden», bestätigte Ash.

Betty verabschiedete sich bald darauf, nachdem Josie sich die Informationen zum Fundraising von ihr geholt hatte.

«Weshalb hast du mich gestern oder vorgestern nicht gefragt?», wunderte sich Josie und ließ das «bei all der Zeit, die wir zusammen verbracht haben» ungesagt.

«Weil ich zuerst mit Harold sprechen wollte. So eine Entscheidung darf ich nicht über den Kopf des Chiefs hinweg treffen. Für ihn ist es schwierig genug, dass ich nun hier bin. Bekommt er darüber hinaus das Gefühl, dass ich an seinem Stuhl säge, steuern wir direkt auf ein Desaster zu.»

Ash trocknete als Letztes den Kochlöffel ab und legte ihn zurück in die Schublade. Dann hängte er das Handtuch auf.

Josie schob den Stuhl zurück und trat zu ihm. Ihre Arme legten sich um seine Taille. «Du bist ein grundanständiger, toller Mann, Asher Blake. Weißt du das?»

Es fiel ihm nicht leicht, das Lob zu akzeptieren. Wahrscheinlich würde es das nie. «Ich gebe mir Mühe», sagte er leise und entdeckte erleichtert, dass sich die Schatten aus ihrer Miene verzogen hatten.

«Dir war ernst mit dem, was du gesagt hast, ja? Dass deine Karriere als aktiver Elitesoldat in die Vergangenheit gehört?», fragte Josie leise. In dem Moment erschien sie Ash so verletzlich wie ein junges Mädchen.

«Ja. Falls es dir wichtig ist, kann ich verlangen, dass der Vertrag aufgelöst wird. Ich müsste allerdings zuerst mit den anderen Blessed Damned sprechen und ihre Erlaubnis einholen.»

«Blessed was?» Josie runzelte die Stirn, schien dann zu begreifen. «Euer Team hieß *die gesegneten Verdammten*?»

«Ja.»

«Wieso das?» In der Frage schwangen viele verschiedene Empfindungen mit — Überraschung, Verwirrung, Belustigung und etwas Raueres, möglicherweise Ärger.

Ash überlegte. Seine Vertrautheit mit Josie machte ihn unvorsichtig, zumindest unvorsichtiger als jemals zuvor. Seine frühere Freundin Maxie hatte den Namen nie erfahren. Aber vielleicht war es die seltsame Magie dieses Ortes, die ihn offen über Themen sprechen ließ, zu denen er eigentlich keine Auskunft geben wollte.

«Weil all unsere Vornamen entweder ‹gesegnet› oder dann ‹ein Geschenk Gottes› bedeuten. Als wir das durch Zufall herausfanden, alberten wir herum und so entstand der Name des Teams.»

Josie starrte nachdenklich ins Leere. «Asher ist …?»

«Hebräischen Ursprungs. Der Name Bennett wiederum hat lateinische Wurzeln. Darko stammt aus dem Slawischen.» Weitere Namen musste sie nicht wissen, denn sie würde die anderen Teammitglieder nie kennenlernen.

Sie schluckte leer. «Das macht alles irgendwie so real. Musst du mich nun töten, da du mir euren Namen genannt hast?» Es war der Versuch eines Scherzes, der ihr kläglich misslang.

Ash nahm Josies Gesicht zwischen die Hände. Sanft streichelte er mit den Daumen ihre Wangen. «Ich hoffe, du weißt, dass du bei mir absolut sicher bist. Ich wäre dir jedoch dankbar, wenn du den Namen nie verwenden würdest. Der Zufall hat unglaubliche Macht und es wäre schrecklich, wenn mich die Vergangenheit hier an diesem Ort einholt und ihr alle dadurch in Gefahr geratet.»

Josie nickte ernst. «Ich werde ihn gleich wieder vergessen.»

Ihre Hände ergriffen seine Handgelenke, pressten sie und ließen los, eine nervöse Geste. Was kam jetzt?

«Apropos Vertrauen. Ich war nach unserem Besuch bei Miss Flo im Drogeriemarkt und habe Kondome gekauft.» Ihre Wangen färben sich rosa bei dem Geständnis.

Ash lachte leise. «Dann können wir die Packungen vergleichen. Ich war am Nachmittag da, nachdem ich aus Lake Coon zurückgekehrt bin.»

Josies Augen begannen zu strahlen. Dann schien ihr etwas bewusst zu werden und sie verzog das Gesicht. «Wahrscheinlich sind wir heute Abend das beliebteste Tratschthema in Dancing Coons, wenn nicht in ganz Coon County.»

Ash lachte leise. «Ja, die Möglichkeit besteht. Schlimm?»

«Schlimm nicht, eher lähmend. Morgen werden sie uns besonders aufmerksam beobachten. Stört dich das nicht?»

«Nun ja, ich hatte nicht damit gerechnet, eine Beziehung mit einem ganzen Ort einzugehen, aber nun ist es halt so», scherzte Ash und wurde ernst, als dunkle Erinnerungen sich regten. «Ich nehme die Leute hier als extrem neugierig und zugleich wohlwollend wahr. Bisher habe ich noch keinen bösen Tratsch gehört. Das ist etwas ganz Besonderes. Deshalb: Nein, es stört mich nicht.»

Josie legte ihm eine Hand auf die Brust. «Wollen wir versuchen, die Kondome zu nutzen?»

Ash bedeckte ihre Hand mit seiner. Das war die gute Frage. Er glaubte nicht an unverbindlichen Sex. Mit jemandem zu schlafen musste für ihn eine Bedeutung haben. Wussten sie schon genug voneinander? Über vieles hatten sie noch nicht gesprochen — so seine Familie und Jugend, beides keine einfachen Themen. Oder dann über ihre Träume und das, was sie im Leben erreichen wollten.

Gleichzeitig ließ sich nicht alles planen und sie mussten ihrer Beziehung Raum geben, damit sie sich entfaltete.

«Dein Vertrauen ehrt mich, Josie. Wollen wir uns zusammen aufs Sofa setzen und schauen, was sich ergibt?»

Nun grinste sie spitzbübisch. «Darf ich das Ergebnis nach besten Kräften beeinflussen?»

Ihre Worte entzündeten ein Feuer in seinem Blut. «Ich bitte darum.»

Ash neigte den Kopf, um sie zu küssen, doch Josie war schneller. Warm pressten sich ihre Lippen auf seine. Der Kuss erfüllte alles, was Ash sich erhofft hatte. Josie war mutig, verspielt und voller Zuversicht.

«Halt dich fest», wisperte er und hob sie auf seine Hüften, sodass sie sich wie ein Äffchen an ihn klammerte. Rasch trug er sie ins Wohnzimmer und setzte sich mit ihr auf das Sofa, das für einmal — oh Wunder! — frei von Katzen war.

«Hast du es eilig?», neckte ihn Josie und fuhr mit den Händen bewundernd durch seine Haare. «Wie Seide», wisperte sie.

Ash freute sich, dass er ihr gefiel. «Es wäre schade, wenn wir nicht jeden Moment genießen. Vor allem aber rechnete ich mir aus, dass wir es ohne mein entschlossenes Eingreifen nie bis auf das Sofa schaffen.»

«Oh ja, da könntest du recht haben», sagte Josie. «Ich weiß gar nicht, ob ich das Sofa je wieder verlassen will. Zumindest nicht, solange du bei mir bist.» Ihre vorwitzigen Hände suchten sich einen Weg unter sein Hemd.

Dieses Spiel konnten zwei spielen. Ash küsste sie und erforschte zärtlich ihren Körper, bis jeder ihrer Atemzüge ein leises Seufzen war und sie atemlos seinen Namen flüsterte.

Doch Josie wäre nicht Josie, wenn sie sich nicht aktiv an ihrem Liebesspiel beteiligen würde. Irgendwann schob sie ihn von sich, stand auf und hielt ihm die Hand hin.

«Begleitest du mich ins Schlafzimmer?», fragte sie, eine eindeutige Einladung in ihrem Blick. Ihre Brust hob und senkte sich heftig, ihre Haare ergossen sich in wilden Strähnen auf ihre Schultern und ihre Lippen leuchteten rot von seinen Küssen.

Ash, der nie einen verführerischeren Anblick gesehen hatte, ergriff ihre Hand. «Mit Freuden.»

JOSIE ERWACHTE mit einem Lächeln auf den Lippen und einem felligen Hintern im Blickfeld. Einem schwarzen Hintern, der zwei eindeutige weiße Rennstreifen aufwies und in einem unvergleichlich buschigen Schwanz endete.

«Was ist?», fragte Ash, den ihre plötzliche Anspannung offenbar aufgeweckt hatte. Das war der Nachteil, wenn man etwas mit einem ehemaligen Elitesoldaten anfing.

Eine Lüge war sinnlos. «Wir haben einen Skunk im Bett.»

Genauer gesagt schlief das Stinktier auf Ashs Brust, während Josie seitlich von ihm lag und ihren Kopf auf seine Schulter gebettet hatte.

Libby suchte sich immer die besten Plätze aus.

Offenbar hatten sie auf ihrem Weg ins Schlafzimmer vor lauter Liebestrunkenheit die Tür nicht hinter sich geschlossen, was in einem Haushalt mit so vielen Tieren Konsequenzen hatte.

«Und das ist ein Problem, weil …?», fragte Ash. Er klang völlig entspannt.

«Weil ich mir Sorgen mache, dass es dir zu viel werden könnte. Bei jedem unserer Essen schlief mindestens ein Tier am anderen Ende des Esstischs. Du kannst in meinem Haus keinen geraden Schritt gehen, ohne über jemanden zu stolpern.»

Ash lachte leise. «Ganz so schlimm ist es nicht. Und nein, deine Tiere stören mich überhaupt nicht. Allerdings würde ich Libby gerne irgendwo auf die Seite setzen, weil ich mich uns beiden widmen möchte. Kannst du mich retten?»

Josie ließ sich nicht zweimal bitten. Ihr Körper erinnerte sich an jede von Ashs Berührungen — zärtlich, leidenschaftlich und ach so heiß. Wenn sie ihn in Zukunft jede Nacht bei sich haben durfte, erschien ihr das noch zu wenig.

«Komm, kleine Maus. Heute bist du nicht eingeladen, auch wenn du das nicht verstehen kannst.» Sie hob Libby vorsichtig hoch und setzte sie vor die Tür.

Ein prüfender Blick zeigte, dass sich interessanterweise nicht eine Katze im Schlafzimmer befand. Dabei gehörten Coonies doch zu den allerneugierigsten Tieren, die ihren Besitzern keine Privatsphäre gönnten.

Josie schloss die Tür, wofür sie ein empörtes Schnaufen von Libby erntete.

Ashs Miene wirkte hingegen fast verlegen.

«Was ist?», fragte Josie.

Er räusperte sich. «Das war das erste Mal, dass ich eine nackte Frau mit einem Stinktier auf den Armen sah. Der Anblick war nicht ohne Reiz.»

Ah, deshalb hatten seine Wangen an Farbe gewonnen. «Soll ich mit einigen Katzen für dich posieren?», fragte Josie und schlenderte aufreizend langsam zurück zum Bett.

Lust verdunkelte seinen Blick. Ein erneutes Räuspern. «Du brauchst keine Unterstützung. Dein Körper könnte einen Heiligen zu Fall bringen.»

Seine Bewunderung wärmte ihr Herz. «Offenbar leidest du an Liebesblindheit», scherzte sie zärtlich und kletterte zu ihm aufs Bett. «Ich passe auf mich auf, aber sooo perfekt bin ich nicht. Wenn du suchst, findest du schon das eine oder andere Pölsterchen.» Schließlich aß sie viel zu gern.

Er hingegen … er war perfekt, sein durchtrainierter Körper sehnig-athletisch und bedeckt von dieser zarten goldenen Haut, die sie nicht oft genug berühren konnte. Wer auch immer seine Vorfahren waren, die Natur hatte aus ihrem Genmaterial etwas Unvergleichliches erschaffen.

Ohne seine Narben wäre er ihr fast zu perfekt erschienen. Interessanterweise entdeckte Josie keine abgeheilten Verletzungen, die sie mit absoluter Sicherheit dem Militärdienst zuordnen konnte. Schussverletzungen schien Ash jedenfalls keine zu haben. Dafür zeigte sein Körper all die Ehrenabzeichen wie Schnitte oder Schürfungen, die auf ein aktives Leben im Freien hindeuteten.

Eine Narbe erweckte ihre Neugier. Sie umschloss seinen Unterarm fast vollständig und erinnerte an zwei Perlenstränge, nur dass jede Perle von einer vertieften, nahezu runden Narbe dargestellt wurde. Der erste Strang begann etwa fünf Zentimeter hinter dem Handgelenk. Der zweite verlief parallel dazu weitere fünf Zentimeter entfernt.

«Darf ich fragen, woher diese stammt?», fragte Josie und folgte einer der Linien mit dem Zeigefinger.

Ash warf einen Blick darauf. «Von einem Alligator. Ein Wilderer hatte das junge Weibchen in einer Falle aus mehreren Schlingen gefangen, diese aber offenbar vergessen. Sie war völlig entkräftet und hatte einen Vorderfuß verloren, als ich sie fand.»

«Hast du sie befreit?», fragte Josie atemlos.

«Ja, und zu einem Gehege gebracht, wo ich sie gesund pflegen konnte. Ohne meine Hilfe hatte sie keine Überlebenschance. Mit ihrem abgetrennten Fuß war es ein Wunder, dass noch kein Artgenosse das Blut gerochen und leichte Beute gemacht hatte.»

«Wann hat sie dich gebissen?» Ashs Erklärung machte offensichtlich, was Josie sah — die Punktierungen zweier Zahnreihen.

«Als ich sie zum Gehege tragen wollte. Ich war noch jung und sie fast so lang, wie ich groß. Selbst halb tot verfügen diese Tiere über gewaltige Kraft.»

Josie streichelte zärtlich die Narben. Es passte zu ihm, dass er einem Tier half. Betty hatte ihr erzählt, wie sehr er es gehasst hatte, den Elch zu erschießen.

«Irgendwie unfair, dass sie dir deine Hilfe so vergolten hat.»

Ashs Blick traf Josie. Etwa Dunkles, Wildes lag darin. «Sie hat sich später bedankt, mehr als ich es jemals erwarten durfte.»

Ein weiteres Thema, bei dem sie besser wartete, bis er ihr von sich aus davon erzählte.

«Das freut mich», sagte Josie und kletterte über ihn. «Nun aber zurück zum eigentlichen Gesprächsthema. Es scheint, als hätte ich mich ablenken lassen. Wo waren wir stehen geblieben?»

Ash schenkte ihr sein überaus freches, sinnliches Lächeln, das sie erst an diesem Abend kennengelernt hatte und pure Lust durch ihre Adern rasen ließ. Seine Hände legten sich auf ihre Hüften.

«Ich weiß nicht mehr. Vielleicht könntest du meine Erinnerung auffrischen.»

20

Am folgenden Tag traf Betty kurz vor Mittag mit Harold ein. Den ersten Stopp hatten sie auf dem Parkplatz der Feuerwache von Lake Coon gemacht, damit Mickey und Dash ihren Chef begrüßen konnten.

Nach einem kurzen Anruf bei Ash ging es von da weiter zur Wache in Dancing Coons, wo auch Josie und Libby warteten. Sie hatte den kleinen Skunk in ein Geschirr mit Leine gesteckt, beides ebenso pink wie das mit Strass besetzte Halsband, das Libby als Haustier auswies.

Harold, der auf Bettys Befehl im Pick-up sitzen bleiben musste, grummelte. «Was für ein Aufwand! Als ob ich mir etwas daraus machen würde. Gib's zu. Sobald er wusste, dass wir unterwegs sind, hat Ash dich angerufen.»

«Aber klar doch», sagte Josie und grinste.

«Und dann erst dieses Tier. Es platzt fast vor Freude», beklagte sich Harold, dabei erwiderte er Libbys lautstarke Zuneigungsbekundungen ebenso begeistert, nur stiller.

«Wir haben dich halt alle vermisst», meinte Ash, der hinter der Beifahrertür am Pick-up lehnte. Josie fand, dass er heute besonders gut aussah. Vielleicht lag es an den strahlenden Augen … oder dem Lächeln, das seine Mundwinkel umspielte.

Sie schaute sich nach Blaze um. Der stand einige Meter hinter ihr. Sein besorgter Blick ruhte auf dem Skunk.

«Libby ist zahm», erklärte ihm Josie.

«Das vielleicht schon, aber sie hat ihre Stinkdrüsen noch, oder?»

«Ja.»

«Dann bleibe ich genau hier stehen. Die Viecher hassen mich.»

«Wie viele Male hat er sich während meiner Abwesenheit die Reinigungslösung ins Gesicht gesprüht?», fragte Harold.

«Was in Dancing Coons geschieht, bleibt in Dancing Coons», erwiderte Ash. «Gönn dem Jungen einen Neustart.»

Harold grummelte. «Wie freundlich. Überhaupt seht ihr alle sehr glücklich aus. Josie und Ash, was habt ihr getrieben?»

Josie war überzeugt, dass Harold sich nichts bei der Bemerkung dachte und vor allem versuchte, von seiner eigenen Rührung abzulenken. Dieses Mal traf er jedoch ins Schwarze.

Aufmerksam geworden, wechselte Bettys Blick mehrmals von Josie zu Ash und zurück. «Du hast recht, Harold. Die beiden grinsen wie Honigkuchenpferde. Was habt ihr angestellt? Oh!»

«Was heißt hier ‹Oh!›?», fragte Harold und kam gleich darauf zu seiner eigenen Schlussfolgerung. «Das glaube ich jetzt aber nicht. Josie! Du kennst den Jungen doch kaum.»

«Memo an Harold. Dafür braucht man sich nicht besonders gut zu kennen», neckte Betty ihren Onkel.

Ash nahm das Geplänkel gelassen hin, was Josie freute. Ein Seitenblick zu Blaze zeigte, dass der junge Mann sie aufmerksam musterte.

«Gebt Frieden, ihr zwei», bat sie. «Bevor ihr uns verlegen macht. So einfach ist es nicht, wenn der gesamte Ort einen mit Argusaugen beobachtet.»

«Das ist klar», bestätigte Harold. «Hör mal, Ash, wie machen wir das? Morgen kommt mein überbesorgter Neffe, um für vier Wochen Kindermädchen zu spielen. Das ist zwar lieb gemeint, aber ich halte es nicht die ganze Zeit zu Hause mit ihm aus, sonst drehe ich ihm den Kragen um.»

«Was sagt denn der Arzt?»

«Dass er mich so lange krankschreibt, wie ich es für richtig empfinde. Dass ich noch etwa eine Woche an Krücken gehen muss. Danach kann die Kraft im Knie weiter aufgebaut werden. Auf Einsätze soll ich bis auf Weiteres verzichten.»

«Und wie stellst du es dir vor?»

Harold schaute finster drein. «So schwer es mir auch fällt. Ich möchte, dass die Verletzung vollständig ausheilt und ich irgendwann wieder richtig arbeiten kann. Das vor der Operation war kein Zustand. Also vorerst keine Einsätze.»

«Tagsüber Telefondienst zu machen und das Administrative zu erledigen, könntest du dir vorstellen?»

Josie hätte Ash am liebsten umarmt. Er verstand genau, wie er mit Harold umgehen musste, damit jener sich nicht nutzlos fühlte.

«Klar.»

Ash zögerte. Wahrscheinlich dachte er ans Fundraising. Das war die Gelegenheit, den Fire Chief deswegen zu fragen.

«Raus damit!», grollte Harold.

«Sheriff Mike hat mir ans Herz gelegt, dass die berufliche Feuerwehr mehr Einsatzfahrzeuge braucht und vorgeschlagen, dass wir uns die nötigen Mittel über Fundraising besorgen. Wie stehst du dazu?»

Harold zischte genervt, beruhigte sich aber erstaunlich rasch. «Was fragst du mich? Er hat recht und du hast ja sicher bereits alles aufgegleist.»

«Nein», erwiderte Ash schlicht. «Das ist nichts, was ich über den Kopf des Chiefs entscheiden würde.»

Harold stutzte und sandte ihm dann einen einschätzend-anerkennenden Blick. «Das wäre tatsächlich etwas, worauf ich mich während der Zeit am Schreibtisch fokussieren könnte, damit ich nicht vor Langeweile sterbe. Der Herbst ist die beste Jahreszeit dafür. Gern mache ich es nicht. Klinken putzen, selbst telefonisch, ist nicht so meins. Wobei ich es bisher hauptsächlich wegen des horrenden Aufwands vernachlässigt habe. Bevor du hierher kamst, Ash, fehlte mir schlicht die Zeit.»

«Ich könnte dir helfen», bot Josie ihm an. «Bisher haben wir bei solchen Anlässen meist Kunst versteigert, was sehr gut funktionierte.

Wenn ich Mas Kontakte in der Künstlergemeinschaft nutze, kann ich vielleicht einige schöne Stücke auftreiben. Und ich könnte dir das Werbematerial und eventuell auch eine Homepage erstellen.»

«Das klingt gut», bestätigte Harold. «Vor allem habe ich dadurch etwas von dir, bevor der Junge hier dich völlig in Beschlag nimmt. Du hast ja nur noch Augen für ihn. Ich weiß gar nicht, wie ich das vor Bettys Bemerkung übersehen konnte.»

Josies Wangen wurden warm. «So schlimm ist es auch wieder nicht», wiegelte sie ab.

Betty lachte. «Oh doch, ist es. Da sind zwei total verliebt.»

Harold ließ sich von ihrer Heiterkeit nicht ablenken. Nachdenklich rieb er sich das Kinn. «Die Wache ist eng und kein guter Ort für Krücken. Ich schlage deshalb vor, dass ich noch eine Woche zu Hause bleibe, bis ich die Dinger in die Ecke stellen kann. Damit ist hoffentlich auch Ben zufrieden. Während der Zeit versuche ich das Fundraising aufzugleisen.»

«Vielleicht würde dir Miss Florence helfen, wenn du sie darum bittest. So für die schwierigeren Fälle», schlug Ash vor. «Sie kam mir ziemlich unerschrocken vor.»

«Das ist sie. Und das könnte tatsächlich etwas sein. Hat Mike ihre Verpflichtung heute wie geplant bekannt gegeben?»

«Oh ja», bestätigte Betty. «Und die Neuigkeit hat sich mit Lichtgeschwindigkeit in Coon County verbreitet. Selbst die Bewerber, denen Dad absagen musste, hatten Verständnis. Alle waren lokal und sahen ein, dass sie gegen Miss Flos Wissen nicht ankamen. Heute Abend beginnt ihre erste Schicht.»

Josie freute sich über diese Neuigkeit. Das bedeutete, dass Ash einen richtigen Feierabend hatte — insofern kein Notfall eintrat.

Kaum zu glauben, wie rasch sich alles gefügt hatte. Aber so passierte es oft, wenn man ein Problem vor sich her schob. Irgendwann war die Zeit reif und die Chance, die es im Jahr zuvor noch gar nicht gegeben hatte, wartete darauf, dass jemand sie ergriff.

«Du wirkst müde, Harold», stellte Ash fest. «Soll Betty dich jetzt nach Hause fahren?»

«Ja, gerne», bestätigte er. «Das Krankenhaus hat mir offenbar mehr geschadet als geholfen. Eine Autofahrt und zwei kurze Stopps. Wie kann man danach so müde sein?»

Betty lächelte liebevoll. «Weil du noch nicht wieder vollständig gesund bist. Aber bald. Jetzt gib mir bitte Libby. Dein kleiner Liebling bleibt heute Nacht bei Josie und Ash. Wenn Ben morgen da ist, könnt ihr unter euch abmachen, wo sie bis auf Weiteres leben soll.»

Das Stinktier wirkte nicht glücklich, als Betty sie an Josie weiterreichte, fügte sich aber.

Bald waren Harold und Betty weg.

«Ich gehe dann auch wieder», wandte sich Josie an Ash und gab ihm nach kurzem Zögern einen Kuss. «Bis später.»

Als sie in ihren Suzuki-Jeep stieg, hörte sie Blaze andächtig fragen: «Ihr seid echt zusammen?»

«Ja», lautete Ashs einzige Antwort.

Für Josie fühlte sie sich unglaublich gut an.

ALS JOSIE bei sich zu Hause ankam, brachte sie Libby ins Haus und befreite das Stinktier von Leine und Geschirr. Danach überlegte sie mit einem nachdenklichen Blick aus dem Fenster, wie sie den restlichen Tag gestalten wollte. Sie hatte alle fälligen Designarbeiten erledigt, der Haushalt war gemacht und die Katzenschar bis zum Abend versorgt. So konnte sie frei entscheiden.

Josie beschloss, den Garten fertig aufzuräumen und wintersicher zu machen. Das Wetter ließ ahnen, dass der lange angekündigte Sturm unmittelbar bevorstand. Zwar zeigte sich der Himmel bewölkt, aber die Luft war viel zu warm für die Jahreszeit. Josie fühlte auch hin und wieder Schwindel. Nichts Ungewöhnliches für jemandem mit tiefem Blutdruck. Doch kam das nicht mehr so häufig vor, seit sie erwachsen war.

Leider konnte sie nur raten, welche Art von Unwetter genau kam. Über die Jahre hatte es alles gegeben, sogar Tornados, die sich im

Herbst lange außerhalb ihrer Saison befanden und deren normale Schneise der Verwüstung weiter südlich endete.

Sintflutartige Regenfälle, vorangepeitscht von Sturmwinden, kamen häufig vor, aber auch heftige Schneestürme. Letztere bereiteten allen am meisten Mühe, weil der Schnee um diese Jahreszeit schwer und feucht war und noch nicht alle Bäume ihr Laub verloren hatten.

Als Erstes montierte Josie die stabilen Hauben über die Beete mit dem Wintergemüse und sicherte sie mit Riegeln. Danach trug sie all die lose Garteninfrastruktur wie Gießkannen, Wasserschläuche, Pflanzenstützen, Werkzeug und leere Töpfe in den Geräteschuppen.

Bei ihrer Mutter hatte der Garten zu jeder Jahreszeit ordentlich ausgesehen. War Josie am Werk, sammelte sich das Material über den Sommer an verschiedenen Stellen wie Treibholz.

Für sie war es einfacher, das Nötige aus jenen Deponien herauszusuchen, statt jedes Mal zum Geräteschuppen zu gehen.

‹Chaosgärtnern› hatte ihre Ma das System mit liebevollem Spott genannt.

Die blutjunge Postbotin, Mandy Stevens, fuhr in ihrem Golfwagen vor. Sobald der Schnee dann liegen blieb, würde sie auf ein Schneemobil mit Anhänger wechseln.

«Hey, Josie!», rief sie mit einem fröhlichen Winken. «Du hast keine Post, dafür aber dein Mieter. Soll ich sie dir geben? Wie ich hörte, habt ihr kein reines Geschäftsarrangement mehr.»

Josie spürte, wie ihre Wangen sich röteten. «Ja, gerne. Ich lege sie ihm hin.» Sie zog den Gartenhandschuh aus und nahm die Briefe entgegen.

«Ich habe ganz schön gestaunt, als ich die Anschrift las. Davon haben wir nicht allzu viele in Dancing Coons.»

Was meinte sie? Josie schaute auf das Sichtfenster des obersten Briefs.

Dr. Asher Blake.

«Du wusstest es nicht?», deutete Mandy Josies Miene.

«Nein.»

«Ganz schön verrückt für einen Feuerwehrmann, oder? Die haben ja sonst eher Muckis statt Hirn.»

«Bist du da nicht ziemlich unfair?» Im letzten Moment schaffte es Josie, sich eine deutlich unfreundlichere Erwiderung zu verbeißen. Wenn sie eins hasste, dann Vorurteile.

«Äh, ich weiß nicht. Bin ich das?»

Nun war Josie froh, dass sie anständig reagiert hatte. Mandy war keine Leuchte und Nachdenken gehörte nicht zu ihren Stärken, doch verhielt sie sich nie absichtlich gemein.

«Nun ja, Brandbekämpfung ist eine Wissenschaft für sich und Brandinspektoren müssen einiges über Chemie und Physik wissen.»

«Oh, das stimmt. Wie blöd von mir. Ich muss gestehen, ich dachte vor allem an Blaze. Es ist supersüß, aber in der Schule hatte er stets schlechtere Noten als ich.»

Mandys nervöses Lachen gab Josie alle Informationen, die sie benötigte. Da hatte sich jemand verguckt. Sie konnte nur hoffen, dass Mandy Geruchssinn nicht allzu ausgeprägt war. Mit Blazes Tendenz zu Stinktierunfällen gab sie dieser Liebe sonst geringe Erfolgschancen.

«Ich muss weiter. Hab ein schönes Halloween, falls wir uns morgen nicht sehen. Vergibst du die Süßigkeiten persönlich oder hältst du es wie deine Mutter?»

Josies Ma hatte nie an der Türe Süßigkeiten verteilt, weil das dauernde Geklingel für die Katzen, insbesondere für tragende oder säugende Mütter, großen Stress bedeutet hätte.

«Ich mach's wie Ma und stelle die Kürbislaterne und den Topf mit den Süßigkeiten vorne an der Einfahrt auf. Das hat all die Jahre problemlos geklappt.»

«Das stimmt. Und als Kind liebte ich es, weil ich mir da die eine oder andere Süßigkeit mehr nehmen konnte. Na dann, bis bald.» Winkend fuhr Mandy davon.

Josie trug Ashs Post ins Haus und legte sie auf die Kommode im Eingangsbereich.

Die Neuigkeit schien sie stärker überrascht zu haben, als zuerst angenommen, denn es fiel ihr nicht leicht, die Arbeiten im Garten fertigzustellen und dabei nichts zu vergessen. Als sie das Werkzeug wegräumte, dämmerte es bereits.

Dabei war es so still, dass sie von Weitem das Grollen des Chief-1-Trucks hörte.

Ihr Herz schlug schneller.

Kurz darauf fuhr Ash in die Einfahrt.

Er verriegelte die Türen des Trucks, kam zu Josie und umarmte sie. «Guten Abend, Miss Comeaux. Der Fleck Erde auf der Nasenspitze steht Ihnen ganz bezaubernd», sagte er mit einem verliebten Lächeln.

«Guten Abend, Dr. Blake», erwiderte Josie. «Sie sind ein Mann voller Geheimnisse.»

Ihre Worte trugen ihr einen wachsamen Blick ein. «Wie …?»

«Mandy hat mir deine Post gegeben.»

Er zog eine Braue hoch und sah dabei verflixt gut aus. Josie musste das gar nicht erst probieren. Das gab nur eine Grimasse.

«Mandy wie in Joshs Kuh, die ihre Kälber immer auf der Landstraße zur Welt bringt?»

Damit brachte er Josie zum Lachen. «Nein. Mandy wie in unsere junge Postbotin, die offenbar in Blaze verschossen ist.»

Er starrte ins Leere und schien sich an etwas zu erinnern. «Ich glaube, ich weiß, wen du meinst. Sie fährt eine Art Golfwagen.»

«Genau. Aber wir sind abgeschweift. Verrätst du mir, worin du deinen Doktortitel hast?» Wenn Josie ehrlich war, fühlte sie ziemliche Ungeduld mit Ash.

«Biologie. Meine Doktorarbeit schrieb ich über das Territorialverhalten weiblicher Alligatoren in den Sümpfen von Louisiana.»

Das passte.

«Beeindruckend. Hast du mir sonst noch etwas Wichtiges verschwiegen. Gehörst du etwa zum Rockefeller-Clan?» Ihr Tonfall fiel sarkastischer aus als beabsichtigt.

Ashs Miene wurde unleserlich. «Ganz und gar nicht. Meine Familie ist das, was im angeblich stets so höflichen Süden als White Trash bezeichnet wird, also weißer Abschaum. Reichtum hast du keinen zu befürchten.»

Unterdrückte Wut und Schmerz schwangen in der Erklärung mit. Offenbar hatte sie einen Nerv getroffen.

Wie damit umgehen? Das war das erste Mal, das Ash ansatzweise die Beherrschung verlor. Josie hatte von Beginn weg geahnt, dass seine für gewöhnlich heitere Lebenseinstellung eine bewusste Entscheidung war und dass er die Fähigkeit dazu auf die harte Tour erlernt hatte. Darin glich er ihrer Ma.

«Es tut mir leid, wenn ich dir mit meiner Frage zu nahe getreten bin», sagte sie ruhig und versuchte, ob sie Ash die Hand auf die Brust legen durfte. Dabei vergaß sie glatt, den Gartenhandschuh auszuziehen.

«Oh, entschuldige.» Rasch biss sie in einen Finger des Handschuhs — und somit in die Überreste von Dreck und Erde — und zog ihn sich so aus. Danach spuckte sie. «Was ist nur los mit mir? Weshalb gelingt es mir nicht, mich wie ein normaler Mensch zu entschuldigen!»

Erleichtert hörte sie, wie Ash leise lachte. «Ich find's süß. Und meine Tetanusimpfung ist ziemlich neu. Falls du mich also küssen möchtest, habe ich kein Problem damit.»

«Das ist lieb, aber ich glaube, ich gehe rasch den Mund spülen. Da war noch ziemlich viel Dreck am Handschuh.»

Auf dem Weg nach drinnen zeigte sie auf Ashs wartende Post.

Im Bad nutzte sie die Gelegenheit, sich präsentabel zu machen. Egal, was Ash sagt, der Tupfen Erde auf der Nase stand ihr nicht und zudem hatte sie sich Lehm auf die Wange geschmiert, nicht unähnlich einer Kriegsbemalung. Manche Dinge aus der Kindheit blieben einem ein Leben lang.

Zum Glück hatte sie vor ihrem Gartenabenteuer daran gedacht, sich hübsche Kleidung bereitzulegen — eine alte Jeans, deren normal entstandene Löcher wie designt wirkten und eine Hippiebluse, die sie jünger wirken ließ, als sie war.

Josie löste den Knoten in ihrem Haar und lockerte die Strähnen auf, bis sie ihr als goldene Mähne um die Schultern fielen. Schon besser. Hoffentlich gefiel sie Ash so.

Als sie aus dem Bad zurückkehrte, fand sie ihn im Wohnzimmer auf dem Boden sitzend vor, während er seine Post öffnete und las. Josie freute sich zu sehen, dass Sapphire sich den Platz auf seinem Schoß gesichert hatte. Alle Anzeichen deuteten darauf hin, dass die Beziehung zwischen den beiden fast wieder in Ordnung war.

Rund um Ash herum saß eine aufmerksame Katzenschar, die ihn beobachtete. Er überließ den Tieren die leeren Briefumschläge zum Tätzeln, eine Spielmöglichkeit, die mehrere Coonies gerne nutzten.

Libby testete derweil, ob auf Ashs Schoß ein zweites Tier Platz fand. Da Ash im Schneidersitz saß und Sapphire nicht besonders groß war, blieb ein Bein teilweise frei. Tatsächlich rangierte sich das Stinktier elegant ein, ohne den Kater zu stören.

«Darf ich ein Foto von euch machen?», fragte Josie und hob ihr Smartphone.

«Klar.» Ash strahlte für sie in die Kamera.

Josie wusste im Moment, als sie abdrückte, dass sie dieses Foto zehnfach sichern würde, um es nicht zu verlieren.

«Ich habe Hackbraten im Slow Cooker zubereitet und die Kartoffeln und das Gemüse gleich in der Soße gekocht. Falls du möchtest, können wir bald essen. Zuerst müssen wir allerdings noch alle Katzen inklusive der Kittenschar füttern. Ich habe heute die Zeit im Garten unterschätzt.»

«Ich helfe dir gerne.» Ash hob Libby und Sapphire auf die Arme und stand auf, ohne sich abzustützen.

Josie staunte und wunderte sich, was dieser geschickte Mann an ihr fand. Aber sie wollte nicht klagen.

Ash folgte ihr in die Küche und legte Sapphire und Libby nebeneinander auf den Tisch. Die beiden schnauften und drehten sich ein paar Mal, dann schliefen sie ineinander verschlungen weiter.

Ash nahm Josies Hände. Seine Daumen streichelten ihre Haut und verursachten Josie Gänsehaut.

«Nun, da sich meine berufliche Lage durch Harolds Rückkehr zu normalisieren beginnt, müssen wir unsere Beziehung neu verhandeln, insbesondere wie oft wir uns sehen und wann du deine Ruhe haben möchtest. Und du musst mich auch kochen lassen. Statt selbst etwas zuzubereiten, könnten wir vielleicht hin und wieder ausgehen. Machst du das gerne?»

Das waren eine ganze Menge Themen und Fragen aufs Mal. Josie nickte zum Wohnzimmer ihn. «Bevor ich darauf antworte, war etwas Wichtiges in der Post? Falls ja, solltest du es retten, bevor die Coonies es zerzupfen.»

Ash grinste schelmisch. «Ein Brief war wichtig. Den habe ich aber in die Gesäßtasche gesteckt. Eine Lektion, die mich Sapphire vor Langem gelehrt hat.»

Ach ja. Sie vergaß manchmal, dass er ein Katzenprofi war.

«Dann lass mich mal überlegen. Ich bin sehr häuslich, das war schon immer so. Das ist mein Gegengewicht zu der Zeit, die ich in der Natur verbringe. Deine Gegenwart stört mich überhaupt nicht. Ich finde es schön, dass du da bist, und es ist nicht nötig, dass wir uns künstlich auftrennen. Wir müssten in dem Zusammenhang sicher auch schauen, wie oft *du* allein sein möchtest. Konfliktpotenzial sehe ich bei meiner Arbeit. Wenn ich designe, brauche ich ein Umfeld, in dem ich die Gedanken schweifen lassen kann und mich selbst denken höre. Obwohl wir uns bestens verstanden und kannten, musste ich das selbst mit Ma ausdiskutieren.»

Josie hielt inne und überlegte. «Was war noch? Ach ja, dass du kochst oder wir gemeinsam ausgehen. Du darfst mich sehr gerne bekochen. Du musst einfach damit rechnen, dass meine Pölsterchen dann mehr werden, weil ich so gerne esse. Und ausgehen? Bitte vermeide Restaurants, in denen weiß gedeckt wird, wenn du keine Slapstickeinlagen willst. Diese blöden Tischtücher sind meine persönliche Nemesis. Ich mag einfache, ehrliche Gastfreundschaft. Dann ja.»

Waren das zu viele Informationen gewesen?

Ash lachte jedenfalls, zog sie an sich und drehte nach einem prüfenden Blick auf den umliegenden Boden eine Pirouette mit ihr. Sogar in so einem Moment achtete er darauf, nicht auf ein Tier zu treten.

«Josephine Comeaux, ich liebe es, dass du so viel nachdenkst! Es gibt Leute, die stürzen sich Hals über Kopf ins Abenteuer. Und dann gibt es Geeks wie uns, die sich über alles erst einmal Gedanken machen. Ich bin so dankbar, dass ich dich kennen gelernt habe.»

Er küsste sie voller Überschwang.

Josie vergaß, was sie sagen wollte. Als sie schließlich voneinander ließen, um Luft zu holen, brauchte sie lange Momente, bis sie den Faden wieder fand.

«Dieses Kompliment kann ich erwidern. Ich bin unendlich froh, dass das Schicksal dich nach Dancing Coons geführt hat. Ich hatte mich schon darauf eingestellt, mein Leben hier allein zu verbringen. Ich liebe diesen Ort mit seinen tollen Menschen, aber die Männer haben einige wenige klar definierte Interessen und sind in Liebesdingen eher nüchtern veranlagt. Ein guter Kumpel als Partner wäre mir zu wenig.»

Ash ließ seine Fingerspitzen über ihre Wange gleiten. «Dieser Mann hier ist über beide Ohren in dich verliebt und weiße Tischtücher können mir gestohlen bleiben.»

Nun musste Josie lachen. «Dann ist ja gut. Ich liebe dich nämlich auch, Dr. Blake.»

Ash verdrehte die Augen. «Bekomme ich das noch lange zu hören?»

«Nur dein ganzes Leben.»

«Dann lass uns das Katzenrudel füttern und danach zu Abend essen. Mit deinem wunderbaren Essen im Magen kann ich mich allem stellen.»

21

Am Morgen des 31. Oktobers erwachte Ash von einem kurzen Hupkonzert vor dem Haus. Er schnellte aus dem Bett hoch. Diese Hupe hätte er überall erkannt.

«Was'n los?», fragte Josie und tauchte aus den Tiefen des Kopfkissens auf. Offenbar hatte der Lärm sie aus dem Tiefschlaf gerissen.

Ash war versucht, sie als Scherz zu fragen, was zwei und zwei ergab, und tippte auf ein «Hä?!» als Antwort. Doch er wollte sie nicht ärgern. Sie hatten erst früh am Morgen Schlaf gefunden. Er warf einen Blick auf den Wecker. Um etwas präziser zu sein, vor knapp drei Stunden.

«Ben ist da. Ich geh raus zu ihm. Schlaf du ruhig weiter.»

Ash suchte seine auf dem Schlafzimmerboden verstreuten Kleider zusammen und streifte sie über. Die Socken fand er nicht. Barfuß musste reichen.

Mit fliegenden Füßen eilte er die Treppe hinab. Zwei Katzen, die auf den tieferen Stufen geschlummert hatten, hetzten erschreckt davon. Weitere musterten ihn aus großen Augen.

Im gläsernen Windfang überprüfte er kurz, dass kein Tier ihm gefolgt war, bevor er den Zugang schließen konnte, und riss dann die

Haustür auf. Tatsächlich! Da stand sein Truck. Und neben der offenen Fahrertür — Ben.

«Ha, erwischt!», rief Ben und zeigte anklagend auf ihn.

«Hey, Fremder! So schön, dich zu sehen», sagte Ash. Er trat zu Ben und umarmte ihn.

Ben erwiderte die Umarmung.

«Hey, Black Widow. Ist barfuß ein neuer Trend hier in Dancing Coons? Du wirst dir den Tod holen.»

«Ach was, wir haben schon Schlimmeres überlebt. Wie geht es dir? Hattest du eine gute Fahrt?»

«Die Fahrt war gut. Den Rest frag lieber nicht.»

Ash hatte Ben noch nie so niedergeschlagen und matt erlebt. Sein Freund war normalerweise leicht überdreht und besaß blitzende Augen und ein ebenso strahlendes Lachen. Nichts davon war im Moment zu erkennen.

«Hey, Josie!», rief Ben.

Ash wandte sich um und musste unwillkürlich lächeln. Josie war barfuß wie er, trug ihren Pyjama und hatte sich in eine hellblaue Kuscheldecke gewickelt.

Auf den ersten Blick sah sie aus wie zehn.

Sie kam zu Ben und küsste ihn auf die Wange.

«An dem Barfußtrend scheint was dran zu sein», scherzte Ben. «Darf man noch Schuhe anhaben oder muss ich meine ausziehen?»

«Erst im Windfang», sagte Josie. «Wirst du bei Harold gleich erwartet oder hast du Zeit für einen Kaffee?»

«Ich sollte Zeit haben. Es gab wenig Verkehr. So bin ich früher hier, als geplant.» Ben zückte sein Smartphone und rief eine Nummer auf. «Lass mich rasch Betty fragen, wann sie zum Dienst muss.»

«Wo steckst du Herumtreiber?», hörten alle Bettys Stimme. «Bitte sag mir, dass du keinen Elch umgefahren hast.»

«Was denkst du von mir, Cousinchen?», gab Ben zurück. «Ich bin gerade bei Josie und Ash angekommen. Kann ich auf einen Kaffee bleiben, oder muss ich dich ablösen?»

«Du kannst bleiben», sagte Betty. «Wenn du kurz vor Mittag hier auftauchst, ist das okay für mich. Danach muss ich zum Dienst. An Halloween weiß man nie, auf welche Ideen die Deppen in Coon County kommen.»

«Geht klar. Bis dann.»

Ben beendete die Verbindung.

Ash bemerkte, dass Josie von einem Fuß auf den anderen hüpfte. Offenbar war ihr kalt. «Lasst uns reingehen», schlug er vor. «Libby ist übrigens bei uns, Ben. Wie ich hörte, ist sie dein Liebling.»

Bei Libbys Namen hellte sich Bens Gesicht auf. «Mein kleines Mädchen ist bei dir? Dann lass uns schnell reingehen. Ich habe sie vermisst.»

Kaum stand Ben im Wohnzimmer, ging ein unglaubliches Geräuschkonzert los. Libby platzte fast vor Freude, führte dabei einen Tanz voller Verrenkungen auf und gab die verrücktesten Laute von sich — eine Mischung aus Knurren, Quieken, Pfeifen, Zirpen und einem Laut, der wie das hämische Lachen einer Hyäne klang.

«Da sind offenbar Software und Hardware kaputt», sagte Ash, nachdem Josie und er das Spektakel einige Minuten lang beobachtet hatten.

Ben, der auf dem Boden saß und Libby immer wieder knuddelte, wenn sie nach einem weiteren Freudentanz zu ihm kam, lachte. «Das ist Freude auf Stinktierart. Sie wird sich bald beruhigen.»

Tatsächlich brauchten sie fast eine halbe Stunde bis in die Küche. Josie stahl sich einige Minuten, um sich anzuziehen.

Ash kochte Kaffee.

Er goss zwei Fingerbreit in eine Tasse und reichte sie Ben. Der stürzte den brühend heißen Inhalt in einem Zug runter, schüttelte den Kopf und stieß ein zufriedenes Seufzen aus. «So liebe ich Kaffee, stark genug, dass er dir beim Trinken links und rechts eine Ohrfeige gibt.»

Auf Josies fragenden Blick erklärte Ash: «Ich habe den Kaffee so gekocht, wie Ben ihn liebt. Also extra stark und mit Warnhinweis. Soll ich dir einen Milchkaffee daraus machen?»

«Ja, bitte.»

Josie kostete das Ergebnis vorsichtig. «Oh, das schmeckt», sagte sie erstaunt. «Nach deiner Eröffnung hätte ich nicht gedacht, dass ich das trinken kann. Für mich sind Kaffee und Abbeizmittel zwei verschiedene Getränke.»

Ben lachte. «Gott, tut das gut, hier zu sein. Washington ist nicht meine Stadt und wird es nie sein.»

Libby, die sich inzwischen beruhigt hatte und auf seinem Schoß saß, legte Ben eine Pfote auf den Bauch. «Ja, mein kleiner Engel. Ich bleibe für eine Weile. So rasch wirst du mich nicht wieder los.»

«Musst du wirklich in Washington wohnen?», fragte Josie leise. «Eine Karriere ist letztendlich nicht mehr als eine Karriere. Das Leben findet woanders statt.»

Ash wartete darauf, dass Ben widersprach. Sein Freund hatte hart für seine berufliche Laufbahn gekämpft. Sie gegen alle Widerstände vorangetrieben. Inzwischen hatte er erreicht, was er wollte — und wirkte doch völlig unglücklich.

«Ich …» Ben schluckte leer. «Ich habe mir das auch schon überlegt. Um ehrlich zu sein, schon einige Male. Insbesondere seit Ash jenen Job ausübt, in dem er glücklich ist. Mir fällt die Entscheidung schwer und die finanziellen Konsequenzen machen mir Angst. Ich verdiene im Moment sehr, sehr gut.»

Ash wechselte einen raschen Blick mit Josie. Niemand von ihnen sagte etwas. Ben wusste selbst, dass Geld nicht glücklich machte, zumindest nicht die Differenz zwischen einem ordentlichen und einem hohen Verdienst.

Wenn jemand nichts hatte und plötzlich gut verdiente, sah die Sache anders aus. Das war eines der wenigen Szenarien, in denen Geld das Lebensgefühl positiv beeinflusste.

«Wir zwei haben übrigens noch ein Hühnchen miteinander zu rupfen, Hydra. Als du mich hierher geschickt hast, hast du mir missionskritische Informationen verschwiegen.»

Ben verschluckte sich fast an seinem Kaffee, den Ash nachgefüllt hatte. «Was habe ich?», japste er.

«Überlebenswichtige Informationen verschwiegen.»

«Und welche sollen das sein, Black Widow?»

Ash bemerkte, wie Josie bei der Verwendung seines Einsatznamens aufhorchte. Er zeigte auf Libby. Ben hielt das kleine Stinktier inzwischen wie ein Baby in einem Arm. Mit der anderen Hand klammerte er sich an den Kaffee.

«Meine Kleine? Jetzt kapiere ich gar nichts mehr.»

Josie, die zuerst ebenfalls verwirrt dreingeschaut hatte, lachte hell heraus. «Wer erzählt?», fragte sie Ash.

«Mach du mal.»

Sie berichtete Ben haarklein, wie sie Ash auf dem Weg zu seinem ersten Arbeitstag vor Libby, dem furchterregenden Untier, gerettet hatte.

Ben wischte sich vor Lachen die Tränen aus den Augen. «Bist du blind, Mann? Ich habe extra das geschmackloseste Halsband für sie ausgesucht in der Meinung, dass niemand das übersehen kann.»

Ash zuckte grinsend die Schultern. «Ich war eher auf das andere Ende des Tieres fixiert. Und ich stellte mir den Ärger mit meiner damals noch unbekannten Vermieterin vor, sollte ihr Mietobjekt plötzlich wie die Pest stinken. Wie kamst du eigentlich zu deiner Kleinen? Ich bin wahrscheinlich der Einzige in Coon County, der die Geschichte noch nicht kennt.»

Ben hob Libby näher an sein Gesicht und stupste ihre Nase mit seiner an. «Das kleine Mädchen hier hatte Pech. Harolds Katzen zeigten plötzlich ungewöhnliches Interesse an einem Gebüsch im Garten. Als ich nachschaute, fand ich Libby mit einer schweren Verletzung an der Seite. Sie war damals erst ein Jungtier, vielleicht halb so groß wie heute. Die Tierärztin erklärte sich bereit, sie zu operieren. Die Wunde erwies sich jedoch als so gravierend, dass sie Libby gleich kastrieren musste. So konnte die Kleine nicht zurück in die Wildnis. Deshalb blieb sie bei mir.»

Er kraute das Stinktier am Bauch. Libby hob vor Wonne die kurzen Vorderbeinchen und strampelte mit beiden synchron, wobei sie ein wohliges Grunzen ausstieß.

«Die Genesung war nicht einfach. Libby benötigte längere Pflege. Aber sie ließ es zu und wir wurden dicke Freunde. Manchmal denke ich, dass sie das Leben in der Natur gar nicht so sehr vermisst.»

Ash musste über Bens vorsichtige Wortwahl schmunzeln. Der Skunk auf Bens Arm wirkte überaus zufrieden mit ihrer Situation.

Sein Freund seufzte schwer. «Ich finde es traurig, dass ich sie nicht nach Washington mitnehmen kann. Aber hier kann sie draußen herumstromern. Alle Nachbarn kennen sie und da die Straße eine Sackgasse ist, fahren hier alle vernünftig. Nichts davon könnte ich ihr in meinem Stadtapartment bieten.»

Sapphire nutzte diesen Moment, um auf Ashs Schoß zu springen und den Besucher mit seinen strahlend blauen Augen anzublinzeln.

«Hallo, kleiner Mann. Wie ich sehe, bist zu wieder freundlich zu Ash. Das wurde auch höchste Zeit.» Ben hielt Sapphire einen Finger zum Beschnuppern hin.

Der Kater nutzte die Möglichkeit und rieb dann sein Köpfchen daran.

«Also bist du glücklich hier. So wie auch dein Dosenöffner. Ich dachte mir, dass ihr nach Coon County passt. Glaub ja nicht, dass Harold einfach so zustimmte, Black Widow. Ich musste ihm ziemlich die Daumenschrauben anlegen.»

«Wofür ich dir sehr dankbar bin», bestätigte Ash und legte die Hand langsam über Josies, unsicher ob sie die Geste tolerieren würde. Zu seiner Freude schlossen sich ihre Finger um seine.

«Daran muss ich mich erst noch gewöhnen», sagte Ben. «Das ist schon ziemlich verrückt. Und gleichzeitig logisch. Fast schicksalsbestimmt. Kann ich noch mehr von dem Abbeizmittel haben?» Er streckte Ash seine schon wieder leere Tasse hin. «Das sollte mir die Kraft geben, um die kurze Distanz zu Harolds Haus zu überstehen. Übrigens, Ash. Ich weiß nicht, ob du vor lauter Freude darauf geachtet hast. Ich musste die Monsterräder an deinem Truck lassen, weil sie neben deinen Kisten keinen Platz auf dem Pick-up gefunden hätten. Für die kleinen Reifen reichte es gerade noch. Wenn es nicht heute sein muss, kann ich dir helfen, sie zu wechseln.»

Ash krauste die Stirn. Sie hatten die großen Räder vor seiner

Abreise aus Arlington montiert, damit Ben Darks Trailer problemlos zum Standplatz schieben konnte.

Er hatte nicht bemerkt, dass sie noch drauf waren. Ließen seine Fähigkeiten im Beobachten etwa nach? Das wäre schlecht.

«Daran habe ich nicht gedacht. Bitte entschuldige. Ich erstatte dir das Benzin. Mit den großen Rädern säuft er die Hälfte mehr.»

Ben winkte ab. «Vergiss es. Ich schulde dir was dafür, dass ich den Truck borgen durfte. Ich kann dir versichern, niemand außer dir hätte so etwas unmittelbar vor dem Umzug zu einem neuen Job zugelassen. Und Harold wird dir seine Meinung über den Porsche gegeigt haben.»

«Oh ja. Du wirst dasselbe zu hören bekommen. Er weiß, dass das Teil dir gehört.»

«Na toll!», stöhnte Ben. «Wo steht meine Ego-Karre überhaupt?»

«Bei Betty im Schuppen. Ich durfte ihren Truck ausleihen. Jener steht im Moment auf der Wache, weil ich mit Harolds Feuerwehr-Pick-up unterwegs bin. Himmel, ich klinge wie eine alte Frau, die von einem Thema zum nächsten springt!»

Josie machte eine nachlässige Handbewegung. «Das ist hier normal. In Dancing Coons klingen Geschichten immer so.»

Ben warf einen Blick zur Uhr an der Küchenwand. «Musst du gleich zur Arbeit, Ash? Wenn ja, sag es und ich trolle mich.»

«Nein. Die Freiwillige Feuerwehr besetzt die Wache bis sechzehn Uhr. Dann übernehmen Blaze und ich bis morgen früh um acht. Du weißt, wie es an Halloween ist. Es kann alles ganz friedlich ablaufen. Falls jedoch ein Feuerteufel sich regt, verursacht er meist ernste Probleme.»

«Stimmt. Lieber du als ich.»

«Da Betty dir bis Mittag freigegeben hat, möchtest du mit uns frühstücken?», fragte Josie.

Ben zögerte, gab der Versuchung dann aber nach. Sie verbrachten heitere Stunden miteinander, bevor Ben sich verabschiedete.

• • •

Nachdem ihr Freund in Harolds Chief-1-Truck gestiegen und zwei Häuser weitergezogen war, machte sich Ash ans Abladen. Josie bestand darauf, ihm zu helfen.

Sie folgte Ash nach draußen und beobachtete, wie er geübt das Netz löste, das die Ladefläche überspannte.

«Sagst du mir, welche ich nehmen soll?», bat sie. «Und vielleicht sollte sicherheitshalber nichts Explosives oder Zerbrechliches drin sein. Meine Erfolgsbilanz als Umzugshelferin ist nicht blütenrein.»

Ash grinste. «Damit kann ich leben. Darf ich dir die kleinen Räder für den Moment in den Schuppen stellen? Falls es morgen oder übermorgen tatsächlich stürmt, brauchen wir jedes Fahrzeug und in so einer Situation bin ich mit den Monsterdingern besser dran.»

Josie begutachtete den Truck kritisch. «Ja, klar. Nun da du hier in Dancing Coons lebst, wirst du dir allerdings ein neues Vokabular zulegen müssen. Die da gelten bei uns nicht als Monsterräder. Hier sind Monsterräder etwa doppelt so breit und nochmals um die Hälfte höher.»

«Ich nehme das gebührend zur Kenntnis. Wenn ich die kleinen Räder vor dich stelle, könntest du sie an den Platz rollen, wo sie dich am wenigsten stören?»

«Ja, das kriege ich hin. Ich muss auch noch Mas Willis Jeep in den Schuppen stellen, damit er im Sturm nichts abbekommt.»

Ash griff in die Führerkabine und nahm zwei Paar Arbeitshandschuhe heraus. «Hier.» Er reichte ihr das bessere Paar.

Danach hob er die Räder eins nach dem anderen von der Ladefläche und stellte sie nebeneinander auf den Boden, sodass Josie sie leicht wegrollen konnte. Diese Ritterlichkeit war zwar nicht nötig, freute sie aber trotzdem.

«Bitte ruf mich, bevor du sie stapelst. Ich weiß, du bist sehr fähig, aber es gibt keinen Grund, dieses Gewicht allein zu stemmen.»

«Mal sehen», scherzte Josie.

Ihre Bemerkung ließ Ash zögern.

«Im Schuppen befindet sich eine elektrische Winde an einem Stahlträger», erklärte Josie. «Ich nutze sie für alles Unhandliche.»

«Und du versprichst, mich zu rufen, wenn ich helfen kann?»

«Klar.» Josie beugte sich vor und küsste ihn auf die Wange. «Fahr du inzwischen zum Gartenhaus, damit deine Sachen möglichst schnell ins Trockene kommen. Ich wäre allerdings froh, wenn du als Erstes die Katzenklappe verriegeln könntest. Ich habe zwar das Gitter in der Küche vorgeschoben, aber theoretisch könnte sich jemand zuvor in die Röhre geschlichen haben.»

«Mache ich», versprach er ihr.

Bald waren die Räder im Schuppen und Josie nutzte die Seilwinde, um sie liegend zu stapeln. Es ging problemlos und wie stets erfüllte sie die Befriedigung, etwas aus eigener Kraft zu schaffen. Handwerkliches Geschick hing nicht am Y-Gen der Männer. Und selbst die meist geringere Körperkraft der Frauen stellte kein unüberwindliches Hindernis dar. Mit etwas Köpfchen ließ sie sich fast immer kompensieren.

Dann schob sie den Willis Jeep ihrer Mutter in den Schuppen. Diese Fahrzeuge aus dem Zweiten Weltkrieg wurden aufgrund der seither vergangenen Zeit selten und waren entsprechend wertvoll. Eigentlich sollte sie ihn an einen Sammler verkaufen — an jemanden, der den kleinen Jeep schätzte und ihn regelmäßig ausfuhr.

Das würde ihr jedoch kaum gelingen. Es hingen zu viele Erinnerungen dran.

Mit einem Seufzen schloss Josie den Schuppen ab und ging hinüber zum Gartenhaus.

Ash hatte den Truck bereits fertig abgeladen. Nur noch wenige Kartons warteten auf der Veranda darauf, hineingetragen zu werden.

«Das war ein guter Tipp mit der Katzenklappe.»

Ash kam ihr auf Socken entgegen. Sogar während eines Umzugs dachte er daran, die Hygieneregeln zwischen drinnen und draußen einzuhalten. In einer Gegend wie Dancing Coons, wo es gefühlt mehr Matsch als Berge gab, war das wichtig.

Josie zog ihre Stiefel aus, hob eine kleine Kiste hoch und trat ein. Auf der anderen Seite der Klappe erklang ein charakteristisches Kratzen. Keine Katzenkrallen, sondern welche, die sich zum Graben und Scharren eigneten.

«Libby hat dich wirklich ins Herz geschlossen», stellte Josie fest. «Vielleicht ist es dort drin gar nicht mehr so gedrängt, wie ich mal dachte. Mal abgesehen von Ben, hast du uns alle verdrängt.»

Ash sandte ihr einen beunruhigten Blick. «Sag so etwas nicht. Ich habe gar nichts getan.»

Josie stellte die Kiste auf den Küchentisch, ging zu Ash und stahl ihm einen Kuss. «Das weiß ich. Die kleine Dame hat einfach einen sehr guten Geschmack.»

Sie betrachtete die Kistenstapel. «Schaffst du es heute noch, alles auszuräumen?»

«Ich denke schon. Ich möchte wissen, ob meine Sachen die Zeit in Bens Garage gut überstanden haben.»

«Dann zeige ich dir etwas. Kann sein, dass du selbst schon darauf gekommen bist, da es dein Job war zu beobachten.»

Josie ging zum Kleiderschrank im Schlafzimmer. «Darf ich den aufmachen?»

«Nur zu.»

Josie schob Ashs wenige Kleiderbügel zur Seite und stieg auf eine kleine Trittleiter im Schrank. «Wenn du die Decke hier ein oder zwei Zentimeter anhebst, kannst du sie zur Seite schieben.» Sie demonstrierte es. «Links und rechts darüber findest du Regale. Die Jäger unter den Touristen verwenden sie oft für ihre Waffen und Munition. Wanderer verstauen ihre Ruck- und Schlafsäcke darin.»

Sie stieg die Stufen der Trittleiter wieder hinab.

Ash erkundete seinerseits das Versteck. «Das ist toll konstruiert. Ihr habt einfach die Schrankfront bis zur Dachschräge hochgezogen. Das Dreieck dahinter bietet erstaunlich viel Platz.»

«Dann lass ich dich jetzt auspacken. Es ist höchste Zeit, die Halloweendeko aufzustellen.»

«Brauchst du Hilfe dabei?», bot er ihr an.

«Nein, es ist nicht viel und nichts davon schwer. Wenn du hier fertig bist, kannst du sie gern bewundern kommen. Deine Arbeitshandschuhe lege ich dir zurück in den Truck.» Sie wollte sich mit einem Winken verabschieden, überlegte es sich dann anders und holte sich einen weiteren Kuss von Ash.

Seine Arme schlossen sich um sie und aus der kurzen Liebkosung wurde etwas viel Intensiveres.

«So ist es besser», sagte er mit einem liebevollen Grinsen, als er Josie schließlich freigab.

«Nicht dass du mich in der Zeit, die wir getrennt sind, noch vergisst.»

Die Gefahr bestand ganz sicher nicht. Ihr war heiß und etwas schwindelig. Josie hätte ihn am liebsten aufs Bett geschubst und nicht mehr gehen lassen. Aber leider gehörte sie zu den vernünftigen Menschen. Ash würde erst richtig hier leben, wenn er seine Sachen ausgepackt hatte. Und die Halloweendeko stellte sich ungeschickterweise nicht von allein auf. Längerfristig betrachtet, brachte es somit nur Vorteile, wenn sie sich in diesem Moment zügelten.

«Bis gleich», sagte sie.

Die Kiste mit den Dekorationsartikeln wartete auf ihrer Veranda, zusammen mit dem zuckersüßen Schild, das Josies Ma vor langer Zeit gemalt hatte. Josie hatte beides aus dem Schuppen getragen, bevor sie Ashs Räder und den Jeep darin verstaute.

Sie trug einen der kleinen Metalltische, die jahrein jahraus die Haustür flankierten, zum Ende der Einfahrt. Er diente als Podest für das Schild. Darauf stand: «Happy Halloween! Bitte nicht zu laut. Unsere Katzenmütter und Kitten danken.»

Im Zentrum des beleuchteten Bildes leckte eine weiße Maine-Coon-Kätzin auf einem Kissen ihre bunt gemischte Kinderschar. Links und rechts von ihnen saßen zwei geisterhafte schwarze Kater Wache. Farbige Lämpchen ließen ihre Augen rot strahlen.

Über eine Verlängerung schloss Josie das Kabel an den Stromstecker auf der Veranda an und freute sich, als alles funktionierte. Danach beschwerte sie den Fuß des Schildes mit einigen Ziegelsteinen, damit etwaige Windstöße es nicht wegwehen konnten.

Den Jack o' Lantern, in ihrem Fall aus Keramik und mit Kerzenlicht imitierenden LED-Lampen, stellte sie unter den Tisch. Weder ihre Ma noch sie hatten es je geschafft, einen Kürbis zu schnitzen, ohne sich dabei zu verletzen. Nachdem sie es aufgegeben und die Laterne gekauft hatten, konnten sie sich endlich auf das Fest freuen.

Josie steckte blutrote Laternchen über die Lichterkette, die das neugotische Schnitzwerk der Veranda hinterleuchtete. Ihre Ma hatte die Laternen einst mit ihr gebastelt. Sie sahen aus wie unterschiedlich lange Blutstropfen.

Zuletzt kamen mehrere ebenfalls mit LEDs bestückte Totenköpfe auf die Brüstung, von wo aus sie die Besucher mit blutrot leuchtenden Augen anfunkelten.

Als Josie das Ergebnis von der Straße aus betrachtete, war sie zufrieden. Im Vergleich zu anderen Häusern war es wenig Dekoration, aber sie fühlte sich damit wohl.

Ob der Geist ihrer Mutter sie an Halloween besuchen kam?

So schön es wäre, ihre heitere Gegenwart nochmals zu spüren, Josie hoffte, dass sie ins Licht gegangen war — zu ihrem Mann, den sie ein Leben lang schmerzlich vermisst hatte.

«Wow, ist das hübsch», sagte Ash plötzlich neben ihr. «Wirst du vorne an der Einfahrt stehen und Süßigkeiten verteilen?»

«Eher nicht. Dieses Jahr ist es nicht so ein Problem, weil alle Kitten aus dem Gröbsten raus sind. Trotzdem werde ich mit dem Babyfon in der Hand vor der Haustür sitzen und den Trick-or-Treatern zuwinken. So kann ich im Notfall rasch eingreifen. Wahrscheinlich in Gesellschaft von Luzi. Er hört ja nichts oder kaum etwas, deshalb macht ihm der Lärm keine Angst. Und er liebt es, die Leute zu beobachten.»

Plötzlich erklang hektisches Geflatter über ihnen. Ash schaute in die Baumkronen hoch. Josie folgte seinem Blick.

Ihr Herzschlag beschleunigte sich. Dieses Mal vor Beunruhigung. «Uh uh, das sind Blauhäher und Schwarzkopfmeisen. Und dort vorne über Harolds Haus sehe ich eine große Gruppe Rabenkrähen. Wenn sie in derart großen Schwärmen in Dancing Coons auftauchen, kann das nur eins bedeuten.»

Ashs Gesicht wurde hart. «Dass der Sturm kommt. Blaze hatte also recht.»

«Blaze ist keine Leuchte, aber in solchen Dingen irrt er sich nie.»

«Die Äste beginnen im Wind zu tanzen. Kannst du einschätzen, wann es losgeht?»

«Nein. Frag besser Blaze. Es gibt allerdings eine letzte Warnung, die bisher noch jedes Mal kam: Alle Geräusche der Natur verstummen und es wird totenstill. Dann weißt du, dass der Sturm unmittelbar bevorsteht.»

Josie sah ihm an, dass er sich große Sorgen machte. «Die Leute hier in der Gegend sind nicht blöd, Ash. Jedenfalls nicht in dem Sinn, dass sie die Anzeichen der Natur ignorieren. Ich vermute, dass ich heute Abend alle Kinder in Begleitung eines Erwachsenen sehen werde.»

«Dann habt ihr während dieser Stürme noch nie jemanden verloren?»

«Doch schon. Aber es sind nicht die normalen Einwohner, sondern die Einsatzkräfte, die am meisten gefährdet sind. Eins der Opfer war dein Vorgänger. Er war vor zwei Jahren während des Sturms in seinem Truck unterwegs, um eine auf der Straße nach Lake Coon gestrandete Familie zu retten. Ein entwurzelter Baum fiel genau auf das Führerhaus.» Josie wurde das Herz schwer, als sie sich an den traurigen Vorfall erinnerte.

Ash wirkte überrascht. «Niemand hat das mir gegenüber erwähnt. Normalerweise werden einem solche Geschichten am ersten Arbeitstag brühwarm erzählt.»

«Schon, aber wie du selbst bemerkt hast, ist Tratsch bei uns kaum je bösartig. Und alle sahen, wie sehr Harold unter dem Unglück litt und sich danach fast zu Tode schuftete. Die meisten von uns hätten dir deshalb eher einen roten Teppich ausgelegt, wenn das nicht zu sehr aufgefallen wäre, als dich mit Horrorgeschichten zu verängstigen.»

Ash nickte nachdenklich. «Ich muss bald zum Dienst antreten. Hast du alles sturmsicher gemacht oder kann ich dir noch bei etwas helfen?»

Josie musterte ihr Anwesen. «Ich glaube, ich werde noch um die beiden Häuser herumgehen und alle Fensterläden im Erdgeschoss schließen. Das kann ich von außen machen. Und die Katzentürchen in den geschützten Auslauf und den Tunnel zwischen den Häusern verriegeln und danach die Katzen und Libby zählen. Sonst bin ich fertig.»

«Dann fahre ich jetzt zu Harold, um mich mit ihm abzustimmen.»

Josie konnte nicht anders. Sie fiel ihm um den Hals. «Bitte, bitte, pass auf dich auf. Ich weiß, dass man das eigentlich keinem Mann nach so kurzer Beziehung sagen darf, aber ich beabsichtige, dich niemals wieder gehen zu lassen.»

Ihre Bemerkung schien ihn nicht zu beunruhigen, im Gegenteil. Er presste Josie fest an sich. «Das trifft sich gut, denn ich habe genau die gleiche Absicht mit dir. Ich werde vorsichtig sein. Pass du gut auf dich auf, Josie.»

Sie küssten sich. Josie wusste nicht, wer von ihnen sich vorgebeugt hatte, vielleicht beide zugleich. Ihr Herz schlug wie verrückt vor Liebe. Davon hatte sie in einsamen Nächten geträumt.

Sie winkte ihm nach, als er sich endlich losriss und zu seinem Truck eilte.

Nach wie vor konnte sie ihr Glück kaum fassen. In Montreal hatten ihre Kolleginnen und Kollegen einen ewigen Kreis aus Jagd, Eroberung, rosa Brille, Sex, Enttäuschung und Trennung getanzt — manchmal mit irgendwo dazwischen geschobener Heirat und Kindern.

Einen Partner abzukriegen, schien dabei das wichtigste Ziel zu sein. Entweder, um zu zeigen, dass man dazugehörte, oder aus Angst, sein Leben allein zu verbringen.

Dabei wurde geschauspielert und vorgetäuscht, was das Zeug hielt. Einige von Josies Kolleginnen wechselten mit jedem potenziellen Freund die Haarfarbe, trugen farbige Kontaktlinsen oder entwickelten neue Hobbys, darunter so verrückte wie Bergsteigen, obwohl sie sich vor Höhen zu Tode ängstigten.

Josie fand diesen Tanz abstoßend und wenig zielführend. Deshalb hatte sie Ash nie etwas vorgespielt.

Natürlich gab auch sie sich Mühe und hatte am Tag, als sie auf ein gemeinsames Ausklingen im Bett hoffe, ihre hübscheste Unterwäsche angezogen. Aber keine aus Spitzen, denn so etwas würde sie im normalen Leben niemals tragen. Spitze scheuerte immer irgendwo und die Imitation eines kratzenden Affen wirkte kaum verführerisch auf einen Mann.

Noch schlimmer waren Nylonstrümpfe. Wenn es ein Rock sein musste, trug Josie in der kalten Jahreszeit Stiefel und Leggings darunter.

Wieso streiften ihre Gedanken ausgerechnet in diesem Augenblick zu solch banalen Themen ab?

Zwei Häuser weiter unten bog Ash in Harolds Einfahrt ein. Bäume versperrten Josie die Sicht auf den Truck. Angst breitete sich wie eine eisige Flut in ihrem Körper aus. Es schien ein schlechtes Omen, dass sie den verunglückten Feuerwehrmann ausgerechnet nun, da der Sturm unmittelbar bevorstand, erwähnt hatte.

«Ash ist ein äußerst fähiger Mann», sagte sie leise zu sich selbst. «Er hat Jahre in den gefährlichsten Gegenden der Welt überstanden. Harold verdankt ihm sein Leben. Ich weiß, dass ihm nichts passiert.»

Entschlossen wandte sie sich um und ging die Fensterläden verriegeln und ihre Tiere zählen.

22

Ash klopfte leise an Harolds Tür. Falls Ben schlief, wollte er ihn nicht wecken. So wie sein Freund ausgesehen hatte, war ein Jahr Schlaf zu wenig, damit er wieder zu Kräften kam.

Leider war es Ben, der ihm die Tür öffnete.

«Hey, Ash. Komm rein.»

«Bist du noch oder schon wieder wach?», fragte Ash, während er die Jacke in die Garderobe hängte. Er bückte sich, um seine Stiefel aufzuschnüren.

«Schon wieder. Vor einer Viertelstunde begann das Telefon wie wild zu klingeln und über Funk brach ein Nachrichtengewitter über Harold herein.»

Ash seufzte. «Der Sturm. Hast du schon einmal einen hier erlebt?»

«Oh ja. Damit ist nicht zu spaßen. Komm rein. Es sind alle unterwegs. Harold wollte dich gerade anrufen, als dein Truck aufs Grundstück fuhr.»

Ash schaute sich neugierig um. Harolds Haus wies große Ähnlichkeiten mit Josies auf, nur waren die Farben gedämpfter.

Sein Chef erwartete ihn in einem gemütlich wirkenden Ohrensessel, das Knie auf einen Hocker hochgelegt. Seine Miene war die eines wütenden Seniors, der gegen seinen Willen festgehalten wurde.

«Der verdammte Sturm muss ausgerechnet heute kommen. Ausgerechnet an Halloween. Nachdem er sich wochenlang Zeit gelassen hat, konnte er nicht noch ein oder zwei Tage länger warten. Nein! Ich erachte das als persönliche Beleidigung.»

«Da musst du dich leider hinten anstellen, Chief. Ich bin auch alles andere als glücklich», sagte Ash.

Harold schnaubte wie ein gereizter Stier. «Setz dich aufs Sofa. Ben kocht gerade Kaffee. Das wird heute nicht der letzte bleiben.»

Wahrscheinlich nicht.

«Ben sagte, dass alle unterwegs sind. Wen meinte er damit?»

«Missy Simmons, Miss Flo und Hellfire. Es ist wichtig, dass wir uns so gut als möglich vor dem Sturm abstimmen. Sue von den Rangern sollte eigentlich auch hier sein, aber ihre Leute versuchen gemeinsam mit Warner & Sons, die morschesten Bäume entlang des Highways vor dem Sturm zu fällen. Und den verbliebenen Schuttkegel im Coon Creek wegzuräumen. Das lang erwartete schwere Gerät ist heute Morgen endlich eingetroffen. Um den instabilen Hang brauchen wir uns nicht mehr zu kümmern. Der ist ja von selbst abgerutscht.»

«Das klingt, als wären wir gar nicht so schlecht dran.»

«Ich hoffe es. Wie schlimm der Sturm uns trifft, wissen wir erst im Nachhinein.»

Fast zeitgleich bogen mehrere Fahrzeuge in Harolds Einfahrt ein und brachten den Kies mit ihren Rädern zum Knirschen.

Ben warf einen Blick aus dem Fenster. «Alle da», bestätigte er für Harold. «Ich lasse sie rein.»

Die kleine Karawane aus völlig unterschiedlichen Frauen war amüsant zu beobachten.

Miss Flo führte den Zug an. Die zierliche, weißhaarige Seniorin hatte sich in Tarnmontur gestürzt und wirkte für ihr Alter äußerst fit und keck. Nur bei den Stiefeln zeigte sie Kompromisse. Sie trug halbhohe Dr. Martens mit Reißverschluss, die sich dadurch in Nullkomma nichts von den Füßen streifen ließen.

Hinter ihr ragte Missy Simmons von der Freiwilligen Feuerwehr wie ein Berg auf. Sie war nicht besonders groß, doch ihre Schultern waren breiter als Ashs, was sie in ihrer schwarzen Uniform massiv wirken ließ.

Zuletzt kam Chief Betty. Der Undersheriff war die größte und jüngste der drei Frauen und auf eine amazonenhafte Art umwerfend. Ash hoffe, dass er sie irgendwann in einem Abendkleid zu sehen bekam. So perfekt, wie ihr die nüchtern gehaltene Polizeiuniform stand, konnte das Ergebnis nur spektakulär sein.

Wie Josie wohl in einem Abendkleid aussah? Etwas Feenhaftes in sanften Farben …

«Ihr wirkt wie die Besetzung eines Fantasyfilms. Ein Goblin, ein Zwerg und eine Elfe», schnauzte Harold.

«Ich gebe dir gleich Goblin, Harold Warner. Denk immer daran, dass ich deine Windeln gewechselt habe. Wenn dir deine Geheimnisse lieb sind, dann lässt du solche Scherze besser.»

Harold und Miss Flo funkelten sich an.

«Ach komm schon, du Brummbär. Was bin ich froh, dass du dich endlich hast operieren lassen.» Miss Flo trat neben den Ohrensessel und schmatzte dem sitzenden Harold einen Kuss auf den Scheitel.

Ihn schien es nicht zu stören. Als er das Schmunzeln der Umstehenden entdeckte, röteten sich seine Wangen.

«Meine Eltern hatten früher das Haus direkt neben Miss Flos Familie», erklärte er. «Als junges Mädchen hat Florence auf uns Kinder aufgepasst. Wie hast du das eigentlich allein geschafft? Wir waren ein wilder Haufen.»

Miss Flo grinste. «So wild wart ihr gar nicht. Ihr wart vor allem verdammt schnell. Als ich einmal kapiert hatte, dass ich bei Gefahr gleich zupacken musste, statt euch zuerst zu warnen, hatte ich keine Probleme mehr.»

Ash schmunzelte.

«Und zum Ausgleich gab es viele süße Momente. So wie jenes Jahr, als die Stangenbohnen in eurem Garten so hoch wuchsen, dass du dein Zuhause von der Straße aus nicht mehr sehen konntest. ‹Das Haus ist weg! Das Haus ist weg!›, kamst du heulend zu mir gerannt.»

Harold sandte Ash einen langen Blick. «Bist du dir sicher, dass du hier leben willst? Normalerweise verjähren Jugendsünden irgendwann, aber nicht in Dancing Coons. Hier werden sie noch auf deinem Sterbebett brühwarm weitererzählt.»

Ash grinste. «Solltest du deinen Besuchern nicht Sitzplätze anbieten, Harold? Ich bin noch nicht ganz auf dem Laufenden, was die Yankee-Höflichkeit betrifft, aber das erscheint mir recht universell.»

Harold seufzte tief. «Wenn es denn sein muss. Setzt euch, wo es gerade passt», sagte er mit einem nachlässigen Winken. «Ben kennt ihr alle?»

«Vom Sehen», bestätigte der Chief der Freiwilligen Feuerwehr. «Ich bin Missy.» Sie streckte Ben die Hand hin.

«Sehr erfreut. Ben.»

Miss Florence hob beide Hände. «In diesem Sinne wende ich mich an das anwesende Jungvolk. Da ich jetzt eure Kollegin bin, sagt ihr bitte alle du zu mir. Ob ihr mich Florence oder Flo nennt, oder das ‹Miss› vor eine der beiden Varianten hängt, ist mir egal. Das gilt übrigens auch für Josie, Ash.»

«Hier, verstanden», bestätigte er.

«Du erinnerst dich aber schon daran, dass immer noch ich hier der Chef bin, Flo?», fragte Harold mit einer Miene, als hätte er Bauchschmerzen.

«Das werden wir sehen. Du bist nicht zu alt, als dass ich dir deinen Blödsinn unter die Nase reibe.»

«Da habt ihr mir ja etwas Tolles eingebrockt. Hellfire, Ash, ich hoffe, ihr seid mit euch zufrieden.»

Betty grinste breit. «Ungemein.»

Plötzlich war von draußen das laute Krächzen von Saatkrähen zu hören. Ausgehend vom Lärm, den die Vögel machten, musste der Schwarm riesig sein.

Alle wurden ernst.

«Genug der Scherze», entschied Harold. «Der Sturm. Wie gehen wir vor?»

«Ich beginne bei den Grundlagen, nachdem wir neue Gesichter unter uns haben», sagte Betty. «Es ist unerlässlich, dass wir zu allen

Zeiten in engem Kontakt bleiben. Aufgrund der Funk- und Mobilfunklöcher muss die Hauptkommunikation zwingend über die Feuerwache und das Sheriff's Department in den beiden Hauptorten laufen. Normalerweise teilen wir uns das auf. Das Team des Sheriffs bedient die Notrufverbindungen in Lake Coon, weil sich dort unser Hauptstützpunkt befindet. Jener ist rollstuhltauglich, sodass mein Vater sich frei darin bewegen kann. Die Feuerwehr übernimmt Dancing Coons. In diesem Jahr haben wir jedoch das Problem, dass Harold durch seine Verletzung nicht mobil ist. Wer also übernimmt die Koordination dort?»

«Ich habe mir dazu Gedanken gemacht und eine mögliche Lösung gefunden», sagte Miss Flo. «Meine Freundin Bessie hat den Rollstuhl ihres Sohnes nach seinem Tod behalten und würde uns diesen leihen. Wenn ihr jungen Leute mir helft, könnten wir die Wache so weit umräumen, dass Harold sich mit dem Rollstuhl darin bewegen kann. Ich würde die Notfallhotline bedienen, der Chief die Einsätze koordinieren.»

Harold, der den Mund wahrscheinlich zu einem Einwand geöffnet hatte, schloss ihn wieder und dachte nach. «Funktioniert für mich. Gibst du Bessie Bescheid?»

Miss Flo hob elegant eine Augenbraue. «Längst passiert. Der Rollstuhl wartet in der Wache auf dich.»

Während Harold sie wütend anfunkelte, gönnten sich alle anderen ein kurzes Grinsen, bevor sie sich wieder auf das Briefing konzentrierten.

«Dann müssen wir sehr umsichtig entscheiden, wer zu welchem Einsatz fährt», fuhr Betty fort. «Das gilt insbesondere für dich, Ash. Du hast dich unglaublich schnell und gut eingelebt, trotzdem kennst du noch längst nicht alle Eigenheiten von Coon County. Und das gilt in geringerem Ausmaß auch für Ben, der sich bereit erklärt hat, Harold notfalls im Einsatz zu vertreten.»

Ash tauschte einen Blick mit Ben. Der atmete einmal tief durch und nickte nahezu unmerklich.

«Wir schätzen eure Rücksichtnahme», sagte Ash. «Vergesst dabei aber nicht, dass wir bei den Special Forces und später der CIA waren. Ben arbeitet immer noch dort.»

Missy und Miss Florence schauten etwas überrascht drein.

Harold verzog schon wieder das Gesicht. Wenn er so weitermachte, sah er in wenigen Jahren aus wie ein chinesischer Faltenhund. «Das mag ja sein, Jungs. Aber eine Ausbildung, um im Sandkasten rumzuspielen, reicht nicht aus, um im rauen und unberechenbaren Klima der Adirondacks zu überleben.»

«Sandkasten?», wunderte sich Missy Simmons.

«So lautet der dämliche Spitzname für die arabische Halbinsel und Nordafrika», erklärte Ash. «Und du irrst dich, Harold. Wir haben im Einsatz öfter gefroren als geschwitzt. Ja, ich mag diese Gegend nicht so gut kennen, wie du es tust, aber unterschätze unsere Fähigkeiten nicht.»

«Zur Kenntnis genommen», bestätigte Betty für Harold, der seinen Neffen finster anstarrte. «Dann noch etwas Letztes, einfach zur Erinnerung, weil unsere Jobs gefährlich sind und wir uns an das Risiko gewöhnt haben. Keine Heldentaten! Auch wenn unsere Aufstellung ungewöhnlich ist, verfügen wir über genügend Einsatzkräfte, dass niemand unnötige Risiken auf sich nehmen muss. Missys Team steht vollständig in Bereitschaft, wie auch all meine Brüder. Das Krankenhaus im Tal reserviert uns ein Rettungsfahrzeug während des Sturms, das wir, insofern die Straßenbedingungen es erlauben, jederzeit abrufen können. Falls der Helikopter fliegen kann, senden sie uns auch den. Für so einen kleinen Bezirk sind wir also verdammt gut dran.»

Alle nickten.

«Gut, dann lasst uns die Feuerwache von Dancing Coons für Harold einrichten. Ben, du bleibst hier bei ihm. Wir rufen dich an, sobald alles bereit ist.» Betty erhob sich und gab damit das Signal zum Aufbruch.

Während Ash als letzter seine Stiefel anzog, hörte er Harolds wütende Stimme aus dem Wohnzimmer.

«Du arbeitest immer noch für die CIA? Wie kannst du nur! Wir hatten doch vereinbart, dass du diesen vermaledeiten Job, der dich nur unglücklich macht, kündigst.»

«Das ist nicht so einfach, Harold», erwiderte Ben müde.

«Doch, das ist es. Du bist viel zu gut für die. Und du weißt genau, dass du es dort nie zu etwas bringen wirst.»

«Harold, bitte …»

«Geld ist nichts anderes als das: Geld. Wieso verkaufst du deine Seele dafür? Und deine Selbstachtung?»

Ash schlüpfte hinaus und zog die Tür leise hinter sich zu. Dieser Streit war zu persönlich für Dritte. Er konnte nur hoffen, dass Harold nicht so gemein wurde, dass er und Ben sich zerstritten.

Bens Onkel mochte mit all seinen Bemerkungen recht haben. Doch Ben ganz allein musste die nötigen Entscheidungen fällen.

«Na, was sagt ihr?», fragte Miss Florence eine Stunde später und begutachtete das Ergebnis. Sie stand bolzengerade da, hatte die Hände in die Hüften gestützt und wirkte wie ein zu klein gewachsener General.

«Beeindruckend», bestätigte Ash. «Wo haben Sie … ähm … wo hast du das gelernt, Miss Flo?»

«Ich spiele fürs Leben gern Computerspiele, von Ego-Shootern bis hin zu Logik- und Strategiespielen. Das hier hat etwas von Tetris — zumindest, bis wir alles entwirrt hatten. Nur Männer können einen Raum so hirnlos vollstopfen. Oder darf ich das nicht mehr sagen, nun da wir Kollegen sind?»

Blaze lachte. «Nur zu, Miss Flo. Sie … Du bist immer noch freundlicher als meine Mutter.»

«Ihr zwei gewöhnt euch besser rasch daran, mich zu duzen. Das Sie-Du nervt. Verstanden?»

«Äh, wer ist hier nochmals der Chef, Ash?», fragte Blaze. «Ich bin gerade verwirrt.»

«Gehorch ihr einfach, Blaze. Sollte sie mal unrecht haben —»

«Was kaum je vorkommt», warf Miss Flo herrisch ein.

«Sollte sie mal unrecht haben, dann sagen Harold oder ich ihr das.»

Der junge Mann schüttelte den Kopf. «Und ich dachte vorher, mein Leben wäre kompliziert.»

Miss Flo suchte Ashs Blick und verdrehte, für Blaze unsichtbar, die Augen. Ihre Respektlosigkeit tat ihm gut. Wenn man den ganzen Tag mit Blaze zusammenarbeitete, erwachte irgendwann das Selbstmitleid.

«Ich gehe das unnötige Zeug im Keller verstauen», sagte Blaze und hob eine vollgepackte Kiste hoch. Zupacken konnte der junge Kerl.

«Oh, Herr, lass Hirn vom Himmel regnen», sagte Miss Flo, als er außer Hörweite war.

Ash schnaubte amüsiert. «Wir sind gerade etwas unfair.»

«Kann sein, aber es ist entweder das oder dann seinen Kopf mit einer Kettensäge öffnen und nachschauen, wie viele Hirnzellen tatsächlich da drin sind.»

Womit sie auch wieder recht hatte.

«Willst du Ben verständigen, Miss Flo?»

«Mache ich. Und danach überprüfe ich alle Geräte auf ihre Funktion. Während des Sturms können wir uns keinen Ausfall leisten.»

Ash wartete, bis sie Ben über Funk informiert hatte, und mit der Prüfung der Funkanlage begann. «Woher kannst du das?», fragte er neugierig. «Hast du in diesem Bereich gearbeitet?»

«Du hast meinen Lebenslauf nicht gelesen, was?», schnauzte sie ihn an.

«Nein. Als ich die Mailbox überprüfte, sah ich deine Mail und direkt darunter Harolds, dass er das Krankenhaus verlassen darf. Da rief ich ihn an. Und nach dem Gespräch war ich mit den Rangern wegen der Baumfällaktion unterwegs.»

Miss Florence langte rüber und tätschelte seinen Arm. «Nimm mich nicht zu ernst, Junge. Ich war Tierarzthelferin von Beruf. Alles, was ich sonst weiß, lernte ich von Daddy. Er sagte immer: ‹Die Wildnis macht keinen Unterschied zwischen Männern und Frauen und selbst für eine so kleine Portion wie dich, Kind, gibt es keinen Welpenschutz.›»

Ash musste schmunzeln, als sie die tiefe Stimme und Satzmelodie ihres Vaters nachahmte. Er sah den alten Herrn fast vor sich.

«Ich war ein Einzelkind und darüber hinaus ein Mädchen, was

damals für einen Vater nicht einfach war. Daddy hat nie ein Wort darüber verloren, ob er lieber einen Jungen gewollt hätte, oder gar mehr Kinder. Stattdessen brachte er mir alles bei, was er konnte und wusste. Als er mich Lastwagen fahren lehrte, musste ich mir Holzklötze unter die Füße binden, um mit meinen kurzen Beinen die Pedale überhaupt zu erreichen. So etwas wäre heute nicht mehr vorstellbar. Wir hatten eine unglaublich tolle Zeit.»

Ihre Freude wärmte Ashs Herz. «Das klingt danach. Irgendwann, wenn wir Zeit haben, musst du mir mehr darüber erzählen. Wenn du das Wissen deines Vaters hast, kannst du nicht nur die Funkanlagen reparieren, sondern wahrscheinlich alle möglichen Fahrzeuge fahren, schießen, reiten …?»

Miss Flo nickte, ohne den Blick von der Funkanlage zu nehmen. «Angeln, Holzhacken, Fahrzeuge und Maschinen reparieren, insofern sie nach traditioneller Technik erbaut sind, Jagdbeute ausnehmen und das Fleisch reifen, Häute gerben. So etwa alles, was du für das Leben in Coon County brauchst.»

«Beeindruckend. Wenn ich etwas nicht weiß, frage ich dich um Rat.» Ash horchte auf, als er das Brummen von Harolds Truck hörte. «Da sind sie. Ich gehe raus und schaue, ob sie Hilfe brauchen.»

«Zieh dir besser eine massive Rüstung an, Junge. Harold ist veränderungsresistent. Er wird es dich spüren lassen.»

Das klang nach einem guten Rat.

23

Josie beobachtete von der Veranda aus das rege Treiben in ihrer Straße. Das Trick-or-Treating war wie jedes Jahr eine Freude. Die Kinder und Jugendlichen ließen sich vom drohenden Sturm nicht den Spaß nehmen. Sie sah alle möglichen Verkleidungen von süß über witzig bis hin zu furchterregend. Offenbar gab es in Dancing Coons einige heimliche Make-up-Künstler.

Luzi saß wie schon vergangenes Jahr auf einem kleinen Tisch neben ihrem Sessel und präsentierte stolz sein unheilvoll rot leuchtendes Halsband. Die LEDs hatten die Form von Herzen, aber aus der Distanz bemerkte das niemand.

Die Leute, die für ihn ziemlich seltsam aussehen mussten, brachten ihn nicht aus der Ruhe. Nur hin und wieder suchte er Blickkontakt mit Josie, um sich zu versichern, dass alles so war, wie es sein sollte.

«Du machst das super», lobte ihn Josie und kraulte sanft seine Brust. Obwohl der kleine Findelkater sie nicht hören konnte, schien er doch die Schwingungen ihrer Stimme zu fühlen. So wie gerade eben, denn er blinzelte und begann lautstark zu schnurren.

«Happy Halloween, Miss Josie.» Ein kleines Skelett winkte ihr fröhlich zu. «Vielen Dank für die Süßigkeiten.»

«Happy Halloween», rief sie zurück.

Der Wind hatte aufgefrischt. Statt die Bäume tanzen zu lassen, fuhr er immer wieder mit wilden Stößen in die Kronen und ließ die Äste gegeneinander schlagen. Das dabei entstehende Geräusch erinnerte weniger an Holz als an verwitterte Gebeine.

Josie fand es gruselig. Nach jedem besonders starken Windstoß warf sie einen wachsamen Blick auf ihr Halloweenschild. Noch stand es sicher. Das Windgeschehen schien sich einige Meter über dem Boden abzuspielen.

Drei kleine Zombies bedienten sich von den Süßigkeiten. Danach drehten sie sich um und beugten sich vor. Auf den Hintern ihrer schwarzen Hosen stand in gelblicher Leuchtfarbe «Danke!» — bei jedem zwei Buchstaben. Nur hatten sie sich falsch aufgestellt, sodass die Botschaft sich als «e!Dank» las.

Josie schlug die Hand vor den Mund, um ihr Lachen zu verbergen. Hatten die kleinen Monster sie gerade gemoont?

«Sachen gibt es», sagte sie amüsiert zu Luzi.

Der schaute wie gebannt in die Kronen der Bäume.

Was hatte seine Aufmerksamkeit erregt? Josie beugte sich vor und versuchte den Auslöser seines Starrens zu entdecken.

Da sah sie sie. Ein Schwarm Elstern. Alle saßen regungslos in der Baumkrone, fast wie mitten in der Bewegung erstarrt.

«Der Sturm … Er beginnt.» Josie erhob sich und wollte Luzi hochnehmen, um ihn nach drinnen zu tragen.

Plötzlich flutete ein unsagbar grelles Licht ihre Umgebung, unmittelbar gefolgt von einem ohrenbetäubenden Knall und undurchdringlicher Schwärze.

Josie schrie auf und schlug die Hände auf die Ohren. Eine unbekannte Kraft riss sie von den Füßen und schleuderte sie gegen die Außenwand ihres Hauses.

Es tat verdammt weh.

«Au! Au!», jammerte Josie leise und versuchte irgendetwas in den farbigen Wirbeln, die vor ihren Augen tanzten, zu erkennen.

Ihre Ohren klingelten und waren wie taub.

Luzi! Wo war Luzi? Sie musste ihn sofort finden. Er war so auf sie fixiert, dass was auch immer gerade passiert war ihn in Panik versetzt haben musste.

Josie blinzelte mehrmals heftig. Weshalb war es so dunkel? Und was erzeugte diesen langen, dunklen Schatten in ihrer Einfahrt, dessen Umrisse so seltsam flackerten?

Sie griff in ihre Jackentasche und zog ihr Smartphone heraus. Der Schein seiner Taschenlampe enthüllte, was passiert war. Ein Blitz hatte in die Straßenlaterne auf der gegenüberliegenden Straßenseite eingeschlagen, sie aus der Verankerung gerissen und in Josies Einfahrt geschleudert. Um das Metall tanzten blaue Flammen, Elmsfeuer nicht unähnlich.

Alle elektrischen Lichter in der Straße waren erloschen. Ein Stromausfall. Dies, wenn Josie sich nicht täuschte, in ganz Dancing Coons.

Wo steckte Luzi?

Josie schaltete die Taschenlampe ihres Smartphones aus. Sie hatte keine Chance, eine schwarze Katze in der Nacht zu finden. Aber wenn er das rot leuchtende Halsband noch trug, konnte sie sein Versteck vielleicht entdecken.

In ihrem Blickfeld entdeckte sie nichts. Die LEDs gaben ein ziemlich helles Licht ab. Auf diese kurze Distanz war es nicht zu übersehen. Unter der Veranda konnte der Kater nicht stecken. Dort war alles abgesperrt.

Josie ging zur Ecke des Hauses und schaute nach hinten in den Garten. War er zum gesicherten Auslauf geflüchtet? Luzi war gerne draußen und kannte die Umgebung. Selbst wenn er sich nur von außen an das Gitter drücken konnte, mochte ihm das ein Gefühl von Sicherheit geben.

Ebenfalls nichts zu sehen. Wo …?

Ganz am oberen Rande ihres Blickfelds bemerkte sie ein wild zuckendes rotes Licht. Josie hob den Kopf.

Das Licht konnte nur eins bedeuten. Luzi flüchtete hinter dem Haus den Berghang hinauf. Während Josie hinschaute, entfernte sich das rote Strahlen weiter und weiter nach oben. Das mussten schon zwanzig oder dreißig Höhenmeter sein. Unmöglich zu erkennen in der absoluten Finsternis.

«Luzi!», schrie Josie in die Totenstille hinaus.

Der Blitz und der darauffolgende Donner hatten die Ruhe vor dem Sturm eingeleitet, eine erste, furchtbare Entladung, bevor es in Kürze losging.

Das rote Licht entfernte sich immer weiter. Dann war es plötzlich weg.

Panik schnürte Josis Kehle zu, sodass sie kaum mehr Luft bekam. Durch die verschiedenen Beeinträchtigungen, die Luzi in seinem Dasein als Hauskatze kaum merkte, hatte er in der Wildnis keine Überlebenschance.

Es gab nur einen Weg.

Josie musste ihn suchen gehen. Jetzt. In diesem Moment.

Und zur Hölle mit dem verdammten Sturm!

BETTY, Blaze, Ben und Ash saßen an einem wackeligen Campingtisch in der Garage der Wache und spielten Poker um Schraubenmuttern. Zwar war es frostig kalt in dem nur dürftig isolierten Raum, es stank nach Benzin und Motorenöl und das kalte Licht hätte jeder Leichenhalle zur Ehre gereicht. Doch alles war besser, als Harolds schlechte Laune zu ertragen.

Selbst Miss Flos Geduld war nach einem Dutzend liebevoller Zurechtweisungen zu einem «Jetzt halt endlich die Klappe, Harold!» mutiert.

Ash und seine Kollegen hatten das zum Anlass genommen, sich zu verdrücken.

Betty strich gerade wieder eine ansehnliche Anzahl von Muttern ein. Der größte Haufen lag vor Blaze.

«Wo hast du so spielen gelernt?», fragte Ash. Einerseits war er neugierig, andererseits mangelte es ihnen an Gesprächsthemen.

«Gar nicht. Also nicht mehr als die Regeln. Poker ist irgendwie logisch. So wie das Wetter», erwiderte der junge Mann.

Betty hob eine Braue. «Na, dann sag mal die bevorstehende Nacht voraus, o Prophet.»

Blaze schaute zu den großen Fenstern, welche die obere Hälfte der Garagentore ausmachten. «Du solltest nicht scherzen, Chief Betty. Normalerweise geht es mit dem Sturm, aber heute habe ich Angst. Seit ich mich erinnern kann, hat sich noch kein so heftiger aufgebaut.»

Eine beunruhigende Einschätzung. «Was genau erwartest du?», fragte Ash.

«Blitz und Donner, wahrscheinlich mit heftigem Regen, der fließend in einen Blizzard übergeht.»

Das war nicht das, was Ash hören wollte. Derartige Unwetter konnten gravierendste Verwüstungen anrichten.

Betty horchte auf. «Helft mir mal. Ist es gerade still geworden?»

Blaze starrte ins Leere und nickte schließlich. «Es beginnt.»

«Dann muss ich jetzt auf Patrouille. Die Lebensmüden auftreiben und nach Hause schicken.»

Betty schob den Stuhl zurück und wollte sich erheben. In dem Augenblick wurde es vor den Fenstern für einen Sekundenbruchteil taghell. Danach knallte es wie bei einer Explosion und das Licht erlosch.

«Stromausfall. Das hat uns gerade noch gefehlt», sagte Ben leise.

Rund um den Tisch gingen Taschenlampen an. Ash hatte in weiser Voraussicht eine leistungsstarke an seinen Gürtel gehängt. Mit einer Waffe, einem Reservemagazin und Licht war man für viele garstige Situationen gerüstet.

«Ben, gehst du zu Harold und Flo? Schau, ob du herausfinden kannst, ob das Fest- und Mobilfunknetz funktionieren und in wie weitem Umkreis der Strom ausgefallen ist. Blaze und ich werfen den Generator im Keller an. Du hast ihn wie versprochen getestet, Blaze?»

Blaze nickte. «Den neuen und den alten. Diesel haben wir auch genug für zwei Nächte. Ohne Strom läuft der Funkturm auf unserem Dach nicht.»

«Betty, bist du in fünf Minuten noch hier?»

«Wahrscheinlich ja. Ich gehe mit Ben, um den aktuellen Situationsbericht zu erfahren. Danach muss ich mich mit meinem Deputy in Lake Coon absprechen, falls die Kommunikationsverbindungen es erlauben.»

«Okay, Blaze und ich stoßen gleich zu euch.»

Ash rannte Blaze hinterher zur Treppe und hinab in das Untergeschoss der Wache. Es musste ursprünglich für ein weit älteres und größeres Gebäude erstellt worden sein, denn Rundbögen stützten die für einen Keller ungewöhnlich hohe Decke, fast wie in den unterirdischen Hallen einer Brauerei. Zudem ragte der Raum wie eine im Erdreich verborgene Schublade mehrere Meter über die Rückwand der Wache hinaus.

Der Generator sprang sogleich an, trotzdem blieb alles dunkel.

Ash hatte so etwas befürchtet.

«Sieht aus, als hätte der Blitz das Stromnetz überlastet und einiges durchgeschmort», fasste Blaze Ashs stille Schlussfolgerung zusammen. «Das bedeutet, dass der Funkturm auf dem Dach nicht funktioniert. Und dass das Fest- und Mobilfunknetz wahrscheinlich auch betroffen sind.»

«Kannst du die Schäden hier in der Wache reparieren?» Ashs Hoffnung war nicht völlig an den Haaren herbeigezogen. Blaze verfügte über solide Fähigkeiten als Mechaniker.

«Ich werde es versuchen. Das meiste Material dafür habe ich. Drück mir die Daumen, dass es nur die Stromversorgung und nicht auch die Elektronik erwischt hat.»

«Pass auf dich auf.» Ash berührte Blaze an der Schulter und rannte dann die Treppe hinauf und in den Hauptraum der Wache.

Die Gesichter der Anwesenden verrieten ihm alles.

«Schlimmer hatte es nicht kommen können», sagte Harold, nunmehr ganz professionell. «Der Blitz hat in die Stromversorgung eingeschlagen und einen ähnlichen Effekt erzielt, wie wenn er direkt die Trafostation erwischt hätte. Wir sind tot.»

«Nicht ganz», widersprach ihm Miss Flo. «Wir müssen ein Netz aus Funkstationen aufbauen, bei dem jeder funktionierende Empfänger eine Verbindung zu drei oder vier weiteren innerhalb seiner Reichweite hält. So etwas wie eine Telefonkette. Ich beginne gleich damit. So können wir wenigstens Dancing Coons abdecken. Bis nach Lake Coon kommen wir leider nicht. Ohne Verstärker liegt die meteorologische Station, die das Signal für uns umleitet, außerhalb der Reichweite unserer Handgeräte.»

Sie zog ihr brandneues Funkgerät aus dem Tagesrucksack, stellte eine Frequenz ein und sendete einen Ruf in den Äther. Gleich darauf erhielt sie Antwort. Nur schwach zwar, aber verständlich. Sie zeigte ihren Kollegen das Daumen-hoch-Zeichen.

«Ja genau, Steve. Es ist alles ausgefallen. Du und deine Freunde, ihr müsst euch für uns ans Fenster setzen und Feuerwache halten. Lass dir den Batteriestatus von allen geben. Chief Harold und Chief Betty müssen einschätzen können, wer wann ausfällt. Und haltet Funkstille, solange es nichts Wichtiges zu berichten gibt, damit ihr euch nicht gegenseitig blockiert.»

Miss Flos Gesprächspartner bestätigte die Anweisungen und beendete die Verbindung mit einem «Out».

Alle zuckten zusammen, als in der darauffolgenden Stille plötzlich Bettys Funkgerät knackte.

«…etty…hi…osie…bitte…ten…»

Betty riss erschrocken die Augen auf. «Das ist Josie. Auf der Polizeifrequenz. — Josie, hier Betty. Was ist passiert?»

Zuerst hörten sie nur Statik. Betty trat näher ans Fenster in der Hoffnung, dass der Empfang dort klarer wurde.

Ash heftete sich an ihre Fersen und leuchtete mit der Taschenlampe durch die Scheibe auf den Parkplatz hinaus. Während er in den Lichtkegel schaute, begann es auf dem Dach zu knattern. Gleich darauf prasselten schwere Regentropfen auf den Asphalt. Jeder einzelne davon verursachte beim Aufprallen seinen eigenen kleinen Geysir.

Was war los? Josie hatte panikerfüllt und völlig außer Atem geklungen.

«Josie, deine Nachricht kam nicht durch. Bitte wiederholen.»

«Besser?» Plötzlich war Josies Stimme klar.

«Ja. Was ist passiert?»

«Ein Blitz hat in die Straßenlaterne zwischen unseren Häusern eingeschlagen und sie aus dem Sockel gerissen. Luzi und ich saßen auf der Veranda. Er ist in Panik in den Wald gerannt. Ich verfolge ihn. Ich muss abbrechen, weil ich sein Licht sonst wieder verliere. Bitte sag Ash, dass ich ihn liebe. Und dass es mir leidtut. Josie out.»

Damit brach die Verbindung ab.

Ash fühlte sich, als hätte er einen Fußtritt in den Magen erhalten. Sein Blick ging zu Harold und er öffnete den Mund, um etwas zu sagen, obwohl er keine Ahnung hatte was. Betty, Ben und Miss Flo taten es ihm wie verzerrte Spiegelbilder gleich.

Harold hob blitzschnell beide Zeigefinger. «Haltet alle die Klappe, bevor jemand etwas sagt, das er später bereut», sagte er hart. «Die Situation ist eindeutig und wir haben alle das Gleiche verstanden? Luzi ist in den Wald abgehauen und Josie ist ihm hinterher. In dem Sturm, der gerade um uns herum losbricht.»

«Ja», bestätigten Ash und Betty zeitgleich.

«Und wir brauchen gar nicht erst zu diskutieren, wie dumm das war, weil jeder von uns genau das Gleiche getan hätte. Analysieren wir die Situation. Josie klang bei Sinnen. Ich kenne mein Mädchen. Sie wird nicht ohne Ausrüstung losgezogen sein. Obwohl ihr Stresslevel jenseits von Rot ist.»

«Das mag sein, Harold», sagte Betty mit einem zutiefst besorgten Gesichtsausdruck. «Aber trotz all ihrer Fähigkeiten und Ausrüstung ist sie nicht gut genug, um das da draußen zu überstehen.» Sie musste ihre Stimme erheben, um sich über den auf das Dach dröhnenden Regen verständlich zu machen.

«Sie vielleicht nicht, aber Ash ist es!», sagte Ben. «Lass ihn gehen, Onkel. Ich springe für ihn ein. Ich verspreche dir, du wirst keinen Unterschied merken.»

Harolds gequälter Blick ging zu Ash. «Das mag sein, aber …»

Ash trat vor Harold. «Ich bin nicht mein Vorgänger, Chief. Mir wird nichts passieren», unterbrach er ihn sanft, obwohl er die Angst um Josie am liebsten hinausgeschrien hätte.

Das war der Vorteil seiner knochenharten Ausbildung. Selbst unter immensem Druck konnte er wie ein Soziopath jene Rolle spielen, in der er seinen Gesprächspartner erreichte.

Harold ließ sich nicht täuschen. «Hast du wirklich eine Chance, sie in diesem Wahnsinn da draußen zu finden, Junge? Oder setzt du dein Leben aufs Spiel, damit du nicht untätig abwarten musst?»

«Ash ist einer der besten und begabtesten Fährtenleser, die es gibt», antworte Ben für ihn und übernahm damit die Rolle, die ihm auch in Einsätzen oft zugekommen war — die eines Leumunds. «Wenn jemand Josie findet, dann er. Wenn jemand sicherstellen kann, dass alle Beteiligten lebend zurückkehren, dann er. Ich würde mich ihm jederzeit anvertrauen, so wie ich es schon viele Male getan habe. Selbst in weit schlimmerem Wetter.»

Harold rang sichtbar mit sich. «Wie wirst du vorgehen, Ash?»

«Zuerst nach Hause und meine Ausrüstung anlegen. Dann nach Josies Spur suchen und nicht mehr zurückschauen, bis ich sie gefunden habe.»

Harold stieß den Atem aus. «Dann geh. Geh, bevor ich es mir anders überlege!»

Er hatte kaum fertiggesprochen, als Ash auch schon in den sintflutartigen Regen hinausrannte.

24

Obwohl seine Ängste ihn zur Eile drängten, ging Ash methodisch und konzentriert vor. Er fuhr den Truck so dicht wie möglich vor die Veranda des Gartenhauses, damit er beim Aussteigen nicht völlig durchnässt wurde. Der kleine Sprint von der Tür der Wache zu seinem Fahrzeug hatte bereits genug angerichtet. Jedes bisschen weniger oder mehr an Feuchtigkeit konnte später über das Erfrieren entscheiden.

Er schloss die Haustür auf, legte die Stiefel ab und überprüfte als Erstes, dass die Katzenklappe zum Tunnel verriegelt war. Das Letzte, was er brauchen konnte, war eine Ablenkung aus zusätzlichen Sorgen.

Dann riss er sich die Kleider vom Leib und legte seine Ausrüstung an. Der tausend Mal geübte Vorgang war wie eine Meditation, der ihn aus der Panik in die Ruhe brachte.

Keine Abkürzungen, keine ausgelassenen Schritte. Körpererinnerungen sind die stärkste Form des Gedächtnisses. Sie stellen sicher, dass du nichts vergisst.

Das Mantra seines Ausbilders ging ihm durch den Kopf, während er sein Gesicht schwärzte. Strikt genommen war das für diese Mission nicht nötig. Das war nicht die gleiche Art von Kampf wie früher. Und doch zog er in den Krieg.

Bald lag die nötige Ausrüstung auf dem Küchentisch bereit. Der Schutz vor Kälte und Nässe hatte absolute Priorität. Es nützte nichts, wenn Ash Josie fand und sie dann gemeinsam erfroren.

Zudem durfte er die Wasserversorgung nicht vernachlässigen. Ohne die nötigen Hilfsmittel konnte man in Schnee und Eis ähnlich wie auf dem Meer verdursten. Nahrung brauchten sie auch, denn es war unvorhersehbar, wie lange sie im Sturm festsaßen.

Während Ash den Einsatzrucksack packte, scheuerten die Waffen auf ungewohnte und doch vertraute Weise gegen seinen Körper.

Ein Oberschenkelholster erlaubte ihm im Notfall blitzschnellen Zugriff auf seine Glock. Jedoch bestand das überschaubare und trotzdem nicht zu vernachlässigende Risiko, dass die Pistole in den sintflutartigen Regenfällen Schaden nahm und nicht mehr feuerte.

Deshalb steckte die Desert Eagle in einem Schulterholster unter seiner Kampfmontur. Weniger gut zugänglich, dafür vor der Witterung geschützt.

So getragen störten ihn die Waffen heute mehr, als dass sie ihm Sicherheit gaben — ein eindeutiges Zeichen, dass seine Zeit als Soldat vorbei war.

Doch sobald er hinaus in den tobenden Wetterwahnsinn schlüpfte, würde ein anderer, primitiverer Teil seines Verstandes übernehmen und alle Vorbehalte verdrängen. Dann war er nur noch die äußerst fähige Maschine, zu der seine Jugend und Ausbildung ihn geformt hatten.

Ein Blick auf die Uhr zeigte ihm, dass keine zehn Minuten vergangen waren, seit er das Gartenhaus betreten hatte.

Ash dankte der Vorsehung, die ihn dazu getrieben hatte, die gesamte Ausrüstung gleich an diesem Morgen auszupacken, zu kontrollieren und alle Waffen zu reinigen.

Er legte seine Stiefel an, die ihn über die Jahre sicher durch alle Gefahren getragen hatten, setzte die Mütze auf den Kopf und zog die Handschuhe an.

Er war bereit.

Josie kämpfte sich den stockfinsteren schlammigen Hang hinauf. Das Gelände war so steil, dass sie sich an dornigem Gestrüpp und messerscharfen dürren Gräsern festhalten und hochziehen musste. Zum Glück hatte sie daran gedacht, lederne Arbeitshandschuhe anzuziehen. Zwar war das Leder bereits klamm und völlig durchnässt, doch wenigstens schützte es zuverlässig vor Schnitten. Sie wollte sich nicht ausmalen, in welchem Zustand sich ihre Handflächen sonst befänden.

Es war nervenaufreibend, sich in völliger Finsternis durch den Wald zu bewegen.

Um Josie herum tobte der Orkan. Das übliche Pfeifen des Sturmwindes hatte sich längst in ein Geschrei verwandelt, das sie an mythische Geschöpfe wie Harpyien oder Todesfeen denken ließ. Keine guten Überlegungen an Halloween, wenn sich angeblich der Schleier zwischen der Welt der Lebenden und Toten lüftete.

Immer wieder hörte sie um sich herum das Knallen berstender Äste, die mit der Wucht von Granaten auf den Hang krachten. Wenn sie unter so einen geriet, war ihr Leben vorbei. Ebenso, wenn sie abrutschte. Sie war um mehrere überhängende Felsen herumgeklettert. Bei einem Sturz darüber hinab reichten wenige Meter, um sich das Genick zu brechen. Und nicht zu vergessen, die Blitze, die wie Explosionsgeschosse rund um sie herum einschlugen und bittere Verwüstung unter den prachtvollen Baumriesen anrichteten.

Reiner Wahnsinn, jetzt draußen zu sein.

Josie wusste, dass sie ihre Angst nicht ewig verdrängen konnte. Noch hielt ihre grenzenlose Sorge um Luzi sie wie ein Damm zurück. Doch irgendwann brach dieser und dann realisierte sie, wie unglaublich gefährlich das ungeplante Abenteuer war.

Bis dann musste sie den kleinen Kater gefunden haben.

Zu ihrem Vorteil arbeitete, dass Katzen keine Marathonläufer waren, sondern Sprinter, denen rasch die Puste ausging. Leider konnten sie jedoch auch derart in Panik geraten, dass sie sich zu Tode hetzten. Irgendwann versagte das kleine Herz vor Überanstrengung und dann war es von einem Moment auf den anderen vorbei.

Sie hatte das Licht von Luzis Halloweenhalsband zweimal wiederentdeckt, nachdem sie es hoffnungslos verloren glaubte — Momente der Rast, in denen er in einem temporären Versteck versuchte, wieder zu Atem zu kommen.

Leider hatte ihn in beiden Fällen ein heftiger Blitz aufgeschreckt und er war weiter geflohen.

Für eine verwöhnte Hauskatze war der kleine Racker verdammt fit.

Josie hingegen merkte jedes Kilo, das sie seit ihrer Kindheit zugenommen hatte. Als Mädchen hatte sie sich nur mit den Armen an einem Seil hochgezogen. Wenn man blutjung und spindeldürr war, funktionierte das problemlos, doch mit dem Erwachsenwerden veränderten sich der menschliche Körperbau und Schwerpunkt, bei Frauen stärker als bei Männern.

Endlich endete der Hang und ging in ein bewaldetes Plateau über. Endlich hatte Josie die Hände frei und konnte ihre Taschenlampe einschalten.

Sie wählte den schwächsten Schein, gerade genug, um zu erkennen, wo sie ihre Füße hinsetzte. Wenn sie darüber hinweg schaute, konnte sie das Schimmern von Luzis Halsband noch immer sehen.

Also weiter hinterher. Wenn sie das Licht erneut aus den Augen verlor, würde sie es vielleicht nicht wiederfinden. Die anderen beiden Male war ihr das durch eine Mischung aus Glück und Kombinationsgabe gelungen.

Es war ebenfalls reines Glück, dass Luzi das Halsband bis jetzt nicht verloren hatte. Wie alle Katzenhalsbänder verfügte es über einen dehnbaren Teil, damit sich das Tier im Falle eines Missgeschicks nicht strangulieren konnte.

Spuren. Sie durfte nicht vergessen, kleine Wegweiser zu hinterlassen, damit die Fährtenleser sie nach dem Abklingen des Sturms fanden. Auf Betty war Verlass. Sobald das Wetter es ermöglichte, würde sie die Ranger losschicken.

Hoffentlich erlebte Josie ihr Eintreffen.

Kurz gingen ihre Gedanken zu Ash. Sie betete, dass er beschäftigt war, sodass Betty ihn nicht erreichen konnte. Jener erste Blitz, der die

Straßenlaterne zerstört hatte, musste das Stromnetz von Dancing Coons gravierend beschädigt haben.

Nachdem sie Luzis Licht zum ersten Mal wiederentdeckt hatte, stoppte sie kurz unter einem felsigen Überhang, der sie vor dem schmerzhaft herabprasselnden Regen schützte, um jemanden über ihre Situation zu informieren. An einem Ort wie Dancing Coons gehörte das zu den unumstößlichen Überlebensregeln.

Zuerst hatte Josie Ash verständigen wollen. Um noch einmal seine warme Stimme zu hören in dieser albtraumhaft lauten Dunkelheit, die sie gefangen hielt. Durch den Ausfall des Mobilfunknetzes fehlte ihr jedoch jede Möglichkeit, ihn direkt zu erreichen, und in ihrer Panik fiel ihr die Frequenz des Feuerwehrfunks nicht ein.

Inzwischen erinnerte sie sich wieder, doch Dancing Coons lag längst außer Reichweite für den schwachen Sender ihres Funkgeräts.

In regelmäßigen Abständen brach sie Äste und Zweige von Büschen ab, an denen sie vorbei ging, immer einmal links und einmal rechts.

Dadurch kam sie langsamer vorwärts. Ihre Kleidung, die sie bei dem anstrengenden Aufstieg durchgeschwitzt hatte, kühlte unangenehm aus. Noch spürte Josie die Kälte nicht. Der Vorteil des Adrenalinrausches.

Diesen musste sie nutzen.

Luzi vor ihr bewegte sich inzwischen deutlich langsamer als zu Beginn. Er schien auch immer wieder zu stolpern, wenn sie die ruckartigen Bewegungen des LED-Lichts korrekt deutete.

Hoffentlich hatte er sich nicht verletzt.

Hoffentlich gelang es ihr bald, ihn einzuholen.

Anders als die meisten anderen Katzen, denen man mit einem um die nassen Haare gewickelten Handtuch Panik verursachen konnte, erkannte er sie in jedem Aufzug — vielleicht, weil er nichts hörte und seine funktionierenden Sinne stärker nutzen musste.

Wenn er sie entdeckte, war die Chance groß, dass er schreiend auf sie zu rannte und in die Arme genommen werden wollte.

Ihr Katerchen war kein Held. War Josie ehrlich, gehörte er vom Charakter her eher zu den kätzischen Trantütchen. Was für ein taubes

Tier, das einen furchtbaren Start ins Leben gehabt hatte, völlig in Ordnung war.

«Bitte, bitte, kämpf! Bitte, bitte, atme. Ich verspreche dir, dass ich dich immer beschützen werde, wenn du überlebst. Ich verspreche dir, dass du es gut haben wirst bei mir und dir um nichts Sorgen zu machen brauchst.»

Dieses einstige Versprechen an ein todkrankes Kätzchen hatte sie heute leichtsinnig gebrochen. Es war verantwortungslos gewesen, Luzi trotz des drohenden Sturms mit auf die Veranda zu nehmen.

Nun bezahlten sie beide für ihren unbedachten Leichtsinn.

Wenn Luzi etwas passierte, verzieh Josie sich das nie.

Was flog da Weißes an ihrem Gesicht vorbei? Da, gleich noch mal.

Josie schaute nach oben und bemerkte, dass es heftig zu schneien begonnen hatte. Dicke Flocken sanken aus der Dunkelheit herab. Bei dem Anblick ging ihr auf, dass seit dem letzten Blitz- und Donnerschlag mehrere Minuten vergangen sein mussten. Auch der Wind war plötzlich still.

Das musste nichts heißen. Wahrscheinlich frischte er bald wieder auf.

Der Schnee jedoch war eine gute Neuigkeit. Sobald genügend lag, konnte sie Luzis Spuren mühelos verfolgen. Ihre Chancen, das Katerchen zu finden, hatten sich gerade substanziell verbessert.

ASH STAND mit geschlossenen Augen im Regen und nahm das Toben der Elemente in sich auf. Die ganze Wucht und scheinbare Wut, mit der Wind und Wasser das Land peitschten.

Als er die Lider wieder öffnete, fühlte er sich absolut ruhig. Jeder Anflug von Sorge und Angst war verschwunden.

Wohin konnte Luzi geflohen sein? Josie hatte etwas von «in den Wald» gesagt.

Ash schaltete seine Stirnlampe ein. Er hätte gerne darauf verzichtet, doch die Sturmnacht war stockfinster, sodass er trotz ausgezeichneter Nachtsicht nicht das Geringste erkennen konnte.

Er fand die entwurzelte Laterne. Sie lag nur wenige Meter vor der Veranda. Josie hatte unglaubliches Glück gehabt, dass das riesige Metallrohr sie nicht getroffen hatte.

Die einzig sinnvolle Fluchtrichtung führte rechts am Haus vorbei zum geschützten Freisitz der Katzen.

Bereits im Garten fand Ash Josies Spuren. Als er sah, dass sie den Hang hinter dem Haus in gerader Linie hoch führten, fluchte er leise.

Direkt in die Wildnis. Keine guten Voraussetzungen für Josie und Luzi.

Ebenso methodisch wie zügig arbeitete er sich neben Josies Spur den Hang hinauf. Nach kurzer Zeit entdeckte er eine durch überhängende Felsen geschützte Stelle, wo Josie für einige Momente stehen geblieben war. Hier musste sie Betty angefunkt haben.

Einen Versuch war es wert. Wahrscheinlich hatte sie die Frequenz danach nicht umgestellt. Ash drehte die Lautstärke seines Funkgeräts hoch und stellte die Polizeifrequenz ein.

«Ash an Josie, bitte melden.»

Keine Antwort, nur Stille.

Plötzlich knackte das Funkgerät doch. «Betty an Ash. Hast du Josies Spur gefunden?» Die Verbindung war schwach und unsauber. Trotzdem konnte er die Worte in dem tobenden Wetterchaos verstehen.

Ash unterdrückte seine Enttäuschung resolut. Während eines Einsatzes war für unprofessionelle Reaktionen keine Zeit. «Ja, sie führt direkt hinter dem Haus den Berg hoch.»

«Wir folgen euch, sobald wir können. Sei wachsam. Ohne den Funkturm bist du in wenigen Minuten außer Reichweite.»

«Verstanden. Ash out.»

Er folgte Josies Spur weiter den Berg hinauf. Dabei ließ er seine Urinstinkte in den Vordergrund treten. Jenen Teil des Reptiliengehirns, das den Jäger in einem Menschen ausmachte.

Gleichzeitig ignorierte er alles, was seine Furcht nährte. Gedanken an die Gefahr, in der Josie schwebte. Seine eigene Angst vor dem

Sturm, der völlig entfesselt um ihn herum tobte und Blitze auf ihn zu schleudern schien. Bewusst archivierte Erinnerungen an Einsätze in Kriegsgebieten, wiedererweckt von den knallenden Donnerschlägen, die ihn an explodierende Granaten erinnerten.

Er fand seinen persönlichen Rhythmus, der ihn die Anstrengung des Aufstiegs vergessen ließ. Eine halbe Stunde verging. Die Distanz, die er während dieser Zeit zurücklegte, war beträchtlich. Wenn Josie dieses Tempo immer noch durchhielt, befand sie sich inzwischen tief in der Wildnis.

Ash erreichte eine Kuppe, wo ihn ein abrupter Wechsel der Topografie erwartete. Das bewaldete Gelände schien ab hier flach zu verlaufen und bildete eine Art Hochplateau. Er schaltete seine Stirnlampe aus und versuchte die Dunkelheit mit den Blicken zu durchdringen.

Keine Chance.

Leider entdeckte er auch nirgends eine Lichtquelle. Josie war schlau und hatte sicher eine Taschenlampe mitgenommen. Dicht wie die Bäume wuchsen, reichten allerdings hundert Meter oder weniger, um den Lichtschein zu verbergen.

Plötzlich flaute der Sturmwind ab und es wurde totenstill. Ash horchte auf. Was passierte jetzt? Holte der Orkan Atem für einen neuen, heftigeren Ausbruch?

Ein leises Rieseln drang an sein Ohr, kaum hörbar und doch vertraut. Dann entdeckte Ash die ersten Flocken, die zu Boden schwebten. Es schneite! Innerhalb weniger Minuten nahm seine Umgebung geisterhafte Formen an — ein Prozess nicht unähnlich einem Fotonegativ im Entwicklerbad.

Der sanfte Widerschein des Schnees reichte, dass Ash seine Stirnlampe nicht benötigte, um Josies Spur zu folgen.

Bald fand er den ersten abgebrochenen Zweig. Sie hatte Markierungen hinterlassen!

Neue Hoffnung erfüllte Ash. Für eine Zivilistin verhielt sich Josie verdammt professionell in diesem Spiel. Wenn er sie rasch genug fand, konnte das Abenteuer eine gute Wendung nehmen.

Luzis Licht bewegte sich inzwischen im Schritttempo. Immer wieder blieb es kurz stationär, wenn der Kater sich hinlegte, um Kraft zu schöpfen. Trotzdem schleppte er sich jedes Mal nach wenigen Momenten weiter.

Der Blitz musste ihn zu Tode erschreckt haben, was Josie gut verstehen konnte. Katzen fassten nach traumatischen Erlebnissen nur schwer wieder Vertrauen und Luzi war allein in einer feindlichen Umgebung, die er nicht kannte. Wie sollte er da zur Ruhe kommen?

Auch Josie fühlte sich immer noch wie unter Schock. Dabei kannte sie die wissenschaftlichen Erklärungen für das, was passiert war, konnte abstrahieren und sich alles zurechtlegen.

Ihr Herz schlug schneller, als sie gegen die dünne Schneedecke plötzlich die Umrisse ihres Katerchens erkennen konnte. Luzi war vielleicht noch zwanzig Meter von ihr entfernt.

Josie begann leise zu rufen und legte all ihre Liebe zu dem kleinen Tier in die Worte. «Luzi? Luzi, bitte schau dich um. Du bist nicht mehr allein. Komm her zu mir», lockte sie.

Auch wenn er sie nicht hören konnte, musste er irgendwann ihre Gegenwart spüren. Kommunikation war weit mehr als reiner Klang. Zwischen allen Lebewesen gab es Energieströme, die sie verbanden. Liebe war einer der stärksten.

Die Distanz zwischen ihnen wurde stetig kleiner. Josies Herzschlag beschleunigte sich. Nur noch wenige Momente, dann hatte sie ihr Katerchen eingeholt. Wenn er sie in seiner Angst doch nur bemerken würde!

Durch ihren Fokus auf Luzi achtete Josie nicht mehr auf die Umgebung. Sie stolperte heftig über eine Wurzel. Statt zu Boden zu fallen, fand sie sich plötzlich auf abschüssigem Gelände wieder, überschlug sich mehrmals und knallte gegen etwas Hartes.

Schmerz stach wie ein Eispickel in ihre Schläfe. Sie verlor das Bewusstsein.

25

Harold saß auf der Feuerwache von Dancing Coons und malträtierte seine Fingernägel. Als Kind hatte er sie bis aufs Fleisch abgekaut, bis es seiner Mutter zu viel wurde und sie seine Hände mehrmals täglich mit Wermutblättern einrieb.

Der unerträglich bittere Geschmack hatte ihm die schlechte Angewohnheit in Nullkommanichts abgewöhnt.

Dass er auf seine alten Tage darin zurückfiel war ernüchternd. Doch die Sorge um Josie und Ash zerfraß ihn. Er liebte beide wie sein eigenes Fleisch und Blut — wie die leiblichen Kinder, die ihm das Schicksal in diesem Leben leider nicht vergönnt hatte.

Er erinnerte sich genau, wie er als junger Feuerwehrmann an einem heiteren Frühlingstag die Hydranten in der Hauptstraße von Dancing Coons kontrollieren sollte. An alle bis auf einen war er problemlos rangekommen. Doch genau vor dem letzten stand dieser alte Armeejeep und versperrte ihm den Zugang.

Wer auch immer seinerzeit für die Planung der Wasserversorgung verantwortlich zeichnete, hatte beim Standort dieses Hydranten das Gehirn nicht eingeschaltet. Alles Mögliche stand darum herum, darunter ein mächtiger Ahornbaum, der seine Wurzeln zweifelsohne schon längst in die Abwasserleitungen getrieben hatte und deshalb so prächtig gedieh.

Selbst unter normalen Umständen konnte die Kontrolle nur von der Straße her erfolgen und bedurfte einiger Verrenkungen. Mit der Schnauze des Jeeps davor klappte es gar nicht mehr.

Im Stillen fluchte Harold über die Touristen. Ein Blick auf das Nummernschild zeigte, dass das Fahrzeug aus Virginia stammte. Keine Ahnung, wie jemand all die Meilen hierher in so einer Rüttelkiste aushielt.

«Warte kurz, Harold, ich fahre gleich weg», sagte plötzlich eine bekannte Stimme zu ihm und als er sich umdrehte, entdeckte er sie — Rose Comeaux.

Sie wirkte schmaler und ernster als früher und die Sterne in ihren Augen, deren Funkeln ihn stets so fasziniert hatte, strahlten nicht. Links und rechts trug sie Stofftaschen mit ihren Einkäufen. Und vor ihrer Brust …

Harold staunte. «Du bist Mutter geworden?»

Rose stellte die Taschen vor den Rücksitzen des Jeeps auf den Wagenboden. Ihre Handflächen legten sich beschützend auf das Tragetuch, dort wo sich der Rücken des Babys befand. Es wirkte winzig, so als wäre es erst wenige Tage auf der Welt.

«Ja. Das ist Josie.» Sie stellte sich neben Harold und schob vorsichtig das Tuch zur Seite, sodass er einen Blick auf ein zerknittertes Gesichtchen erhaschen konnte. Das Baby hatte seine winzigen Fäustchen neben den Wangen geballt und schlief tief und fest.

Harold musterte Rose besorgt von der Seite. «Ist alles in Ordnung? Mit ihr? Und dir? Und …» Er wagte nicht, die dritte Person zu erwähnen, die es für eine Familie brauchte. «Du wirkst so traurig und niedergeschlagen.»

Für seine Frage sandte sie ihm ein zittriges Lächeln und berührte ihn kurz an der Schulter. «Wir zwei sind in Ordnung. Ich … ich werde dir später einmal alles erzählen. Jetzt muss ich nach Hause. Bis bald, Harold.»

Nachdenklich hatte er ihr nachgeschaut, wie sie davonfuhr in einem Auto, das nicht ihres war und seine eigene Geschichte erzählte.

In den darauffolgenden Wochen erfuhr er nach und nach, was geschehen war.

Nach einer angemessenen Trauerzeit bemühte er sich um Rose, als einer von mehreren Männern in Dancing Coons.

Rose und er wurden Freunde mit Vorzügen. Fest binden wollte sie sich trotz ihrer jungen Jahre nicht mehr. Für Harold war diese Art der Beziehung fast, aber nicht ganz, genug.

Als einzigartiges Glück durfte er für Josie die Vaterrolle übernehmen und sie aufwachsen sehen. Wenn etwas vorfiel, kam sie stets zu ihm und ging nie zu den anderen Männern, die nach wie vor da waren und Rose unterstützen. Zu jener Zeit war allen längst klar, dass sie wirklich allein bleiben wollte, doch die Bande in Dancing Coons reichten tief und Freundschaft kam vor allem anderen — selbst enttäuschten Träumen.

Harold seufzte.

Und nun musste er sich auch noch um Ash sorgen.

Ben hatte sich bedeckt gehalten, als er anrief und darum bat, dass Harold seinen Freund einstellte. Einen ehemaligen Kameraden bei den Blessed Damned.

Aus diesem Kontext allein konnte Harold einiges ableiten. Ein Team hochintelligenter Geeks, allesamt aus schwierigen familiären Verhältnissen. Eine hochdekorierte Elitetruppe, handverlesen von einem der eigenwilligsten Befehlshaber, die es je gegeben hatte.

Während ihrer aktiven Zeit war ihre Existenz selbst beim Militär nur sorgfältig ausgewählten Kreisen bekannt.

Harold hatte von Ben über die Jahre so einiges erfahren, vielleicht zu viel. Weil Ben wusste, dass seine Geheimnisse bei seinem Onkel absolut sicher waren, und eher einen Vater in ihm sah.

Am liebsten hätte er Bens Bitte abgeschmettert. Seine Knieverletzung, die er in jedem wachen Moment spürte, hielt ihn davon ab. Das — und das besondere Persönlichkeitsprofil der Blessed Damned.

Alle Mitglieder jener Truppe waren Teamplayer, Betas aus eigener

Entscheidung, die durch ihre Intelligenz und Entschlossenheit jederzeit in die Rolle eines Alphas — des Anführers — schlüpfen konnten.

So jemand eignete sich perfekt als Second-in-Command und Stellvertreter eines Fire Chiefs.

Und nicht zuletzt hörte Harold die tiefe Freundschaft in Bens Worten. «Ash ist ein großartiger Kerl, Onkel. Wenn er erst da ist, wirst du ihn nicht mehr missen wollen. Glaub mir.»

Kein gutes Argument angesichts des Schicksals, das Ashs Vorgänger ereilt hatte.

Trotzdem versprach Harold, mit Ash zu telefonieren.

Als er ihm dann auf der Straße nach Dancing Coons gegenüberstand, wusste er, dass er den Fehler seines Lebens begangen hatte.

Weil Ash zu sympathisch war. Der junge Mann wirkte kompetent, abgeklärt und weit über seine Jahre hinaus erwachsen. Harold wusste sofort, dass er ihn mögen würde, und versuchte das Unvermeidliche hinauszuschieben.

Indem er sich über Bens nutzlose Protzkarre ausließ.

Es hatte alles nichts genützt. Am Morgen des ersten Arbeitstages erkannte er, dass Ash das Beste war, was ihm hatte passieren können.

Und dass er untröstlich sein würde, falls ihm etwas zustieß.

Dabei hatte Harold noch nicht einmal an Gefahren wie diesen furchtbaren Sturm gedacht.

«Chief?», fragte jemand leise.

Harold tauchte aus der Versunkenheit auf. Blaze stand vor seinem Schreibtisch. «Ja?»

«Der Blitz hat uns ziemlich böse erwischt. Weil der Elektriker nächste Woche die alten Installationen ersetzen wollte, haben wir alle Ersatzteile da. Wenn ich mich ranhalte, könnten wir in einigen Stunden Strom vom Generator zapfen und die Wache hochfahren. Möchtest du, dass ich es versuche?»

«Wieso zögerst du? Das sind doch gute Neuigkeiten.»

Blaze verzog das Gesicht. «Na ja. Der Elektriker wird keine Freude haben und es ist möglich, dass dort, wo man es nicht sieht, mehr kaputt ist, als ich ersetzen kann. Dann hast du dich umsonst gefreut. Und was ist, wenn ich ausrücken muss?»

«Dann schauen wir weiter. Versuch es, Blaze. Im Moment sind wir blind und taub. Um unseren Job zu erfüllen, müssen wir so rasch als möglich wieder kommunizieren können. Schau, ob du die Arbeit in Pakete unterteilen kannst. Den Funkturm zuerst reparieren und erst dann das Licht.»

Der Junge nickte entschlossen. «Ich versuch's.»

Bald waren Harold und Flo wieder allein.

«Betty und Ben an Zentrale. Es ist alles ruhig entlang der Hauptstraße. Nächstes Ziel: Farmers' Market», erklang Bettys Stimme über Miss Flos Funkgerät.

Die jungen Leute fuhren die unbeleuchteten Straßen des Orts als Konvoi ab. Durch die separaten Fahrzeuge stellten sie sicher, dass ein etwaiges Unglück nicht beide erwischte.

«Hier Zentrale», bestätigte Miss Florence. «Haben verstanden.»

Harold schaute zur Uhr. Das Warten ging weiter.

Josie erwachte von einem intensiven Schnurren, das durch ihren Brustkorb vibrierte. Wo war sie? Ihr tat alles weh. Dabei war ihr Bett doch bequem.

Nach mehreren Versuchen gelang es ihr, die Augen zu öffnen. Ein diffuser Lichtschein erhellte ihre Umgebung, doch sie schenkte seinem Ursprung keine Beachtung. Riesige grüne Katzenaugen erwiderten ihren Blick. Luzi. Der schwarze Kater lag auf ihrer Brust, fast Nase an Nase mit ihr.

Auf seinem Kopf befand sich etwas, das wie eine weiße Mütze aussah. Josie streckte die Hand danach aus und die Masse rieselte als winzige Kristalle links und rechts von Luzis Köpfchen herab.

Schnee.

Langsam kehrte ihre Erinnerung zurück.

Sie war gestürzt. Mitten in der Wildnis. Auf der Suche nach Luzi.

Offenbar hatte sie ihn gefunden. Oder besser gesagt: Er sie.

Was nun?

Die erste Priorität nach all der Mühe und Sorge war klar: Die Katze sichern.

Josie legte die Arme um Luzi und setzte sich langsam auf. Mit kältesteifen Fingern öffnete sie ihre Jacke, während sie mit dem anderen Arm Luzi eisern festhielt. Er wehrte sich nicht, schien sogar dankbar für ihren Klammergriff.

Bevor Josie ihr Zuhause verließ, hatte sie unter ihrem Parka Luzis Tragesack angelegt. Das Katerchen fürchtete sich aus unerfindlichen Gründen panisch vor Transportkörben. Als er noch klein war, hatte Josie deshalb eine Kängurutasche aus grobem, luftdurchlässigem Stoff genäht, die sie nicht unähnlich einer Babytrage vor der Brust trug.

Weil er seither ordentlich gewachsen war, hatte die Tasche drei Überarbeitungen erlebt, blieb aber nach wie vor die einzige Möglichkeit, wie Luzi sich transportieren ließ.

Kaum begann sie den Reißverschluss zu öffnen, der die Tasche oben verschloss, steckte Luzi schon den Kopf in die Öffnung und strampelte wie wild, um hineinzugelangen. Da war jemand mit seinem Abenteuer bedient.

Josie ließ ihn hineinkrabbeln, wartete, bis er sich gedreht hatte und streifte ihm das LED-Halsband ab, bevor sie den Reißverschluss schloss. Sein Schnurren, das kurz abgeflaut war, erklang wieder in voller Lautstärke. Es konnte bedeuten, dass er sich über ihre Gegenwart freute und in seiner Trage wohlfühlte. Katzen schnurrten jedoch auch, wenn sie Angst oder Schmerzen litten, um sich selbst zu beruhigen.

Luzi war für den Moment versorgt und so zufrieden, wie es in dieser Situation möglich war.

Josie schaltete das Licht des LED-Halsbands aus und steckte es in die Jackentasche. Vielleicht benötigte sie es später als Positionslicht, damit die Ranger sie finden konnten.

Wie weiter?

Zweite Priorität: Ihren Gesundheitszustand eruieren.

Josie erinnerte sich dumpf daran, sich die Schläfe an etwas

gestoßen zu haben, bevor sie das Bewusstsein verlor. Als sie ihren Handschuh abstreifte und die Stelle unter ihrer Mütze vorsichtig berührte, fand sie zum Glück kein Blut, nur eine leichte Empfindlichkeit.

Vielleicht hatte sie beim Sturz einen Nerv erwischt, der als Überreaktion ihre Lichter ausgehen ließ. So etwas kam vor. Eine Kollegin war einmal in Ohnmacht gefallen, weil sie sich den Musikantenknochen an einem offenen Fensterflügel angeschlagen hatte.

Josie tastete ihren restlichen Körper ab. Beim rechten Fuß machte sie eine unschöne Entdeckung, als sie in den Schaft ihrer Schneestiefel fasste. Der Knöchel war dick geschwollen und pochte. Die Wahrscheinlichkeit war groß, dass sie ihn entweder übertreten oder gar gebrochen hatte.

Unter diesen Umständen in der Dunkelheit abzusteigen war lebensgefährlich. Sie musste mindestens bis zur Dämmerung warten, vielleicht gar bis zum Abflauen des Sturms.

Dritte Priorität: Die Umgebung prüfen und an geeigneter Stelle ein Lager errichten.

Josie schaute sich um und bemerkte endlich den Grund für das schwache Licht, das den Schnee um sie herum erhellte. Ihre Taschenlampe lag neben ihr, schon fast zugedeckt von den dicht fallenden Flocken.

Sie zog ihren Handschuh wieder an, hob die Taschenlampe hoch und leuchtete ihre unmittelbare Umgebung an. Sie saß in einer ungefähr drei Meter tiefen Senke, deren Ränder steil abfielen und deren Grund frei von Bäumen und Gestrüpp war.

Im ruckelnden Lichtstrahl, mit ihrem Fokus auf Luzi und durch die einsetzende Erschöpfung hatte Josie den Höhenunterschied schlicht nicht bemerkt.

Die kahle Senke wirkte befremdend in der dicht bewaldeten Umgebung. Über solche Orte entstanden in der Bevölkerung rasch Geschichten über einen Fluch oder etwas Mythisches wie tanzende Feen.

Dabei war die Erklärung einfach. Wahrscheinlich entsprang unter

Josie eine verborgene Quelle. Das war die häufigste Ursache, wenn Bäume gewisse Flächen mieden.

Die Senke war ein zugleich guter und schlechter Lagerplatz. Sie schützte Josie vor den eisigen Winden, welche die kahlen Baumkronen beutelten, und machte es Raubtieren unmöglich, sich unbemerkt anzuschleichen. Doch sammelte sie zugleich die Kälte, ein simples physikalisches Phänomen.

Sollte sie versuchen, die steilen Wände hochzukriechen?

Während Josie überlegte, fiel ihr Lichtschein auf den einzigen Baum, der sich zumindest ein Stück weit in die Senke getraut hatte und auf halber Höhe der Böschung wuchs. Er war uralt und musste einst riesig gewesen sein. Inzwischen war von seinem Stamm nur ein hohler, mehrere Meter hoher Stumpf übrig, aus dem an verschiedenen Stellen neue, dünne Äste wuchsen.

Ein Kämpfer, der sich bis zuletzt ans Leben klammerte.

Dicht über den Wurzeln gab es eine große Öffnung, nicht unähnlich einer Tür. Wenn der Stamm unbewohnt war, konnte er Josie für den Rest der Nacht als schützendes Lager dienen.

Vorsichtig kroch sie auf Knien hin. Jede Erschütterung ihres Fußes trieb einen Schmerzenspfeil durch ihr Bein und den ganzen Körper. Sobald sich das Wetter beruhigt hatte, musste sie sich eine Krücke suchen. Sie wusste, wie man sich am einfachsten eine fertigte, und hatte ihr Jagdmesser dabei.

Der Stamm war unbewohnt, vielleicht weil die Öffnung so groß war, dass er nur wenig Schutz vor Wettereinflüssen und großen Tieren bot. Trotzdem war er besser als nichts. Josie fand eine dicke Schicht altes Laub, die sie vor aufsteigender Kälte schützte.

Sie streifte ihre Handschuhe ab und fasste in die tiefen Taschen ihres Parkas. Alles, was sie in der Eile des Aufbruchs eingepackt hatte, war noch da. Ihr Funkgerät, ihr Smartphone, die Ersatzbatterien für die Taschenlampe, ihr Messer und eine brandneue Foliendecke. Nahrung und Flüssigkeit befanden sich leider nicht darunter. Dummerweise auch keine Streichhölzer.

Weil sie Luzi wiederfinden musste, bevor er zu tief in den Wäldern verschwand, hatte Josie sich nur die Zeit genommen, alles Nützliche in der Garderobe zusammenzuraffen. Der Gang in die Küche oder zum Medizinschrank hätte zu lange gedauert.

Für diese Eile bezahlte sie nun den Preis.

Ihr Fuß pochte schmerzhaft und sie litt durch die vergangene Anstrengung an Durst. Um beides konnte sie sich erst morgen kümmern. Doch hatte sie Luzi wiedergefunden, der inzwischen in einer fast hypnotischen Frequenz schnurrte.

Josie stellte sicher, dass das obere Ende von Luzis Kängurutasche aus der Foliendecke herausschaute, damit er ungehindert atmen konnte, und legte die Taschenlampe so hin, dass ihr Lichtschein die Senke vor der Höhe erhellte. Auf diese Weise wollte sie Wache halten.

Stattdessen schlief sie innerhalb von Minuten ein.

26

Ashs Sorge wuchs, während er Josies Markern folgte. Die Abstände zwischen den abgebrochenen Zweiglein wurden größer. Immer öfter schlichen sich Unregelmäßigkeiten im Rechts-Links-Muster ein, ziemlich sicher verursacht durch Josies Erschöpfung.

In solchen Augenblicken machten die Menschen Fehler. Ash kannte das umliegende Gebiet nicht, aber Gefahren verbargen sich überall in der Wildnis. Insbesondere in einer Nacht wie dieser konnte ohne Vorwarnung etwas passieren.

Inzwischen waren die Temperaturen tief unter null gefallen, eine garstige Vorahnung des bevorstehenden Winters. Auch der eisige Wind blies wieder.

Ash musste Josie bald finden. In diesen Wetterverhältnissen brauchte es einen klitzekleinen Fehler und sie erfror. Das Gleiche galt für ihn. Durch sein Training und Wissen kannte er alle Tricks, um in der Kälte zu überleben, doch auch er war nur ein Mensch. Jede Fehlkalkulation konnte sein Ende bedeuten.

Der Neuschnee, der ihm das Verfolgen von Josies Fährte zuerst erleichtert hatte, war längst zu seinem erbitterten Feind geworden, indem er ihre Fußstapfen bedeckte und die Marker fast unerkenntlich machte.

Wo zum Teufel steckte sie?

Ash war größer als Josie, hatte entsprechend längere Beine und war geübt, sich in unwirtlichem Gelände zu bewegen. Unter diesen Umständen musste er zu ihr aufschließen. Weshalb hatte er sie noch nicht gefunden?

Die Marker konnten nur ihre sein. Sie waren frisch.

Plötzlich entdeckte er vor sich eine seltsame Erscheinung, einen großen Fleck aus Licht, der den Neuschnee scheinbar von unten erhellte. Ein Trugbild, verursacht vom heftigen Schneegestöber?

Ash hatte gelernt, solchen unerklärlichen Phänomenen zu misstrauen. Er kauerte nieder und arbeitete sich auf allen vieren vor, während er den Schnee beiseite wischte und den Grund vor sich abtastete.

Die Verwehung aus Neuschnee wurde immer höher. Als sie Ash in seiner knienden Stellung deutlich überragte, brach die weiße Mauer plötzlich vor ihm weg. Ash fand sich am Rand einer Senke wieder, deren Böschung mehrere Meter steil nach unten führte. Der Lichtschein, den er bemerkt hatte, kam aus dieser Senke.

Das musste Josie sein, doch durch das dichte Schneetreiben konnte er nichts erkennen.

War sie in Gefahr oder hatte sie sich ein sicheres Lager geschaffen?

Ash zog seine Waffe aus dem Oberschenkelholster und überprüfte, dass sie die sintflutartigen Regenfälle trocken überstanden hatte. Dann rutschte er auf den Stiefelsohlen und dem Hintern kontrolliert die steile Böschung hinab. Normalerweise hätte er sich ihr entlang bewegt, um sich dem Licht zu nähern, doch mit den darüber aufgetürmten Neuschneemassen war das keine gute Idee.

Tief geduckt und wachsam durchquerte er die Senke.

Und atmete auf.

Josie war unglaublich! Nicht nur hatte sie ihre Katze gefunden, wenn er das hässliche rucksackartige Ding, das sie umarmt hielt, korrekt deutete. Sie hatte sich darüber hinaus ein geschütztes, einigermaßen sicheres Lager geschaffen.

Dass sie nach all der Aufregung eingeschlafen war, kam nicht überraschend. Wache zu halten wäre in ihrer Situation sicherer gewesen, doch brauchte es eiserne Willenskraft und einiges an Training, um nach so einer Anstrengung die Erschöpfung in Schach zu halten.

Ash steckte seine Glock weg.

Wie weiter? Es konnte gut sein, dass Josie bewaffnet war, deshalb durfte er sie keinesfalls überraschen.

Mit der Erleichterung erwachte der Schalk. Ash miaute rufend. Weil er schon ganze Operetten mit Sapphire gesungen hatte, konnte er das gut. Maxie hatte sich immer halb zu Tode gelacht, wenn sie loslegten.

Ein zweites Miau. Dieses drängender.

Josies Lider begannen zu zucken. Beim dritten Ruf fuhr sie aus dem Schlaf auf.

«Ich bin zwar keine Katze, gewährst du mir trotzdem Asyl?», fragte Ash, bevor sie sich über seinen Anblick allzu sehr erschrecken konnte.

«Ash! Was … wie kommst du hierher? Bist du verrückt, mir in so einer Nacht in die Wildnis zu folgen?»

Ihre Frage brachte ihn zum Lachen. «Ich hatte die gleiche Motivation wie du. Mit der lässt sich nicht verhandeln.»

Ihre Verwirrung war süß. Sie schien nicht zu begreifen. «Also ich bin Luzi nach. Du auch?»

«Darf ich mich an dich kuscheln, während wir das ausdiskutieren? Es ist verdammt kalt.»

Josie nickte und setzte sich gerader auf, um ihm Platz zu machen. «Natürlich.»

Ash glitt in die schützende Baumhöhle. Zu zweit wurde der Innenraum ziemlich eng. «Ich muss auf deine rechte Seite. Sonst komme ich im Notfall nicht an meine Waffen», erklärte er, während er über ihre Beine kletterte. Trotz seiner Vorsicht stieß er an ihre Füße und sah, wie sie schmerzerfüllt das Gesicht verzog. «Bist du verletzt?»

«Ja, ich war blöd oder müde, oder beides. Jedenfalls bin ich in die Senke da draußen gestolpert und war kurz bewusstlos. Dabei habe ich mir den Knöchel verstaucht oder gebrochen. Es tut mir leid, Ash.» Tränen stiegen in ihre Augen.

«Shh. So etwas kann passieren. Manche schaffen das auf dem Gehsteig in der vermeintlich sicheren Stadt.» Er legte ihr kurz die Hand auf das Bein. Gerne hätte er ihre Wange berührt, aber weil er Handschuhe trug, kam das nicht infrage. «Bist du sonst noch verletzt?»

«Kurz bevor ich bewusstlos wurde, tat mir die Schläfe furchtbar weh, aber beim Tasten habe ich nichts gefühlt.»

«Wir schauen uns das an. Lass uns zuerst dafür sorgen, dass wir die Nacht überleben. Hast du Nahrung und Flüssigkeit zu dir genommen?»

Sie schüttelte den Kopf. «Nichts dabei. Keine Zeit, um es einzupacken.»

Ash zog die Handschuhe aus und nahm zwei Dosen mit selbsterhitzender Bohnensuppe und zwei mit einer Elektrolytlösung aus seinem Rucksack. Er aktivierte die chemische Reaktion und stellte die Behälter an einen sicheren Platz am Rand der Baumhöhle, wo er sie später leicht erreichen konnte.

«Darf ich mir deinen Fuß anschauen?»

Josie nickte.

Der Knöchel war stark geschwollen, sodass er den ganzen Schaft ausfüllte und Ash ihn nicht betasten konnte. «Ich ziehe dir den Stiefel aus. Sonst besteht die Gefahr, dass der Fuß nicht mehr richtig durchblutet wird und Schaden nimmt.»

Tapfer ließ Josie die Prozedur über sich ergehen, wimmerte nur ab und zu leise. Das Geräusch stach Ash ins Herz, aber es musste leider sein.

«Der Knöchel ist so stark geschwollen, dass ich nicht jedes Detail fühlen kann. Meiner Meinung nach hast du Glück gehabt. Ich tippe auf eine schwere Verstauchung. Vielleicht einen Haarriss.»

An ihrer Schläfe fand er nur einen Bluterguss, der sich vom Rand der Augenhöhle bis in ihre Haare hochzog. Die Stelle würde einige Tage lang empfindlich sein, schien aber nicht ernsthaft verletzt. Josie zeigte auch keine Anzeichen für eine Gehirnerschütterung.

Er zog eine Flasche Mineralwasser aus seinem Rucksack und wählte aus einer wasserdichten Schraubdose mehrere Pillen. «Hier, nimmt die. Sie betäuben den Schmerz und lindern die Schwellung.»

Josie gehorchte.

Ash schuf ihnen mit seinen Foliendecken eine bessere Isolation, setzte sich neben Josie und zog sein Funkgerät hervor. «Ich versuche, ob ich über Funk jemanden erreichen und Bescheid geben kann, dass wir in Sicherheit sind. Die Erfolgschancen tendieren allerdings gegen null», warnte er für den Fall, dass sie sich vorschnelle Hoffnungen machte.

«Ich weiß», bestätigte Josie leise. «Die Senke und der extrem dichte Wald machen Funkkontakt selbst bei bestem Wetter schwierig. Dazu der Blizzard und die dadurch verursachten atmosphärischen Störungen.»

Nach je drei Versuchen auf den Frequenzen der Polizei und Feuerwehr gab Ash auf. Selbst wenn Blaze den Funkturm repariert hatte, mussten sie das Ende des Sturms abwarten.

Inzwischen hatte sich ihre Mahlzeit vollständig erhitzt.

Ash reichte Josie eine Dose von jeder Sorte. «Vorsicht, der Inhalt wird ziemlich warm.»

Mit jedem Schluck, den sie trank, verschwand die geisterhafte Blässe in ihrem Gesicht. Bald kehrte der übliche rosige Schimmer in ihre Wangen zurück.

Beruhigt griff Ash nach seiner eigenen Mahlzeit, die geschmacklich an ein Frühstück erinnerte. Die Elektrolytlösung schmeckte wie dünner Milchkaffee. Das Aroma der Bohnensuppe glich dem von weißen Bohnen an Tomatensoße.

«Oh, tut das gut», sagte Josie leise. «Ich hätte etwas aus der Küche mitnehmen sollen, aber ich wollte Luzi keinen zu großen Vorsprung zugestehen, nachdem das Licht seines Halsbands bereits verschwunden war.»

«Was für ein Licht?», wunderte sich Ash.

Josie stellte eine Dose zwischen ihnen ab und zog etwas aus der Außentasche ihres Parkas. «Er trägt dieses Halsband immer an Halloween. Die Herzen darauf leuchten blutrot, wenn ich es einschalte. Schau.»

Tatsächlich. «Dann konntest du ihm so folgen?»

«Ja. Immer wenn ich das Leuchten verlor, suchte ich den einfachsten Weg im Terrain in der Annahme, dass Luzi ihm ebenfalls gefolgt war. So fand ich ihn zweimal wieder.» Sie schaltete das Halsband aus und steckte es wieder ein.

Als beide ihre Mahlzeit beendet hatten, stellte Ash die leeren Dosen zur Seite, wo er sie später einsammeln konnte. Vorsichtig legte er danach den Arm um Josies Schultern. Sogleich schmiegte sie sich dicht an seine Seite.

Schon besser. Am liebsten hätte er sie umarmt und nie mehr losgelassen.

«Wie hast du Luzi am Ende geschnappt? Er ist doch da drin, oder?» Die Frage war eigentlich überflüssig, denn der hässliche Rucksack hatte kurz nach Ashs Ankunft zu schnurren begonnen. Offenbar erkannte ihn Luzi, vielleicht an seiner Ausstrahlung.

«Nein, das ist eine andere Katze, die ich unterwegs eingesammelt habe», scherzte Josie keck. «Und geschnappt habe ich ihn nicht. Eher hat er sich selbst gefunden. Als ich nach meinem kurzen Blackout aufwachte, lag er schnurrend auf meiner Brust. Aus seiner Sicht hat er mich gerettet und nicht ich ihn.»

Sie ließ ihre Hand sanft über den Rucksack gleiten.

«Ash?», sagte sie nach einer Zeit der Stille fragend. Ihre Stimme klang jung und unsicher wie die eines Mädchens.

«Ja?»

«Bekomme ich jetzt einen Kuss? Oder bist du böse auf mich?»

Er schreckte aus seiner Versunkenheit auf. «Ich bin nicht böse auf dich. Ich war nur im Missionsmodus. Bei den Kameraden früher wären Küsse nicht gut angekommen.»

Das brachte sie zum Lachen.

«Dann küss mich jetzt. Bei mir kommen deine Küsse nämlich sehr gut an.»

Ash gehorchte und ließ sich Zeit bei der Erfüllung von Josies

Wunsch. Als er sich endlich von ihr löste, entdeckte er zu seiner verlegenen Belustigung, dass die Schmiere in seinem Gesicht auf sie abgefärbt hatte.

«Oh oh. Jetzt siehst du aus wie das Negativ eines Pandas. Bitte entschuldige.» Er versuchte, die schwarzen Schlieren wegzuwischen. Dabei hätte er eigentlich wissen sollen, dass das nicht ging.

«Ist doch egal», sagte Josie amüsiert. «Wieso trägst du das Zeug überhaupt im Gesicht? Dies hier ist doch keine getarnte Mission.»

Ash stahl sich einen weiteren Kuss. Angesichts ihrer vor Glück strahlenden Augen konnte er nicht anders. «Gewohnheit. Zudem schützt diese Variante der Tarnschmiere vor Erfrierungen und hilft durch ihre Bestandteile, dass sich etwaige Wunden nicht infizieren. Unser Team hat sie speziell für Nachteinsätze in Schnee und Eis entwickelt.»

«Das klingt gut. Hast du noch mehr davon? Mein Gesicht fühlt sich eiskalt und ausgetrocknet an.»

«Ja.» Ash langte in seinen Rucksack und zog eine kleine Dose hervor. «Halt still.» Er steckte den Zeigefinger in die Mischung und bemalte Josis Gesicht damit.

Ihre Wangen bewegten sich unter seiner Fingerkuppe. «Fast wie am Kindergeburtstag», scherzte sie.

«Macht man das da?», wunderte sich Ash.

«Klar. In einem Jahr hat mich Ma in die grüne Hexe aus dem Wizard of Oz verwandelt. Ein anderes Mal in einen Schlumpf, diese kleinen Männchen mit der blauen Haut.»

Ash konnte nur mit den Schultern zucken. «Keine Ahnung, wovon du sprichst.»

Das trug ihm einen aufmerksamen Blick von Josie ein.

«So, fertig. Besser?»

«Oh ja. Wie sehe ich aus?»

Zum Anbeißen, dachte sich Ash und beschloss, Josie ein wenig aufzuziehen. «An irgendetwas erinnert mich dein Anblick. Ach ja, an das Foto des kleinen Waldschrats mit den Fuchswelpen, das Harold mir gezeigt hat.»

Josie tat, als würde sie schmollen. «Wie gemein.»

Ash fiel etwas ein. «Müssten wir versuchen, Luzi von dem Mineralwasser zu geben? Er muss ähnlich dehydriert sein wie wir. Futter für ihn habe ich leider nicht dabei.»

Josie überlegte. «Katzen sind zwar ursprünglich Wüstentiere, also ist es vielleicht nicht nötig, aber lass es uns versuchen. Ich halte ihn im Sack fest. Du ziehst den Reißverschluss so weit auf, dass er den Kopf hinausstrecken kann. Eigentlich weiß ich, dass er uns nicht abhauen wird, aber ich will kein weiteres Risiko eingehen.»

«Okay.» Ash öffnete den Rucksack so weit wie nötig und schob vorsichtig den Stoff nach unten, sodass der runde Kopf des Katers in der Öffnung erschien. Er bot dem Tier in der hohlen Hand Mineralwasser an. Fünf Mal trank Luzi die Handfläche leer. Danach schien er zufrieden zu sein.

Als Luzi wieder sicher verstaut war, wollte Josie den Sack gar nicht mehr loslassen. «Zum Glück hast du daran gedacht. Ich war nur auf mich selbst fokussiert.»

«Sei nicht zu streng mit dir. An so etwas zu denken war mein Job.»

Das trug ihm einen weiteren aufmerksamen Blick von Josie ein.

Ash stählte sich innerlich. Die Zeit war gekommen, um über seine Vergangenheit zu sprechen.

27

Josie schmiegte sich nachdenklich an Ashs Seite. Gerade war es wieder passiert. Zweimal sogar. Dieser Moment, in dem sich Ash innerlich meilenweit von ihr zu entfernen schien.

Welches Kind kannte keine Kindergeburtstage? Oder weltweit erfolgreiche Comicfiguren?

Seine Reaktion wirkte weniger bleiern als die Male zuvor. Das konnte bedeuten, dass er bereit oder zumindest bereiter war, darüber zu sprechen.

Wenn sie ihn allerdings nicht verletzen wollte, musste sie vorsichtig vorgehen.

«Du hast meine frühere Frage noch gar nicht beantwortet», erinnerte sie ihn leise. «Weshalb bist du mir gefolgt?»

Sein Arm schloss sich enger um ihre Schultern. «Weil ich dich liebe.»

Obwohl sie sich ihre Liebe schon einmal gestanden hatten, damals in der Sicherheit von Josies Küche, ließ die schlichte Erklärung ihr den Atem stocken. Die Worte «ich liebe dich» waren schnell gesagt. Ash jedoch hatte sie bewiesen, indem er ihr in den Wahnsinn des Sturms gefolgt war und dadurch sein eigenes Leben aufs Spiel gesetzt hatte.

Josie legte die Hand auf seine Brust und suchte seinen Blick. «Das macht mich sehr glücklich. Wie du weißt, liebe ich dich nämlich auch.

Spätestens als ich dich zum ersten Mal mit den Kitten sah, war es um mich geschehen.»

Er schmunzelte. «Bei mir passierte es praktisch sofort. Ich vermute, als du mich im Schlafanzug und mit dem Gartenschlauch in der Hand retten kamst. Ich fand dich unwiderstehlich.»

Josie biss sich verlegen auf die Lippe. «Dir ist schon klar, dass solche Auftritte nicht enden werden, nur weil wir ein Paar sind? Ich hab's schon geschafft, den ganzen Tag in einem Pullover rumzulaufen und mich wiederholt in Spiegeln zu betrachten, nur um am Abend beim Ausziehen zu merken, dass ich ihn mit der Innenseite nach außen anhatte.»

«Also so etwas», scherzte er. «Was für ein Glück, dass ich damit kein Problem habe. Aber wie wirst du damit umgehen, wenn ich nach einer langen Schicht den halben Kühlschrank leer futtere, weil ich solchen Hunger habe, und wir am nächsten Tag schon wieder einkaufen müssen? In dieser Hinsicht bin ich ziemlich unterhaltsintensiv.»

Josie gab ihm einen Kuss auf die Wange, spürte die Schmiere auf ihren Lippen, die sie in der Zwischenzeit vergessen hatte, und leckte testend mit der Zunge darüber. Sie schmeckte gut. Ein bisschen wie Kokosnuss.

«Wir wussten schon, was wir tun», kommentierte Ash leicht selbstzufrieden ihre überraschte Miene.

Offenbar.

«Mir bereitet das eigentlich keine Sorgen», beantwortete sie seine ursprüngliche Frage zum Plündern des Kühlschranks. «Ma wusste durch ihren Catering-Service viel über Ernährung und hat mir einiges davon beigebracht. Wir könnten eine Zeit lang Kalorien für dich zählen, um herauszufinden, wie viele du brauchst. Davon ausgehend würden wir einen Ernährungsplan für uns beide erstellen und bei dir das Defizit mit gesunden Naschereien wie beispielsweise Energieriegeln auffüllen. Jene kann man aus Getreideflocken, Nüssen und Honig ganz einfach selber machen.»

Er dachte darüber nach. «Aus diesem Blickwinkel scheint der potenzielle Konflikt beherrschbar.»

«Ich denke schon.»

Im Verlauf ihrer Unterhaltung hatte Ash sich entspannt. Wenn Josie die schwierigen Themen ansprechen wollte, war jetzt der Moment dafür.

«Ash, wie konntest du mich finden? Ich rechnete damit, dass — wenn überhaupt — die Ranger mich aufspüren. Und wie kannst du überhaupt hier sein? Ich meine … Harold …?»

Ash handelte stets verantwortungsbewusst. Es war schlicht nicht möglich, dass er seinen Chief im Stich gelassen hatte. Und doch saß er jetzt neben ihr.

Sie fühlte, wie er tief durchatmete. «Der zweite Teil ist einfach zu beantworten. Als dein Funkspruch kam, war Betty bei uns auf der Wache und wir haben ihn alle gehört. Ben sprach sich dafür aus, dass ich dich suchen gehe, und bot Harold an, so lange für mich einzuspringen. Nach einem Moment des Zögerns nahm Harold an.»

Erleichterung überflutete Josie. Dem Himmel sei Dank war es so gelaufen! Sie hätte es sich nie vergeben, wenn ihre Handlung zu einem Zerwürfnis zwischen Harold und Ash geführt hätte.

«Was, wenn er nicht eingewilligt hätte?», fragte sie leise.

Ein erneutes Durchatmen, schon fast ein Seufzen. «Du wirst das nicht gern hören. Ich hätte auf jeden Fall mit all meiner Überzeugungskraft dafür argumentiert, dass ich dich suchen gehe. Wäre Harold jedoch hart geblieben und hätte niemanden oder jemand anderen gesandt, hätte ich mich gefügt. Du bist aus freien Stücken inmitten eines Sturms in die Wildnis aufgebrochen, hast dich also bewusst dem Risiko ausgesetzt. Unten im Ort befinden sich im Moment Tausende von Menschen unschuldig in Gefahr. Bei Ben sind sie in guten Händen. Deshalb kann ich mein Hiersein moralisch vertreten.»

Er griff nach Josies Hand und presste sie fast schmerzhaft fest, seine Miene voller Leid. «Wenn dir im anderen Fall etwas passiert wäre, hätte ich mir das mein restliches Leben lang nicht verziehen.»

Josie erkannte, wie egoistisch ihre Handlungsweise gewesen war, egoistisch und doch unvermeidlich. Ihre Liebe zu Luzi war ähnlich stark wie die zu Ash, nur anders.

«Es tut mir von Herzen leid, dass ich dich in diese Situation gebracht habe.»

Er presste ihre Hand erneut. Dieses Mal zärtlich. «Hoffen wir, dass alles gut geht.»

Josie erkannte, dass sie ihn nicht nach der Situation im Bezirk gefragt hatte. Wann war sie eine so selbstbezogene Egoistin geworden?

«Wie ist die Lage in Dancing Coons und Lake Coon?»

«Der Blitz, der in die Straßenlaterne vor deinem Grundstück einschlug, hat die gesamte Stromversorgung von Dancing Coons lahmgelegt. Auch im Gebäude der Wache ging einiges kaputt, sodass uns nach dem Anwerfen der Generatoren weder Strom noch Funk zur Verfügung standen. Als ich aufbrach, waren Feuerwehr, Polizei und Ranger faktisch taub und blind.»

Das klang ernst. Und da kein Funkspruch eingegangen war, schien das Problem immer noch zu bestehen.

«Miss Flo richtete eine Art Kettenfunk aus vielen einzelnen Beobachtern ein, über den ihr Vorfälle in Dancing Coons gemeldet werden. Und Betty und Ben werden in regelmäßigen Intervallen als Konvoi die Straßen abfahren. Das ist das Standardprozedere in so einer Situation.»

Josie wartete, ob er weitersprach. Als er still blieb, fragte sie: «Wie konntest du mich in diesem Wahnsinn da draußen finden?»

Ein Blick zur Öffnung im Stamm zeigte, dass der Neuschnee sie schon zur Hälfte bedeckte. Nach wie vor pfiff der Wind wimmernd und heulend durch die Kronen der Bäume. Nur in ihren geschützten Unterschlupf reichte er nicht. Durch das Essen, Ashs Nähe und die zusätzlichen Foliendecken war Josie inzwischen wunderbar warm.

«Ich bin deinen Spuren und Markern gefolgt. Ich bin ein ausgezeichneter Fährtenleser.»

«Hast du das im Militär gelernt?»

Da war es wieder. Dieses stumme Zurückweichen. Dieses Mal war jedoch etwas anders. Ash antwortete ihr trotzdem.

«Nein. Ich konnte das vorher schon. Es war der Grund, weshalb die Armee mich unbedingt wollte. Das und einige andere meiner Fähigkeiten.»

Die erste Hürde war genommen. Josie formulierte ihre nächste Frage ebenso vorsichtig wie indirekt. «Wir sitzen hier für die kommenden Stunden fest und sollten idealerweise wachbleiben. Ich würde gerne mehr über deine Jugend und deinen Werdegang erfahren. Das, was du erzählen magst und darfst.»

Keine Zurückweisung. Nur Wachsamkeit. Offenbar war er schon früher zu einem Entschluss gekommen. «Es ist keine schöne Geschichte, Josie.»

Sie erwiderte seinen Blick. Seine grünen Augen wirkten dunkler als sonst, fast leidverhangen. «Das vielleicht nicht, aber es ist deine. Und deshalb ist sie mir wichtig.»

Er fügte sich in sein Schicksal, zog sie aber näher, bevor er zu sprechen begann. Ganz als fürchtete er, dass sie fliehen würde.

«Wie ich dir schon sagte, wurde ich als White Trash — weißer Abschaum — geboren. Meine Eltern lebten tief in den Bayous von Louisiana in einer Hütte, die nur per Boot zu erreichen war. Strom hatten wir keinen. Unser fließendes Wasser war eine Quelle. Mein Vater betrieb eine Autowerkstatt in einem alten Schuppen im nächstgelegenen Ort. Meine Mutter arbeitete als Krabbenfischerin. Gab es gerade keine solchen Jobs, putzte sie bei den reichen Familien.»

Ash hielt kurz inne, wahrscheinlich um einzuschätzen, wie sie auf diese Eröffnungen reagierte.

Josie legte ihm die Hand auf die Wange und streichelte seine Lippen mit ihrem Daumen. «Ash, können wir etwas vereinbaren? Ich wünsche mir, dass du dich nie wieder mit diesem Schimpfwort beschreibst. Jedes Kind wird unschuldig geboren. Zu White Trash wirst du durch deine Entscheide und Handlungen. Für deine Eltern kann ich nicht sprechen, aber nichts, was ich an dir sehe, passt im geringsten zu dieser Bezeichnung.»

Er wirkte erst überrascht, dann nachdenklich. «Meinst du das wirklich?»

«Ja, niemand von uns kann etwas für die Umstände unserer Geburt. Und einfache Verhältnisse machen eine Familie noch lange nicht zu White Trash.»

«Viele Südstaatler sehen das anders.»

«Das mag sein, aber viele Südstaatler sind arrogante Snobs.»

Er nahm ihren Kommentar widerspruchslos hin. Ein gutes Zeichen.

«Jedenfalls war es eine wilde Kindheit fast ohne Grenzen und ohne Schuhe. Was ich wissen oder können wollte, brachte ich mir selbst bei — sogar das Schweißen der Lecks an meinem alten Boot. Keine Ahnung, wie ich das alles überleben konnte. Angeblich war ich ziemlich klug. Mein Vater brachte aus dem Ort regelmäßig alte Bücher und Zeitschriften mit. Vielleicht gab ihm jemand diese oder er suchte sie aus dem Abfall heraus. Er sagt, dass ich ihn nicht in Ruhe ließ, bis er mir die Bedeutung der Buchstaben erklärte. Und dann konnte ich von einem Tag auf den anderen lesen und las alles, was ich in der Hütte fand. Damit ich ihn nicht bei jedem Abendessen nach der Bedeutung unbekannter Wörter fragte, trieb er irgendwo ein Wörterbuch für mich auf.»

Ash brach ab, um seine Gedanken zu sammeln.

Josie, deren Hand zurück zu seiner Brust gewandert war, fühlte, wie sein Herzschlag jagte, obwohl er äußerlich völlig gelassen wirkte. Hoffentlich schöpfte er Kraft aus ihrer Gegenwart. Ihr war es wichtig, ihn besser kennenzulernen, doch schmerzte es sie, wenn er sich quälte.

«Ich dachte damals, das wäre das ganze Leben. Dann besuchte uns eines Tages die örtliche Lehrerin auf der Insel, um meine Eltern an die Schulpflicht zu erinnern. Sie kam eigentlich wegen meiner zwei Jahre älteren Schwester, die längst in die Schule gehört hätte. Meine Mutter sagte: ‹Lass die nur hier bei uns. Die ist zu blöd zum Lernen.› Mein Vater wiederum zeigte auf mich und sagte: ‹Ihn solltest du mitnehmen.› Am Ende setzte die Lehrerin durch, dass wir beide schon am nächsten Tag in der Schule erscheinen.»

Josie musste sich Mühe geben, um ihre Überraschung zu verbergen. Er hatte eine Schwester? Die Information war neu. Offenbar war seine Beziehung zu ihr nicht einfach, sonst hätte er sie schon früher erwähnt.

«Die Schule kam mir wie ein Wunderland vor. Es gab eine Bibliothek und sogar einen Computer und so viel Wissen, das ich alles lernen konnte. Die anderen Schüler wussten zuerst gar nichts mit mir anzufangen. Ich war der Jüngste, besaß keine Schuhe und kein Kleidungsstück, das nicht geflickt war, und wusste doch so viel mehr als sie.»

Ash stockte.

«Haben sie es dich spüren lassen?», fragte Josie besorgt.

«Zuerst waren sie versucht, aber du darfst nicht vergessen, dass ich ein wildes Kind war. Wenn du dich gegen Alligatoren behauptet hast, machen dir die Schulschläger keine Angst. Nach einigen Vorfällen ließen sie es dann bleiben. Es war einerseits Glück, dass ich damals nicht gleich wieder von der Schule flog. Andererseits hatte mir meine Mutter mit aller Härte die Manieren des Südens eingetrichtert. Wenn man mich in Ruhe ließ, war ich ein ruhiges und anständiges Kind mit besseren Manieren als die meisten.»

Josie zuckte zusammen, als Luzi in seinem Beutel plötzlich wieder lautstark zu schnurren begann. Wann hatte er aufgehört? Sie war das Geräusch so gewöhnt, dass sie es meist gar nicht mehr bemerkte. Offenbar fühlte das Katerchen, wie schwer es Ash fiel zu erzählen.

Er schaute zu dem Beutel, schmunzelte erschöpft und fuhr dann fort. «Meine Mutter sollte in einer Hinsicht recht behalten. Meine Schwester eignete sich nicht für die Schule. Das Einzige, was sie sich von dort holte, war ein Freund. Es begann als Sandkastenliebe und wurde stetig mehr. Als sie zwölf war, hatten die beiden einen furchtbaren Streit, weil er mit einem anderen Mädchen geflirtet hatte. Meine Schwester schmiss sich einem älteren Jungen an den Hals, schlief mit ihm, wurde schwanger und von dem Kerl wie eine heiße Kartoffel fallengelassen.»

Für eine Weile beobachteten sie still die dicken Flocken, die vor der Öffnung der Baumhöhle herumwirbelten. Konnte es sein, dass die heftigen Winde abflauten? Das waren die ersten Anzeichen, dass der Sturm sich bald verausgabt hatte.

«Meine Mutter nahm uns daraufhin beide aus der Schule. Der Lehrerin erzählte sie, dass meine Schwester krank sei, weshalb sie so zugenommen habe, und dass ich mich in der Schule langweile und um Home Schooling gebettelt hätte. Meine Schwester war tatsächlich krank, weil die Schwangerschaft nicht gut verlief. Ich hingegen sollte arbeiten.»

«Aber … aber du warst doch erst zehn oder elf», sagte Josie entsetzt.

Er schnaubte bitter. «Zum Wildern bist du nie zu jung. Dir als Yankee mögen die Regeln des Südens, was als ehrenhaft gilt und was nicht, seltsam erscheinen. Meine Eltern waren stets mit ihrem wenigen Geld ausgekommen, hatten nie Schulden gemacht. Aber für zwei Münder mehr reichte es einfach nicht. Also musste ein zusätzliches Einkommen her. Für Sozialhilfe war man zu stolz. Das gehörte sich nicht. Den Jungen Wildern zu schicken war hingegen okay.»

«Hast du gehorcht?»

«Ja und nein. Es war keine gute Zeit für mich. Ich liebte die Schule über alles und war völlig verzweifelt, dass ich nicht mehr hindurfte. Eine Zeit lang wurde ich wirklich wild, lebte in den Sümpfen und kehrte nicht mehr nach Hause zurück, doch meine Mutter erwischte mich irgendwann und machte mir ihren Standpunkt unmissverständlich klar.»

Ash schien Josies Empörung zu fühlen, denn er sagte schnell: «Jener Tag sollte sich im Nachhinein als der größte Glückstag meines Lebens erweisen. Wieso weiß ich nicht mehr, aber statt in die Wildnis floh ich damals zum ersten Mal zu den Menschen. Ich verbarg mich im Keller der Schule, wo ich stundenlang meine ganze Verzweiflung herausweinte. Der Fire Chief und die Lehrerin fanden mich, weil sie genau an jenem Tag ihren regelmäßigen Kontrollgang machten. Was als einfaches Versorgen meiner Verletzungen, das Kind trösten und ihm etwas zu essen geben begann, entwickelte sich rasch zu sehr viel mehr. Der Fire Chief ließ mich die Fahrzeuge der Feuerwehr warten und zahlte mir dafür einen kleinen Lohn, wahrscheinlich aus seiner eigenen Tasche. Und die Lehrerin versorgte mich mit Lernmaterialien und korrigierte meine Arbeiten, die ich ihr heimlich gab.»

Josie konnte nur staunen. «Ich verstehe nicht, wie das möglich war. Woher kanntest du dich mit diesen Maschinen aus? Und wieso merkten deine Eltern nicht, dass du wieder lerntest?»

Nun lachte Ash leise. «Das mit dem Lernen ist leicht erklärt. Ich hatte schon lange mein eigenes Camp tief in den Bayous erbaut. Dort konnte ich ungestört arbeiten. Den Job als Mechaniker gewann ich mit meiner Frechheit. Als mich der Fire Chief fragte, ob ich wie mein Vater Fahrzeuge warten kann, sagte ich: ‹Nein, aber wenn Sie mir die Service Manuals geben, kann ich es in wenigen Tagen lernen.› Er musste schmunzeln und gab mir mit einem ‹Na dann, beweis das mal!› die Dokumente, die damals als mehrere Zentimeter dicke Bücher kamen.»

Auf Josies verwirrten Blick hin führte er aus: «Ich wusste von meinem Vater, dass es für moderne Fahrzeuge solche Service Manuals gibt. Er konnte nur die alten Motoren reparieren. Neue Fahrzeuge mit Computertechnik überforderten ihn. Aus seinem Geschimpfe gewann ich viele nützliche Informationen. Die Hilfe der beiden freundlichen Menschen sollte sich bald als meine Rettung erweisen. Meine Schwester gebar ihre Zwillinge und es stellte sich heraus, dass beide Kinder krank waren und medizinische Behandlung brauchten. Jack, ihre Sandkastenliebe, stand zu ihr, obwohl die Kinder nicht von ihm waren. Daraufhin flog er bei sich zu Hause raus und zog bei meinen Eltern ein. Also gab es noch ein Maul mehr zu stopfen. Und teure Arztrechnungen zu bezahlen.»

Was für eine Horrorgeschichte, doch leider keine seltene. Josie fühlte, wie Tränen gegen ihre Lider drücken. Resolut drängte sie diese zurück. Ash verdiente Bewunderung, kein Mitleid.

«Die nächsten Jahre waren hart. Ich jagte, was gerade Saison hatte, arbeitete als Mechaniker für die Feuerwehr und später, auf Empfehlung des Chiefs, auch für die Polizei, lebte allein in den Bayous und lernte, wann ich die Zeit und Kraft dafür fand. Meiner Mutter passte das alles überhaupt nicht. Sie wollte immer wissen, was ich tat und woher ich das Geld hatte, das ich ihr abgab. Bis mein Vater eines Tages sagte: ‹Der Junge ist jetzt ein Mann. Er ist dir keine Erklärung schuldig. Also halt die Klappe.› Ich war damals vielleicht dreizehn.»

Josie nickte nachdenklich.

«Was ist?», fragte sie Ash. «Dir scheint etwas klar geworden zu sein.»

«Ja, allerdings handelt es sich um ein irrelevantes Detail. Als du den

Elch erschossen hast, um Harold das Leben zu retten, warst du wie gegen den Strich gebürstet. Da fragte ich mich, ob du jagen kannst. Jetzt weiß ich es.»

Er nickte. «Ich bin ein guter Jäger, aber ich jage nur, wenn ich muss und ausschließlich zu meinen Konditionen. Ohne Konfrontation oder Hatz. Still, aus dem Hinterhalt.»

Das passte zu ihm. Josie hauchte ihm einen raschen Kuss auf die Wange. «Was passierte danach?»

«Die Zeit verging. Die Zwillinge blieben kränklich. Jack versuchte Arbeit zu finden, was sich ohne Ausbildung und besondere Talente als schwierig erwies. Natürlich gab es Jobs, aber keiner brachte genug ein, um meine Schwester und die Kids durchzubringen. So trug weiterhin ich den Löwenanteil zu den Familieneinkünften bei. Eines Tages dann kamen zwei hochrangige uniformierte Militärleute in den Ort. Sie sprachen mit dem Sheriff und dem Fire Chief. Es stellte sich heraus, dass sie zwei Deserteure suchten, von denen man glaubte, dass sie in der Gegend untertaucht waren. Deshalb brauchten sie einen Fährtenleser. Der Fire Chief empfahl ihnen, mich anzuheuern. Der Sheriff unterstützte seinen Vorschlag.»

Ash zog die Brauen zusammen. «Die erste Begegnung verlief nicht besonders gut. Die Militärleute nahmen mich aufgrund meiner Jugend und meines wilden Aussehens nicht für voll. Ich hatte lange Haare und trug das, was die Lehrerin in den kirchlichen Kleiderspenden für mich fand. Ich hingegen war zutiefst misstrauisch. Die Fremden machten mir Angst. Ich kannte nur die Leute im Ort und diese Männer waren so anders, wie menschliche Raubtiere mit Augen, die mich ausdruckslos beobachteten. Schließlich zog mich der Fire Chief auf die Seite und erklärte mir einige Dinge. Er kannte beide Fremden aus seiner Militärzeit, nicht besonders gut, aber sie waren so etwas wie Berühmtheiten — hochdekorierte Elitesoldaten, die stets mit den gefährlichsten Missionen betraut wurden. Irgendwie glaubte ich ihm und doch wieder nicht. Sie kamen mir so alt vor, aber vielleicht nur, weil ich so jung war. Am Ende stimmte ich des Geldes wegen zu. Sie bezahlten mehr, als ich sonst in einem Jahr verdiente.»

Josie schluckte leer. Mit so einer Wendung hatte sie nicht gerechnet. Der Auftrag klang gefährlich.

«Der Fire Chief tat daraufhin etwas, das mich sehr beeindruckte. Er erklärte den Fremden, dass ich in der Wildnis draußen der Boss sei. Dass niemand die umliegenden Bayous besser kenne und sie dämlich wären, nicht in jeder Hinsicht auf mich zu hören. Zuerst reagierten sie überrascht, nickten dann aber. Sie zogen sich um und erschienen wieder in der tropischen Variante von dem, was ich gerade trage. Es war gegen Ende August und das Wetter brutal heiß und stickig.»

Ash starrte ins Leere, tief in Erinnerungen versunken. «Ich nahm die beiden mit in mein Camp. Jenes war längst nicht mehr der einfache Bretterverschlag, mit dem ich als kleiner Junge begonnen hatte. Zudem hatte ich Bücher, Solarpanels, Speicherbatterien, einen Computer, den ich mir selbst aus Schrottteilen zusammengebaut hatte und sogar eine Internetverbindung. Wenn du weißt, wo du suchen musst, findest du all diese Dinge oder das dazu nötige Material in den Sachen, die die Leute wegwerfen. Als die Militärs das sahen, entdeckte ich eine erste Regung in ihren Augen, die ich damals nicht einordnen konnte: Interesse.»

«Das kann ich gut verstehen. Du hast dir das alles selbst aufgebaut und warst … wie alt damals?»

«Fünfzehn. Und die Militärs sahen nur die Hälfte. Ich besaß zudem einen halboffiziellen Führerschein, den mir der Sheriff besorgt hatte, und ein Auto, das ich aus Teilen vom Schrottplatz zusammengebaut hatte und an einem geheimen Ort in den Bayous abstellte. Das war kein Übermut von mir. Ich brauchte beides für meine Arbeit. Wie sonst sollte ich die erjagten Tiere abliefern? Oder Material transportieren? Trotzdem blieb es mühsam. Ich musste immer aufpassen, dass niemand aus dem Ort mich sah oder — noch schlimmer — ich meinen Eltern darin begegnete. Ein ewiges Versteckspiel.»

«Deine Eltern hätten dir das Auto weggenommen?»

«Wer weiß? Sie hätten mir auf jeden Fall Vorwürfe gemacht, dass ich im Luxus lebe, während das Geld noch immer nirgendwo hin reichte. Am ersten Tag richteten sich die Militärs in meinem Camp nur ein. Sie hatten mehrere Kisten mit Ausrüstung dabei und stellten mir viele Fragen, insbesondere als sie herausfanden, dass ich für den Fernunterricht an einer Highschool eingeschrieben war. Am nächsten Morgen begann die Jagd auf die Deserteure. Ich darf dir darüber keine Einzelzeiten erzählen, weil alles immer noch geheim ist, nur dass es um weit mehr ging als um zwei fahnenflüchtige Soldaten.»

Das kam für Josie nicht überraschend. Wegen normaler Deserteure gingen keine Elitesoldaten auf die Jagd.

«Wir arbeiteten erstaunlich gut zusammen. Nach ein oder zwei Tagen hörten sie widerspruchslos auf mich, was die Wildnis betraf. Im Gegenzug lernte ich ihnen zu gehorchen, wenn es um militärische Aspekte ging. Das Problem entstand dort, wo sich beide Verantwortungsbereiche überlappten. Im Verlauf von vielleicht zehn Tage hatten wir das versteckte Lager der Deserteure ausfindig gemacht. Die Militärs wollten sie endlich stellen. Sie schlichen sich an und befahlen mir, ihnen in sicherem Abstand zu folgen. Ich warnte sie, dass etwas nicht stimmte. Sie hörten nicht, liefen in eine Falle und wir wurden alle gefangen genommen.»

«Um Himmels willen! Das klingt furchtbar.»

Unwillkürlich rückte Josie noch dichter zu Ash. Es tat unglaublich gut, ihn zu fühlen und in relativer Sicherheit zu wissen. Klar tobte vor ihrem Unterschlupf ein Schneesturm, dessen Konsequenzen sie sich irgendwann stellen mussten. Eine unschöne Lage, in die sie ihn gebracht hatte. Doch das war kein Vergleich zu der tödlichen Gefahr von damals.

«Kannst du mir sagen, was du bemerkt hast und den Militärleuten entging? Ich versuche mir gerade vorzustellen, was das sein könnte.»

«Wir befanden uns an jenem Ort, wo ich einst das verletzte Alligatorweibchen gefunden hatte. Du erinnerst dich? Das Tier, das seine Vorderklaue durch eine Falle verlor.»

Josie legte die Hand auf Ashs Unterarm, dort wo sich die Narbe, die zwei Perlensträngen glich, befand. «Sie gab dir dieses Andenken.»

«Genau. Ich kannte die Insel gut, weil ich über die Jahre immer wieder nachgeschaut hatte, wie es ihr ging. Deshalb entdeckte ich subtile Veränderungen in der Landschaft. Sie verbargen Fallen. Zwar nicht so schlimme, wie du sie vielleicht aus Dschungelkriegsfilmen kennst, aber trotzdem sehr wirksame. Hauptsächlich Kabel, die dir einen Elektroschock versetzten. Eine Strategie, welche die Deserteure auch vor den Alligatoren schützte.»

«Was geschah dann? Dass du heute neben mir sitzt zeigt, dass ihr euch irgendwie befreien konntet.»

«Unser Auftauchen alarmierte die Deserteure, dass es an der Zeit war, ihre Zelte abzubrechen. Sie fesselten die Soldaten an einen Baum. Beide hatten Schussverletzungen und drohten zu verbluten, falls nicht ein Raubtier schneller war. Mich wollten die Verbrecher mitnehmen, damit ich sie aus dem Sumpf führte. Ihre Anwesenheit in den Bayous hatte nichts mit Vertrautheit zu tun, nur mit der Lage und Abgeschiedenheit der Sumpflandschaft. So hatte ich sie auch gefunden. Sie bewegten sich trotz all ihrer Kenntnisse wie die Elefanten im Porzellanladen, töteten Tiere, wo es nicht nötig war, und zerstörten die Natur.»

Erneut wirkte Ash ganz fern.

«Wir waren nicht per Boot gekommen und sie hatten keins, deshalb sollte ich sie zu Fuß führen. Ich wusste, dass sie mich erschießen würden, sobald sie aus dem wildesten Teil der Sümpfe draußen waren, deshalb setzte ich alles auf eine Karte. Es war Brutsaison für die Alligatoren und das Weibchen mit der amputierten Vorderklaue hatte schon seit Jahren ihr eigenes Nest. Ich wusste genau wo. Sie baute es immer an der gleichen Stelle. So führte ich die Männer direkt davor vorbei. Wie ich erwartet hatte, ließ sie mich passieren. Die Männer hinter mir griff sie jedoch erbarmungslos an. Einen riss sie ins Wasser und drehte sich mit ihm. Den anderen streckte sie im Vorbeirennen mit einem heftigen Schlag ihres Schwanzes nieder. Ich stürzte mich auf ihn und schlug ihn mit einem Stein bewusstlos. Danach fesselte ich ihn mit seinem eigenen Material, den gleichen Kabelbindern, die er für die Soldaten verwendet hatte.»

Die Wendung war ebenso unglaublich wie überraschend. «Deshalb sagtest du, dass der Alligator sich für seine Rettung revanchierte. Einst hast du ihr das Leben gerettet, Jahre später sie dir.» Josie staunte. Die Natur und das Schicksal waren manchmal voller Wunder.

«Genau. Alle denken, dass Alligatoren dumme Urzeitreptilien sind. Meine Erfahrung sagt etwas ganz anderes. Es sind hochintelligente, faszinierende und sehr gefährliche Tiere, mit denen man erstaunlich gut interagieren kann.»

«Was geschah danach?»

«Ich befreite die Soldaten und versorgte ihre Wunden so gut es ging. Wir funkten den Sheriff an, der einen Helikopter schickte. Er brachte uns raus. Als ich die Soldaten einige Tage danach im Krankenhaus besuchte, machten sie mir das Angebot, ins Militär und speziell ihre Dienste einzutreten. Ich wusste es damals noch nicht, aber ich hatte dem späteren Führungsoffizier der Blessed Damned das Leben gerettet. Eine seiner Verantwortlichkeiten war die Suche nach Leuten wie mir — Geeks mit ungewöhnlichen Fähigkeiten, die sich für eine Elitetruppe eigneten. Ich war eigentlich noch zu jung, aber das konnten sie regeln, insofern meine Eltern zustimmten. Jene sagten natürlich nein, aber aus den Gesprächen mit mir wussten die Männer, wo das eigentliche Problem lag. Sie besorgten Jack einen Job auf einer Militärbasis in Virginia. Die Anstellung kam mit einem kleinen Haus und einer Krankenversicherung für ihn, meine Schwester und die Zwillinge. Meine Mutter sagte danach immer noch nein. Mein Vater sagte: ‹Der Junge geht.› Und so kam ich zum Militär.»

Josie konnte nur den Kopf schütteln. «Hat sich die Beziehung zu deinen Eltern später normalisiert?»

«Nicht mit meiner Mutter. Sie starb kurz darauf. Mein Vater heiratete nach einiger Zeit erneut, eine lokale kinderlose Frau mit etwas Geld und lebt seither im Ort, wo er immer noch seine Werkstatt betreibt, denn in den Bayous werden die Oldtimer nie aussterben. Die ein- oder zweimal pro Jahr, wenn wir telefonieren, ist er stets freundlich, aber zurückhaltend. Wahrscheinlich erachtet er seine Verpflichtung uns Kindern gegenüber als erfüllt und möchte seine Ruhe haben. Ich habe ihm eine gerahmte Kopie meiner Promotionsurkunde gesandt. Seither hängt sie in seiner Werkstatt, wo alle sie sehen können.»

«Also ist er doch stolz auf dich. Wenigstens das. Hast du noch Kontakt zum Fire Chief und der Lehrerin?»

«Ja.»

«Und zu deiner Schwester?»

«Nur sehr lose. Wir haben außer unserem Blut nichts gemeinsam. Für sie ist es jedoch gut gekommen. Sie und Jack sind immer noch ein Paar und sie haben die Zwillinge groß gekriegt.»

Dank ihm. Bewundernswert, was Ash als Kind und Jugendlicher alles geschultert hatte! Das erklärte, weshalb er vieles so gelassen nahm.

Josie streichelte liebevoll seine Wange. Bartstoppeln kratzten gegen ihre Fingerkuppen und erzählten davon, wie lange sie beide schon auf den Beinen waren. «Du bist ein toller Mann, Asher Blake, und ich kann nur wiederholen, was ich vorhin gesagt habe: Ich liebe dich.»

Zuerst blieb er vorsichtig und schien ihren Worten zu misstrauen. Als er merkte, dass Josie sie ernst meinte, begannen sein Gesicht und seine Augen zu strahlen. «Trotz all dem, was ich dir gerade erzählt habe?»

«Nicht trotz, sondern wegen dem, was du mir gerade erzählt hast. Weil du bist, wer du bist. Deine Vergangenheit ist etwas, worauf du stolz sein kannst.»

28

Erschöpft von dem intensiven Gespräch dösten sie eng aneinander gekuschelt. Ash gelang es, jenen halb wachen Zustand einzunehmen, in dem er seine Umgebung vollständig wahrnahm und sich gleichzeitig wie bei einem Nickerchen erholte.

Josie schlief in seinen Armen, den Kopf auf seiner Brust. Immer wieder ging sein Blick zu ihrem lieb gewonnenen Gesicht. Im Schlaf wirkte sie jung und unschuldig und so hübsch. Und sie gehörte zu ihm!

Er hatte Dancing Coons als Notnagel gesehen, um seine in Scherben liegende Karriere zu retten — eine Art Straflager auf Zeit. Doch statt Mühsal und Langeweile hatte er hier Freunde gefunden, eine neue Herausforderung, die sein Leben bereicherte, und nicht zuletzt eine wunderbare Frau, die ihn liebte.

Und seit der vergangenen Nacht existierten keine Geheimnisse mehr, die von seiner Seite zwischen ihnen standen. Maxie hatte er sie nie erzählt. Vielleicht, weil er erst hier an diesem Ort mit der Vergangenheit ins Reine gekommen war.

Trotz des anstrengenden Gesprächs fühlte er sich gut, geradezu energiegeladen. Josies Anerkennung glühte als warmes Gefühl in seiner Brust nach.

Ihm war durchaus klar gewesen, dass er vieles erreicht hatte, was andere Jungs unter identischen Umständen nicht geschafft hätten. Aber trotz Doktortitel und mehreren Orden würde er immer das Kind ohne Schuhe in den mehrfach geflickten, schlecht passenden Kleidern bleiben.

Es gab Schlimmeres.

Und Dancing Coons war ein entspannter Ort mit bodenständigen Einwohnern, die einen Menschen nach seinem Verhalten beurteilten. Ganz anders als in Arlington, wo nur Abstammung, Beziehungen, Geld und der schöne Schein zählten.

Die Zukunft sah vielversprechend aus. Dafür musste er Josie und Luzi nach dem Abflauen des Sturms sicher vom Berg bringen. Keine einfache Aufgabe bei all dem Neuschnee, aber er würde es schaffen.

Irgendwann in den frühen Morgenstunden musste Ash dann doch eingenickt sein, denn als er die Augen wieder öffnete, erfüllte ein warmer Schein die Höhle, fast wie von einem Feuer. Er blinzelte mehrmals, um zu verstehen, was er sah.

Josie an seiner Seite schien ebenfalls aufzuwachen, denn plötzlich krallte sich ihre Hand in seinen Oberschenkel. «Siehst du ihn?», fragte sie tonlos.

Ash nickte stumm. Der hohle Baumstamm wirkte plötzlich viel größer, fast wie eine Höhle. In der Mitte, nahe bei ihren Füßen und doch in flammensicherer Distanz, brannte ein Lagerfeuer.

Und dahinter saß —

«Chief Dancing Coons», wisperte Josie tonlos.

Sahen so Geister aus?

Ash erblickte einen Mann im Schneidersitz, dessen ätherische Lichtgestalt mit dem gleichen goldenen Schein wie das Feuer schimmerte. Die Konturen zeichneten sich hell und deutlich ab. Der Rest des Körpers wirkte fast transparent.

Ash konnte das herbe Gesicht mit den indianischen Zügen gut erkennen. Die restliche Gestalt des unerwarteten Besuchers entzog sich der Beobachtung, geriet außer Fokus, sobald Ash seine Aufmerksamkeit auf ein Detail zu richten versuchte.

Mehr als das Gesicht brauchte er jedoch nicht zu sehen. Chief

Dancing Coons war ein beeindruckender, weise wirkender Mann und älter, als Ash ihn sich aufgrund der Sagen vorgestellt hatte.

Die Erscheinung duldete Josies und sein Starren für eine Weile, erhob sich dann und trat in die Öffnung des Baumstammes, die in jenem Moment groß genug schien, dass er aufrecht darin stehen konnte.

Er schaute zurück, nickte Ash und Josie zu und verschwand. Im nächsten Augenblick sah das Innere des Baumes wieder so aus wie die ganze Nacht zuvor. Nur der Schnee bedeckte seine Öffnung inzwischen vollständig.

Ash erhob sich vorsichtig und ging hin. Seine Augen tasteten den Boden nach Spuren ab. Er entdeckte nichts, was nicht von Josie oder ihm stammte, weder Spuren des Mannes noch des Feuers. Einmal mit den Händen nach unten wischen legte den oberen Teil der Öffnung frei. Dahinter entdeckte er das Licht des neuen Tages.

«Haben wir gerade eine kollektive Halluzination, verursacht durch Sauerstoffmangel, erlebt?», fragte Josie. «Du hast auch gesehen, wie Chief Dancing Coons sich erhob, dorthin ging, wo du jetzt stehst, uns über die Schulter zunickte und verschwand?»

«Ja», bestätigte Ash. «Davor saß er an einem geisterhaften Lagerfeuer und beobachtete uns. Und das Innere des Baumes hatte etwa den dreifachen Durchmesser zu jetzt.»

«Das beschreibt, was ich sah. Haben wir halluziniert?»

«Kaum.» Ash zeigte nach oben. «Der Stamm ist nicht dicht, hat überall Risse. Nun, da es hell ist, siehst du sie deutlich. Unter diesen Umständen bekamen wir zu jeder Zeit genügend Sauerstoff.»

«Dann habe ich gerade meinen ersten Geist gesehen. Gefühlt habe ich schon verschiedene, darunter meine Mutter, dies für ein oder zwei Tage, nachdem sie starb. Danach muss sie ins Licht gegangen sein, denn die Eindrücke verschwanden. Was für ein Start in den Tag.»

Josie rieb sich das Gesicht. Ash sah ihr die Anstrengungen ihres Abenteuers an. Es war wichtig, dass sie möglichst bald ins Warme kam und sich erholen konnte.

«Das Wetter hat aufgeklart. Es hängen zwar noch Wolken am

Himmel, aber der Schneefall ist für den Moment vorbei. Ich versuche aus der Senke zu klettern. Vielleicht kann ich von oben eine Funkverbindung zur Feuerwache herstellen.»

Josie nickte. Ihre Augen schimmerten hoffnungsvoll.

Das Herausklettern war durch die Unmengen an Neuschnee mühsam, aber machbar. Ash stellte die Frequenz der Feuerwehr ein. «Asher Blake an Feuerwache Dancing Coons, hört ihr mich?»

Keine Antwort. Waren alle Funknetze immer noch unten? Ein derart gravierender Ausfall verhieß nichts Gutes. Ash zog sein Smartphone aus der Tasche und musste feststellen, dass die Batterie in der Kälte den Geist aufgegeben hatte. Also fiel auch diese Kommunikationsmöglichkeit weg.

Sollte er es über den Polizeifunk versuchen?

Plötzlich knackte sein Funkgerät. «Ash? Bist du das? Verdammt nochmal, sprich mit mir!», vernahm er Harolds Stimme. Die Verbindung war schwach und hatte immer wieder Aussetzer.

«Josie, ich hatte gerade Kontakt zu Harold», rief Ash in die Senke. «Ich bewege mich ein Stück weit weg, um zu prüfen, ob ich eine bessere Verbindung hinbekomme.»

«Okay. Bitte sei vorsichtig», rief sie zurück.

Ash musterte seine Umgebung, versuchte einzuschätzen, wie er aus dem Funkschatten herauskam, und kämpfte sich wachsam und vorsichtig zur gewählten Stelle durch. Bei jedem Schritt schien ihn der brusthohe Schnee wie klammernde Hände zurückzuhalten. «Ash an Harold. Besser jetzt?»

Harold antwortete sogleich und dieses Mal war die Verbindung klar. «Dem Himmel sei Dank, Junge! Bist du in Ordnung? Ist Josie bei dir?»

«Ja, sie und Luzi. Josie hat sich den Knöchel verletzt, wahrscheinlich eine schwere Verstauchung oder ein Haarriss. Ich bin in Ordnung. Luzi auch.»

«Das sind gute Neuigkeiten. Verletzungen können heilen. Wichtig ist nur, dass ihr alle am Leben seid.» Harold klang plötzlich um Jahre jünger. «Wir versuchen euch herauszuholen. Im Moment herrscht überall große Lawinengefahr, deshalb kommt nur ein Hubschrauber infrage. Kannst du mir beschreiben, wo ihr seid?»

Ash zog das Peilgerät aus der Seitentasche seiner Hose und sah erleichtert, dass dessen Stromversorgung funktionierte. «Besser als das, ich kann dir die GPS-Koordinaten geben.»

«Her damit.»

Ash las die Koordinaten ab.

«Wir brauchen einen Moment. Betty schaut gerade nach, wo ihr steckt.»

«Ash, hier Betty», meldete sich der Undersheriff gleich darauf. «Ihr befindet euch auf einer Art Grat und wärt eigentlich recht nahe bei der Straße zu den Skiresorts, aber jene Richtung ist tabu wegen der Lawinen. Besteht die Möglichkeit, dass du Josie etwa eine Meile über mehr oder weniger ebenes Gelände transportierst? Ich würde dir die GPS-Koordinaten des Treffpunkts geben. Dort befindet sich eine kahle Kuppe, wo euch der Helikopter sicher heraushieven oder vielleicht sogar landen kann, falls der Sturm den Bereich freigeweht hat. Näher geht es leider nicht. Um euren momentanen Standort erstreckt sich der dichteste Teil der Wälder.»

Ash hatte so etwas erwartet. «Das bekommen wir hin. Ich kann allerdings nicht sagen, wie lange wir brauchen. Ich stehe in brusthohem, schwerem Neuschnee, der keine tragfähige Oberfläche bildet. Und wir müssen uns noch stärken, bevor wir aufbrechen, damit wir durchhalten.»

«Verstanden. Bitte melde dich ab jetzt regelmäßig. Zum ersten Mal um 0930 Stunden. Das gibt euch vierzig Minuten, um aufzubrechen und ein erstes Teilstück zurückzulegen.»

«Verstanden. Ash out.»

Jetzt loszumarschieren war nicht optimal. Die sicherste Variante wäre gewesen, ein oder zwei Tage in ihrem Versteck auszuharren, bis der Schnee sich setzte. Für Trinkwasser konnten sie ihn in den leeren Dosen schmelzen. Doch ihnen fehlte die Nahrung — insbesondere Fett, das dem Körper half, bei diesen Temperaturen genügend Wärme zu produzieren.

Ash fand Josie im Eingang des Stammes sitzend vor, wo sie ihm erwartungsvoll entgegenschaute. «Du hast noch etwas zu essen dabei?»

«Ja. Und eine zweite Flasche Wasser zu der, die wir gestern angebrochen haben, und zwei Ampullen mit Elektrolytlösung. Soll ich dir um den Baum helfen, bevor wir uns stärken?»

Josie stutzte, errötete dann leicht. «Ich muss gar nicht. Und ich habe leichte Kopfschmerzen. Heißt das, dass ich bereits dehydriert bin?»

«Durch die Mahlzeit in der Nacht ist das eher unwahrscheinlich. Ich würde die Kopfschmerzen der Tatsache zuschreiben, dass du dir den Kopf gestoßen hast. Deine Schläfe ist inzwischen fast blau. Sag einfach, falls du doch noch musst.»

Ash stieg an Josie vorbei in die schützende Baumhöhle und holte die Vorräte aus seinem Rucksack. Sie aßen und tranken schweigend und versorgten zwischendurch Luzi mit einigen Handflächen voll Mineralwasser. Der Kater schien sich in seinem Beutel nach wie vor wohlzufühlen. Gut möglich, dass er ihn auch zu Hause für die erste Zeit kaum mehr verließ.

Danach untersuchte Ash Josies Knöchel. «Die Schwellung ist zurückgegangen, aber du kannst unmöglich draufstehen. Das Beste wird sein, wenn ich dich trage. Hinterherziehen geht in diesem Schnee nicht und leider würden auch improvisierte Schneeschuhe nichts bringen. Kannst du alles hier drin in meinen Rucksack packen, damit wir keinen Abfall zurücklassen? Ich habe einen dünnen Stamm gesehen, der sich als Stock eignet. Mit dem können wir uns über das Gelände vorantasten.»

Die Vorbereitungen waren rasch erledigt. Josie legte den Schneestiefel vorsichtig wieder an. Er passte zum Glück über den verletzten Knöchel.

Danach zog Ash Josie mithilfe des langen Stocks über die steile Böschung aus der Senke. Sie unterstützte ihn, indem sie auf den Ellbogen und dem gesunden Bein hochrutschte. Zuletzt holte er die Tasche mit Luzi und seinen Rucksack.

«Kannst du mich wirklich tragen, Ash?», fragte sie. «Ich bin weder die Kleinste noch besonders leicht.»

Er grinste, um die Sorge in ihren Augen zu zerstreuen. «Das geht schon. Ich muss nachher zwar ein ganzes Buffet an Essen wegfuttern, um wieder zu Kräften zu kommen, aber für dich mache ich das gern.»

Josie knuffte ihn in den Oberarm. Für ein Mädchen ohne Brüder hatte sie ganz schön Schlagkraft.

«Au, sag bloß, du hast mal Kampfsport gemacht», jammerte er.

«Ich lebte in der Großstadt. Was denkst du?» Plötzlich wurde sie ernst. «Habe ich zu fest zuschlagen?»

Er lachte. «Vergiss es. Ich wollte dich aufheitern.»

Sie zogen los. Ash trug den Beutel mit Luzi vor der Brust und Josie auf dem Rücken. Sie hielt sich mit Armen und Beinen an ihm fest und hatte seinen Rucksack über den Schultern. Es war nicht angenehm, sich so schwer bepackt durch den brusthohen Schnee zu kämpfen, doch er hatte schon Schlimmeres überstanden.

Der lange Stock unterstützte Ash als drittes Bein, wenn sein Gleichgewicht aufgrund der nachgebenden Schneemassen instabil war, und er konnte das darunterliegende Gelände damit abtasten.

In diesem Teil des Waldes überzogen sperrige Wurzeln den Boden wie ein Netzwerk und er ertastete immer wieder große Steine, die seinen Fuß einklemmen oder ihm ein Bein brechen konnten.

«Alles sicher?», fragte er Josie, die für sie beide Ausschau hielt.

«Ja, keine Raubtiere in Sicht. Allerdings sehe ich zwischen all den Baumstämmen nur etwa zwanzig Meter weit.»

Es war ein mühsamer Marsch. Ash hielt die Geschwindigkeit so hoch, wie ihr sicheres Vorankommen ihm erlaubte, und war trotz all seiner Kraft bald völlig durchgeschwitzt.

Um die vereinbarte Zeit meldeten sie sich bei Betty. Er gab ihr die neuen GPS-Koordinaten und die seit ihrem Aufbruch vergangene Zeit durch.

«Das ist gut. Ihr habt ein Viertel der Strecke geschafft. Der Hubschrauber ist gerade eingetroffen. Wir fliegen jetzt zum Treffpunkt hoch und versuchen euch, wenn möglich, entgegenzukommen. Wehe, du schießt auf mich, weil du mich für einen Bären hältst.»

«Ich werde mich zu beherrschen wissen», gab Ash ihr milde zurück.

Er wusste, dass Bären in ihrer Situation kaum ein Problem darstellten. Die Tiere waren schlau, hatten sich im Herbst vollgefressen und schliefen jetzt wohlig in ihren Höhlen. Nur vereinzelte blieben wach und jagten, entweder weil sie zu schwach oder krank für den Winterschlaf waren oder weil sie es so bevorzugten. Pumas hingegen stellten eine beträchtliche Gefahr dar, so wie Wolfsrudel, wenn sie durch menschliches Fehlverhalten ihre natürliche Scheu verloren hatten.

«Jetzt hört man den Hubschrauber», sagte Josie kurz darauf.

«Versuch, ihn zu entdecken und zu sehen, was er macht. Sag mir, falls ich von der Richtung abweiche.»

Ash musste sich konzentrieren, damit ihm die Puste nicht ausging. Mit dem sich erwärmenden Tag begann der Schnee sich zu setzen und wurde dabei dichter und schwerer. Ash mit seiner Last konnte sich kaum noch hindurchkämpfen. Jeder Schritt in der nunmehr taillenhohen, teigähnlichen Masse brauchte so viel Kraft wie sonst fünfzig. Doch sein Training wirkte noch immer. Er glitt in den Tunnel, in dem sein Körper auf Automatik schaltete, nur das Ziel zählte und die vergangene Zeit irrelevant wurde. In diesem Zustand konnte er sich zu Tode laufen. Er nahm kaum mehr etwas von der Umgebung wahr, nicht einmal Geräusche. Nur der nächste Schritt zählte.

Suboptimal in ihrer gefährlichen Situation, aber es ging nicht anders.

Sie mussten den Hubschrauber erreichen.

Josie schien seine Anstrengung zu spüren, denn sie verhielt sich ganz still.

Langsam lichtete sich der Wald. Die Distanzen zwischen den Stämmen wurden größer. Sein Stock stieß auf weniger Wurzeln.

Plötzlich tauchte vor ihm ein großer Schatten auf. Ash wollte abwehrend den Stock heben.

Jemand hinderte ihn sanft daran.

«Ruhig, Black Widow, du hast es geschafft», durchdrang Bens Stimme seinen Panzer aus purer Willenskraft, der ihn trotz seiner Erschöpfung aufrecht hielt. «Billy nimmt dir jetzt Josie ab. Ich helfe dir.»

Das Gewicht auf seinem Rücken verschwand. Ben zog sich seinen Arm über die Schultern. Ash fühlte sich plötzlich so leicht, als könnte er fliegen.

«Wie geht es ihm?», hörte Ash wie von fern Bettys Stimme. Auch sein zweiter Arm fand Schultern, die ihn stützten.

«Du hast gerade mal fünfzig Meter in diesem Höllenzeug zurückgelegt. Er das Dreißigfache mit fast doppeltem Körpergewicht und das alles nach dem gestrigen Marathon. Was denkst du, wie es ihm geht?», fauchte Ben.

Ash wollte seinem Freund sagen, dass er sich gut fühlte, und ihn ermahnen, anständig mit Betty zu sein. Ben verfügte über einen extrem starken Beschützerinstinkt und hatte während ihrer Dienstzeit im Mama-Bär-Modus mehrfach hochrangige Vorgesetzte beleidigt. Er bekam jedoch kein Wort heraus.

Der Hubschrauber tauchte vor ihnen auf. Ash konnte knapp die Umrisse erkennen und dass es ein großes Modell war. Etwas wie eine Black Hawk. Vor seinen Augen erschien alles verschwommen.

«Ab ins Krankenhaus mit ihnen», sagte jemand.

Ash fühlte, wie Ben ihn neben sich in den Sitz schnallte. Irgendwo in der Nähe unterhielten sich Betty und Josie.

Dann startete der Helikopter.

Sie waren in Sicherheit. Alles war gut.

29

Knapp zwei Wochen nach ihrem großen Abenteuer saßen Josie und Ash bei Josies Großeltern am Tisch für ein verspätetes Thanksgiving-Fest. Jenes wurde in Kanada traditionell am zweiten Montag im Oktober begangen, doch so kurz nach dem Tod ihrer Mutter hatte Josie schlicht die Kraft dafür gefehlt.

Nun, nur einen Monat später, war die Trauer immer noch da. Zugleich fühlte Josie sich glücklich und voller Hoffnung. Der Grund dafür saß an ihrer Seite, ein liebenswerter Mann, mit dem sie hoffentlich viele Jahre ihres Leben teilen durfte.

Schon verrückt, welche Wendungen das Schicksal nahm.

«Was für ein Abenteuer», sagte Grandma Marie, nachdem sie ihr und Grandpa Jules die Geschichte erzählt hatten. «Bitte tu nie wieder so etwas Verrücktes, Josie. Klar hätte ich in deiner Lage das Gleiche getan, aber du hattest wirklich Glück, dass Ash dir folgen konnte, dich fand und aus der Wildnis herausbrachte. Ich bin überzeugt, dass du es auch allein geschafft hättest, aber wer weiß, wie lange es gedauert hätte und wie dein Zustand gewesen wäre.»

Josie schaute verliebt zu Ash und legte ihm die Hand auf den Unterarm. «Das ist mir bewusst. Der gesamte Ort ist begeistert von Ashs

Heldentat. So etwas macht den Leuten Eindruck. Vor allem auch die Jüngeren. Blaze zum Beispiel kriegt sich nicht wieder ein.»

Ash verdrehte die Augen und seufzte. «Mir käme es, ehrlich gesagt, nicht ungelegen, wenn er sich bald wieder einmal die Road-kill-Reinigungslösung ins Gesicht spritzen würde, damit er seine Distanz halten muss. Solche kuhäugigen Schwärmereien werden ziemlich schnell peinlich, zumindest am empfangenden Ende.»

Alle lachten. Ein warmes Gefühl erfüllte Josies Brust. Wie sie erwartet hatte, waren ihre Großeltern begeistert von Ash. Seine von traditionellen Werten geprägten Manieren und seine zurückhaltende Art passten perfekt zur kanadischen Lebensart, die ihre Großeltern so sehr schätzten.

Dazu kam die Tatsache, dass er fließend Französisch sprach.

Josies Herz war gleich nochmals geschmolzen, als Ash bei der Begrüßung ihrer Großeltern zum ersten Mal in jene Sprache wechselte.

Aus einem unerfindlichen Grund hatte sie erwartet, dass er sich wie ein französisch sprechender Amerikaner anhörte, aber dem war nicht so.

Cajun-Französisch klang in ihren Ohren melodiös und exotisch … und ziemlich verführerisch, wenn sie ehrlich war. Es erinnerte sie an die kreolischen Sprachen, welche sie aus Dokumentationen über die Karibik ein wenig kannte.

Grandpa Jules war vom ersten Moment an begeistert und in Grandma Maries Augen erschien ein anerkennendes Leuchten.

Über die darauffolgenden Stunden fanden Josie und Ash heraus, dass sie tatsächlich in der Lage waren, ein vollständiges Gespräch zu führen, obwohl sie verschiedene Varianten des akadischen Französischs sprachen. Ab und an sorgte ein unbekanntes Wort für Verwirrung oder Lacher, doch selbst das trug eher zum Gemeinschaftsgefühl bei, als dass es die Unterschiede betonte.

Nun, am zweiten Tag ihres Aufenthalts, fühlte es sich für Josie an, als wäre Ash schon immer ein Teil ihrer Familie gewesen. Ash schien es ähnlich zu gehen, denn er ertrug sogar Grandpas Frenglisch-Attacken mit humorvoller Gelassenheit.

«Ihr habt noch gar nicht erzählt, wie Dancing Coons davonkam. Und war auch Lake Coon betroffen?», fragte Grandma Marie nach einer Zeit des stillen Genießens. Sie hatte wie stets vorzüglich gekocht.

Josie schaute zu Ash.

Er legte sein Besteck ordentlich auf den Teller ab, bevor er sprach. «Dancing Coons hatte großes Glück. Es gab einige wenige entwurzelte Bäume, die Betty und Ben noch während des Sturms mit Motorsägen zerteilten und mit den Pick-ups von der Straße zogen. Einige Leute haben sich nach dem Stromausfall auf dem Weg zu ihrem Generator oder dem Aufbewahrungsort der Kerzen verletzt, aber nichts Ernsteres als ein verstauchtes Handgelenk. Ein Baby kam tatsächlich während des Blackouts zur Welt. Da die jungen Eltern sowieso eine Hausgeburt geplant hatten, warf sie das nicht aus der Bahn. Die Leute von Dancing Coons sind wirklich erstaunlich.»

«Oh ja, das sind sie. In ihren Adern fließt das Blut der Pioniere», bestätigte Grandma Marie.

«Der Blitz hat beträchtlichen Schaden angerichtet. Deshalb brauchte die Wiederherstellung der Stromversorgung im Ort mehrere Tage. Auch das nahmen die Bewohner gelassen hin, weil jeder einen Holzofen oder ein Kaminfeuer hat. Funkabdeckung bestand bereits gegen Ende des Sturms wieder, weil Blaze es über eine ziemlich abenteuerliche Konstruktion schaffte, den Funkturm der Feuerwache direkt an die Generatoren anzuhängen. Der meteorologischen Station, die als Relais nach Lake Coon dient, war nichts passiert, sodass die Ortschaften ab da wieder miteinander kommunizieren konnten. In Lake Coon wiederum bestand während einiger Stunden die Gefahr von Überschwemmungen, weil der Starkregen den See anschwellen ließ. Später blockierten die Schneemassen den Abfluss des Hochwassers im Coon Creek und beim Ausgang von Lake Coon. Durch den Einsatz von Bettys Brüdern und den beiden Feuerwehren ist aber alles glimpflich verlaufen.»

«Wir haben von all dem aber erst später gehört, weil sie uns im Krankenhaus festhielten», fügte Josie an. «Stellt euch vor, Ash hat während der nicht einmal vierundzwanzig Stunden sieben Kilo abgenommen. Und sie sind immer noch nicht wieder da.»

Grandma Marie sandte Josie ein Lächeln. «Ah, deshalb hast du mich also gebeten, all deine Lieblingsdesserts zuzubereiten. Es gibt nachher Apfelkuchen mit Streuseln, Tiramisu und Nussküchlein», erklärte sie für Ash. «Eiscreme und Clotted Cream haben wir auch.»

Ash schien nicht zu wissen, ob er sich freuen oder verlegen reagieren sollte.

Bevor die Vergangenheit an diesem besonderen Tag an Macht gewinnen konnte, erklärte Josie: «Ich habe für Ash gefragt, damit er deine wunderbaren Desserts kennenlernt, Grandma. Trotzdem war einiges an Egoismus dabei. Ich möchte sie auch wieder einmal genießen.»

«Und das kannst du, Josie. Ich habe mich gefreut, alles zuzubereiten. Es ist wieder wie früher, als du hier bei uns wohntest.»

Wie gerufen tauchte periskopähnlich ein schwarzes Köpfchen über dem freien Stuhl am Tisch auf.

«Und auch Luzi ist wieder da», schmunzelte Grandma. «Du bekommst nachher dein eigenes Thanksgiving-Essen aus Hähnchen mit Soße und Reis, kleiner Mann. Haferflocken habe ich für den Notfall auch, falls du es sonst nicht isst.»

ALS JOSIE und Ash am dritten Tag zurück nach Dancing Coons fuhren, fühlten sie sich erholt und entspannt wie nach längeren Ferien. Ash saß am Steuer, weil Josis Knöchel in einer Schiene steckte — seine Vermutung bezüglich des Haarrisses hatte sich bestätigt — und weil sie wegen der schneebedeckten Straßen seinen Truck genommen hatten. Luzi schnurrte zufrieden in der Kängurutasche, die Josie auf ihren Schoß gelegt hatte.

«Marie und Jules sind toll», sagte Ash.

Josie musste schmunzeln, denn ihre Großeltern hatten sie vor der Abreise auf die Seite genommen und ihr das Gleiche über Ash gesagt. «Du hast sie gehört. Wir sind jederzeit willkommen. Und ich könnte mir vorstellen, dass sie uns wie versprochen um Weihnachten oder

Neujahr für einige Tage besuchen. Grandpas fantasievolles Englisch war noch nie ein Hindernis. Harold und er Kauderwelschen nach einem Glas Wein ganz gut miteinander. Und Betty war nach der Highschool für ein Jahr als Au-pair in Frankreich, sodass auch sie sich mit ihm unterhalten kann.»

Ash grinste. «Das muss ich dann unbedingt hören. Mir fällt gerade auf, dass wir zwei wieder auf Englisch umschalten sollten. Sonst schauen uns in Dancing Coons alle seltsam an.»

Josie stutzte und realisierte, dass sie sich immer noch auf Französisch unterhielten. Das kam so natürlich, dass sie es gar nicht bemerkt hatte.

«Es ganz aufzugeben, wäre schade. Aber ich habe da so eine Idee. Sagt man nicht, Französisch sei die Sprache der Liebe? Vielleicht sollten wir sie uns für das Bett aufbewahren», schlug sie verschmitzt vor.

Ash warf ihr einen kurzen Blick aus den Augenwinkeln zu. «Dir ist schon klar, dass ich mich aufs Fahren konzentrieren sollte? Sex zu erwähnen, nachdem wir bei deinen Großeltern brav sein mussten, ist nicht das Weiseste.»

«Das klingt doch gut. Ich freue mich schon mal auf zu Hause.»

AM NÄCHSTEN MORGEN, nach einer zauberhaften Liebesnacht mit kaum Schlaf, saß Josie an ihrem Schreibtisch und starrte auf den Computerbildschirm. Der Mauszeiger schwebte über einem Icon, das sie in normalen Zeiten einmal im Monat aufrief.

Sollte sie?

Sie spürte immer noch Ashs Zärtlichkeiten auf ihrer Haut und erinnerte sich an den Anblick seines perfekten Körpers.

Und an den Ehering seines Kameraden, den er an einem Lederband um den Hals trug.

«Ich werde ihn Helen irgendwann zurückgeben», hatte er auf ihre Frage erklärt. «Er ist zu wichtig, als dass ich ihn haben sollte. Aber bis dahin darf ich Macs Ring nicht verlieren. Deshalb trage ich ihn immer bei mir.»

Wie viele Jahre waren das bereits? Ash war jetzt zweiunddreißig, nachdem er mit fünfzehn Jahren zum Militär gekommen war. Einige Jahre als Feuerwehrmann in Arlington. Davor für eine eher kurze Dienstzeit bei der CIA.

Vielleicht fünf? Fünf Jahre, in denen Helen die überlebenden Blessed Damned mit ihrem Hass verfolgte und ihr Leben vergiftete.

Josie beobachtete fast täglich, wie Ash mit gequälter Miene Textnachrichten löschte.

Das musste ein Ende haben.

Bevor sie es sich anders überlegen konnte, öffnete sie die Applikation per Doppelklick. Sie baute eine abhörsichere VPN-Verbindung zwischen ihrem Computer und der Empfängerstation auf.

Am anderen Ende, wo auch immer auf der Welt das war, wurde der Videoanruf sogleich angenommen.

«Josie, schön von dir zu hören. Ich habe unsere monatliche virtuelle Teestunde sehr vermisst.» Ein Lächeln ließ sein hageres, normalerweise strenges Gesicht weich und offen wirken.

Josies schlechtes Gewissen regte sich. In den letzten Lebensmonaten ihrer Mutter und der Zeit seit ihrem Tod hatte sie nicht mehr die Kraft für diese Gespräche gehabt. Sie fielen ihr selbst unter den besten Umständen nicht leicht.

Nie zu wissen, wo er sich gerade befand, und ob er beim nächsten Gespräch noch lebte.

«Hallo, Granddaddy. Ich habe dich auch vermisst. Aber bevor du dich zu sehr freust — ich rufe dieses Mal aus dienstlichen Gründen an oder wie man das auch immer nennen will.»

«Steckst du in Schwierigkeiten?»

«Nein, das ist es nicht», wehrte sie rasch ab. Nicht dass er wie Captain America als Retter in der Not auf ihrer Schwelle auftauchte. Das hatte er auch schon fertiggebracht.

Bevor sie der Mut verlassen konnte, sagte sie schnell: «Ich brauche Informationen über die Blessed Damned.»

Seine Miene zeigte kaum eine Reaktion. Dafür war er trainiert. Josie bemerkte jedoch, wie die Haut um seine Augen sich anspannte und eine Braue um einen Millimeter nach oben wanderte. Sie musste ihn völlig überrascht haben.

Sein Blick ging nach unten. Er schien etwas auf seinem Bildschirm zu überprüfen. Wahrscheinlich, dass die Verschlüsselung aktiv war.

«Nachdem du diesen Namen ausgesprochen hast, wäre es ratsam, rasch eine Erklärung nachzuliefern, Josie. Ich habe gerade Zeit und bin bereit, dir zuzuhören.»

Seit dem Besuch bei Josies Großeltern in Montreal hatte Ash sich auf das Thanksgiving-Fest in seiner neuen Heimat gefreut. Mit jedem vergehenden Tag wuchsen ihm Coon County und seine Einwohner stärker ans Herz und er konnte sich längst nicht mehr vorstellen, woanders zu wohnen.

Endlich war der vierte Donnerstag im November da.

Sheriff Mike stellte seine umgebaute Scheune für das Fest zur Verfügung, da sie allen genügend Platz bot und durch eine große Feuerstelle mit Kamin beheizt werden konnte. Sie würden eine bunt gemischte Gruppe an Feiernden sein. Den Kern bildete die Familie der Warners mit ihren Patchworkanhängseln wie Josie, Ash und Ben. Miss Flo würde teilnehmen, ebenso Mickey und Dash, die alleinstehend waren und keine Angehörigen mehr hatten.

«Hast du alles?», fragte Ash Josie, als sie zum wiederholten Mal die auf dem Küchentisch bereitgestellten Dinge kontrollierte.

Jeder Teilnehmer trug etwas zum Dinner bei. Durch den ehemaligen Cateringservice ihrer Mutter und Großtante verfügte Josie über die nötigen Mengen an Geschirr, Besteck und Wärmestövchen für alle. So bestand ihr Beitrag zum Fest vor allem daraus. Trotzdem hatte sie es sich nicht nehmen lassen, ein Gericht und ein Dessert zuzubereiten — ein Gulasch aus Elchfleisch, das seit gestern Abend das Haus mit seinem verführerischen Aroma erfüllte, und einen Apfelkuchen mit Streuseln nach dem Rezept ihrer Großmutter, dem Ash kaum widerstehen konnte.

Josie hatte extra einen zweiten kleinen Kuchen davon gebacken, den sie gestern Abend zum Nachtisch genossen hatten.

Durch solche größeren und kleineren Dinge zeigte sie ihm täglich, dass sie ihn liebte.

Ash versuchte, es ihr gleichzutun, und hatte damit erst gestern strahlende Augen und ein amüsiertes Lachen bei ihr ausgelöst. Zuerst wirkte sie zurückhaltend, als er so tat, als würde er ihr Blumen schenken. Als Katzenzüchterin war sie sich nur zu bewusst, dass viele Schnittblumen für ihre Lieblinge hochgiftig waren. Aber als die ‹Blumen› sich als Katzengras erwiesen und Josie ein Säckchen ihrer Lieblingspralinen darin fand, war sie ihm mit einer Liebeserklärung um den Hals gefallen.

Was ihn ein wenig beruhigte, denn heute war er sich nicht sicher, ob zwischen ihnen alles in Ordnung war.

Josie wirkte fahrig und abgelenkt und hatte schon einen Teller fallen lassen, der auf dem Küchenboden in tausend Scherben zersprungen war.

Es war ebenfalls kein gutes Zeichen, dass die Katzen alle Reißaus genommen hatten. Sogar Luzi, normalerweise die Ruhe selbst, beobachtete die Vorgänge in der Küche aus der Sicherheit der Raschelkiste. Sapphire hatte sich zu ihm gesellt, sodass ein grünes und ein eisblaues Augenpaar Ash mit dem typischen kätzischen Todesblick entgegen starrten.

«Fertig», sagte Josie mit einem Seufzen. «Hilfst du mir, alles in den Windfang zu tragen?»

«Klar.» Während Ash eine der Kisten hochhob, entschied er, erst einmal nur zu beobachten. Was immer Josie beschäftigte, musste nichts mit ihm zu tun haben. Und selbst wenn, konnte er nichts daran ändern.

In der Scheune am Lake Coon waren die Vorbereitungen schon in vollem Gang. Einladend warmes Licht fiel durch ihre Fenster und Toröffnung und bildete einen bezaubernden Kontrast zur bläulichen Dämmerung, die über dem See hing und ihn unendlich erscheinen ließ. In der frostigen Luft hatten sich die spätherbstlichen Bäume und Pflanzen mit Eiskristallen überzogen.

Als Südstaatler empfand Ash die Kälte immer noch als herb, aber er konnte sich ihrer Schönheit nicht entziehen.

Die Einfahrt zum Anwesen des Sheriffs war mit Fahrzeugen zugestellt. Ash entdeckte Harolds Chief-1-Truck und Bettys Pick-up. Die meisten anderen Autos erkannte er nicht. Er fand einen Parkplatz, von wo aus er das Geschirr ohne großes Hindernislaufen zur Scheune tragen konnte und stellte den Motor ab.

Ben kam ihnen mit einem fröhlichen Winken entgegen. Er wirkte erholt und entspannt, kein Vergleich zu der ausgelaugten Leere, mit der er an Halloween in Dancing Coons aufgetaucht war.

«Hey, Bruder.» Er umarmte Ash kurz. «Hallo, Josie. Schön, dass ihr da seid.»

Aus heiterem Himmel überlief Ash ein Schaudern. Irgendwo her drohte Gefahr. Er fuhr herum, die Hand auf seiner Waffe.

«Willst du jetzt auch noch mich erschießen und meinen Sohn zu einer Vollwaise machen?», hörte er eine giftige Stimme, die er hassen gelernt hatte.

«Was zum Teufel hast du hier verloren, Helen? Reicht es dir nicht, dass du unsere Leben seit Jahren erfolgreich zerstörst?», fauchte Ben und trat neben Ash, sodass sie Schulter an Schulter standen.

Ash berührte ihn ebenso unauffällig wie warnend am Rücken. Helen hielt ihren kleinen Sohn an der Hand. Es durfte nicht sein, dass sie das unschuldige Kind in ihre Fehde hineinzogen.

Helen würdigte Ben keines Blicks. Ihr hasserfülltes Starren bohrte sich in Ashs Augen. Er fühlte, wie ihm schlecht wurde. Mit Gefahr wusste er umzugehen, aber nicht mit dem, was hier abging. Das Schlimmste war, dass er sich nicht einmal erklären konnte, denn die Umstände um Macs Tod unterlagen nach wie vor der Geheimhaltung.

«Was bist du doch für eine Ratte, Ash! Ein neues Leben, eine neue Freundin und neue Heldentaten, die dir die Bewunderung des ganzen Bezirks eintragen. Ein strahlender Retter mit der Seele eines Verräters.»

Ash spürte, wie sich seine Fäuste ballten.

«Helen, was tust du hier und weshalb weißt du das alles?», fragte Ben erneut hart.

«Sie ist hier, weil ich sie angerufen und ihr alles brühwarm erzählt habe», antwortete eine altbekannte Stimme, die Ash nie und nimmer hier in Coon County erwartet hätte.

Jesse kam hinter einem der unbekannten Autos hervor. Weil sie so klein war, hatte sie sich stehend dahinter verstecken können. Ihr platinfarbenes Haar schimmerte im diffusen Dämmerlicht. Wie stets war sie stark geschminkt, glich einem Punkkobold und wirkte trotz ihrer Winzigkeit brandgefährlich.

Sie blieb seitlich von Helen stehen, eine klassische Umzingelungstaktik.

«Jesse, wieso?», rief Ben aus und warf die Hände in die Luft. «Welcher Teufel hat dich geritten, dass du herumtratschst und Ashs neues Leben zerstörst?»

«Ich habe sie darum gebeten.»

Ein älterer Mann in Zivil trat neben Jesse. Als Ash nach einem Moment der Verwirrung erkannte, um wen es sich handelte, blieb ihm schier das Herz stehen. Ben schien es ähnlich zu gehen, denn er krallte seine Hände um Ashs Unterarm.

«Haben wir etwas ausgefressen?», wisperte er Ash tonlos ins Ohr. «Oder werden wir etwa reaktiviert?»

Ash fühlte, wie sich eine eiserne Klammer um seine Brust schloss. Das durfte nicht wahr sein. Nicht nun, da er sein Glück mit Josie gefunden hatte!

«Helen, ich bin heute Ihretwegen hier. Was Sie seit Jahren mit den Überlebenden der Blessed Damned anstellen ist Stalking. Dafür können sie rechtlich belangt werden.»

Aus den Augenwinkeln erkannte Ash, wie Josie, die sich auf die Kühlerhaube seines Trucks stützte, unauffällig eine Hand in Richtung des Mannes hob, woraufhin der verstummte.

Jetzt verstand er gar nichts mehr.

Josie humpelte zwischen die Kontrahenten — mitten ins Kreuzfeuer des Konflikts. Ash wollte sie wegreißen und in Sicherheit bringen. Weg von Helen, die eine Meisterin darin war, jemandem ihre Krallen ins Herz zu schlagen und es herauszureißen.

«Mrs Franklin. Mein Name ist Josie Comeaux. Ich bin Ashs Freundin.»

Helen würdigte sie keines Blicks. «Wirklich schade, Ash. Ich hatte mich so gefreut, als Maxie dich wie eine heiße Kartoffel fallen ließ. Wahrscheinlich erkannte sie, was für ein Stück …»

Josie ließ sie nicht ausreden. «Mrs Franklin, Sie müssen mit diesem Vergeltungskrieg aufhören. Sie zerstören damit das gesamte Vermächtnis Ihres Mannes — all seine guten Taten, alles, was bewundernswert an ihm war.»

Was tat Josie da? Bisher war Helen friedlich geblieben. Wenn das wirklich Böse in ihr erwachte, dann verließen sie alle diesen Ort mit blutenden seelischen Wunden, die kaum mehr verheilten.

«Was verstehst du Schlampe schon!», stieß Helen verächtlich hervor und wollte Josie weiter ignorieren.

Josie ließ das nicht zu. «Mehr als Sie meinen. Mein Vater war Militärpilot. Er starb noch vor meiner Geburt bei einem Einsatz in Übersee.»

«Und du denkst, das macht uns zu Schwestern im Leid? Vergiss es. Was …»

«Es macht Ihren Sohn und mich zu Geschwistern im Leid», fuhr Josie ebenso sanft wie unnachgiebig fort. «Nachdem mein Vater gestorben war, hielten ihn die Kameraden seiner Einheit für meine Ma und mich am Leben. Sie suchten für uns alle Fotos und Filme, die es von ihm gab und nicht geheim waren, zusammen. Mir erzählten sie Geschichten von ihm, immer genau das, was ich in der jeweiligen Lebensphase brauchte. Als ich klein war, vor allem das Gute, worauf ich stolz sein konnte. Als ich älter wurde, berichteten sie mir auch von seinen Schwächen. So gaben sie ihm für mich ein Gesicht und eine Seele und machten ihn auf ihre Weise unsterblich. Durch sie hatte ich einen Vater und nicht nur diese unverständliche große Leere, die sein Tod gerissen hatte.»

Während Josie sprach, beobachtete Ash Helens Miene. Seine eigene Überraschung war groß. Von all dem hatte er nichts geahnt. Doch für sein Erstaunen war später Zeit. Falls Helen durchdrehte und Josie angriff, musste er bereit sein.

Ihr Gesicht blieb so wütend und verhärmt wie zuvor. Nur begannen ihre Augen verräterisch zu glänzen. «Sie schlagen also vor, dass ich mein Kind diesen Feiglingen überlassen soll? Damit sie es mit Lügen füttern, um dahinter ihre Schuld zu verstecken?»

Es war der Mann, der ihr im gleichen ruhigen Tonfall wie Josie darauf antwortete. «Sie wissen, dass das nicht wahr ist, Helen. Erinnern Sie sich an früher. Als verantwortlicher Kommunikationsoffizier für das Team kannten Sie jeden Einzelnen genau und waren mit allen befreundet.»

Die Worte schienen etwas in ihr auszulösen. Aus ihren Augenwinkeln löste sich eine Träne und rann ihre Wange hinab.

Niemand sprach.

Plötzlich durchbrach eine helle Kinderstimme die Stille. «Mama? Ich möchte gern Geschichten über Papa hören.»

«Ww...as?» Helen schreckte zusammen und schaute verwirrt zu ihrem Sohn hinab.

«Ich möchte wissen, wer er war. Du sagst immer nur, dass sein Tod vergeblich war, und weinst oder schimpfst. Ich weiß nicht einmal, wie er aussah.»

«Aber … aber ich habe dir doch schon von ihm erzählt und Fotos gezeigt», wandte Helen kraftlos ein.

Mit ernster Miene schüttelte das Kind den Kopf.

Der Anblick brach Ash schier das Herz. Warum war er nicht selbst darauf gekommen, dass es Macs Junge war, der am meisten unter der Situation litt? Aber selbst wenn, was hätte er tun können? Helen erzählen, was geschehen war, durfte er nicht. Tat er es, verletzte er die Werte, an denen er sein Leben ausgerichtet hatte.

Zum ersten Mal seit Macs Tod wirkte Helen ruhig, leer, wie traumatisiert. Zuvor hatte sie immer diese rasende Wut erfüllt, die wie ein Flächenbrand jede Geste des Mitgefühls oder Supports vernichtete.

Der Mann fuhr fort. «Sie haben Lügen erwähnt, Helen, und Sie haben recht. Diese gab es. Aber nicht von Benedicts Kameraden, sondern von uns, dem Oberkommando. Ich bin heute hier, um Sie zu bitten, von Ihrem Rachefeldzug gegen die ehemaligen Teamkollegen Ihres Mannes abzulassen. Und um Ihnen die Wahrheit über seinen Tod zu sagen. Möchten Sie sie erfahren?»

Nun wirkte sie verwirrt. «Aber ich weiß sie doch. Ash hier hat …» Sie brach ab, als der Mann den Kopf schüttelte.

«Sie wissen den Teil, den wir Ihnen erzählten. Den Rest verschwiegen wir, um Sie und uns zu schützen. Daher kommt mein Angebot auch mit einer Warnung. Ihr Schmerz wird schlimmer, bevor er besser werden kann.»

Auf diese Worte hin straffte Helen mit einem Anflug ihrer alten Wut die Schultern. «Ich bin noch nie vor der Wahrheit zurückgeschreckt, Sir. Her damit!»

«Hydra, Ice Queen, Perimeter sichern», befahl der Mann mit einer Kopfbewegung zu den rund um ihre Gruppe geparkten Autos hin.

Ben und Jesse schwärmten aus, um sicherzustellen, dass niemand sie belauschte. Von den anwesenden Blessed Damned blieb allein Ash zurück. Unbehaglich fragte er sich wieso. Damit er hörte, was gesprochen wurde? Und wieso durfte Josie bleiben? Gegenüber Zivilisten war das Militär sonst tausendmal vorsichtiger als bei seinesgleichen.

«Die Blessed Damned waren ein einmaliges, äußerst erfolgreiches Experiment. Sie wurden für hoch spezialisierte Einsätze geschaffen — eine Truppe aus Geeks, die durch ihre Fähigkeiten unter den extremsten Bedingungen überleben konnte. Aus Gründen, die hier nichts zur Sache tun, standen sie bis zu einem gewissen Grad außerhalb der Militärhierarchie und genossen Privilegien. Gleichzeitig unterlagen sie strengeren Regeln und Pflichten als normale Soldaten. Manche dieser Regeln waren bekannt. Von anderen erfuhren sie erst, wenn diese durch ein Trigger-Event in Kraft traten. So erging es Benedict, als er seinem Commanding Officer freudestrahlend erzählte, dass er bald Vater werde.»

Helen wirkte verwirrt. «Ich verstehe nicht …», begann sie und brach wieder ab. Eine erste Ahnung zeigte sich in ihrer Miene.

«Wenn geistig gesunde, normal sozialisierte Menschen Eltern

werden, verändert das etwas in ihnen. Ihr Kopf wird umprogrammiert und ein spezieller Beschützerinstinkt erwacht, der sich nicht unterdrücken lässt. Ich bin mir sicher, Sie haben das auch bei sich selbst beobachtet. Für Eltern hat dieser Instinkt viele Vorteile. Soldaten macht er verletzlich. Unsere besonders gewissenlosen Feinde nutzen das aus.»

Helen starrte in Erinnerungen gefangen ins Leere. «Benedict kam einige Wochen vor der Geburt eines Abends ganz verstört nach Hause. Sagten Sie ihm damals …?»

«… dass er als Vater aus den Blessed Damned aussteigen müsse. Am Tag darauf begann er für seine Sache zu argumentieren, was verständlich war. Die Blessed Damned verdienten für Soldaten sehr gut. Benedict wollte und brauchte dieses Geld für seine junge Familie.»

Darauf erwiderte Helen nichts mehr. Stattdessen starrte sie den Mann an, wie ein Reh im Scheinwerferlicht regungslos verharrend, dass das Schlimmste eintraf.

«Wissen Sie, weshalb Benedicts Einsatzname Mac lautete?», fragte er sie leise.

Das riss sie aus ihrer Erstarrung. «Ja, von MacGyver, dem Fernsehhelden, der aus den einfachsten Dingen etwas bauen und alles reparieren konnte.»

«Genau. Benedicts Fähigkeiten waren einzigartig und konnten für das Team im Ernstfall den Unterschied zwischen Leben und Tod ausmachen. Deshalb bog sein Commanding Officer für ihn die Regeln. Benedict sollte auf einem etwas weniger gefährlichen Einsatz beweisen, dass er seine Instinkte unter Kontrolle hatte. Leider klappte das. So blieb er Teil des Teams. Doch schon der nächste Einsatz kostete ihn dann das Leben.»

Helen schluckte hörbar. «Was ist passiert?», fragte sie mit dünner Stimme.

«Das Team geriet in einen Feuerhagel. Plötzlich begannen Kinder zu schreien. Das Team verhielt sich korrekt und ging in Deckung. Nur Benedict nicht. ‹Da sind Kinder in Gefahr›, schrie er und wollte auf die Hilferufe zu rennen. Ash versuchte ihn zurückzuhalten, woraufhin ihm Benedict den Schaft seines Sturmgewehrs in den Brustkorb rammte und ihm zwei Rippen vom Brustbein trennte. Falls Sie mir nicht glauben, gibt es Aufnahmen von Ashs Bodycam, die den Ablauf zeigen, aber es sind furchtbare Bilder. Ich kann Ihnen nur raten, sie sich auf keinen Fall anzusehen.»

Ash konnte es kaum fassen. Die Wahrheit. Nach all der Zeit wusste Helen endlich die Wahrheit. Er fühlte sich desorientiert. So als wäre seine gesamte Welt zusammengebrochen und hätte sich im nächsten Moment von selbst neu erbaut. Nur anders als zuvor, mit weniger schmerzhaften Ecken und Kanten.

Helen schien es ähnlich zu gehen. Sie klammerte sich mit einer Hand an ihren Sohn. Mit der anderen strich sie sich fahrig über die Stirn. Ihre Finger zitterten wie Espenlaub.

Interessant war die Reaktion des Jungen. Er beobachtete seine Mutter still und beklagte sich nicht, obwohl ihr Griff ihn schmerzen musste. Seine Miene wirkte weit über sein Alter hinaus weise. In jenem Moment erinnerte er Ash stark an Mac und die Trauer um seinen Freund und Kameraden flammte so lähmend auf wie in den Tagen direkt nach dem Unglück.

«Wenn du sagst, du hättest ihn retten können, Ash, wie meinst du das?», fragte Helen schließlich leise.

«Durch das Sturmgewehr hatte ich nur eine Hand frei, um ihn in Deckung zu ziehen. Ich hätte es fallen lassen und ihn mit beiden Händen packen sollen.»

Sie dachte darüber nach, schnaubte dann plötzlich fast amüsiert. «Hast du sie noch alle? Im Vergleich zu Benedict bist du ein halbes Hemd. Der ging nirgendwo hin, wohin er nicht wollte.»

Ash wusste das auch, aber das verringerte die Schuldgefühle nicht.

Josie, die bisher nahezu regungslos an ihrem Platz stehen geblieben war, setzte sich humpelnd in Bewegung. «Mrs Franklin … Helen … Ich darf doch Helen sagen?» Vorsichtig legte sie ihr die Hand auf die Schulter.

«Was …? Äh, ja.»

«Kommen Sie. Wir alle stehen schon viel zu lange hier in der Kälte. Lassen Sie uns nach drinnen gehen, wo wir eine ruhige Ecke und etwas

Warmes zu trinken finden. Falls er mag, haben wir auch ein Stück Kuchen für Ihren Sohn. Wie heißt du, Junge?»

Er strahlte zu ihr hoch. «Ash.»

Ash, die erwachsene Version, schlug die Hände vors Gesicht. Er musste sich abwenden, um nicht die Fassung zu verlieren. Hinter ihm entfernten sich unregelmäßige Schritte, begleitet von weiteren, in Richtung der Scheune. Josie durfte eigentlich noch gar nicht ohne Krücken laufen. Ash sollte sie ihr holen, doch er stand wie festgefroren an Ort und Stelle.

«Hey, Bruder», sagte Ben plötzlich an seiner Seite und umarmte ihn. «Ich kann es kaum glauben, aber es ist vorbei. Keine Ahnung wie, aber es ist vorbei.»

Eine Kanonenkugel schien sich in ihre Bäuche zu rammen und warf sie fast um, bevor sie ihnen die Arme um die Taillen schlang. Jesse.

«Ich schwöre euch, wenn jemand zu heulen beginnt, bringe ich ihn um», drohte sie schniefend. «Es gibt keinen Grund zum Heulen. Überhaupt keinen. Ist das deine Desert Eagle, Ash?»

Er fühlte ihre Hände an seinem Gurtholster und musste lachen. «Lass stecken, Ice Queen. Heute hast du dir ein paar Tränen verdient.»

«Ich verstehe immer noch nicht, was passiert ist», sagte Ben und ließ Jesse kurz los, um sich über die Augen zu wischen. «Wieso bist du hier, Jesse? Und wieso ist er … Wieso sind Sie hier, Sir?»

Ben hatte sich versteift. Das konnte nur bedeuten, dass ihr ehemaliger Vorgesetzter zu ihnen getreten war. In Ash übernahm der Drill. Er löste sich von seinen Freunden und stellte sich ordentlich hin. Jesse und Ben taten es ihm gleich.

«Josie rief mich vor einigen Tagen an und bat mich um Informationen über Helen. Sie wollte sie kontaktieren, um Ihnen zu helfen. Bei jeder anderen Person hätte das funktionieren können — Josie verfügt in dieser Hinsicht über ihre ganz eigene Magie —, aber nicht bei jemandem mit Helens Persönlichkeitsprofil. Wie Sie wissen, reagiert sie fast ausschließlich auf Autorität und die damit verbundene Drohung. Deshalb schlug ich einen anderen Plan vor. Sie haben ihn gerade persönlich in der Ausführung erlebt.»

Jesse zuckte selbstironisch die Schultern. «Ihr könnt euch vorstellen, dass ich kein Problem damit hatte, bei Helen die richtigen Knöpfe zu drücken, als ich die Informationen über Ash durchsickern ließ. Es brauchte nur ein bisschen Köpfchen, damit sie zur gewünschten Zeit hier auftaucht. Nie im Leben hätte ich damit gerechnet, dass sie das Kind mitbringt. Wusstet ihr, dass der Kleine Ash heißt?»

Ben und Ash schüttelten den Kopf.

«Helen brachte ihn ja nur wenige Tage vor dem tödlichen Einsatz auf die Welt», erklärte Ben. «Mac machte ein Riesengeheimnis um den Namen und wollte alles an der Taufe danach enthüllen.»

Ash nickte bestätigend. Sein Kopf fühlte sich leer an. Er konnte nur hoffen, dass ihm für den Rest des Abends jemand sagte, was er zu tun hatte. Sonst blieb er wahrscheinlich ewig hier draußen stehen.

Ihr Vorgesetzter schaute zum einladend erleuchteten Eingang der Scheune. «Ich hoffe sehr, dass meine heutige Anwesenheit eine nachhaltige Veränderung bei Helen bewirkt. Ihnen muss klar sein, dass die Heilung damit noch nicht erfolgt ist und es wahrscheinlich zu Rückfällen kommen wird. Sollte sie erneut aufdrehen, kontaktieren Sie mich bitte sofort.»

«Jawohl, Sir», bestätigte Ben für alle, als Ash und Jesse nichts erwiderten.

«Dann möchte ich mich noch in aller Form bei Ihnen allen entschuldigen», fuhr der Mann fort. «Dafür, dass wir uns damals bei der Auflösung Ihres Teams nicht anständig verhalten haben. Sie und Ihre abwesenden Kollegen werden in den nächsten Tagen Kommunikationen erhalten, mit denen wir Sie aus Ihren verbliebenen Pflichten entlassen. Und ich möchte mich ebenfalls dafür entschuldigen, dass wir nichts von Helens Rachefeldzug wussten. Diese Reaktion hätten wir vorausahnen können und auch sollen. So ist alles, was ich Ihnen im Namen Ihres Commanding Officers und in meinem sagen kann: Dass es uns sehr leidtut und wir hoffen, dass Sie uns irgendwann verzeihen können.»

«Danke, Sir», erwiderte erneut Ben für alle. «Wir wissen das zu schätzen.»

Der Mann nickte und wollte sich abwenden. Ashs Kopf begann plötzlich wieder zu funktionieren.

«Sir, möchten Sie vielleicht zum Thanksgiving-Dinner bleiben? Wir sind ein zusammengewürfelter Haufen mit vielen interessanten Menschen, die sich freuen würden, Sie kennenzulernen. Natürlich ist es nicht Ihre Familie, aber da Sie an diesem Abend schon einmal hier sind …»

War das die Höflichkeit des Südens, die sich durchsetzte, oder hatte er auf einen anderen Impuls reagiert?

Der Mann zögerte. Ash hätte sich ohrfeigen können. Er hatte vergessen, als wie zurückhaltend und einzelgängerisch er galt. So jemand war kaum interessiert —

«Das ist der Punkt, in dem Sie sich täuschen, Ash», erwiderte er leise. «Da drin befindet sich die einzige Familie, die mir geblieben ist. Josie ist meine Enkelin. Und um auf Ihre Frage zu antworten: Ja, ich würde gerne bleiben. Josie überlässt es Ihnen und Ihren Kameraden, ob Sie mich dabeihaben wollen oder nicht.»

«Könnten wir dann reingehen, bevor mir die Nase vollständig abfriert?», fragte Ben fast ein wenig trotzig. «Ich weiß nicht, ob es jemandem aufgefallen ist, aber ich trage nur ein Hemd und einen Pullover in der Kälte. Ich bin auch nicht mehr so jung, wie ich einmal war.»

Ash musste über die Frechheit seines Freundes lachen. «Also gehen wir rein. Wir müssen sowieso noch all das Material in die Scheune tragen. Du bleibst doch auch, Jesse? Bitte sag ja.»

30

Als Josie aus dem Bad ins Schlafzimmer kam, lag Ash auf dem Bett und streichelte Sapphire. Das Katerchen hatte sich auf seiner Brust ausgestreckt und schnurrte lautstark. Luzi, der am Fußende döste, trug seinen Teil zum Konzert bei.

Das Thanksgiving-Dinner hatte bis in die frühen Morgenstunden gedauert. Es würde Josie als eines der schönsten und intensivsten ihres Lebens in Erinnerung bleiben. Laute und stille Phasen hatten sich abgewechselt, so wie glückliche mit traurigen. Sie ergaben etwas Ganzes, Vollständiges.

Bis sie gemeinsam mit den anderen aufgeräumt hatten und zurück nach Dancing Coons gefahren waren, zeigte sich über den Bergen schon die erste Ahnung des Morgengrauens.

Sheriff Mike und seine Frau hatten Helen und ihren Sohn bei sich untergebracht. Sie plante, irgendwann im Verlauf des Tages nach Hause zu fahren, zurück in eine Existenz, die sie völlig neu für sich und ihr Kind aufbauen musste — ohne die zerstörerischen Rachegedanken, die ihr Leben über Jahre hinweg verdüstert hatten.

Mit sich nahm sie Macs Ehering von Ash, sein Gebetsbuch von Jesse und seine Uhr, die sie seinerzeit Ben aufgedrängt hatte. Und einen ersten Stapel Fotos, die Jesse ihr verhältnismäßig höflich irgendwann im Verlauf des Fests über den Tisch zuschob.

Josie erschien es unwahrscheinlich, dass die beiden willensstarken Frauen eines Tages wieder Freundinnen wurden, aber wenigstens zerfleischten sie sich nicht mehr beim bloßen Anblick.

Und Macs kleiner Sohn hatte die ersten strahlenden Geschichten über seinen Vater gehört. Selbst wenn Josie etwas von dem Glitzer, den die ehemaligen Kameraden verstreuten, wegnahm, musste Mac ein besonderer Mensch gewesen sein, den sie gerne kennengelernt hätte.

«Wie fühlst du dich?», fragte sie und legte sich vorsichtig neben Ash, sodass ihr Kopf auf seiner Schulter zu liegen kam. Ihre Hände fanden die Narbe auf seiner Brust, die von Mac stammte. Mehr als die Hälfte davon ragte unter Sapphires Köpfchen hervor. Nun kannte sie ihre Geschichte.

«Desorientiert. Ekstatisch. Todmüde. Hellwach. Such es dir aus. Mein Kopf fühlt sich an wie ein Karussell.»

«Verständlich.»

Seine freie Hand fand den Weg in ihr Haar, während die andere weiterhin Sapphire kraulte.

«Ich kann es immer noch kaum glauben, dass du seine Enkelin bist. Der Mann ist eine Legende. Er hat schon so viel überlebt, dass man ihn *den Unsterblichen* nennt.»

«Ich weiß», sagte Josie. «Deshalb nahm meine Ma ihren Mädchennamen wieder an, bevor sie als Witwe nach Dancing Coons zurückkehrte. Sie wollte uns vor dieser Legende und dem, was sie vielleicht anzieht, schützen.»

Ash nickte nachdenklich. «Es ist kaum etwas Privates über deinen Großvater bekannt, selbst im Militär, wo Tratsch als wichtiger Zeitvertreib dient. Ich wusste nicht einmal, dass er verheiratet war.»

«Gemäß Granddaddy hielt er seine Familie immer verborgen. Nachdem Pa ins Militär eintrat, haben sie darauf geachtet, nie in derselben Einheit zu dienen, damit kein Gerede von Vetternwirtschaft und Bevorzugung aufkommt. Ich weiß, dass Granddaddy sich heute noch große Vorwürfe macht, seinen Sohn nicht von dieser Karriere abgehalten zu haben. Er fühlt sich schuldig für seinen Tod.»

Ash schaute sie fragend an, drängte sie aber nicht zu einer Antwort. Josie gab sie ihm trotzdem.

«Granddaddy sagte mir einmal, dass er den gleichen Fehler beging wie ein Millionär, der sich seinen Reichtum selbst erarbeitet hat, und deshalb glaubt, dass sein Sohn über die gleichen Fähigkeiten zum Geldverdienen verfügt wie er. Dabei hat der Sohn immer nur den Reichtum gesehen, nie aber die unglaublich harten ersten Jahre, als sein Vater wie ein Verrückter arbeitete und manchmal fast verzweifelte.»

Ash nickte nachdenklich. «Die Unsterblichkeit deines Großvaters basiert nicht auf Glück, sondern auf knallhartem Training und perfekter Disziplin. Dann war dein Vater ein Draufgänger, der die Unsterblichkeit als sein Geburtsrecht ansah?»

Josie zuckte leicht die Schultern. «Ma und auch seine Kameraden beschrieben ihn zumindest so. Wenn sie von ihm erzählte, nannte sie ihn oft ‹meinen wunderschönen Teufel›. Er muss ein faszinierender Mann gewesen sein, halt einfach ein Draufgänger.»

«Deshalb hast du Betty gefragt, ob ich ein arroganter Draufgänger bin, als sie dich wegen einer Bleibe für mich anfunkte.» Ash küsste sanft ihre Stirn.

«Genau. Solche Typen in der Nähe zu haben tut mir fast körperlich weh. Selbst die Beziehung zu Granddaddy ist für mich schwierig. Ich weiß, dass er anders ist als mein Vater, aber ich weiß auch, dass jederzeit ein Anruf kommen kann. Es ist wie eine Achterbahnfahrt zwischen jeden Moment genießen und der Angst ihn zu lieben und doch zu verlieren.»

«Das kann ich verstehen.» Ash löste sich vorsichtig von ihr und setzte sich auf, um Sapphire in das große Katzenbettchen neben dem Menschenbett zu legen. Mit Luzi verfuhr er gleich.

Er setzte sich zu Josie und musterte sie, streckte dann die Hand aus und ließ sanft die Fingerspitzen über ihre Wange gleiten.

«Danke, Josie. Danke für alles, was du für mich und die anderen

Blessed Damned getan hast. Wir waren jahrelang wie tot. Jetzt beginnt unser Leben wieder.»

Josie lächelte, dankbar dafür, dass Ash ihre Einmischung so gelassen akzeptierte. «Da war durchaus Egoismus dabei. Schließlich möchte ich, dass der einzige Ehering an deinem Körper irgendwann meiner ist.»

Oh Himmel, hatte sie das tatsächlich laut gesagt?!

Wenn Ash jetzt nicht die Flucht ergriff, wann dann?

Er gluckste nur amüsiert. «Na ja, das müssten wir später einmal besprechen. Im Moment würde ich dir lieber meine Dankbarkeit beweisen. Wenn ich ehrlich bin, kann ich seit einigen Minuten an nichts anderes mehr denken. Bist du sehr müde?»

Er beugte sich vor, um sie zu küssen.

Josie legte ihm die Arme um den Hals. «Überhaupt nicht. Und du darfst mir deine Dankbarkeit gerne beweisen.»

Was er dann auch geflissentlich tat. Während Josie ihn an sich presste und seine Zärtlichkeiten gierig in sich aufsog, glaubte sie vor Glück zu zerspringen. In jenem Moment verstand sie nur zu gut, wieso das letzte Wort ihrer Mutter auf dieser Welt «Danke» gewesen war.

ENDE

BONUS KAPITEL

DIE MAGIE VON JOSIES KATZENRUDEL

Libby stieß die Katzenklappe in Harolds Hintertür auf und streckte die Nase ins Freie. Der letzte Novembertag roch herrlich nach feuchter Erde, Moos und Nebel. Schnee lag dieses Jahr noch keiner. Die meterdicke weiße Decke, die der Herbststurm an Halloween innerhalb weniger Stunden auf Dancing Coons und die Adirondacks geworfen hatte, war seither vollständig weggeschmolzen.

Inzwischen sorgten sich die Leute im Ort wegen der Skisaison. Libby hatte Harold und Ben darüber sprechen hören.

Libby fühlte mit den Einheimischen mit. Sie selbst war jedoch froh, dass kein Schnee lag. Anders als Schneehasen oder Luchse hatte sie keine gepolsterten Pfötchen. Und nur ganz kurze Beine. Dies machte das Vorankommen in der weißen Pracht für sie beschwerlich.

Der heutige Tag hingegen war perfekt. Rund um Libby regnete kondensierter Nebel von Ästen und Pflanzen. Überall roch es faszinierend und im nassen Boden ließ sich fantastisch nach Leckereien scharren.

Allerdings hatte Libby dafür keine Zeit. Ein vertrautes Motorengeräusch hatte sie geweckt und ins Freie gelockt. In dem älteren Truck fuhr einer ihrer Lieblingsmenschen. Wenn sie sich beeilte, traf sie ihn draußen an.

Schon hörte sie seine vertrauten Schritte auf dem Kies von Josies Zufahrt. Gleich darauf nahm ihr sensibles Näschen seinen Duft wahr. Menschen hatten ganz viele Bezeichnungen dafür und versuchten, jede Nuance mit einem separaten Begriff zu beschreiben. Dabei übersahen sie, dass Gerüche direkt mit Gefühlen verbunden waren — und nur jene zählten.

Für Libby roch Ash nach Sicherheit, Streicheinheiten und Liebe, genauso wie Josie. Das tierliebe Paar war geschaffen füreinander. Libby freute sich sehr, dass die beiden sich gefunden hatten.

Als sie die Zufahrt erreichte, begann sie zu zirpen und zu quieken, um die Aufmerksamkeit des Menschen zu erregen, und rannte zu ihm.

Ash hob sie mit einem Lächeln auf die Arme. «Hallo, kleines Mädchen. Möchtest du mit reinkommen?»

Dabei kraulte er ihr Kinn, sodass Libby nur genüsslich die Augen verdrehen und schnaufen konnte.

«Ich verstehe das als ein Ja», sagte er mit einem Schmunzeln.

Sie betraten das Haus, wo Ash Libby kurz absetzte, um seine Stiefel auszuziehen. Sie nutzte die Zeit, um den Korb zu beschnuppern, den er mitgebracht hatte. Offenbar war er im Farmers' Market gewesen. Libby roch Dinge, von denen sie gerne stibitzt hätte. Ob Ash etwas merkte?

Sie versuchte, eine der Mehrwegverpackungen aus Wachstuch mit ihren krallenbewehrten Pfötchen aufzuscharren.

Ash lachte nur und hob sie für den Weg zur Küche wieder hoch.

Dort vergaß Libby das Essen, denn Ash setzte sie zu Sapphire und Luzi auf den Tisch, die eng aneinander gekuschelt schliefen. Der fast weiße Ragdoll-Persermischling und der schwarze Kurzhaarkater waren Libbys Lieblingskatzen. Wobei Libby auch Josies Maine Coons mochte. Die Rasse war total freundlich gegenüber Artgenossen und anderen Tieren wie Hunden — oder eben einem zahmen Stinktier.

Rund um den Tisch tauchten über den Stühlen periskopähnlich Köpfchen auf. Rainbow, die schildpattfarbene Chefin des Katzenrudels, zirpte zur Begrüßung.

Libby wuselte zu ihr hin. Sie tauschten ein freundliches Beschnuppern. Einige der anwesenden Katzen schnurrten.

Ash räumte die Einkäufe in den Kühlschrank.

Im Obergeschoss ging eine Tür. Rasche Schritte eilten die Treppe hinab. Gleich darauf stürmte Josie in die Küche, wobei sie mit finsterem Gesicht auf ihr Smartphone starrte — für sie untypische Verhaltensweisen.

«Ist etwas vorgefallen?», fragte Ash.

Josie ließ sich von ihm umarmen und legte den Kopf auf seine Schulter. Libby sah das immer gern und kuschelte am liebsten mit, was die Menschen oft zuließen.

«Betty hat gerade angerufen. Ihr Stellvertreter hat heute Morgen gekündigt, um einen Job in Saratoga Springs anzunehmen. Die Station danach ist dann New York. Ein weiterer Karrierist. Dabei hat er immer so getan, als wollte er in Coon County bleiben. Sie ist total enttäuscht.»

Ash streichelte ihren Rücken. «Das kann ich verstehen.»

«Der Zeitpunkt könnte auch nicht dümmer sein. Direkt vor der Skisaison. Und Betty arbeitet als Undersheriff schon jetzt viel zu viel. Wie soll sie all die zusätzlichen Aufgaben bewältigen? Bitte verrat ihr nicht, dass ich dir das gesagt habe, aber sie war den Tränen nah.»

Libby hörte das gar nicht gern. Betty gehörte zum Kreis ihrer liebsten Menschen.

Vielleicht sollten wir für Betty das Glück herbeischnurren, schlug Ghost vor. Josies schwarzer Zuchtkater saß auf dem Stuhl neben Rainbow. Gemeinsam mit ihr führte er das Rudel an.

Libby verstand seine Worte. Die Menschen hingegen hörten nur das für Maine Coon typische Fiepen und Gurren.

Könnt ihr das denn?, staunte Libby.

Der Kater blinzelte langsam, wodurch das Licht seiner bernsteinfarbenen Augen kurz verschwand und wieder aufflammte. *Wir haben es für Josie getan. Sie brauchte einen lieben Mann, der zu ihr passt. Und das ist daraus geworden.*

Er schaute zur Küchentheke, wo Josie und Ash eng umschlungen standen.

Lasst es uns tun, entschied Rainbow. *Betty ist ein guter Mensch und verdient es, glücklich zu sein. Zudem leiden Josie und Ash darunter, wenn sie unglücklich ist, und das wollen wir nicht.*

Sie schloss die Lider halb und begann zu schielen. Offenbar konzentrierte sie sich. Luzi und Sapphire auf dem Tisch hoben plötzlich den Kopf.

Alle sind bereit. Lasst es uns tun.

Schnurren brandete auf, fast wie ein Windstoß, der von irgendwoher in die Baumwipfel fuhr. Es war so laut, dass das Haus zu vibrieren schien.

Josie und Ash schauten erstaunt zu den Katzen.

«Das ist jetzt etwas gruselig», bemerkte Josie. «Angst scheinen sie keine zu haben, sodass sie sich selbst beruhigen müssten. Was ist nur los?»

«Keine Ahnung», erwiderte Ash leise. «Aber als abergläubischem Südstaatler läuft es mir eiskalt den Rücken hinab.»

Das ist genug. Unsere Botschaft ist angekommen, bestimmte Rainbow.

Und was passiert jetzt?, fragte Libby voller Bewunderung, nachdem das Schnurren abgeflaut war. In Dancing Coons galten Josies Katzen als magisch. Hatte sie gerade den Beweis dafür miterlebt?

Das muss sich zeigen, sagte Ghost. *Und bis es so weit ist, halten wir am besten ein Nickerchen.*

Der Kater rollte sich auf seinem Stuhl zusammen und schlief sogleich ein. Der Rest des Rudels tat es ihm gleich. Luzis und Sapphires Köpfchen sanken zurück auf den Tisch.

Bald war Libby als einziger Vierbeiner wach — was sich lohnte, denn Josie und Ash kochten das Mittagessen. Dabei erhielt Libby ihre eigene Portion aus knackig-frischem Gemüse, in Wasser gekochtem Hähnchenfleisch und einigen süßen Apfelstückchen.

Als die Menschen danach abwuschen, vibrierte plötzlich Ashs Smartphone. Es las die Nachricht. Sein Gesicht wurde blass.

«Was ist?», fragte Josie.

Er hielt ihr den Bildschirm hin.

Sie schaute darauf und schien nicht zu wissen, wie sie reagieren sollte. «Dann ist Darks Mutter jetzt also gestorben. Ist das eine gute oder eine schlechte Nachricht?»

Ash presste die Lippen zusammen. «Beides. Dark ist jetzt endlich frei. Dafür ist das Risiko groß, dass er früher oder später einfach verschwindet und wir nie wieder von ihm hören.»

Josie legte ihm sanft die Hand auf den Unterarm. «Das tut mir leid. Ich weiß, dass ihr euch nahe steht.»

Ashs Sorge drang in Wellen zu Libby. Sie rannte über den Tisch zu ihm, so nahe es ging, und fiepte. Hinter ihr regten sich die Katzen.

«Da will dich jemand trösten», sagte Josie. Sie hob Libby hoch und übergab sie an Ash. «Setz dich mit ihr hin. Ich mache uns Tee.»

Ash gehorchte, doch Libby spürte, dass er in Gedanken weit weg war. Sanft legte sie ihm eine Pfote auf die Brust und gurrte.

Sein Blick ging zu ihr und er kraulte ihr das Köpfchen. «Weißt du eine Lösung, kleines Mädchen?»

Libby schaute ihn anbetungsvoll an.

Josie knallte die Teedose auf die Küchentheke und zuckte, durch den selbst verursachten Lärm erschreckt, heftig zusammen. Sie konnte so etwas gut. Libby hatte schon viele Beispiele für Josies liebenswert-ungeschicktes Verhalten miterlebt.

«*Ich* habe vielleicht eine Idee», sagte Josie. «Die militärische Ausbildung qualifiziert euch Blessed Damned doch für den Polizeidienst. Können wir Dark hierher locken, damit er als Deputy für Betty arbeitet? Es ist nur so ein Gefühl und vielleicht völlig falsch, nachdem ich ihn vor so langer Zeit kurz gesehen habe, doch ich glaube, die beiden könnten einander guttun.»

Ash wirkte nicht überzeugt.

Bring ihn dazu, dass er zustimmt, hörte Libby Rainbows leise Aufforderung.

Libby drehte sich in Ashs Arm auf den Rücken und strampelte mit den Vorderbeinchen. Dabei grunzte sie vor Wonne. Das war in etwa das Niedlichste, was sie in der Situation anstellen konnte.

Ihr Plan glückte. Ash ließ sich ablenken.

Nachdem er einige Minuten lang Libbys Bäuchlein gestreichelt hatte, war ein Großteil der Anspannung von ihm abgefallen.

«Ich habe tausend Einwände», sagte er schließlich leise. «Und keine Ahnung, wie das funktionieren soll. Aber mein Instinkt sagt mir, dass wir es versuchen müssen. Lass mich Jesse anrufen und es mit ihr besprechen. Niemand steht Dark näher als sie.»

Damit nahm er sein Smartphone.

Gut gemacht, Libby, schnurrte Rainbow.

EINE BITTE

Liebe Leserin, lieber Leser,

Als Indie-Autorin bin ich Alleinunternehmerin. Ob ein nächster Roman von mir erscheint, hängt direkt vom (finanziellen) Erfolg meiner veröffentlichten Werke ab.

Falls dir mein Roman gefallen hat und du mehr von mir lesen möchtest, würde ich mich deshalb über deine Unterstützung freuen. Mit den folgenden, teils ganz einfachen Mitteln, hilfst du mir sehr:

- Folge mir auf Buchhandelsportalen und in den sozialen Medien oder abonniere meinen Newsletter (die Links dazu findest du im Bereich «Über Isa Day» im Anhang dieses Buches).
- Verfasse eine Rezension auf der Website deines Buchhändlers oder bei LovelyBooks. Dabei genügt die für dich passende Anzahl Sterne und ein Satz wie «Das Buch hat mir sehr gefallen».
- Empfehle meine Bücher weiter, egal ob online oder in der realen Welt.

Herzlichen Dank für deine Unterstützung!

Isa Day

DANKSAGUNG

Ein herzliches Dankeschön an meine Vorableserinnen von **Isa Days Gilde**, die mich bei Releases mit ihren Rezensionen und Beiträgen so tatkräftig unterstützen.

Es ist wunderbar, dass es euch gibt, und ich freue mich schon auf die nächste Veröffentlichung!

ÜBER ISA DAY

Isa Day wurde als Kind der Waldsterben-Generation geboren und mit einer Gabe, die ihr Leben täglich bereichert. Die meisten Tiere, selbst sehr scheue, vertrauen ihr instinktiv. Dies führte zu einer naturnahen Lebenseinstellung, die sich — wie auch Isa Tierliebe — in fast all ihren Romanen zeigt.

Schon mit elf Jahren begann Isa zu schreiben und hat seither nicht aufgehört. Als die Zeit kam, auf eigenen Beinen zu stehen, lernte sie als braves Kind trotzdem «etwas Seriöses». Dabei blieb sie ihrer Leidenschaft für Texte treu und arbeitete als Kommunikationsspezialistin, Redakteurin, Journalistin, Lektorin und Übersetzerin. Berufsbegleitend studierte sie Englische Literatur und Linguistik.

Seit einigen Jahren fokussiert sich Isa auf die Arbeit als Indie-Autorin. «Pongü» ist ihr eigenes kleines Verlagslabel, über das sie ihre Romane im Selfpublishing veröffentlicht, wobei sie jeden Veröffentlichungsschritt selbst abdeckt und inzwischen alle Titelbilder selbst designt.

Zu Isas bevorzugten Genres gehören positive märchenhafte Fantasy und Liebesromane mit Tiefgang. Ihre Bücher zeichnen sich durch intelligente, vielschichtige Protagonisten und magische, liebevoll konstruierte Welten mit Wohlfühlfaktor aus, in denen die LeserInnen am liebsten für immer verweilen würden.

Als Person gehört Isa zu den leisen Menschen. Sie ist begeisterte Gärtnerin, Katzenmama, unterrichtet Yoga und liebt das Stricken, Häkeln und Nähen. Zudem baut sie alles Mögliche selbst. Dass sie auch verrückt kann, bewies sie, als sie ein halbes Jahr lang in einem winzigen weiß-und-purpurfarbenen Schäferwagen lebte — dies zum Horror ihrer Freunde, die alle davon ausgingen, dass sie verhungern oder erfrieren würde.

Auf Isas Bucket List, Abschnitt «große Träume», stehen das Veröffentlichen eines ihrer Bücher in einem Publikumsverlag, mit einem ihrer Indie-Titel einen Bestseller zu landen und die perfekte Ausführung anspruchsvoller Yoga-Verbrezelungen wie Natarajasana. Zudem glaubt Isa fest daran, dass die Menschheit durch Kreativität und Innovationskraft die aktuellen Probleme dieser Welt lösen kann, und hofft, mit ihren Geschichten zu dieser positiven Zukunft beizutragen.

Isa lebt mit ihrem Mann und ihrem Katzenrudel in der Schweiz.

Isa folgen

Website: Isaday.net
Newsletter: Isaday.net/newsletter
Facebook: www.facebook.com/isaday.net
Instagram: www.instagram.com/isadayauthor

STERNENMAGIE

Komm ins Starside-Theater und lass dich von der Sternenmagie verzaubern …

Der fünfzehnjährige Chris Raines ist ein begabter Tänzer und Musiker. Er träumt davon, eines Tages das Theater seiner Eltern zu übernehmen. Die Sternenmagie, der Chris sein Talent verdankt, ist jedoch unberechenbar. Sie kann Chris weltberühmt machen und seine Seele gleichzeitig zu Staub verbrennen — so wie es einst seinem Vater geschah.

Und dann gibt es noch den magischen Rat, der die von der Sternenmagie berührten Menschen voller Argwohn beobachtet. Wer mit seinen Gaben die falsche Art von Aufsehen erregt wird aussortiert. Was der Rat nicht ahnt: Einen Sternenmagier wie Chris hat es noch nie gegeben. Dies ist seine Geschichte.

Leseprobe und weitere Informationen unter

https://isaday.net/sternenmagie

WOLF DES SÜDENS

«DIE TREPPEN DER EWIGKEIT», BAND 1

Mörder, nutze die Treppen der Ewigkeit für eine zweite Chance. Erweist du dich jedoch als unwürdig, vernichten wir deine Seele, als ob du nie existiert hättest.

Um der Hinrichtung zu entgehen, steigt Emilio, der Wolf des Südens, die Treppen der Ewigkeit hinab und findet sich in einem eisigen, kriegszerrissenen Königreich der Vorzeit wieder. Es ist ein furchtbarer Ort mit schrecklichen Bewohnern, und Morayn, ihre junge, rotzfreche und jähzornige Königin, scheint die schlimmste von allen.

Widerwillig schließt Emilio sich Morayns Kampf um ihr Königreich an, und erkennt bald, dass die Erfüllung seiner geheimsten Träume zum Greifen nah ist. Aber reichen die Intelligenz und Fähigkeiten eines Mörders aus, um das Land, seine neue Familie und die Frau, die er liebt, zu retten?

Leseprobe und weitere Informationen unter

https://isaday.net/fantasy-serie-die-treppen-der-ewigkeit

RAGHI DER SCHATTEN

«DIE TREPPEN DER EWIGKEIT», BAND 2

Junger Mörder, hast du je in Betracht gezogen, dass du besser in ein anderes Zeitalter passen könntest als in die Gegenwart?

Als Raghi, der Rebell unter den Lehrlingen der Mördergilde, verschwinden muss, schleicht er sich heimlich die Treppen der Ewigkeit hinab und findet Zuflucht bei einem geheimnisvollen Clan von Fahrenden. Das uralte magische Volk führt ihn in den Zauber des Lebens und der Freundschaft ein und ahnt nichts von den tödlichen Gefahren, die Raghi mit sich trägt.

Gewissenlose Mächte nehmen jedoch sofort Notiz. Raghi muss sich schnellstens seinem Schicksal stellen, sonst verdammt er seine neue Familie und die gesamte Schöpfung zu ewiger Dunkelheit — und vergibt sich alle Chancen auf eine einzigartige Liebe direkt aus den Legenden der Vorzeit.

Leseprobe und weitere Informationen unter

https://isaday.net/fantasy-serie-die-treppen-der-ewigkeit

FANTASYSERIE «DER WEG DES HEILERS»

Zwei Brüder mit außergewöhnlichen Fähigkeiten,

eine verlorene Generation von Drachenkindern

und eine große Bestimmung.

In einer magischen Welt voller Rätsel stellen sich die Brüder Joshi und Marcin dem Vergessen, das wie ein Schleier über der Geschichte ihres Volkes liegt. Es ist ein gefährliches Spiel, das ihnen beträchtliche Opfer abverlangt. Doch aufgeben dürfen sie nicht, denn nur zu bald scheint es, als wäre ihr Schicksal mit der Zukunft und den tiefsten Geheimnissen des gesamten Weltengefüges verknüpft.

Leseproben und weitere Informationen unter

https://isaday.net/fantasy-serie-der-weg-des-heilers